KB236981

사이버리즘과 수필미학

사이버리즘과 수필미학

인　쇄 / 2010년 11월 20일
발　행 / 2010년 11월 27일

저　자 / 박 양 근
발행인 / 서 정 환
발행처 / 수필과비평사

출판등록 / 1984년 8월 17일 제28호
주　소 / 서울시 종로구 익선동 30-6
　　　　운현신화타워 빌딩 2층 208호
전　화 / (02) 3675-5633, (063) 275-4000
팩　스 / (063) 274-3131
E-mail / essay321@hanmail.net

값 15,000원

ISBN 978-89-5925-783-6　03810

사이버리즘과 수필미학

박 양 근 저

수필과비평사

현대는 신 산문의 시대이다. 사이버리즘이라는 21세기의 문화 현상이 심화될수록 산문이 지닌 체험성과 정보성과 소통성의 기능은 더욱 중요시된다. 사이버리즘은 본질적으로 정보라는 공간을 지니는 만큼 그 속에서 글을 쓰는 작가와 글을 읽는 독자는 무엇보다도 체험의 공시성과 통시성을 공유하고 싶어 한다. 인터넷이라는 정보 교류의 메커니즘은 이러한 특징을 통해 이전과 다른 수필의 필요성을 높여주고 있다. 문학성과 정보성과 소통성은 동서양을 막론하고 수필과 에세이와 칼럼의 발전을 촉진시킴으로써 오늘을 신 산문의 시대로 만들고 있다.

현재 한국수필은 양적인 측면에서는 팽창의 수준에 다다랐다. 만 명이 넘는 수필가를 제외하고라도 20종에 가까운 수필전문잡지가 발간되고 무수한 수필부문상이 운영되고 있는 현실은 10여 년 전만 하여도 상상하기 어려운 일이었다. 게다가 수필창작에 관한 지침서가 발간되어 수필가로 등단하는 과정이 쉬워지고 각종 수필단체가 활성화되고 있다는 점은 긍정적이지만 그것에 반비례하는 문제점도 적지 않다. 이런 문제에 대한 인식은 수필가뿐만 아니라 수필평론가와 수필잡지사에 의하여 부단하게 지적되고 있지만 해법은 제대로 제시되지 못하고 있다.

현재 한국수필계가 당면한 문제 중의 하나는 한국수필에 대한 체계적이고 입체적인 연구가 미흡하다는 점이다. 한국수필사가 정립되어 있지 않으며 근현대수필사의 연구는 단편적인 수준에 머물러 있다. 한국수필의 특성에 대한 점검도 부족하며 무엇보다 한국수필의 철학성과 인문학적 위상을 정립하는 수필미학은 찾아보기 어렵다고 하여도 지나치지 않다. 그 까닭은 미학과 수필을 연구하는 수필학자가 부족하고 다수의 수필전문가들이 수필 강의와 작가론과 평설에 대부분의 시간을 보낼 뿐, 문학과 예술로서 수필을 연구하지 못하고 있기 때문이다. 더욱이 포스트모더니즘, 인터넷 공학, 사이버공간, 평론이론 등 문학 환경을 고려한 한국수필 이론을 정립하지 못하고 있다. 이런 현실은 한국수필의 바람직한 미래를 담보하지 못하는 장애요소라고 할 수밖에 없다.

필자는 오랫동안 수필창작론과 한국수필이론을 정립하기 위하여 노력하면서 무엇보다 수필미학을 정립하는 것이 시급하다는 점을 절감하였다. 미학은 단순히 예술의 아름다움을 설명하는 이론이 아니라 왜 문학이 있어야 하고 어떤 형식과 내용을 가져야 하고 타 예술과의 관계는 무엇인가를 설명해주는 분야이다. 미학이 없는 문학과 예술은 생각할 수 없다. 수필도 미학이 없다면 아무리 문학이라고 주장하여도 공허한 시대적 유행에 불과하게 된다.

이러한 수필시대의 문제점을 해결하기 위하여 『사이버리즘과 수필미학』이 출간되었음을 밝혀둔다.

모두 14장으로 엮어진 본 서의 내용은 다음과 같다.

첫째, 수필 창작론과 수필비평론을 정립하면서 사이버리즘 환경을 반영한 수필미학을 제시하려 하였다. 둘째, 문학의 모태인 신화를 통해 수필문학의 근원을 재조명하고 한국수필의 근간이 되는 동서양의 수필미학을 비교하여 한국수필을 동양미학의 관점에서 재해석하였다. 셋째, 미래지향적 측면에서는 사이버리즘 시대에 부응하기 위해서 한국수필은 어떤 현대성을 가져야 하는가를 이론과 실재를 통해 분석하였으며 사이버언어와 수필언어의 상관성과 그 표현적 양상을 제시하였다. 넷째, 21세기 수필의 새로운 영역으로서 낭송수필과 바다수필에 대하여 심층적인 분석을 가하였다. 다섯째,

새로운 미래수필의 영역으로서 주목을 끌 것으로 예측되는 사수필과 다문화수필과 재미교포수필을 문학비평적인 관점에서 처음으로 발표함으로써 향후 이 분야에 대한 연구자료를 제시하려 하였다. 여섯째, 수필미학과 동양수필미학을 바탕으로 맥혈기라는 새로운 수필창작미학을 소개하여 서구이론이 아닌 동양미학을 바탕으로 한국수필의 신 오감도를 제시하였다.

　『사이버리즘과 수필미학』은 한국수필미학의 출발에 불과하다. 앞으로 더 깊은 연구를 통하여 보다 본격적이고 심도 있는 수필미학의 정립이 이루어져야 할 것이다. 수필미학은 단순한 철학이론이 아니라 한국수필이 발전하기 위한 토대이다. 저자는 수필미학이 제대로 정립될 때 수필창작과 수필평론이 더욱 발전하고 수필문학으로서의 본 모습을 갖출 것이라는 믿음을 가지고 있다.
　『사이버리즘과 수필미학』에 실린 내용은 지금까지 저자가 여러 잡지를 통해 발표한 것을 수정보완하거나 새롭게 연구한 것이다. 본 저가 나올 때까지 여러모로 도움을 주신 분들에게 고마움을 표하고 좋은 예문을 제공해주신 작가들에게도 거듭 감사를 드린다.
　아울러 어려운 환경에도, 출판을 기꺼이 허락하여 주신 ≪수필과비평사≫ 서정환 사장님께 특별한 감사를 올린다.

2010년 11월 첫날에

박 양 근

■ 목차

제1장

수필과 사이버리즘

문학이란 무엇일까.

우리의 삶 속에 문학은 과연 존재하는가. 존재한다면 어떤 형태로 존재하는가. 문학은 무엇을 어떻게 제시하고 표현하는가. 문학이 만일 우리에게 무엇을 준다면 우리는 그것을 소유할 수 있는가. 문학을 만난다는 것은 무엇을 의미하는 것일까. 그리고 문학은 변하는가, 변하지 않는가.

문학에 대한 이러한 질문은 문학세계에 들어설 때 가졌던 창작의 원동력이다. 그런데 소위 문인이 되면서 '문학은 무엇인가'라는 의문을 잊어버리게 된다. 목마른 물고기가 물을 찾다가 물속에 뛰어드는 순간 물에 대한 생각을 잊어버리듯이 이런 질문을 유치하고 성가신 것으로 여기기도 한다.

이번에는 하늘을 나는 새에 관한 우화를 알아보자. 하늘을 날던

새가 앞으로 나아가는 것이 힘이 들어 공기가 없으면 더 잘 날 수 있으리라 생각하고 신에게 부탁을 했다. 신은 그 청을 들어주었다. 그러나 새는 하늘을 날기는커녕 숨도 쉬지 못하여 죽게 되었다. 물고기 이야기는 근원에 대한 질문을, 새의 일화는 저항과 실험정신의 사례로서 오늘의 문학에 던지는 바가 매우 크다.

작가가 되려면 우선 나 자신을 알 필요가 있다. 자신을 안다는 것은 존재가 처한 시공과 새로운 변화를 인식하는 것으로 문학인에 견주면 오늘의 문학은 무엇이며 작가가 처한 시대적 특성은 무엇인가에 대한 질문에 해당한다. 말할 필요도 없이 문학은 시대마다 나름의 특성을 지닌다. 고전주의든 낭만주의든 저마다 시대정신과 규범과 문화가 있고 문예 사조는 사실주의, 자연주의, 세기말을 거쳐 현대의 모더니즘으로 밀려왔다. 21세기를 모더니즘과 포스트모더니즘으로 구분하고 다시 IT시대와 사이버리즘 시대로 양분하는 이유도 그들이 처한 시대의 현상과 문제를 알려고 하기 때문이다.

어느 의미에서 문학은 각각의 시대를 반영하는 거울이다. 현대적 용어로 풀이하면 타임캡슐이라고 말할 수 있다. 타임캡슐은 당대의 자료를 상자에 넣어 땅에 묻었다가 오랜 세월이 지난 후에 후손들이 되찾아 살펴보는 일종의 기억 장치이다. 그렇다면 구텐베르크 이후의 책은 종이 타임캡슐이고 사이버시대의 컴퓨터는 전자 타임캡슐이라고 부를 수 있다.

사이버리즘 시대의 이전과 이후에서 가장 다른 점이 있다면 온라인과 오프라인에서 동시에 생활을 전개한다는 점이다. 우리들은 온라인과 오프라인의 경계를 매순간 횡단하고 있지만 온라인이라는 사이버공간에서 이루어지는 생활이 확대되는 추세는 부인할 수 없다. 21세기의 수필가들이 새라면 숙명적으로 부딪쳐야 하는 공기와 같은 것이 사이버리즘 문화이다. 그것은 육안으로 보이지 않지만 공기처럼 인간의 정신적 물질적 심리적 영역에 상상할 수 없는 영향을 미치고 있다. 새가 공기 없이 날 수 없는 것처럼, 현대의 수필가는 사이버 공간을 무시하고 생활하거나 작품을 쓸 수 없다. 작가 개인의 작품은 원하든 원하지 않든 사이버공간 속에서 전파되고 사이버독자를 통하여 읽히고 있으며 문단활동의 일부가 사이버공간을 통하여 이루어진다는 점에서 사이버리즘과 수필문학과의 상관성을 거론하는 것은 결코 무익하지 않다.

1. 수필론의 전통과 변신

동서고금을 통하여 문학에 대한 정의가 변해온 것과 마찬가지로 수필에 대한 정의는 갈수록 다양해지고 있다. 수필의 정의에서 에세이의 시조라고 불리는 프랑스 태생의 수필가인 몽테뉴(Michel de Montaigne : 1533～1592)가 남긴 말은 오늘날까지 수필의 본질을 밝히는 기준이 된다.

독자여, 여기 이 책은 성실한 마음으로 쓰인 것이다. 이 작품은 초기부터 내 집안의 일이나 사사로운 일을 말하는 것밖에 다른 어떤 목적도 있지 않음을 말해둔다. (…) 이것이 세상 사람들의 호평을 사기 위한 시도였다면, 나는 나 자신을 좀 더 잘 장식하고 조심스레 연구해서 내보였을 것이다. 모두들 여기 내 생긴 그대로, 자연스럽고 평범하고 꾸밈없는

별것 아닌 나를 보아주기 바란다. (…) 터놓고 보여줄 수 있는 한도에서
천품 그대로의 내 형태를 내놓는다.

– 몽테뉴 「수상록」 일부

몽테뉴는 "자아는 나의 책의 바탕이다."라고 말하면서 "여기 내
생긴 그대로, 자연스럽고 평범하고 꾸밈없는 별것 아닌 나"를 보아
달라고 하였다. 그의 말에는 대상에 대한 관조와 무형식의 기법으
로서 표현의 자유를 담아내고 있다. "꾸밈없음"은 담백한 표현을,
"천품 그대로"는 숨김없는 자아, "별 것 아닌 나"는 시민적이고 민중
적인 삶을 지칭한다. 이런 주장과 해석은 500여 년이 지나도 변하지
않고 있다. 몽테뉴가 말한 "천품 그대로의 내 형태"는 수필이 무엇
인가를 설명한 최초의 수필미학으로 간주 된다.

수필에 해당하는 정의에는 미셀러니와 에세이가 있다. 일반적으
로 신변잡기에 가까운 글을 미셀러니라 하고 소논문과 중수필을 에
세이로 구분한다. 모든 수필은 두 범주에 속한다. 원래 몽테뉴와
베이컨(Francis Bacon : 1561∽1626)은 수필을 정의할 때 에세이와
미셀러니를 구분하지 않았으며, 마찬가지로 한국적 수필이 에세이
가 될 수 없다는 명확한 구분도 가능하지 않다. 몽테뉴와 베이컨은
수필이 지니는 주정적 또는 주지적 요소 가운데서 한쪽의 특성을
상대적으로 중시하였을 따름이다.

문화적 관점에서 보면 서구인들은 논리적이고 이성적이라면 동
양인은 관조적이고 주정적이다. 정치, 사회, 경제 및 일상생활의 표
현에서 서구인들이 분석적이라면 동양인은 통합적이다. 시나 소설
과 희곡의 문학 장르에서도 그러한 차이를 살필 수 있는 바, 서양문

학에서 부단한 실험이 중시된다면 동양에서는 전통을 고수하는 것에 관심을 기울인다. 산문으로서 동양의 수필이 미셀러니에 근접한다면 서양의 수필은 에세이로 분류되어진다. 더욱 좁혀 한국수필을 예로 들면 주정적 수필이 주지적 수필보다 상대적으로 발전되었다고 하겠다.

문학 장르 중에서 시와 소설과 달리 서양의 에세이와 동양의 수필이 차이를 보이는 이유는 형식의 자유로움에 있다. 서양의 에세이가 실용성과 논리를 바탕으로 서술되는 글이라면 동양의 수필은 사색과 관조가 충일한 정서적 분위기가 지배한다. 서양의 에세이에서는 사회문제, 정치문제 또는 문화에 대한 비평적 태도가 두드러지는 반면에 동양의 수필은 인생 문제나 도덕성을 관심의 대상으로 삼는다. 생활관습과 환경에서 형성된 우리의 체질이 서구적 에세이보다는 동양적 수필에 적합할 뿐이다. 당연히 에세이와 수필에 대한 논의는 이분법보다는 상대적 개념으로 파악하는 것이 더 바람직하다.

수필은 무엇인가.

이것을 이해하려면 수필은 무엇으로 이루어진 문학인가를 살피면 된다. 수필은 작가의 체험과 전달하려는 주제와 주제에 빗댄 소재와 이것을 엮어내는 문장으로 이루어진다. 그럼에도 불구하고 과거에 이루어진 수필에 대한 정의를 살펴보면 문장이나 주제에 치중하여 정의를 내린 경향이 적지 않다.

대표적인 정의로서 "붓 가는 대로 쓰는 글"이 있다. 수필을 잡사, 잡문, 한필, 신변잡기, 노변정담, 여기로 분류하도록 한 이 말은 수필작법에 관한 명쾌한 정의에도 불구하고 여파와 해독이 적지 않다. 문학의 미적 요건을 충분히 살피지 못한 결점은 물론이거니와 작품에 대한 구조주의와 신비평적 관점을 소홀히 여기고 독자의 글 읽기를 무시한 점에서 현대적 정의로서 적절하다고 할 수 없다. "20대에 시를 쓰고 30대에 소설을 쓰고 40대에 수필을 쓴다."(피천득)는 세대론은 문장과 주제와 소재를 이어주는 결속성을 소홀히 하고 작가의 체험만을 중시한 견해에 불과하다. 40대가 되어야 어느 정도의 체험을 쌓고 문장을 통하여 경험을 기록할 수 있다는 뜻이겠지만 독자의 역할을 가로막은 편협한 요인에 해당한다. "수필은 써보려는 시필(試筆)의 본성이다."(김광섭)라는 의견도 수필공부가 문장 수련에 도움이 된다는 해석으로 나아가면서 수필을 주변문학으로 떨어뜨린 곡해에 해당한다. "수필은 사색하고 비판하여 독자적인 철학과 명상적 정서를 제시하는 글"(박국화)이라는 정의도 주제에 주로 초점을 맞춘 것이라고 할 수밖에 없다.

반면에 수필의 비형식과 비격식성을 강조한 것으로는 "수필은 캐주얼 문학"이라고 말한 공덕용(孔德龍)이 대표적이다. 그는 수필을 양복의 캐주얼웨어(casual wear)에 빗대어, '캐주얼 문학'이라 부른다. "시·소설·희곡을 제복이나 정장이라 한다면 수필은 어떤 격식에 얽매이지 않고 작가의 취향이나 제재(題材)에 따라 형식을 선택할 수 있다."라고 말하여 '무형식의 형식'을 강조하였다. 김시헌은 수필이 문학이 되기 위해서는 예술적 표현이 필요하다고 말하는데 이것은 중년의 문학, 비형식의 문학, 시필의 문학보다 진일보한 수필론으로 간주할 만하다. 수필의 내용은 작가가 행하거나 생각하거나 느낀 일체의 이야깃거리이지만 문학이 되기 위해서는 독자에게 전달되는 감동과 공감의 미학이 전제되어야 한다. 김시헌은 수필에서의 사상과 감정의 결속을 강조하여 수필이 지닌 예술성을 모색한 드문 수필가에 속한다.

예술을 사상과 감정의 표현이라고 했을 때 문학은 어느 예술 분야보다 사상을 깊게 구체적으로 탐색해 나간다. 설명을 통해서 직접 전하기도 하고, 어떤 때는 사실과 행위를 묘사하여 간접적으로 전달하기도 한다. 예술은 간접적인 표현에서 더 많은 효과를 얻는다는 점에서 직접적인 설명에 의존하는 철학이나 과학과 다르다. 수필은 자신을 진솔하게 드러내는 문학이다. 반면에 소설가는 자신의 경험에서 자유로울 수가 있다. 소설가는 허구라는 기법으로 자신의 체험을 솔직하고 대담하게 그려낼지라도 독자는 소설의 특성인 허구를 인정해 줌으로써 대담한 노출이나 묘사를 인격 평가에 결부시키려 들지 않는다. 수필의 구성은 시와 소설과 달리 허구가 아니라는 점을 전제로 하기 때문에 작가는 자기의 인격을 보호받을 수 있는 장치를 갖지 못한다. 그야말로 있는 그대로 자신을 독자에게 노출시키는 것이다.

수필에서의 자전성은 사이버리즘의 익명성과 모순이 되는 것처럼 보인다. 사이버공간에서 작가는 신분이 드러나지 않음으로써 자신이 말하고자하는 것을 소설의 허구처럼 그려낼 수 있다. 이런 익명 장치는 예전의 작가가 본명 대신에 필명이나 익명을 사용하였던 것에 비교된다. 익명은 작가가 자신의 부족한 면이나 부끄러운 면을 숨김없이 고백할 수 있는 환경을 마련해주지만 반대로 자신을 지나치게 미화하거나 과장하고픈 유혹을 던지기도 한다. 따라서 사이버 공간과 자신의 이름을 밝히지 않는 익명성이 상호 작용하여 수필에 미치는 부작용을 주의할 필요가 있다.

수필은 관조나 성찰이나 자조의 문학일지언정 아리스토텔레스가 "시는 자연의 모방이다."라고 말한 진의를 적용하면 노출의 문학이 아니다. 수필이 의식하는 진솔성을 폭로나 노출이라는 의미로 혼동해서는 안 된다. 진실성은 독자를 위해서가 아니며, 작가 자신을 위한 것도 아니다. 진실성은 수필을 위해서, 나아가 그 자체의 미덕을 위해서 존재한다. 얄팍한 인기를 끌기 위한 글은 선정적 자기폭로이며 자신을 위한 나르시시즘에 불과하다. 문학과 인생은 동전의 양면처럼 긴밀한 관계를 유지하는 만큼 삶의 언저리에서 쏟아낸 작품에 미적 가치를 부여하는 것은 바람직하지 못하다. 그래서 수필에 무한한 자유를 허용하면서 진실성이라는 한계를 부여하는 것이다.

수필을 제재의 문학이라고도 말한다. 이것은 수필이 서정적이고 서사적 요소를 가져야 함을 말하며 심미적 즐거움을 주는 제재를 충실하게 묘사하라는 의미가 된다. 아무리 수필 문장이 완벽할지라도 작가와 독자가 함께 나눌 인생관, 자연관, 종교관, 사회관, 철학관이 담겨 있지 않으면 문학적 가치가 사라져버린다. 김진섭도 「隨筆의 文學的 領域」이라는 소논문에서 "수필은 무엇이든지 담을 수 있는 용기(容器)이지만 무엇을 담는 것은 오로지 필자 자신의 자유로운 선택에 맡길 수밖에 없다."라고 하여 수필의 종류가 변화무쌍한 것은 소재의 무한성에 연유한다고 주장한다. 한국수필계가 전통적으로 선호하는 제재가 화조월풍(花鳥月風)이라면 현대의 포스트모더니즘에서 수필의 소재는 생활을 바탕으로 하되 재미있고 유익한 소재일수록 좋다.

수필의 소재는 무궁무진하다. 자연계와 인간사회에는 숱한 소재 거리가 널려 있다. 가장 완벽한 소재는 인간이고 가장 광대한 소재도 소우주로서 인간이다. 간복균은 소재를 일러 "언제 어디서나 선택될 수 있는 무엇"이라고 하였으며 김동리는 "수필의 대상은 사유의 전 영역"이라고 하였다. 수필에 토의문학, 토론문학, 비평문학의 일부를 포함시키는 이유도 개인의 차이를 능가하여 공감을 추구하는 소재를 어떻게 해석하는가에 따라 수필의 품격이 좌우되기 때문이다.

미셀 몽테뉴는 수필을 일러 "터놓고 보여주는 한도 내에서 그대로의 나 자신"이라고 하였다. 그의 말은 자신의 체험을 성찰하여 솔직하게 표현한 글이 수필임을 말해준다. 고백의 문학에서는 작가와 화자가 동일하기 때문에 "나의 목소리"를 내는 1인칭 화자에 의하여 서술된다. 작가와 독자와의 직접대화로서 수필이 토해내는 인생관, 연애관, 자연관, 우주관, 사회적 관습, 심지어 취미마저 작가의 고백이면서 독자의 간접체험이 된다. 말하자면 서로가 자신의 속마음을 모두 보여주는 셈이다.

미국의 수필평론가인 로버트 숄레스(Robert Scholes)는 『수필의 요소』라는 저서에서 "수필의 작가와 독자는 화자와 청자이며 가장 근접하고 직접적인 대화 상대"라고 작가와 독자의 관계를 설명하였다. 수필을 일러 작가의 체취가 밴 자조적 고백문학이라고 말하는 이유가 이것이다.

수필은 단면으로 인생 전체를 해독하면서 구체적인 생활을 묘사한다. 인생을 다루는 산문은 주관적이 아니라 객관적이며, 명상적이 아니라 과학적이며, 환상적이라기보다는 사실성에 치중한다. 산문정신은 문장과 언어의 아름다움 자체보다는 시민의 행동양식을 묘사하면서 그 의미를 밝히는 노력인 것이다.

수필의 산문정신은 소설의 산문성과 다르다. 소설은 허구를 바탕으로 하고 수필에는 체험이 깔리기 때문에 수필을 소설 구조에 맞춘다면 수필이라고 할 수 없다. 형식에서도 소설이 사건 자체에 집중한다면 수필은 사건이 지닌 의미에 관심을 둔다. 수필이라는 산문이 로맨스보다 객관적이고 사실적이고 실질적인 이유는 이러한 정신을 반영하기 때문이다. 아일랜드 태생의 영국수필가인 로버트 린드(Robert Lynd : 1879~1949)가 "산문은 표현이다."라고 말한 것에서 보듯이 산문정신은 수필의 구성에도 입체적인 영향을 미친다. 그것은 제재에 대한 작가의식에 속한다.

수필의 본질은 어떤 소재라도 담을 수 있고, 자유롭게 선택한다는 데 있다. 중요한 것은 소재와 주제를 이어주는 작가의 미적 능력으로서 이것에 의하여 명수필과 신변수필로 구분된다. 수필은 모든 체험이 아니라 "선택된" 체험만을 소재로 삼는다. 그 선택의 기준이 주제의식을 결정하고 작품의 품격을 계층화한다. 수필을 일러 품격의 문학이라는 연유도 여기에서 기인한다.

그 점에서 김우종의 수필론을 주목할 필요가 있다. 수필은 결코 단 하나의 이론이나 창작론을 가질 수 없다고 주장한다. 그는 「좋은 수필의 몇 가지 조건」이라는 소논문에서 피천득의 「수필」을 평하면서 수필의 보편적 개념을 논하고 있다. 일반적으로 문학은 다양한 기능을 가지고 작가의 취향에 따라 달라지는 개인적인 생산품에 불과하다고 말한다. 수필이 문학으로서의 떳떳한 위상을 지키려면 교과서에서 배운 고정관념을 불식하고 수필의 본령을 이해하는 노력이 요청된다. 수필은 독자에게 감동과 깨달음을 주어 올바르게 살아가도록 유도하는 산문이라고 말하는 김우종의 설명을 확대하면 사이버리즘 시대에서도 수필은 다양한 변화를 추구하게 된다.

인간의 바람직한 삶은 지성과 정서를 조화시킬 때 가능하다. 프랑스의 철학자이며 문학가인 알베레스(R. M. Alberes)는 수필은 "지성을 기반으로 한 정서적·신비적 이미지"를 형상화한 문학이라고 했다. 지성과 정서가 조화를 이루고 개인적 가치가 형상화될 때 문학으로서 미의식을 갖추게 된다는 설명이다. 단순한 관조, 자조, 내성의 문학은 주제의 빈혈증을 가져온다. 관조는 자신을 객관화하는 작업이지만 독자를 사회 발전에 참여시키려는 적극적인 노력이 미흡한 정신활동이다. 수필이 자아를 개선하려는 몸부림이라면 사회에 대한 성찰과 참여는 수필가의 또 다른 의무라 하겠다.

2. 수필과 커뮤니케이션

인류의 역사는 커뮤니케이션의 역사다. 상형문자, 필사, 금속활자, 인터넷, 그리고 이모티콘으로 표현수단이 바뀔 때마다 인류 문명은 대변혁과 전환기를 맞는다. 21세기에 들어서서 획기적으로 인간의 삶을 변모시킨 인터넷을 문학에 어떻게 이용할 것인가. 나아가 뉴미디어문학의 문제점과 앞으로의 방향에 대해 진지한 모색이 필요한 이유는 문학이 지닌 소통성 때문이다.

사이버리즘은 사회 및 문화 전반에서 가속화되고 있는 새로운 현상이자 디지털시대의 패러다임이다. IT산업과 공학을 바탕으로 하고 있는 사이버리즘은 전복과 해체와 혼성을 특징으로 한다. 그 특징은 주체의 분열, 판타지에 가까운 신 리얼리즘의 확대, 소통의 쌍방향으로서 사이버공간이 확장될수록 더욱 뚜렷해지리라 예측된다. 사이버리즘은 새로운 이데올로기이며 피할 수 없는 소통 양식으로서 "디지털시대를 반영하는 문화 논리" 중의 하나에 해당한다. 당연히 어느 국가, 사회, 개인도 포스트모더니즘이라는 문화 현상에서 벗어날 수 없다.

사이버리즘이 문학에 미치는 가장 큰 영향은 무엇인가. 쌍방향 소통이다. 작가와 독자 간의 층위가 없어지고 간격도 줄어든다. 지금까지 작가는 작가의 지위를 신성시함으로써 대중들은 소외되고 독자와 작가의 역할은 기능적으로 분리되어왔다. 그런데 '사이버' 공간이 마련되어 인문학이 보장해준 작가의 권력 구조가 무너지면서 현대독자들은 주저하지 않고 작가를 비판하는 댓글을 달게끔 되었다. 독자들이 변한 것이다. 개방된 사이버 공간에서는 모두가 평등할뿐더러 사이버 독자는 항상 새로운 무엇인가를 원하고 있다. 초문학(meta-literature)과 혼성문학을 요구하는 사이버독자는 시보다 시적이고 소설보다 더 소설적이고 드라마보다 더 극적이고 수필보다 더 생생한 말하기 문학을 원한다. 그것이 신화다. 소통으로서 신화는 존재의 근원을 캐는 문학, 우주의 신비를 풀어가는 문학, 인간이 만든 관념과 담론을 줄기차게 재구성하는 문학, 산문과 운문이 어울린 가장 원초적인 문학이기도 하다. 신화는 모든 문학인들이 쓰고 싶어 하는 메타릿(meta-lit)인 셈이다.

"어제는 역사, 내일은 신비, 오늘은 신의 선물"(Yesterday is

History, Tomorrow is a Mystery, Today is a Gift)라는 말이 있다. 보통사람은 오늘에 산다. 많은 사람은 과거에 산다. 반면에 작가는 내일에 산다. 오늘의 독자는 한 편의 작품에서 어제, 오늘, 내일을 공유하려는 하이브리드 독자들이다. 일반 대중들이 인터넷 공간에서 글쓰기를 하면서 가상공간은 불특정 독자가 공유하는 것이 되었다. 오늘의 작가들, 특히 오늘의 수필가들이 이런 변화를 자각하지 못하고 19세기의 수직 사고와 과거의 매너리즘에 매달려 있다면 문제가 아닐 수 없다.

현대작가의 초상화를 그려보자. 오늘의 작가는 사이보그에 가깝다. 머리에는 전자회로를, 가슴에는 PC 스크린을, 손에는 마우스를 쥐고 있는 인간(electric—cyber sapience)이다. 비유하면 작가는 IT 시대에 사는 신화적 사이보그—스핑크스이다. 독일 시인인 하인리히 하이네(Heinrich Heine)가 "역사는 스핑크스다."라고 갈파했을 때 역사란 시대의 해석이며 스핑크스는 그 해석자의 역할을 맡았다. 희랍 신화에 등장하는 스핑크스는 길 가던 사람에게 인간이 무엇인가를 물어 답을 맞히지 못하면 소통부재에 좌절하여 그 행인을 죽여 버렸다. 오이디푸스(Oedipus)가 '인간'이라고 답을 푸는 순간, 스핑크스는 현실에서 사라져서 신화 속의 철학자로 남게 되었다. 소위 신화적 커뮤니케이션이 완성된 것이다. 예전처럼 오늘날의 작가도 스핑크스로서 인간의 실존과 우주의 비밀에 대해 묻는다. 다만, 질문의 화살이 자신에게 향하므로 대답을 찾지 못하면 스스로 '죽임'을 겪는 존재라는 점이 다를 뿐이다.

문학의 생명은 새의 비상처럼 시공에 대한 저항에 있다. 인간의 저항의식과 사건의 현상에 대한 사유가 고대에는 신화에 저장되었다면, 근대에는 문학에, 21세기 오늘날에는 PC에 저장된다. PC는 현대판 책이고 타임캡슐과 동일한 기능을 갖는다. 그 속에는 개인의 삶은 물론 의식주, 정치구조, 유희, 예술과 스포츠, 범죄와 전쟁 등 일체의 사건과 그 결과를 저장하면서 미래의 독자와 청자를 기다린다. 타임캡슐이 개인과 사회, 과거와 미래를 잇는 사고(史庫)이자 신시대의 신화집(神話集)인 셈이다. 이렇듯이 문학은 탐색구조에서는 신화를, 탈 시간적 저장성에서는 타임캡슐을, 독자와의 소통성에서는 PC의 역할을 수행한다. 현대 생활인의 생존원리가 "클릭을 할수록 삶의 질이 향상한다."(More click, Better life)면 문학도 "클릭을 할수록 좋은 작품이 나온다."(More click, Better work)고 말할 수 있다. 이것은 오늘날 인간과 작가는 사이버 소통에 생활이 좌우된다는 점을 반영한다.

21세기의 디지털시대를 두고 캐나다의 미디어 이론가인 마샬 맥루한(Marshall Mcluhan)은 "미디어는 인간의 오감을 확장시키는 유용한 수단이자 도구"라고 말하였다. 인터넷, IT, 디지털로 불리는 미디어는 인간의 감각과 사고체계, 사회조직, 나아가 문화구조에 변화를 일으켰다. 컴퓨터와 인터넷, 휴대전화와 아이팟은 지금까지의 공간개념과 시간의식을 전복하고 노동, 학습, 주거, 유희라는 인간의 활동에 유례없이 급변을 가져왔다. 미디어라는 새로운 디지털 체제는 구텐베르크가 발명한 인쇄술과 필사문학을 전복시키고 이미지 문학이라는 새로운 표현양식을 만들어내었다. 문자, 기호, 이미지가 합친 새로운 의미체계는 작가와 독자 간의 소통을 더욱 원활하게 하면서 혼성문학을 탄생시켰다.

모바일 통신 분야에서 사용되기 시작한 퓨전(Fusion)을 "미래의

비전"(Future Vision)으로 풀이해보면 수필의 미래상이 더욱 분명해
진다. 미래를 바라보는 시선이라는 퓨전의 원래 의미는 '융합한다'는
뜻이다. 문학에서 퓨전은 일반적으로 소재의 혼성, 형식의 잡종을
지칭하지만 가장 중요한 부분은 관점과 시선과 의식을 통합하는 데
있다. 퓨전이야말로 신화가 보여주었던 예술을 종합하는 아이콘이
면서 포스트모던시대의 문학을 확장하는 미적 도구(poetic tools)로
간주할 수 있다. 퓨전은 표현양식의 다양성과 잡종성과 혼성을 설명
하는 디지털시대의 담론임에도 오늘의 수필가들은 미토스와 리얼리
즘의 혼성이 보여주는 역동성을 외면하고 평이한 서사 수필로 도피
하거나 얄팍한 서정수필에 안주하거나 껍데기 작가라는 안일성에
의탁하고 있다. 실험성(Experiment)으로서 수필(Essay)의 본성을 망
각한다면 신화시대의 다의성, 디지털시대의 속도성, 사이버 지식의
공유, 독자의 가독성과 포스트모던시대의 대중성을 놓치기 십상이
다. 여기에 디지털시대의 수필에 대한 정의가 필요한 것이다.

사이버리즘 시대의 작가는 저항과 소통을 꿈꾼다. 전통적인 창작
론에서 보면 글쓰기는 의식과 무의식에 걸친 경험의 파편을 질서
있게 재정리하는 작업이었지만 사이버리즘에서의 글쓰기와 글 읽
기는 일정한 선형구조를 따르지 않을뿐더러 순차적으로 짜인 구조
를 해체하고 뒤집고 전후좌우의 구분을 없애면서 자기만의 소통체
계를 유지하려 한다. 컴퓨터와 생물학이 합쳐 제작한 게놈지도는
생명에 대한 경외심을 위축시키기보다는 생명에 대한 상상을 무한
대로 뻗치게 하듯 "인간과 기계의 공진화"는 더욱 활발해진다. 그때
필요한 것이 상상으로서 디지털시대로 접어들수록 창의성은 더욱
진가를 발휘하게 된다. 달리 말하면 수필은 전통에 얽매여 컴퓨터

와 전자책에 굴복할 것인가. 아니면 사이버공간과 인터넷 기저를 최대로 이용하여 산문의 시대를 정립할 것인가. 뉴미디어 시대에 수필이 염두에 두어야 할 이러한 문제는 키치적 대중성과 다르다. 문학의 속중성을 경고하면서 정목일은 「뉴미디어와 수필」에서 "뉴미디어시대에 수필가들은 전문성과 개성과 창의성으로 독자적인 영역을 확보하고 세계를 마련하여야 한다."라고 일깨우고 있다. 일반 수필과 디지털시대의 수필은 소통과 전달력에서 변별력을 가져야만 존재를 인정받을 수 있다는 뜻이다.

3. 디지털 환경과 수필

컴퓨터와 인터넷을 통해 창작되고 전달되는 문화를 사이버문화라고 한다. 사이버 공간은 현실을 대체하고 보완하는 차원으로서 다양한 문학 활동이 펼쳐진다. 문학 사이트에는 많은 창작품이 게재되고 작품이 수시로 웹사이트나 카페나 블로그로 옮겨지고 인터넷 작가가 배출되고 온라인 문단이 생겨나고 있다. 당연히 오프라인 문학은 온라인 문학에 의하여 영향을 받게 된다.

디지털 문학을 논의하려면 사이버리즘의 영향력을 검토하는 것이 바람직하다. 첫째, 컴퓨터 매체는 펜 문학의 전통성을 마비시켜 간다는 표현상의 위기이며, 둘째, 사이버 공간은 작가와 독자 간의 수직관계를 해체한다는 것이며, 셋째, 창작과 독서와 비평의 영역이 혼재되는 점이며, 넷째는 작가의식의 혼란과 위기를 손꼽을 수 있다. 디지털시대에 인문학이 위축되는 이유도 아날로그와 디지털의 간격, 감성과 기계주의의 간격, 세대와 계층과 지역과 젠더 간의 간격이 붕괴되는 추이를 제대로 수용하지 못한 데 있다. 수필은 사회성과 개인성을 가장 많이 반영하는 문학이라는 점에서 위기의식은 더더욱 크다.

현대문화의 특징을 "인터넷 길이 왕도다."(N-way is a royal road)라고 말한다. 알파넷(ALPHANET)에서 시작된 통신망(WWW)과 인터넷(Internet)은 인류의 가치관과 생활 패턴에 가히 혁명적인 변혁을 가져오고 있다. 컴퓨터 마우스를 클릭할수록 삶의 질이 향상되고 컴퓨터에 내장된 정보의 바다를 오래 유영할수록 생존능력이 증가한다는 원칙은 21세기 수필의 생존전략이 무엇임을 암시해준다.

그렇다면 사이버리즘이 초래한 사회문화적 변화를 제대로 인식할 필요성이 적지 않다. 사이버시대의 체험은 온라인과 오프라인으로 구분된다. 의식주가 오프라인에서 이루어진다면 심리적인 활동은 온라인에서 이루어지는 추세가 증가하고 있다. 사이버, 혹은 디지털시대의 변화는 러시아의 현대 철학자인 라키토프(A. Rakitov)에 의하여 보다 구체적으로 설명되고 있다. 그는 러시아가 붕괴한후 페레스트로이카 철학을 정립하고 컴퓨터 기술이 가져온 변화가 경제적, 정치적 문화적 메커니즘과 상호 용해되어 합쳐지고 있다고 설명한다. 지식을 창출하고 보존하고 기록하는 정보 테크놀로지는 현대인의 실생활에 엄청난 영향을 미치기 마련이다. 생산과 소비뿐만 아니라 문학과 예술에 걸쳐있는 등 정신적 에너지가 고스란히 기계공학에 반영되므로 사이버리즘 시대의 인간은 자기실현의 새로운 가능성을 문화양식을 통하여 도모하게 된다.

세상은 웹이란 정보망으로 감싸여 탈 중심과 혼성의 지구촌으로 변하고 있다. 멀티미디어가 소통 도구로 등장하면서 낯설게 하기와 혼성이 심화되는 변화로 인하여 소재주의와 주제의식에 익숙한 수필가는 당황스럽기만 하다. 사실주의와 낭만주의는 각각 이성과 감성을 기반으로 함으로써 작가는 선악, 음양, 생사, 타락과 구원 등 대치적 가치 중에서 하나를 택일하여 표현해 온 것이 사실이다. 이런 사고체계는 디지털시대에는 부적합한 패러다임에 불과하다. 디지털시대에서는 경험을 전사하는 것만으로 부족하듯이 선험적 세계를 추구하는 작가는 사이버리즘을 문학의 위기가 아니라 문학의 호기로 활용하려 한다. 선험적 이론과 문학적 다양성에 눈을 뜨는 작가만이 개인적 체험을 공감화 할 수 있다는 뜻이다.

포스트모던시대는 예술과 기술, 인문과학과 자연과학의 상호 만남을 촉진시킨다. 컴퓨터를 이용한 가상공간에서의 시뮬레이션이 점차 실용화되면서 자연과학의 논리와 인문과학의 감성이 서로에게 접근하고 있다. 즉물적이고, 본능화하는 사회현상도 문학이 과학적 요소를 수용하여야 한다는 점을 강조해 준다.

인간은 오감으로 인지하고 상상으로 사색할 때 주변 상황을 더 객관적으로 해석해 낼 수 있다. 다가오는 시대정신과 대중의 욕구를 고려하는 노력은 현실과 야합하는 것이 아니라 장르를 계승 발전시키는 창조적 변신에 해당한다. 생존을 넘어서려는 창작전략은 오늘의 수필가에게 주어진 소명이자 현대수필이 추구할 목표 중의 하나이다. 영국 시인 엘리엇이 주장했던 미래지향성은 작가의 의무라는 점에서 수필은 어느 장르보다 디지털시대에 생존하기 적합한 적응력을 지닌다.

정보 테크놀로지(IT)시대의 작품은 호소력과 재미가 없으면 순간

순간 '지워짐'을 당한다. 돌이켜보면 수필문학은 그동안 이런 변화에 적절하게 대응해오지 못한 게 사실이다. 만일 수필 쓰기의 형식과 내용에서 실험성이 모색된다면 '낯설게 하기'는 좋은 예가 될 것이다. "낯설게 하기라는 다소 생경한 실험적 방법은 시대정신과 역사적 환경에 대처하는 길이 될 것이다."라고 말한 한상렬은 「수필의 일상성 벗어나기와 문학적 '낯설게 하기'」에서 미래에 대한 도전과 모색을 강조하고, 유병근도 「수필의 맥을 찾아서」에서 "누구나 할 것 없이 그가 갖는 틀에 매인 수필이론을 과감하게 버려야 한다. 버린 뒤 새 길을 모색하는 것이 신선한 수필쓰기의 길이다."라고 각자의 창작 이론을 구축할 것을 조언하고 있다. 수필은 과거라는 시간을 바탕으로 하지만 삶의 가치를 추구한다는 점에서 미래지향적이라고 여기기 때문이다.

문학과 관련된 문화적 배경이 갈수록 불투명해지는 것이 포스트모더니즘시대의 특징이다. 문학평론가 성민엽은 이런 시대의 특징을 "그 불투명한 액체성의 공간 속을 오늘의 작가는 헤엄친다. 그 불투명한 액체성은 한없이 끈끈하기만 하다. 문화산업과 멀티미디어, 사이버스페이스가 후기산업사회의 자본과 권력이 헤엄치는 동작을 강한 접착력으로 옭아맨다. 그 불투명에 눈멀고 그 끈끈함에 속박되어 그의 헤엄은 너무도 힘겹다."라고 설명해준다. 우리 수필가들은 힘에 겨워 헤엄을 멈추는 순간 좌절의 늪 바닥으로 가라앉아 버린다는 것을 알고 있다. 한마디로 변화에 부단하게 반응하는 작가야말로 새 시대의 커뮤니케이션을 창조해나간다.

디지털시대의 키워드는 '다(多)(multi), 탈(脫)(post), 초(超)(meta)'로 요약된다. '다탈초'(MPM)는 무엇보다 인문학의 표현양식에 커다

란 변화를 가져왔다. 2007년에 〈조선일보〉가 사이버신춘문예 제도
를 도입하면서 디카수필, 스토리, 블로그, 댓글이라는 4가지가 미래
문학의 장르가 될 것임을 예고한 것은 결코 우연이 아니다. 이러한
트위트류의 산문은 디지털시대의 수필이 어떻게 고대의 대화성을
복원할 수 있는가를 알려준다. 수필이 사이버공간에서 생존이 가능
한 이유는 1차적으로 약간의 문학 수련을 받은 자라면 수필을 감당
할 수 있다는 대중성과 비교적 자유로운 형식에 있다. 신재기 교수
도 "사이버 텍스트는 성격상 수필에 근접해 있다. 특히 사이버 텍스
트의 상호 작용성과 대화성은 수필쓰기를 통해 가장 쉽게 구현된
다."라고 「디지털시대 수필쓰기에 반영된 사이버리즘」에서 밝히고
있다. 이런 점을 종합하면 수필은 산문과 운문의 중간성과 통합성
을 특징으로 해왔다는 점에서 과학과 인문학을 결합할 수 있는 21
세기의 대표산문이라고 하여도 지나치지 않다.

에필로그

문학은 살아있는 유기체라고 말한다. 좋은 수필이 지니는 요건
중에서 빠질 수 없는 장점이 유기성이다. 수필은 주제, 제재, 경험,
독자, 작가, 구성, 문장별로 완벽해야 하지만 이들 간의 상관관계는
더더욱 무시할 수 없다. 유기체는 자체의 조직과 유기성으로 생존
하며 주변 환경에 맞추어 능동적으로 변화한다. 수필창작에 적용
하여 주제가 선택되면 그것에 알맞은 제재와 표현 형식이 정해지게
된다. 주제와 제재와 표현이 어울려야 수필의 문학적 효용이 극대

화된다. 사이버리즘이 발전할수록 인간의 생활은 자연계처럼 생태적인 연결망을 지닌다. 인간의 생활을 반영하는 글도 생태적인 상관성을 유지할 때 생명을 유지해나간다. 이를 위해서 수필이 갖추어야 할 첫째 조건은 허구성이라는 독자를 기만하는 속임수를 자제하고, 실제경험을 바탕으로 독자를 상상의 세계로 유도하는 기법을 살려야 한다. 더불어 현대성을 지닌 이미지를 창출해 나가며 의미망을 넓혀야 한다.

한때 수필은 아무나 쓸 수 있고, 붓 가는 대로 쓴 글이라고 하여 잡문과 신변잡기로 비하된 때가 있었다. 수필은 "아무나" 쓰는 글이 아니라 "누군가" 제대로 써야 하는 글이다. 수필을 쓰려면 40대는 되어야 한다는 충고를 액면 그대로 받아들인다면 경제적, 시간적 여유가 필요하다는 뜻이 아니라 중년이 되어야 제재와 주제에 대한 나름의 해석 능력을 갖는다는 의미로 풀이할 수 있다. 수필은 중년(中年)이 아니라 중년(重年)의 문학, 즉 연륜의 문학인 셈이다.

새삼스러운 말은 아니지만 '연륜'은 사람이 마음대로 행동할 수 없게 만드는 제약을 수반한다. 연륜이 담보하는 인간미는 지성과 감성을 아우르게 한다. 지성은 감성을 여과시키고 감성은 지성에 온기를 불어 넣는다. 수필이 "대중의 문학"으로 비하되어 거부감이 느껴진다면 수필이 지성과 감성의 균형미를 상실한 때이다. 나아가 '선비의 문학'이라는 고전적 해석에 거부감을 갖는 이유는 수필이 사이버리즘의 환경과 거리를 두고 있기 때문이다. 수필은 고고한 상류문학도, 저급한 하층문학도 아니다. 수필은 어떤 경우에도 건실한 생활에서 얻어진 철학과 경험을 바탕으로 하는 인생문학이고 자연문학이다.

윤재천은 이 문제에 대하여 작품의 문학성은 작가의 안목이 결정
된다고 「수필의 변신」에서 말하고 있다.

> 작가는 보다 근원적이고 본질적인 문제에 대해 구체적으로 관심을 가
> 질 필요가 있다. 그래야만 시간과 공간이라는 장애요소와 무관하게 대중
> 에게 진한 감동을 전할 수 있다. 수필은 정서적 체험의 결과로 획득한
> 것이어야 한다. 비록 일상적인 제재를 글감으로 한 수필이라 하더라도
> 작가의 신선한 안목과 예리한 통찰력, 독자의 마음을 끄는 흡인력이 전
> 제되지 않으면 수필이 아닌 '잡문'으로 보아야 한다.

윤재천의 수필론은 전통과 변신의 양면성을 가지고 있다. 문학이
시간과 공간의 소산이라면 사이버리즘과 인터넷 사회에서 이루어
지는 개인의 경험은 사회현상을 설명하는 척도가 된다. 사이버리즘
의 쌍방향성은 산업사회에 긍정적이고 부정적인 영향을 동시에 미
치는 만큼 사회의 정화제로서 수필에 대한 기대치는 그만큼 높아진
다. 따라서 수필가는 사이버리즘 시대의 의사소통 매체로서 수필다
운 영토를 복원시켜주는 소임을 하도록 노력할 필요가 있다.

제2장

수필과 수필미학

수필은 문학이고 문학으로서 수필은 예술의 하부 영역에 자리한다. 수필이 예술의 일부라는 전제는 수필이 무엇인가를 알려면 미학(美學)이 필요하다는 것을 말한다. 미학을 통한 수필의 이해가 수필문학의 정립에 도움이 된다고 간주하기로 하자. 그렇다면 수필미학이 존재하는가, 수필미학이 존재한다면 어떻게 정의되고 설명되어야 하는가라는 논의가 제기된다.

수필을 미술과 음악과 조각과 비교할 때의 첫 번째 차이는 전달 수단이다. 그들은 각각 문자, 색채, 소리, 형상에 의하여 표현되고 전달된다. 표현 매체가 다르다할지라도 수필이 모든 예술처럼 미의식을 추구한다는 사실을 부정할 수 없다. 아름다움을 다루는 미학의 영역에서 수필도 예외가 아니라는 뜻이기도 하다.

미학을 간략하게 정의하면 아름다움을 다루는 철학의 일부이다.

그런데 수필의 현실은 그렇지 않다. 예술을 다루면서 미학을 거론하면 고개를 끄덕이는 사람도 수필을 거론하면서 수필미학이 필요하다고 한다면 의아하게 여긴다. 수필독자들은 가뜩이나 수필이 어렵고 이해도가 소설에 비하여 낮다고 불평하는 터에 미학을 거론하면 수필은 더 어려워질 뿐이라고 불평하는 경우가 적지 않다. 예술적 아름다움이 수필의 품격을 훼손하지 않는가. 그런 우려를 갖는다면 학문이 지닌 엄숙미가 수필의 섬세한 품격을 훼손한다고 두려워하기 때문이다.

모든 정신작용은 그것을 설명하는 논리적 장치를 필요로 한다. 진지한 예술가들은 자신의 예술과 작품이 미학이라는 체계화된 이론에 맞추어 평가되기를 기대하고 독자의 반응보다 미적 식견을 가진 비평가들의 견해를 더 중시한다. 이런 평가 과정에서 미학이 생성되고 존재하게 된다. 문학의 모든 장르가 예외일 수 없고 수필도 미학적 기대치에서 벗어날 수 없다. 산문의 시대라고 불리는 IT시대일수록 미학을 이해하여야 수필을 제대로 읽고 쓴다고 할 것이다.

1. 아름다움이란?

미학은 예술과 직접적인 상관성을 가진다. 말 그대로 미학(aesthetics)은 미와 예술이 무엇인가를 설명해주는 용어이다. 미학은 예술이 무엇인가를 설명하는 외에 예술이 왜 필요하며 어떤 예술이 가장 아름다운가를 논리적으로 설명해 나간다.

예술은 무엇일까. 예술은 인간이 수행하는 행위 중에서 신이 이루어낸 창조에 가장 근접한다. 만물은 신에 의하여 창조되었다. 신은 권능과 상상을 동원하여 어떤 외부의 제약도 받지 않고 삼라만상을 만들었다. 종교인이 아니라도 부인하지 못한다. 인간은 곡물을 생산하고 생산 도구를 만들고 살림살이에 필요한 각종 용기를 고안하고 심지어 각종 무기를 제작하기까지 한다. 이런 도구들은 기능상의 효용은 지닐지 모르지만 미학에서 말하는 미(美)를 갖지는 못한다. 반면에 예술이 추구하는 미는 진선미의 하나로서 인간이 원하는 최상의 가치를 표현한다. 참되고 착하고 아름다운 진선미의 예를 들어보면 고백은 참되고 어린이는 착하고 미녀는 아름답다. 철학적 영역에서 보면 과학은 진(眞)을 다루고 도덕이 선(善)을 다룬다면 미학은 미(美)를 다룬다고 말할 수 있다.

아름다움에 대한 기준은 문명권마다 다르다. 개인에 따라서도 차이가 난다. 미가 절대적이 아니라는 현실은 미의 경계를 뚜렷하게 설정하기 어렵다는 것을 보여준다. 우리들은 아름다움이라는 말을 생활 속에서 아주 빈번하게 사용한다. "아름답다."라는 말을 여러 곳에 붙이면서 살아간다. 꽃이 아름답다고 말하고 여성은 자신이 아름다운가를 남에게 물어보기도 한다. 가장 오래된 설화는 『백설공주』에 나오는 여왕을 들 수 있다. 그녀는 아침마다 거울을 보면서 "거울아, 거울아, 세상에서 누가 가장 예쁘니?" 하고 물었다. 그리스 신화에 나오는 미의 여신 아프로디테는 성애(性愛)의 여신이며 로마인들에게 미의 여신은 비너스였다. 시대를 통하여 각 민족마다 미의 여인을 뽑는 축제를 베풀지만 기준은 민족마다 달랐다. 여성의 미에서조차 기준은 지금도 천차만별이다.

미는 여성에만 한정되지 않는다. 고대와 중세와 현대의 사람들은 시대를 불문하고 예술가들이 생각하는 이상으로 아름다움을 널리 적용해오고 있다. 아름다운 여인 외에도 색깔이나 냄새를 두고 아름답다고 말한다. 꽃, 산, 나무, 돌, 달, 별을 아름답게 바라보고 아름다운 희생, 아름다운 우정, 아름다운 죽음이라는 경어조차 사용한다. 청각이나 시각 같은 오감에 한정시키지 않고 인간의 행동이나 소유물에도 아름다움이라는 용어를 붙이고 있다. 플라톤은『향연』에서 사람의 성격은 물론 사회의 제도와 법도 아름답다고 하였고 동양의 공자는 그의 사상의 핵심인 인학(仁學)으로 문예의 아름다움을 설명하였다. 3세기 로마의 영향력 있는 지식인·문필가 집단의 중심인물인 플로티노스(Plotinus : ?～270)는 놀랍게도 과학은 아름답다고 칭송하였다. 따라서 아름다움은 사람이나 사물이나 관념에 국한되는 개념이 아니라 추상적이고 심미적인 담론까지 지향하고 있다.

미 자체에 대한 주장은 매우 상대적이다. 미의 객관성은 사물들이 객관적 성질에 따라 아름답다거나 아름답지 않다는 풀이에 다다른다. 장미꽃이 호박꽃보다 더 아름답고 절벽의 노송이 먼지를 뒤집어 쓴 가로수보다 아름다운 것에 누구나 동의한다. 우리에게 즐거움을 주기 때문에 아름다운 것이 아니라 그것이 완전하고 균형 잡혀 있기에 아름다움과 즐거움을 준다. 아름다움의 객관주의는 희랍시대의 궤변론자를 제외하면 누구에게나 자연스럽게 받아들여졌다. 예컨대 아름다우려면 균형과 조화를 지녀야 한다는 주장이다. 좌우대칭의 건물이 아름답고 팔등신의 미녀가 아름답게 보이는 것과 마찬가지다. 반면에 어린이의 그림이나 작문은 진솔하지만 유치하게 보인다. 그 까닭은 미의 척도인 내용과 형식의 균형을 때문이다. 예술창작에서 내용이 감동적일지라도 선과 색채의 배합이 불균형적이고 구성과 문장이 제대로 짜여있지 않으면 아름답지 않다고 말하게 된다. 미적 구조를 갖추지 못한 수기나 미문으로 쓰인 잡문이 여기에 해당할 것이다. 수필도 내용이 아름다울수록 좋은 작품이 되지만 내용에 못지않게 문장의 미적구조가 잘 짜여야 한다.

수필에서 미학은 예전부터 생소한 것이 결코 아니다. 수필이라는 문학 장르가 동서양에서 생겨난 이래로 수필의 아름다움은 존재해왔고 이야기해왔다. 수필문학이 나타난 것과 때를 같이하여 좋은 수필은 어떤 것인지에 대하여 이야기하는 수필미학이 존재해왔음도 분명하다. 좋은 수필을 미학으로 판단하면 아름다운 수필에 해당하고 좋은 문장이란 아름다운 문장에 해당한다. 우리는 다만 미학이란 어려운 용어 대신에 좋은, 아름다운, 흠결 없는 등의 수식어로 표현하고 있을 따름이다. 사이버리즘 시대에 수필미학을 논의하는 것도 하등 이상하지 않다. 다만 그 수필미학이 이전과 같은가, 다른가의 차이를 지적하는 것이 필요한 것이다.

문학에서 미적 경험이란 독자가 작품을 감상하는 정신적 심리적 육체적 경험을 말한다. 미적 경험의 총체를 비평에서는 스키마(schema)라고 부른다. 스키마는 작품에 실린 문화적 정치적 사회적 배경, 수용자의 교육 수준, 선행 경험, 문학적 유창성 등을 말하는데 스키마에 대한 경험이 많을수록 작품을 깊게 이해하고 창작에서 폭을 넓힐 수 있다. 예술적 창조 행위도 그림을 그리거나 원고지에 글을 쓰는 단순한 작업에 머물지 않는다. 그가 어떤 유년기를 보냈는가, 청년기에 어떤 사랑을 하였는가, 글을 쓰면서 어떤 독서와 여행을 하고 체험을 하는가에 따라 창작역량과 작품수준이 달라진다. 작가가 거쳐 온 모든 직접적이고 간접적인 경험이 미적 경험에 포함된다. 이것은 문학은 작가의 총체적인 분신이라는 사실에 일치한다.

미적 경험에서 수필과 수필가의 관계를 논의하기로 한다. 작가와 작품과의 상관성에서 보면 수필은 어느 문학보다 체험과 미학 간의 상관지수가 높은 장르에 해당한다. 시와 소설은 허구에 의하여 창작되지만 수필은 어떤 경우에도 체험에서 출발한다. 상상이라는 변용의 행위가 끼어든다 하더라도 수필은 체험이라는 화소를 가진다. 개인의 삶을 살펴보아도 생로병사, 희노애락애오욕의 7정(情), 관혼상제와 제의의식이라는 삶의 화소에서 벗어날 수 없다. 우리나라 수필가의 체험환경은 1930년 이후 일제강점기, 좌우익의 갈등, 민족사변과 개발의 팽창, 그리고 민주화와 국제화로 이어져 역사적 문화적 격동이 남긴 정신적 자산은 근현대 수필가들에게 소중한 미적 체험으로 남아있다. 그렇다면 사이버리즘이라는 전대미문의 현상이 나타난 오늘날, 작가와 독자는 미적 체험을 얻기 위해 전과 다른 노력을 요구받는다.

사이버리즘과 문학과의 관계는 인터넷이란 뉴미디어의 등장과 인터넷을 통한 글쓰기로 요약된다. 사이버 공간은 수필이 생산되고 보급될 수 있는 공간임을 부인하기 어렵다. 수필이 지닌 고백성, 친화성, 대중성은 인터넷에서 펼쳐지는 체험과 일치하고 한국수필이 사이버 환경에 잘 대처해왔다는 점은 현대수필을 이해하는데 매우 중요시된다.

미학을 한국수필에 적용하면 미론(美論)과 예술론(藝術論)은 동일하지 않게 된다. 미론과 예술론을 간단하게 구분하면 미론은 미적 경험을 다루고 예술론은 창작의 구체적인 과정을 다룬다. 대상을 기준으로 하면 전자는 이론비평이고 후자는 실제비평에 해당한다. 수필론과 수필창작론으로 구분되는 두 이론은 서로 영향을 주고받으면서 21세기에 적합한 수필을 다채롭게 재단하고 있다.

2. 미학으로서 예술

아름다움을 영어로 뷰티(beauty)라고 부른다. "beauty"와 "art"가 결합된 의미로서 아름다움의 가치는 오래 전에 이루어졌다. 그리스 로마 시대와 고대 중국에 예술이 존재하였고 이론으로 정립되지는 못하였지만 미학은 아름다움을 설명하는 용어로 사용되었다. 그리스 신화에는 아프로디테와 헤라와 아테네 중에서 가장 아름다운 여신을 선택해야 했던 파리스의 이야기가 있다. 양귀비와 서시로 대표되는 동양미인의 기준은 중국의 고대 신화에 연유한다. 더욱 거슬러 올라가면 지구상의 동굴이나 암벽에는 원시인들의 상형문자와 그림이 적지 않게 남아있다. 알타미라 동굴에 새겨진 벽화와 한반도의 도처에 남겨진 암벽화와 미대륙의 인디언들이 남긴 그림들은 생활풍속 외에도 그들의 미의식을 보여주는 소중한 자료로 간주되고 있다. 현대예술과의 차이라면 당시는 회화와 음악과 문학이 구분되지 않았고 다소 유치한 종합예술로 존재하였을 뿐이다.

예술로서 미의 개념을 최초로 제기한 사람은 피타고라스(Pythagoras)

라고 말할 수 있다. 숫자(數)를 만물의 근원으로 해석한 피타고라스 정리를 세운 그는 회화와 조각과 건축에 적용되는 규범을 만들었다. 규범이 원리원칙이 되려면 만든 사람과 즐기는 사람이 공감할 수 있는 객관성을 가져야 한다. 아름다움에서처럼 예술에서도 마찬가지다. 진정한 미는 감각적인 반응이 아니라 이성으로 파악되는 규범이라는 주장에서 그는 '미는 진'이라는 르네상스시대의 명제를 완성하였다. 영국의 낭만파 시인인 키이츠가 "아름다움은 선이고 선은 아름다움"이라고 말한 것도 이러한 규범을 따른 것이다.

18세기에 이르러 미의 개념에 전복현상이 나타났다. 존 로크(John Locke)를 위시한 경험주의자들은 직관이나 신념보다 관찰을 중시하였다. 경험적 미라는 개념의 출발은 고전적인 아름다움이 아니라 경험적 방식으로 미적 즐거움을 설명한다. "새로운 의견은 항상 보편적이 아니어서 아무런 이유도 없이 의심받고 반대를 당한다."라는 이들의 미의식은 허친슨(F. Hutchinson)에 다다라 "우리의 마음속에 일어난 하나의 관념"이라는 설명으로 바꾸어진다. 얼음을 손에 쥐면 경험과 관념에 따라 얼음과 상관없는 차가움이라는 관념을 얻고 불을 쬐면 불과 상관이 없는 따스함에 반응한다. 미에서 얻는 즐거움도 미를 감상하는 개인차를 인정한다. 문학 독자 중에는 시를 좋아하는 사람이 있고 소설을 자주 읽는 독자가 있다. 장중한 교향곡을 선호하는가 하면 경쾌한 실내악을 더 좋아하는 사람이 적지 않다. 수필의 경우도 마찬가지다. 감수성이 풍부한 사람은 정감 있는 문체를 좋아하여 서정수필을 쓰는 반면에 사건이나 인물에 흥미를 가진 사람은 서사수필을 즐겨 쓰고 읽게 된다.

취미 혹은 취향(taste)은 주관적 미학을 보여준다. 상대적 미학론으로 샤프츠버리 3세(3rd Earl of Shaftesbury : 1661〜1713)가 제시한 "무관심성"(disinterestedness)이라는 개념이 있다. 무관심성이란 순수한 무관심 상태에서 갖는 즐거움이다. 이러한 주장에 맞추어 숭엄미(the sublime), 풍려미(the picturesque)와 같은 새로운 미적 범주가 나타났다. 미추, 우미, 숭엄이 감상자의 내면적 능력을 발동시킨다면 숭엄미는 심리미학의 기본 형태로 손꼽힌다. 문학의 숭엄미는 기품 있는 문체나 명확한 이미지로 이루어진다. 만일 샤프츠버리가 말한 무관심성과 숭엄미를 문학창작에 응용한다면 오늘날 거론되고 있는 메타문학과 메타비평을 제대로 거론할 수 있을 것이다. 메타를 쉽게 설명하면 어떤 작품이 다른 작품보다 왜 나은가를 판단하는 상위개념으로서 메타구조는 개개의 작품을 능가하는 초월적 형태를 지니고 있다. 이와 같은 객관적 미의식은 주관적인 미의 개념을 퇴조시키는 계기로 자리 잡고 있다.

미의식은 어느 한 가지 기준만으로 판단할 수 없다. 경험이든, 취향이든, 무관심성이든, 메타이든 어느 것도 완벽한 미학 이론이 될 수 없으므로 종합적인 개념이 필요해진다. 영국의 취미론자들은 '미적'(aesthetic)이라는 통합적 용어를 사용하지 않았지만 칸트의 미적 태도, 실러(Friedrich Schiller)의 미적 사고, 쇼펜하우어(Arthur Schopenhauer)의 미적 관조가 현대 미학의 성립에 일조하고 있는 까닭도 미의식을 종합하는 과정이 필요했기 때문이다.

20세기에 다다르면 '미'에 관한 논의는 미학에서 사라지고 예술이 중심에 자리 잡게 된다. 예술이 아니더라도 자연과 육체와 추상어에서도 미적경험을 즐길 수 있다. 이는 실제적 미와 예술적 미 사이에 차이가 있다는 사실을 보여준다. 결국 '미적'이라는 말이 주변 대상을 자각하는 태도라면 '예술적'은 글을 쓰거나 조각할 때처럼 창조행위를 가리키는 말로 구분된다. 창조자에게는 '예술적 창조'라는 말이, 수용자에게는 '미적 경험'이라는 말이 적용되는 것이다.

예술학에는 시대적 특성이 깔려진다. 예를 들면 19세기 중엽 이후에 등장한 자연주의는 인간의 운명은 어쩔 수 없는 법칙에 좌우된다는 염세주의적인 결정론을 배경으로 하고 있다. 산업과 과학을 바탕으로 한 자연주의 사고는 예술과 미를 과학적으로 다루면서 예술철학을 위기로 몰고 갔다. 독일 미학자 K. 휘들러(Konrad Fiedler : 1873〜1893)와 미국 여류미학자인 수잔 랑게(Susanne K. Langer : 1895〜1985)는 문학은 언어로 표현되므로 언어철학에 대한 연구가 선행되어야 한다고 주장하여 미의 문제와 예술의 문제를 구분하였다. 예술을 설명하기 위해 심리학, 사회학, 인류학, 역사 등의 방법을 도입하여야 한다는 주장이 설득력을 얻을수록 외적 상황이 중시된 것이다.

예술철학을 정립하기 위해서는 형이상학에서 말하는 정의를 빌려와야 한다. 이것이 모순이다. 수필(隨筆)이 무엇인가를 설명하기 위해서 "수필은 붓 가는 대로 쓴 글"이라고 말할 수는 없다. '수필은 붓가는 대로'는 정의가 아니라 용어의 번역에 불과하다. "산은 산이고 물은 물이다."라는 정의가 널리 인용된 적이 있다. 산과 물에 대한 성철 스님의 말씀은 미학적 해석이 아니라 철학적이고 종교적인 명제에 해당한다. 전자는 우리 눈에 보이는 형상체로서 산이고 후자는 관념으로서 산이다. 양자의 차이를 예술론에서 보면 전자는 물상이고 후자는 언어에 해당한다. 수필을 "붓 가는 대로 쓴 글"이라는 정의도 한자어에 대한 우리말의 풀이에 해당할 뿐, 미학적 정의에 해당하지 않는다. 문학개념을 풀이하려면 문학철학에서 해석을 빌려오는 것이 아니라 미학과 예술론에서 끌어와야 한다.

언어를 배열하고 정리하는 행위가 없이는 문학은 결코 존재할 수 없다. 매튜 아놀드(Matthew Arnold)가 문학을 삶의 비평이라고 불렀던 근거도 문학은 인간과 사물 사이의 상관관계를 표현하고 그러한 상관관계를 어떻게 생각하느냐 하는 태도임을 말해 준다. 수필이 지니는 상관성과 결속이라는 규범에서 보면 수필의 정체성은 보다 분명해진다. 그 점을 이해한 게오르그 루카치(György Lukács : 1885∼1971)는 「에세이의 본질과 형식」에서 에세이를 질서 뒤에 자리한 독특한 서사 구조라고 말하고 있다.

> 에세이가 도대체 무엇이고, 그것이 표현하고자 하는 의도가 무엇이며, 또 어떤 수단과 방법을 사용해서 그러한 표현을 하는가 하는 등의 본질적 문제는 아직도 다루어지지 않고 있다. 에세이를 논의할 때 '잘 쓰인 글의 상태'를 너무 강조한다. 에세이는 문체에서 문학작품과 동일한 가치를 지닐 수 있다고 생각하기 때문에 에세이와 문학작품 사이의 가치적 차이를 운위한다는 것이 옳지 못하다는 생각을 하고 있는 게 아닌가 여겨진다. 그러한 생각은 과히 틀린 것이 아니다. 그러나 에세이를 하나의 예술형식이라고 말할 때 나는 그것을 하나의 질서라는 이름으로 말하고 있다. 에세이가 하나의 형식을 가지고 있다는 것은 엄격한 법칙에 다른 예술과 구분된다는 느낌에서 비롯한다. 따라서 나는 에세이를 지금부터 일단 예술형식이라고 규정함으로써, 다른 예술형식으로부터 가능한 한 분리시키고자 한다.

루카치는 에세이가 자체의 예술적 독립성과 순수한 미학에 다다르기를 기대한다. 그렇지 않으면 에세이는 미학적 기준에서 벗어난 우연적인 글이 되어 버린다. 나아가 에세이는 미학이라는 체계 앞에서 정당성과 독립적인 영토를 확보하지 못한다. 만일 에세이가 가치 있는 형식에 다다르면 하나의 예술형식이 되고 독자적인 장르를 부여받는다. 에세이가 찾아내야 하는 차이란 삶에 대해 동일한 신호를 보내지만 몸짓은 달라야 한다는 뜻이다. 이 단계에서는 에세이를 미학의 대상으로서 문학작품이라고 불러도 잘못된 것이라고 말할 수 없다.

3. 시의 열정과 수필의 영감

고대예술은 신에게 바치는 제의에서 시작한다. 문학으로서 수필도 발생 계통에서 보면 서사적 제의에서 유래한다. 수필은 원시인의 모험적인 스토리를 풀어낸 생활담론이라는 점에서 장르가 무엇이든 음악과 춤과 시가 합친 형식의 일부를 지니고 있다. 그리스인들은 말(시)과 리듬(음악)과 동작(춤)이 합친 형태를 '코레이아'(choreia)라고 불렀으며 음악에서 말하는 합창(chorus)라는 뜻에서 유래하는 것처럼 청자와 독자로서 신과 소통하는 역할을 지닌다. 신을 숭배하고 영웅을 찬양하는 문학처럼 수필은 제의와 축제에서 뗄 수가 없다.

수필은 문학 장르 중에서 가장 종합적인 장르로 간주된다. 수필을 산문과 운문의 중간문학 혹은 중성문학이라고 말하는 이유도 운율성과 서사성을 지녔기 때문만이 아니라 양적으로 압축된 긴장미를 통해 개인과 사회의 현상을 설명하고 자연과 우주에 대한 지식을 전수한다는 제의적 기능에서 중간문학인 것이다. 이로써 수필에 영성과 영감이 끼어드는 이유가 마련된다.

　제의와 축제는 신의 응답을 들으려는 집단의식에서 시작한다. 초기의 축제는 유희와 신앙과 예술을 합쳤다. "축제는 예술의 모태"라고 독일 무대음악가인 H. 쿤(Hans Peter Kuhn)이 말한 바 있듯이 고대 사제들은 신의 메시지를 얻기 위해 광적인 기도를 하였다. 열광(enthusiasm)이라는 광적 상태를 합창에서 중요시하는 것도 종교적 신탁과 예술적 영감을 빌어 신의 말을 듣고 싶어서였다. 사제로서 작가의 구술능력을 빌어 신탁을 청하고 신의 메시지를 받으려는 독자는 작가를 통하여 자신의 미래를 예측하고 생사의 비밀을 알려고 하였다. 그러기 위해서 때때로 엑스터시에 가까운 독서상태에 빠져들려고 한 것은 극히 당연하다.

　문학에 정신적 몰입 상태를 적용하면 시적 열정(poetic passion)과 시적 영감(poetic inspiration)이 나타난다. 플라톤은 시가 무엇이고 시인이 누구인가를 설명하면서 시인이 된다는 것은 뮤즈의 힘에 사로잡히는 상태라고 불렀다. 뮤즈여신은 음악, 미술 등의 예술을 담당하는 다수의 신으로 구성되어 있다. 플라톤은 시인을 뮤즈에 홀린 사람이며 문학과 예술의 광기(mania)는 설명하기 어려운 신비스러운 힘이라고 하였지만 시인에 대한 그의 생각은 반드시 호의적이지 않았다. 그는 철학자와 달리 시인은 이성적인 분별력을 갖지 못하므로 철인공화국에서 공무를 맡을 자격이 없다고 생각하였다. 플라톤이 시인은 젊은이를 타락시키기 때문에 추방하여야 한다는 시인추방론을 주장한 것도 이 점에서 이해가 된다.

오늘의 기준에서 보면 플라톤의 태도가 전적으로 틀렸다고 말할 수 없다. 과연 시인들은 뮤즈의 영감을 소중히 여기는가. 시인들은 마땅히 가져야 할 예술적 재능을 가볍게 여기는 것은 아닌가. 예술론이나 창작미학을 제대로 이해하긴 하는가. 그렇다면 오늘날 수필가의 자세는 과연 어느 정도일까. 수필가들도 시인만큼 영감과 미학을 소중히 여기는가. 수필을 쓸 때 영감이라는 뮤즈의 재능이 필요하다는 것을 인정하긴 하는가. 문학인이 되려면 사실 보통 사람들이 갖기 힘든 어떤 영감과 재능을 지니고 열정과 애착도 가져야 한다. 다수의 수필가들은 그런 조건을 제대로 인식하지 못하지만 다행히도 소수의 수필가들은 특별한 경험을 겪는 경우가 있다.

수필가들의 창작 체험을 들어보면 신들린 듯 순식간에 썼다는 이야기를 듣는다. 단숨에 적은 수필이 독자에게 더 호응을 받았다는 경험도 없지 않다. 그것은 육성(肉性)과 반대개념으로서 종교적 영성에 가깝다. 영성은 대상과 혼연일체가 되어 교감한다는 뜻이다. 교감은 사물에 대한 직관적 투시로서 환각제가 일으키는 엑스터시와 다르다. 창작에서 말하는 열정이나 영감은 설명할 수 없는 특별한 힘에 의하여 체화되는 순간을 말한다. 영감에 의한 창작은 19세기에 들어와 코울리지와 키이츠와 같은 영국의 낭만주의 비평가들에 의하여 더욱 발전되었다. 플라톤이 제시한 영감론이 낭만주의에 이르러 상상과 무의식으로 다시 체계화된 것이다.

만일 예술적 창조가 뮤즈에 홀리는 열정의 표현이라면 수필 창작은 어떤가. 수필이 문학과 예술이 되려면 플라톤이 말한 광기와 열정을 가질 필요가 있다. 여기에 수필의 딜레마가 발견된다. 장르비평에서 살펴보면 수필과 시의 창작과정은 동질적이라고 말할 수 없

다. 시가 심미적 가치와 정서적 즐거움을 추구한다면 수필은 인식
의 즐거움과 교훈 전달을 상대적으로 더 중요시한다. 시는 작가의
상상에 의지하지만 수필은 작가의 체험에서 출발한다. 시가 정감적
이라면 수필은 이지적이다. 그러나 한국수필은 서구의 에세이와 달
리 서정성과 감수성을 중시한다는 점에서 시의 열정과 다른 영감에
접근한다. 문학적 영감은 어디까지나 창작에 대한 작가 개인의 열
정이므로 수필이 순수한 정서를 바탕으로 한다는 점을 인정한다면
수필의 영감은 충분히 이해가 된다.

4. 모방으로서 수필문학

인간과 여타 동물을 구분하는 기준이 많다. 기준의 예를 들면 언
어, 도구, 웃음 등이 있지만 가장 큰 차이는 테크닉의 모방일 것이
다. 벤저민 프랭클린(Benjamin Franklin)이 "인간은 도구를 사용하
는 동물"이라고 불렀던 이유도 기술과 과학의 유용성을 발휘하는
노동과 유희를 이어받는 존재이기 때문이다. 인간은 쾌락이라는 경
험을 쌓아 가는 동안 어떤 방법이 가장 적절한가를 판단하고 더
나은 방식을 습득하여 체계적으로 발전시켜왔다. 그것이 기술
(craft)이다. 제과, 제화, 목공, 요리와 같은 것이 기능이라면 그림을
그리고 조각을 다듬는 행위는 기술에 속한다. 의자를 만들고 빵을
굽는 일은 사람의 생존에 필요한 것이므로 제조(doing)라 부르지만
회화와 조각에 사용되는 기법은 심미적인 즐거움을 위한 제작
(making)에 해당한다.

플라톤은 테크닉을 제작과 제조로 구분하여 미학과 관련지었다. 미학과 연결되는 제작은 두 가지로 구분되는데 의자처럼 실물을 제작하는 것과 아름다움이라는 이미지를 모방하는 것으로 나누어진다. 건축이 전자에 속한다면 회화나 조각은 후자인 모방에 속한다. 모방은 실물과 닮은 아이콘(eikon)과 실물처럼 보이게 변형하는 이미지(phantasma)로 양분된다. 플라톤이 "회화는 모방이다."라고 했을 때 모방은 이미지의 변형을 지칭한다고 하겠다.

아리스토텔레스는 '시는 자연의 모방'이라고 말하였다. 모방은 대상을 있는 그대로 표현하고 표기하는 행위를 일컫는다. 창작을 모방이라고 말하는 바탕에는 문학도 대상을 관찰하는 기술에 의하여 완성된다는 의미를 지니고 있다. 모방은 교육을 위시하여 여러 현실적인 부문에서 찾을 수 있다. 말을 배우기 시작하는 어린이는 부모가 하는 말을 무수하게 듣고 익혀 발성을 시작한다. '교육은 모방'이라는 말도 그 점에서 타당성을 지닌다. 마술을 부린다거나 남의 목소리를 모창하거나 동물의 목소리를 흉내 내는 것도 모방에 속한다. 그러나 언어를 모방하거나 목소리를 흉내 내는 것은 미학의 대상이 아니다.

시 창작을 모방론으로 풀이하면 시인은 독창적으로 시를 창조할 수 없다는 전제가 성립된다. 시인은 고유의 시를 창조하기보다는 신의 말씀을 대변한다고 풀이된다. 플라톤의 설명에 따르면 세상에는 3부류의 창조주가 존재한다. 제1창조주는 "태초에 말씀이 있어 하늘을 창조하고……."라고 구약성서 창세기에 적혀있듯이 언어로서 만물을 창조한 신(神)이다. 제2창조주는 목수로서 신이 창조한 의자라는 의미에 맞게 인간이 앉을 수 있는 의자를 제조한다. 마지막으로 시인이라는 제3의 창조주는 목수가 만든 의자를 보면서 의자를 묘사하거나 기호화한다. 의미를 창조하는 것이다. 문학의 모방은 화가나 조각가가 행하는 모방과 달라진다. 문학은 보이지 않는 영감의 소산이고, 조각과 그림은 눈에 보이는 모방인 것이다. 영감으로서 문학적 모방과 수필 미학이 성립하는 근거가 여기에서 출발한다.

수필가도 예술과 문학의 창조주라 할 수 있는가. 있다면 몇 번째 창조주인가. 분명한 점은 수필창작은 가장 모방성이 큰 문학이라는 사실이다. 수필가는 시인이나 소설가보다 소재와 대상이 지닌 모습과 의미를 더 많이 흉내 낸다. 흉내를 낸다함은 작가가 행위자의 입장이 되어 사건을 이야기하고 기록한다는 뜻이다. 만일 수필가가 신화를 쓴다면 자신을 제우스나 프로메테우스로 간주하고, 종교에 대하여 글을 쓴다면 열렬한 신도로 자처한다. 수필가가 나폴레옹이나 덴마크 왕이 아니라 할지라도 그가 쓴 수필은 왕들에 관한 이야기임에 틀림없다. 수필가는 전설이나 신화 속의 인물을 흉내 내고 그의 수필이 해당인물에 관한 것이라는 점에서 모방자에 해당한다. 수필가는 모방으로 서사를 짜내는 창조주인 셈이다.

수필은 영감의 문학인가, 모방의 문학인가, 아니면 모두인가라는 질문에 대한 해답도 필요하다. 이러한 질문은 뮤즈의 도움으로 글을 쓰는가, 아니면 소재에 맞추어 수필이 제작되는가에 대한 논의로 나아간다. 아리스토텔레스는 시를 행위의 모방이라고 해석함으로써 문학은 모방과 영감에서 우러나온다는 양가적 논리를 제시하였다. 아리스토텔레스의 양가적 주장은 무엇보다도 문학을 인간행위의 모방이라고 규정함으로써 수필이 요망하는 미학을 더욱 확고

하게 해 준다. 수필미학을 연구하는 이유도 수필이 지니고 있는 시나 소설적 요소를 강조하려는 것이 아니라 수필 본연의 체험성, 양가성, 결속성을 이론적으로 정립하기 위해서다.

5. 근대미학과 수필철학

근대라는 시대는 르네상스부터 시작한다. 종교적 절대성이 숭상되던 중세 암흑기를 밀어낸 르네상스는 종교의 권위가 아니라 인간의 이성을 존중하는 문화현상으로 간주되어 진다. 중세의 이데올로기를 벗어난 인간은 과학의 발전과 신대륙의 발견을 통하여 자아라는 정체성을 새롭게 보기 시작하였다. 작가와 화가는 과학적 사고와 지식을 습득하면서 자연풍경을 예전과 다르게 그렸다. 보이지 않는 신과 죽어야 갈 수 있는 천국을 찬미하기보다는 일상 속의 아름다움과 신성함에 눈을 돌린 것이다. 그 점에서 르네상스는 신의 영역에서 벗어난 인간이 이성을 자각하기 시작한 시대로 정의된다.

모방에 대한 개념도 달라졌다. 이성주의와 과학은 객관적인 관찰을 요구하고 당대의 회화와 문학은 정확한 묘사를 중시하였다. 근대의 예술가들은 모방에 관한 여러 규칙들을 만들었는데 예를 들면 원근법·해부학·심리학 등을 들 수 있다. 이런 과정을 통해 화가들은 철학과 신학이 다루어왔던 진과 미에 주목하게 되었다. 그들은 자연을 과학적으로 그려내려 하였으며 이런 작업을 근대 화가들은 디자인(disegno)이라 불렀다.

　모방으로서 디자인은 그림이나 조각뿐만 아니라 시의 영역에도 적용되었다. 로마 말기의 최고 시인인 호라티우스(Quintus Horatius Flaccus)는 "시는 그림과 같이"(Ut pictura poesis)써야 한다고 하였다. 시를 그림같이 쓰라는 것은 20세기 초반기의 에즈라 파운드(Ezra Pound)를 위시한 이미지스트 시인들이 주장한 개념으로 디자인처럼 가장 기억에 남는 이미지를 찾아내야 한다는 점을 일깨워준다. "시는 그림처럼"이라는 명제가 역설적으로 문학을 '예술'(beaux-art)에 속하도록 도와준 것이다.

　수필을 이야기할 때도 디자인이라는 말을 쓸 수 있다. 체험의 문학이고 사색의 문학으로서 수필은 산문 양식을 취한다. 수필을 성찰의 문학이라고 한다면 자연이나 대상에 대한 정확한 관찰과 묘사를 중시한다는 뜻이 된다. 수필을 쓸 때 활동사진이 눈앞에 전개되듯이 쓰라고 말하는 것은 사건 구성을 디자인하라는 요청과 같다. 문맥뿐만 아니라 문장에 있어서도 마찬가지다. 수필문의 단락은 설명문과 묘사문으로 이루어지는 만큼 묘사문에서는 미세한 부분을 포착하고 적확한 언어로서 사물을 그려내는 능력을 요구한다. 이것은 결국 수필도 과학적인 미적 구조를 가져야한다는 말과 다르지 않다.

　근대미학의 마지막 단계에는 칸트(Immanuel Kant)가 자리하고 있다. 칸트를 중심으로 한 미학을 근대미학이라 부르고 칸트 이후의 미학은 현대미학이라고 부른다. 칸트는 데카르트에서 시작된 합리주의와 프랜시스 베이컨에서 시작된 경험주의를 종합하여 새로운 철학사를 정립하였다. 그의 명성을 소중히 여긴 베를린대학은 많은 특권을 부여하면서 시학 교수로 초빙하려 하였으나 그는 고향에 머물면서 철학을 발전시켜 나가는 데 매진하였다. 그 결과 인식론, 윤리학, 미학에 걸쳐 현대미학이 정립되었다.

미학에서 칸트가 차지하는 위대성은 새삼스러운 것이 아니다. 그의 『판단력 비판』(Kritik der Urteilskraft)(1790)에는 영국의 취미론과 독일 미학과 바움가르텐(Alexander G. Baumgarten)이 논한 미학적 문제를 비판하고 철학의 입장을 재조명한 학설이 담겨 있다. 20세기에 들어오면서 미학은 더욱 다변화되어 형이상학적 미론을 계승한 예술철학(philosophy of art), 취미론을 과학적으로 발전시킨 예술학(science of art), 1950년대 언어분석을 미학에 도입한 비평철학(philosophy of criticism) 등 크게 3가지로 발전되었다.

철학으로서 예술과 비평은 다르다. 예술철학이 예술을 비평하는 데 필요한 기초 개념을 제공한다면 예술비평은 작품을 폭넓고 깊이 있게 이해하는 실제 방법을 보여준다. 어떤 그림을 두고 유미주의적이라고 말하는 것이 비평가의 몫이라면, 유미주의적인 것이 무슨 의미인가, 그 기준은 어떻게 내려지는가를 토의하는 영역은 미학자의 몫이다. 예술철학자들이 비평에 필요한 용어와 개념을 검토한다면 예술비평가들은 예술작품을 분명하게 논하도록 도와준다.

예술철학은 예술비평이 지닌 문제점을 보완해줄 수 있다. 만일 예술철학이 예술이 무엇인가를 정의하지 못한다면 예술가들은 저마다 예술을 다르게 정의하고 예술에 대한 견해가 비평가마다 달라지면서 작품이 예술답지 않다고 말하게 된다. 이런 문제점을 해소하려면 어떤 작품이 예술적이다라고 매김하는 비평이 필요하다. 그래도 비평가마다 의견이 달라진다는 문제는 여전히 남는다. 기준에 대한 논의가 비평가, 작가, 감상인 사이에 혼란을 불러일으키면서 비평가들의 기준을 설정하는 비평철학이 오히려 예술적 구분을 불가능하게 만든 것이다. 결국 시대에 따라 어느 것이 비평의 주류가 되는가 하는 현상만 존재하게 된다.

수필에도 예술철학이 적용된다. 수필비평이 수필을 제대로 읽어내는 영역을 담당한다면 수필이 무엇인가를 설명하는 것은 수필철학의 영역이다. 수필 한 편을 두고 심미적이다, 형이상학적이다, 토속적이다 하고 말하기 위해서는 수필을 철학적으로 거론하여야 한다. 만일 수필이 무엇이라고 정의를 내리지 못한다면 수필가와 수필평론가마다 수필에 대한 의견은 달라져버린다. 수필이라는 명칭만 열거하여도 수필, 만필(漫筆), 만문(漫文), 에세이 등이 있으며 주제에서는 경수필과 중수필, 기능면에서 교훈적, 희곡적, 서정적, 서사적으로 나누어지며 형식, 기능, 명칭에 있어서는 더욱 다채롭다. 이러한 구분도 수필평론가나 수필가에 따라 달라지며 시와 소설과 드라마가 아닌 모든 것이 수필이라는 극단적인 견해도 생겨날 수 있다.

수필을 부르는 명칭의 혼란은 수필가들에게 어떻게 수필을 써야 하고 어떻게 읽어야 하는가에 대한 논란을 일으킨다. 수필가 중에는 문학이론이나 예술론과 미학에 대한 기초지식을 갖지 못한 경우가 적지 않고 붓 가는 대로 경험을 적으면 수필이라고 생각하기도 한다. 수필창작에 앞서 수필비평이 있고 수필비평에 앞서 수필철학이 있어야 한다는 점을 기억하는 것이 바람직하다. 수필은 문학이고 예술이어야 한다는 기대감은 주장만으로 성립하지 않는다. 수필가는 문학적 요소와 예술적 심미감이 갖추어진 수필을 써야 하고 작품이 지닌 문학성과 예술성을 수필평론가와 철학자들이 찾아낼 때 수필의 문학성이 정립될 것이다.

　수필철학자는 수필의 영역과 본질과 효용을 설명해 줄 수 있어야 한다. 미국의 문학비평가인 레슬리 피들러는 『종말을 기다리며』에서 "소설은 죽었다."고 선언하였다. "신은 죽었다."는 니체의 말이 당대의 종교관을 흔들었듯이 "소설은 죽었다."라는 선언은 인문학에 큰 충격을 주었다. 그는 소설이 위기에 봉착한 원인을 대중매체의 확장, 인간 욕망의 상업화, TV의 흡인력을 들었다. 그러나 소설은 지금도 남아있고, 이전과 다른 소통방식으로 부활하고 있다. 대중매체와 사이버 공간이 확장되면서 수필도 위축된다고 우려하였지만 살아남을 뿐 아니라 사이버 문학의 중심부로 옮겨지고 있다. 이것은 소설이나 시처럼 "다른 매체나 다른 형태를 거부하는" 수필은 죽어간다는 사실을 재확인하는 것으로 사이버 공간에서의 수필미학에 대한 논의에 불을 댕겼다. 사이버리즘에 부응하는 수필철학이 필요하게 된 것이다.

6. 동양미학과 수필

　유럽의 에세이와 동양의 수필은 짧은 산문이라는 형식에서 일치하지만 내용이나 표현에서는 상당한 차이를 보여준다. 서구에서 받아들여지는 에세이의 정의는 몽테뉴의 "불완전하고 잠정적인 시도"라는 것에서 시작한다. 동양에서 수필에 대한 정의는 중국 남송인 홍매(洪邁 : 1123〜1202)가 『용재수필』(容齋隨筆)에서 "생각이 미치는 대로 붓을 들어 그때그때 기록한 글이 수필"(意之所之, 隨卽記

錄, 因基後先, 無復詮次, 故目之曰, 隨筆)이라는 설명에서 출발한다. 영어의 에세이인 "essay"가 실험한다, 시도한다는 어원과 "영감이 미치는 대로"라고 동양수필을 풀이하는 정의는 수필은 고정된 형식을 갖지 않는다는 개념에서 일치한다. 서양의 경우 에세이에 대한 정의는 수필이 지닌 미학과 예술성에 관련된다. 프랑스의 철학자이며 문학가인 알베레스가 수필을 "지성을 기반으로 한 정서적 이미지"를 형상화한다고 한 의미는 동양수필과 달리 지성과 정서를 문학성의 주요요소를 간주한다는 뜻이다. 서양에서 문학을 시, 소설, 드라마, 에세이로 구분한다면 동양에서 수필은 비문학의 범주에 넣어진다.

수필에 대한 동양의 정의에서 주목할 점은 "그때그때 생각을 기록한 글"이라는 설명이다. 즉흥적인 글쓰기는 수필의 문예성과 예술성을 부인하는 근거로 작용한다. 동양의 문예수필가들은 수필의 미적 구조를 논리적으로 설명하기보다는 작품의 비형식성을 강조해왔다. "생각이 미치는 대로"를 미학에 견주어 설명하면 모방보다는 영감에 가까운 정신작용을 지칭하게 된다.

에세이와 수필에 대한 동서 문학의 차이를 알려면 미가 어떻게 만들어지는가를 비교할 필요가 있다. 하나의 정의로서 미(美)적 개념을 가늠하기가 쉽지 않지만 "미(美)란 쾌감을 동반한 감정"이라는 보편성은 동서양에서 동일하다. 서구의 아름다움이 제작기술을 강조하고 동양에서 정신적 도를 강조하는 차이는 동서양의 미학을 구분하는 단서가 된다. 중국에서는 "미대식감야"(美大食甘也)라 하여 아름다움은 먹음직스럽고 맛이 좋아야 한다고 풀이하고 "미여선동"(美與善同)이라 하여 아름다움과 '도덕적 선'을 일치시킨다. 미와 선의 일치는 영국의 낭만주의 시인인 키이츠가 아름다운 것은 선하고 선한 것은 아름답다고 말한 것과 상통한다. 우리말의 경우 아름다움을 "앎"과 관련이 있다는 고유섭 씨의 해석은 미를 지(知)에 연관시켜 인식의 아름다움으로 풀이한 키이츠와 비교하면 매우 흥미롭다. 어쨌든 영어권의 '미'(beauty)는 라틴어의 비너스에서 출발하여 '좋다'(善)라는 뜻을 지니고 동양에서도 미가 오감에서 진실로 나아가는 관점에서 보면 미감의 차이는 있으나 본질적인 차이는 없다고 여겨진다.

동양문화는 예로부터 자연신비주의를 바탕으로 발전해왔다. 인간중심의 서양문화가 합리적인 이성을 중시한다면 개인의 주관적 판단을 강조하는 동양철학은 사물과 인간과의 동질적 관계를 모색해 왔다.

동양인이 추구하는 정신적 미덕은 자연, 정신, 생명처럼 있는 대상을 주목한다. 동양의 정신주의는 물질적 효용과 기하하적 형식에 치중하는 서구문화와 다르다. 표현양식에서 동양문학은 정적(靜的)이고 담백한 소박미를 즐긴다. 아름다움의 효용을 좋은 것(善)과 쓸모(有用)있는 것으로 구분한다면 동양미학은 전자를, 서양미학은 후자에 더 비중을 두고 있다. 그만큼 동양에서는 자연의 본성을 미적 척도로 간주하고 있다고 하겠다.

동서양의 문화는 발상에서도 상당한 차이를 보여준다. 서양의 문화(culture)는 "경작하다, 만들다"의 뜻에서 비롯되었고, 예술(art)이라는 말도 '만드는 기술'에서 출발하지만 동양의 문화(文化)는 천지인(天地人)의 합일을 이상적인 목표로 삼는다. 서양인들이 자연을 개척하는 실용적 자연관을 가졌다면 동양인들은 자연의 아름다움에 경탄하고 그 미덕을 배우려는 심미적 자연관으로 나아간다. 동양인이 표방하는 요산요수(樂山樂水)는 문학은 인간과 천지간의 교감이라는 대표적인 언술이라고 하겠다.

동양의 미학은 공자의 담론에서 살펴볼 수 있다. 공자는 『논어』「옹야」(雍也)편에서 "知者樂水 仁者樂山 知者動 仁者靜 知者樂 仁者壽"라 하여 "지혜로운 이는 물을 좋아하고 어진 이는 산을 좋아하며, 지혜로운 이는 동적이고 어진 이는 정적이며, 지혜로운 이는 낙천적이고 어진 이는 장수한다."고 밝히고 있다. 공자는 자연을 인간사회의 하부구조가 아니라 인간의 진선미를 구현하는 상위개념으로 간주하였다. 『논어』「팔일」(八佾)편에서 "樂而不淫 哀而不傷"이라 하여 "즐기지만 지나치지 않고, 슬프지만 조화를 잃지 않는다."고 하고, 「위령공」(衛靈公)편에서는 음악은 음란하므로 추방해야 한다고 주장하여 실용적인 것이 아니라 자연적인 자연이 미덕이라는 모방미학에 접근한다.

공자가 주장하는 미학은 중용과 자연심미론 외에 흥·관·군·원(興觀群怨)으로 요약된다. 시는 "일으킬 수 있고(興), 살필 수 있으며(觀), 무리를 지을 수 있고(群), 원망할 수 있다(怨)."는 뜻이다. 풀이하면 문학을 알면 가까이는 어버이를 섬기고 멀리는 임금을 섬길 수 있으며 새와 짐승, 풀과 나무의 이름을 많이 알게 된다는 것이다. 여기서 '흥'은 흥취와 감동을 일으키는 계발(啓發)의 효능을 강조하며, '관'은 풍속의 성쇠를 지적한 말로서 인식작용을 설명하고, '군'은 무리지어 학문과 덕행에 힘쓰는 교육적 역할에, '원'은 당대의 정치와 형세의 정치를 풍자하고 비판하는 기능을 강조한 것으로 볼

수 있다.(유위림, 『중국문예심리학사』 참조)

공자가 설명하는 "흥관군원"은 시와 문학에서 인생론과 자연론과 사회론이 결합하여야 한다는 실용적인 미학정신을 보여준다. 수필 미학에 적용해 보면 수필은 삶을 형상화하고 의미화해야 한다는 명제를 제시하면서 자연을 관조하고 인생을 성찰하여 사회를 향상시키는 역할을 주문하게 된다. 충효로서 사회 기강을 정립하여 시민들을 무지에서 일깨워 주어야 한다는 교훈설은 문학의 효용론에 부응한다. 공자의 수필철학은 서양의 에세이가 추구하는 가치까지 포함하는 전인적 역할을 강조한다고 하겠다.

동양미학의 두 번째 축은 노장사상이다. 노자가 설명하는 아름다움의 핵심은 도(道)이다. 도(道)는 "자연에서 그 법을 본받는다."(道法自然)는 말에서 유래한다. 도학에서는 자연을 선(禪)과 법(法)의 물상이라고 말한다. 자연이 보여주는 이치를 깨닫는 것이 법이고 그것을 성취하기 위해서는 선이라는 수련이 필요하다는 뜻으로서 노자의 담론은 무위자연(無爲自然)과 상선약수(上善若水)로 요약된다.

『도덕경』에서는 무위자연을 다음과 같이 정리하고 있다.

무위자연(無爲自然) "道可道 非常道 名可名 非常名 道常無爲, 而無不爲"(도를 도라고 하면 이미 도가 아니요, 이름을 이름이라고 하면 이미 이름이 아니다. 도는 늘 함이 없으면서도 하지 아니함이 없다.) 즉, 억지로 하지 않고 자연의 섭리대로 스스로 그러한 대로 사는 자세를 말한다. 상선약수(上善若水)는 "上善若水, 水善利萬物而不爭, 處衆人之所惡, 故幾於道"(지극히 착한 것은 마치 물과 같다. 물은 만물을 좋이 이롭게 하면서도 다투지 아니하고, 많은 사람이 싫어하는 낮은 곳에 척하니, 그런 까닭으로 도에 가깝다 하리라.)라는 설명처럼 스스로를 낮추어 다투지 아니하는 무위자연적인 삶을 말한다.

나아가 "靜中念慮澄撤 見心之眞體 閑中氣象從容 識心之眞機"라 하였다. 여기에 담긴 뜻은 노자와 장자의 가르침이 '텅 빈 고요함'(虛靜)에 있음을 설명한다. 그들은 고요한 생활이 자연(自然)의 본성에 부합하는 것이며, 문학은 인간의 이러한 성품을 일깨워주어야 한다고 보았다. 고요함 속에서 생각을 맑게 하면 참마음을 얻는다는 설명은 문학을 통하여 평정심(平靜心)으로 돌아가야 한다는 것을 전해준다. 마음이 고요하면 무위(無爲)이고, 자연에 순종하는 무위를 얻으면 편안하고 즐겁다는 무위자연은 인위(人爲)의 반대개념으로 자리 잡고 있다.

수필로 돌아가기로 한다. 홍매가 말한 "생각이 미치는 대로"는 노자의 무위자연에 일치한다. 무위자연을 수필미학에 적용하면 글을 통해 천지만물의 이치를 스스로 터득해 나가자는 내용에 해당한다. 자연과 삶과 필(筆)의 본성에 순종하는 글쓰기가 수필이라는 주장은 인위적인 구성이나 디자인된 것이 수필이라는 서구의 수필론과 반대된다. 붓 가는 대로 쓴다는 말은 "고요 속의 맑은 생각"과 일치하고 자연에 순종하는 마음에 해당한다. "붓 가는 대로"와 "무위자연"을 일치시킬지라도 무위의 경지에 다다르는 것이 어렵다는 점에서 노자의 미학을 제대로 풀이할 필요가 있다. 글을 쓰되 무위를 지켜내자는 노자의 미학은 유가의 국가 통치방식이나 플라톤의 이상공화국을 주창하는 사상과 다르다.

공자의 요산요수와 노자의 무위자연을 예술철학과 미학에 적용
시키면 예술에 대해 동양의 미적 가치가 보다 분명해진다. 예술,
문학, 수필이 지닌 사회적 기능과 개인적 표현에서 차이가 있지만
문학의 아름다움으로 이상사회를 건설한다는 점에서는 동일하다.
달리 말하면 공자의 미학은 윤리적 미학에 가깝고 노자의 미학은
심미적 미학에 접근한다.

7. 수용미학과 수필

프랑스의 실존주의 철학자 사르트르(Jean paul Sartre)는 모든 작
품은 일종의 "부름"의 결과로 해석한다. 워드워즈가 사르트르의 "부
름"을 풀이한 설명에 따르면 작가의 창작은 독자가 글을 읽는 과정
이 없으면 예술작품으로서 완성미를 가질 수 없다는 것이다.

문학에서 독자의 문제는 19세기부터 논의되어 왔다. 프랑스의 비
평가 티보데(A. Thibaudet)는 『소설의 독자』(1925)에서 소설을 독자
의 입장에서 해석하였고 사르트르는 『문학이란 무엇인가?』(1948)에
서 작품을 객관화하는 주체는 독자라고 주장하였다. 이것만 보아도
작품 감상과 해석에서 독자의 위치를 거론하는 수용미학의 역사는
꽤 오래된 것임을 알 수 있다.

문학과 사회의 관계는 세 가지로 구분된다. 첫 번째는 작가와 그
가 속한 사회의 관계로서 작가가 말하려는 이념이 두 관계를 결정
한다. 두 번째는 작품과 독자와의 관계로서 작가가 작품을 쓸 때
예측한 독자는 실제독자와 반드시 일치하지 않는다는 것이다. 세

번째는 작품과 사회현실과의 관계로서 작품의 반응은 처음에는 신통찮다가도 뒤늦게 재평가를 받는 경우가 생긴다는 해석이다. 독자수용이론은 문학과 사회와의 이러한 관계를 풀어낸다. 독자수용의 문제를 본격적으로 다룬 수용 비평가는 야우스(H. R. Jauss)이다. 그는 문학 작품을 독자의 관점에서 풀어낼 것을 주장하면서 작가의 창작에 못지않게 독자의 수용력을 고려하여야 한다고 주장하였다.

야우스의 수용이론은 독자의 기능에 관한 재인식에서 출발한다. 지금까지 문학은 독자의 이해라는 영역을 소홀히 하였기 때문에 문학에 대한 사회의 기능을 제대로 설명하지 못하였다. 마르크스주의 비평이든 형식주의 비평이든 문학과 독자와의 거리를 좁히지 못하였던 것이다. 그런데 문학과 독자와의 거리를 수필에 적용하면 남다른 의미가 나타난다. 에세이는 사회에 대한 작가의 관심과 독자의 참여를 강조하지만 동양 수필은 독자의 정서적 동기유발을 강조한다. 심미적 반응은 독자가 어느 작품을 선택하는가, 앞서 읽은 작품과 비교하여 어떤 미적 가치가 다른가, 동일 작품에 대하여 독자들이 왜 반응을 달리 보이는가라는 질문과 답변을 포함한다. 현대에 들어와 책읽기에서 독자의 역할은 더 큰 비중을 차지한다. 과거의 독자들은 작품을 읽을 때 수유(授乳)라는 관계에 머물렀지만 포스트모더니즘과 사이버리즘이 지배하는 시대로 들어오면서 독서가 정보 획득과 연결되는 상황으로 인하여 수필이 지닌 대화성이 재평가를 받게 되었다.

이저(Wolfgang Iser)는 1970년에 「텍스트의 호소구조」를 발표한 수용미학자이다. 야우스와 달리 이저는 작품과 독자와의 관계를 텍스트의 구조적 불확실성에서 찾았다. 독자는 텍스트의 구조를 살필 수 있어야 한다고 주장한 이저는 작품의 의미는 독서과정을 통해 나타나므로 텍스트와 독자 간의 상호작용을 중요시하였다. 이때의 텍스트성은 고정되지 않아 독자의 지식과 관점에 따라 달라진다.

이저에 의하면 텍스트와 독자와의 관계는 3단계로 구분된다. 1단계가 제시하는 것은 문학 텍스트는 비문학적 텍스트와 다르므로 문학이 지닌 불확정의 공간이 독자가 독서하는 공간이라는 것이다. 이저의 1단계 수용미학을 수필에 적용하면 허구를 바탕으로 한 소설이나 이미지를 중시하는 시와 달리 수필에서 말하는 체험이 중시된다. 체험을 모태로 하는 수필에서는 시와 소설에 비하여 독자가 참여할 상상의 공간이 상대적으로 좁아진다. 그러나 문학어라는 기의를 통하여 표기될 수밖에 없다는 점에서 수필에 상당한 불확정성이 내포된다. 작가의 체험을 통하여 독자의 체험이 되살려지고, 작가의 표현기법을 통하여 독자의 표현담론이 재현되는 문학적 유희가 이루어지는 만큼 수필독자는 1인칭 작품을 매개로 공감대를 형성하기가 쉬워진다. 텍스트가 제시하는 세계와 독자의 경험세계가 완전히 일치하지 않는 경우에도 수용으로서 수필읽기는 여전히 가능하다.

이저가 말하는 2단계는 텍스트가 지닌 불명료성이 무슨 요소로 구성되어 있는가를 밝히는 과정을 말한다. 텍스트가 지닌 언어, 문법, 내용의 난이도가 독자의 이해도를 결정하므로 독자는 텍스트 속의 빈 부분을 메워나간다. 텍스트는 원래부터 비어있는 것이므로 독서과정에서 다양한 해석이 첨가되어진다. 빈 부분은 형식에서는 단어, 구, 절, 문장으로 채워지고 내용은 주제, 등장인물, 사건, 관점이라는 문학요소로 메워진다. 작가는 출판함으로써, 독자는 독서로써 텍스트가 지닌 빈곳을 채우는 주체성을 행사한다.

수용은 수필을 텍스트로 읽어내는 단계에 해당한다. 이저의 이론이 등장하기 이전에 수필은 교훈성이 강한 문학 장르로서 1인칭 작가의 역할이 절대적이었다. 에세이의 효용이 교훈이라 하여 순수문학과 구분한 것도 이 때문이다. 수용 미학에 대한 논의가 활발하게 되면서 수필을 스토리의 행간 읽기로 간주하는 경향이 높아지고 있음은 사실이다.

이저의 3단계는 문학텍스트에 깔려있는 불명료성을 설명하는 부분이다. 이저의 3단계를 수필에 적용하면 수필이 관조와 성찰의 문학인 이유가 나타난다. 독자가 작가의 삶을 통하여 타인과 공감하고 과거사를 되돌아볼 때 연륜이 고리의 역할을 한다. 성년이 되면 인생을 살아오는 동안 특별한 경험을 거치지 않았다 하더라도 문제의식을 갖기 마련이다. 수필적 담론이 없다면 생에 대한 진지한 성찰이나 사색의 영역이 좁아졌을 것이므로 수필을 통해 사상을 이룬다는 이저의 성찰 단계는 이러한 독서의 단계를 말한다.

수용미학의 대표자인 야우스와 이저는 텍스트를 해석하는 방식에서 뚜렷한 차별성을 보여준다. 야우스가 독자수용을 역사적이고 해석학적으로 풀이한다면 이저는 텍스트가 지닌 빈 행간을 통하여 심미적 성찰로 나아간다고 하겠다.

오늘날에도 수용미학에 대한 비판이 없는 것이 아니다. 수용이론은 유물론을 옹호하는 마르크스주의 비평과 작품구조의 분석에 매달리는 형식주의 비평을 모두 거부한다. 수용이론이 문학과 미학에서 다루는 모든 문제를 해결하지는 못하지만 독자의 역할을 글 읽기라는 자리에 올려놓고 문학과 역사, 문학과 미학 간의 거리를 좁힌 점은 인정할만하다. 결국 수용미학은 독자의 역할에 대한 재인식에서 출발한다고 말할 수 있다. 한국수필의 경우, 지금까지 수필 읽기에서 사유는 강조하였으나 참여에 대하여서는 소극적이었다. 주제와 소재에 대한 감상을 초월하여 사회적 관심을 수용하거나 인문학적 성찰을 보여주지 못한 점도 아쉽다. 그렇다 하더라도 수용미학은 사회적 격동기에 처할 때마다 방임주의에 빠졌던 한국수필의 실정을 설명해낸다는 점에서 잠재력은 매우 크다고 하겠다.

포스트모던시대에 해당하는 1960년대부터 예술과 기술, 인문과학과 자연과학의 본격적인 만남이 이루어지기 시작하였다. 컴퓨터가 일상화되고 가상공간에서의 시뮬레이션이 실용화되고 정보통신과 인문학이 간격을 좁혀 나가면서 미학은 여러 분야에서 다시 조명을 받고 있다.

정보 테크놀로지(IT) 시대에 나타나는 문학적 특징은 해학과 풍자, 위트와 패러디를 손꼽을 수 있다. 사이버리즘 시대의 수필은 고전주의나 사실주의 시대의 수필보다 사회의 모순을 극명하게 고발하므로 풍자와 패러디는 소설이나 시보다 수필에 더욱 직접적인 영향을 미친다. 정보가 독자에게 개방되어 사이버공간이 불특정다수가 지배하는 열린 공간이 되어버린 환경에서 수필은 무엇이며, 어떤 방법으로 표현하는가라는 문제를 다루는 영역이 수필미학이다.

만일 수필미학이 없다면 우리는 수필을 쓰고 읽고 이야기하더라도 수필을 잘 써야 한다는 기대치만을 강조할 뿐, 작품 간의 미적 가치를 구별하는 평론은 할 수 없다. 수필평론은 비생산적이라고 간주할 수 있지만 수필을 문학으로 여긴다면 여타 예술처럼 엄격한 규칙에 따라 작품을 구별하는 것이 당연시된다.

　수필미학은 수필의 기원을 제대로 정립하기도 한다. 예술이 인간의 감정을 표현하는 방식이라면 수필도 인간을 표현하는 수단이 된다. 만일 위대한 수필가와 위대한 수필을 찾는다면 플라톤의 『대화』, 세네카의 『산문』, 몽테뉴의 『에세이』, 키에르케고르의 『상상력에 가득 찬 일기』가 첫머리를 차지할 것이다. 공자의 『논어』와 노자의 『도덕경』도 시대를 불문하고 공감할 수 있는 초시간적 이치를 간직하고 있다. "아름다운 영혼의 고백"으로서 단테나 괴테의 글과 루쉰과 이황의 문집도 마찬가지다. 그러니까 삶이라는 현실과 미학이라는 얼개로 이루어지는 수필은 수필미학에 의하여 뒷받침된다고 하겠다.

　매튜 아놀드(Matthew Arnold)는 문학을 "삶의 비평"이라고 불렀다. 인간과 자연과 우주 간의 상관관계를 그려내며 그것에 대한 사람들의 반응을 이야기하는 것이 문학이라는 아놀드의 말처럼 수필은 독립된 미학을 가질 수밖에 없다. 수필이 상대적 가치에 도달하는 길잡이라는 점에서 예술의 영역에 속하는 것이다. 몽테뉴가 수필을 "터놓고 보여주는 한도 내에서 그대로의 나 자신"이라고 한 말도 작가와 화자를 동일세계에 두려는 미학을 보여준다. 미국의 수필평론가인 로버트 숄레스(Robert Scholes)가 『수필의 요소』에서 "수필의 작가와 독자는 가장 근접된 직접적인 대화 상대"로 설명한 요지는 나뭇잎으로 자연과 우주를 이야기하되 인생 전체를 해독하라는 주문에 해당한다. 산문이 명상적이라기보다는 과학적이며, 주관보다는 객관적인 것도 수필의 아름다움은 진실에 있다는 뜻이다. 즉, 수필은 진실의 미학인 것이다.

에필로그

좋은 수필은 미적 구조가 완결된 산문정신을 가진다. 소설이 허구를 바탕으로 재미를 추구하는 것과 달리 수필은 무형식 속의 유형식, 다형식 속의 단형식이라는 서사구조 속에 산문정신을 내포한다. 수필 언어도 시어와 달리 사건에 깔린 의미를 해석해내는 데 주력한다. 수필이 사실적이고 논리적이고 과학적이면서 감수성이 넘쳐야 한다는 것은 수필미학의 정신을 요약한 말이라고 하겠다. 수필을 비유하여 "지반에는 제재가 있고, 기단에는 주제가 있고, 탑신에는 문장이 있고, 상륜에는 산문정신"이 있다고 하면 더욱 그 사실을 받아들이기가 쉽다.

현대수필은 사이버리즘에 적응하는 산문정신이 필요하다. 수필은 단편소설을 줄이거나 콩트를 변형한 것이 아니다. 장편소설을 줄인다고 단편소설이 될 수 없고 콩트에서 허구를 없앤다고 수필이 될 수 없다. 이런 조건은 수필의 존재적 가치가 무엇인가를 보여준다. 과거의 수필이 유머와 서정성과 정조를 중요시하였다면 오늘의 수필은 소통, 결속성, 문화성 외에 대중성을 보여준다.

수필이 중간지대에 놓여있다는 말은 결국 시와 소설의 중간이기도 하지만 현실과 사이버 공간의 중간에 있다는 뜻이다. 수필은 중용, 조화, 실용, 대중성, 생활성을 지니고 과학적, 논리적, 객관적 의식이 있으며, 의미, 상징, 비유 등의 수사기법을 지닌다. 수필이 시성만을 가지면 산문시에 가까워지고 산문성만 지니면 설명문과 구분이 어려워지기 마련이다. 따라서 수필 고유의 정서적 즐거움과 인식의 즐거움을 담아내려면 리얼리즘과 사이버리즘의 망으로 짜일 필요가 생긴다.

수필미학으로 쾌락과 교훈을 간략하게 정리하면 수필은 독자에게 재미를 주어야 한다. 즐거움은 감각적 즐거움, 정적 즐거움, 지적 즐거움, 인식의 즐거움, 수사적 즐거움, 심미적 즐거움으로 구분된다. 수필에서 논의되는 철학도 문학적 미(Poetic beauty)와 문학적 진리(Poetic truth)로 나누어지는데 이것이야말로 수필미학과 수필철학이 찾아내야 할 요소라 하겠다.

오늘날의 모든 생활은 문화담론으로 설명된다. 옷문화, 음식문화, 놀이문화, 거주문화가 있으며 계층이나 집단에 따라 대학문화와 직장문화가 존재하며 사이버 공간에서도 각종 문화 행위가 전개되고 있다. 수필이 디지털시대의 중심 문학으로 간주되는 이유도 수필은 일정 수준 이상의 교양과 지식을 갖춘 사람들에게 가장 쉽게 다가설 수 있는 문화행위이기 때문이다.

사이버리즘의 공간인 대중사회에서 문학의 첫 번째 목적은 소통력을 확대하는 것이다. 문학이 대중화되고 예술에서 생산과 소비의 경계가 모호해지면서 누구나 수필을 쓸 수 있게 되고 전문직과 비전문직을 가리지 않고 수필의 대중화가 심화된다. 반대로 수필작가와 수필독자를 엄격하게 차단한다면 수필은 대중으로부터 외면당할 것이다. 이러한 우려를 없애고 수필을 발전시키기 위해서는 무엇보다 창조적 콘텐츠의 구축이 필요하다. 나아가 디지털시대에는 어느 장르보다 수필과 수필미학이 결속되어야 한다.

제3장

현대수필의 변형과 변종

　오늘날의 지구촌은 웹이란 정보망에 싸여 있다. 정보의 집중화가 이루어지면서 세계문화도 탈 중심과 혼성의 세계로 나아가고 있다. 멀티미디어라는 소통의 도구가 혼성을 심화시키는 변화는 무엇보다 소재주의에 얽매인 수필가들을 당황스럽게 만들고 있다. 수필가는 지금까지 선악, 음양, 생사, 타락과 구원 등 대치적 가치를 바탕으로 글을 써왔지만 디지털시대에서는 예전의 사고체계가 무너지고 있다. 디지털시대는 선험적 세계를 추구하는 실험정신을 무엇보다 소중히 여기므로 작가는 사이버리즘을 문학의 위기가 아니라 문학의 호기로 활용하는 것이 필요하다.

　사이버리즘 시대의 작가는 저항 그 자체를 꿈꾼다. 전통적인 글쓰기는 의식과 무의식에 숨겨진 사색을 질서 있게 재정리하는 작업에 불과하지만 사이버리즘 환경에서 이루어지는 글쓰기와 글 읽기는 일정한 선형구조를 따르지 않을뿐더러 순차적으로 짜인 구조를 뒤집어 전후좌우와 앞뒤의 구분을 바꾸어 버린다. 그때 필요한 것은 흩어진 정보조각들을 모으고 짜깁기하는 기법으로서 디지털시대에서 그 진가가 더욱 높아진다. 문학적 다양성에 눈뜬 작가만이 예술 영역을 확장해나갈 수 있다는 뜻이다. 예를 들면 컴퓨터와 생물학을 합쳐 만든 게놈지도는 생명에 대한 경외심을 위축시키기보다는 생명에 대한 상상을 무한대로 뻗치게 하듯 "인간과 기계의 공진화"는 더욱 활발해진다. 이러한 상황에서 수필은 컴퓨터와 전자책을 외면할 수 없다. 사이버공간과 인터넷 기저를 바탕으로 한 수필이 산문의 대표 장르로 정립하려면 진지한 변신이 필요하다.

수필이 시와 소설의 중간 장르라는 속성은 디지털 시대가 무르익을수록 더욱 유익한 장점이 될 것으로 기대된다. 문학과 영상, 문학과 음악, 문학과 미술이 상호 접근하고 전자공학과 인문학이 결합하는 이종배합은 21세기의 인문학으로서 수필의 발전을 결정하는 키워드가 될 수 있다. 수필의 현대성이 그만큼 긴박하다는 뜻이기도 하다.

1. 수필의 현대적 엿보기

수필에 현대성을 부여하려면 효과적인 전략이 필요하다. 전략이란 복잡한 상황을 가시화, 현현화, 체계화하여 목표치에 다다르는 공정을 말한다. 퓨전화사회에서 요구되는 전략은 컴퓨터를 사용하는 기계적 기법이 아니라 디지털적 환경에 적합한 의식을 정립하는 노력이 무엇보다 바람직하다.

디지털 주제의식을 구현하기 위해서는 "과학적 동기성"과 "과학적 소재성"과 "과학적 표현성"과 "과학적 구성"이라는 4가지의 인식이 요구된다.

첫째, 사이버시대의 창작은 디지털 도구를 다루는 체험에서 시작한다. 과학적 동기는 과학이 지배하는 사회가 보여주는 문화 체험으로서 예를 들면 사이버 공간에서의 소통 체험, 컴퓨터가 지닌 기능에 대한 재인식, 키치문화에 대한 반성적 탈주, 공학이 자연에 미치는 문제점 등을 주시하려는 노력이다. 그 동기가 구체적이고 체화될수록 주제는 참신성과 전향성을 갖게 된다.

두 번째, 과학적 소재성은 가장 적절한 대상을 찾아내려는 노력을 지칭한다. 수필 소재로 나아가는 접근은 정조나 감정이 아니라 과학적이고 합리적인 관점으로 이루어진다. 사이버리즘 시대는 IT산업과 인터넷 정보망을 바탕으로 하는 만큼 누구나 납득할 수 있는 객관적 해석이 필요하다. 귀스타브 플로베르(Gustave Flaubert : 1821～1880)의 일물일어설(一物一語說)처럼 하나의 사물은 가장 적절한 하나의 주제와 연관된다는 일물일리(一物一理), 하나의 사물은 가장 적절한 하나의 제재가 된다는 일물일재(一物一材), 하나의 사물만이 가장 적합한 효과를 생성해낸다는 일물일효(一物一效)가 그것들이다. 이것은 디지털수필에 응용할 수 있는 과학적 소재의식에 해당한다.

세 번째, 과학적 표현성은 언어라는 유일한 매체에서 벗어나야 한다는 것을 말한다. 문자는 완벽한 표현수단이 아니다. 사회가 복잡해질수록 인간이 느끼는 변화는 다양하기 마련이므로 언어만으로는 모든 감정과 반응을 기록하기가 힘들다. 언어 외에 색깔, 이미지, 형상과 같은 소통 수단을 차용할 필요가 있다. 낯선 이미지를 표현하기 위하여 각종 이모티콘, 그림, 도표, 수학적 기호, 배열(lay-outs)을 적절하게 사용하고 여백조차 의미화한다. 사실성을 지닌 통계의 사용, 숫자와 기호의 어울림, 신문표제의 인용, 삽화 끼워 넣기 등으로 문자가 남기는 빈틈을 채워감으로서 수필의 표현성을 확장한다.

네 번째, 과학적 구성이 필요하다. 과학적 구성은 회화의 구성처럼 갖가지 아이디어와 기법으로 재편집하여 통일된 이미지와 주제를 이끌어내는 기법을 말한다. 16세기의 형이상학파 시인이 즐겨 사용한 방식으로 예를 들면 종교적 신앙심은 설교대, 사랑은 하트 모양, 언약은 열쇠 모양, 기다림은 우산처럼 이미지와 결합하여 새로운 문형(文型)을 만들어 낼 수 있다. 현대인의 집단의식을 그려내기 위해서는 아파트의 구조나 사다리 단락을 만들거나, 미술전람회 풍경을 언술양식으로 그려내며 지역성을 강조하기 위하여 의식적으로 사투리를 도입하기도 한다. 표준화된 단락을 깨뜨린 형식은 내용에 관한 고정관념을 해체하는 효과를 준다.

수필은 대상에 의미를 부여하는 문학이기 때문에 제재를 해석하여 표현하는 독창적인 노력이 최대로 보호되어야 한다. 합리주의 시대의 이분법이 아니라 사이버시대에 맞는 변용과 상상력으로 사물을 재구성하고 과학적 인식과 감성적 실험성이 결합하면 인문학으로서 수필문학이 지닌 가치는 더욱 높아진다. 사이버 공간은 수필의 내용과 형식에 긍정적인 영향을 미치지만 익명성과 속중화의 부작용이 심해질 우려가 적지 않다. 디지털 문학의 주체는 어디까

지나 디지털 체험과 인문학적 사고를 지닌 작가의식을 지켜나가는
자세가 필요하다.

2. 낯설게 하기

인간은 모방과 창조적인 동물이다. 인간은 삶의 영역에서 의미
있는 가치를 원하고 문화와 예술에서 새로움을 추구하고 감정의 표
현수단인 말과 글에서 특별한 세계를 창조한다. 하지만 표현수단으
로서 모든 말과 글이 예술과 문학에 사용되지 않는다. 꼼꼼하게 기
록한 일기가 작품이 아닌 것처럼 특별한 어떤 표현만을 문학이라고
부른다. 여기에서 문학과 비문학의 경계에 관한 논의가 비평가들
사이에서 생겨나게 된다.

20세기 유럽에서 문학의 경계에 관한 논의가 다시 시작되었다.
러시아의 '형식주의' 학파로 불리는 학자들이 가장 활발하였는데 쉬
클로프스키(Viktor Shklovsky)가 제시한 '낯설게 하기'라는 개념이
가장 큰 주목을 받기 시작하였다. '낯설게 하기'는 낯익거나 친숙한
것보다 낯선 것에서 더 신선한 감동과 충격을 받는다는 수용의 미
학이다. 사람은 평소 자주 접하는 것보다 낯선 것에 더 많은 관심을
기울인다. 새로 이사 온 이웃, 새로 출시한 차, 새로 생산된 제품에
관심을 기울이고 그것을 사고 싶어 한다. 산업 제품에서 뿐만 아니
라 누군가 이상한 옷을 입거나 생소한 동작을 취하여도 눈길이 간
다. 특별하게 구성된 그림이나 무용수의 움직임에 미적 의미를 부
여하기도 한다. 남다른 문자나 형식을 가미하면 사람들의 주목을

끌고 낯선 작품으로서 관심의 대상이 된다.

문학도 이전의 형식과 다른 형식을 만들어내는 것이 바람직하다. 평소 사용하는 언어와 표현은 독자에게 매우 중요한 구성이나 형식으로 간주된다. 쉬클로프스키를 위시하여 러시아 형식주의자들이 미학적 요소로서 형식의 낯설게 하기를 중요시한 까닭도 "낯섦"(Defamilization)이라는 미학을 중시하기 때문이다. 그렇더라도 내용의 낯섦이 '형식'의 무게에 눌려서는 안 된다. 문학의 실체(substance)와 내용(content)을 혼동하지 말아야 한다는 점은 형식의 낯설기만을 염두에 두려는 수필가에게 시사하는 바가 크다.

쉬클로프스키의 낯설게 하기가 창작에 관심을 둔다면 반 아리스토텔레스적 이론을 제시하는 독일의 연극가인 베르톨트 브레히트(Bertolt Brecht)의 '낯설게 하기'는 독자의 수용 자세를 중시한다. 연극에 낯설게 하기를 적용한 브레히트는 낯선 형식이 관객에게 미치는 효과에 비중을 두었다. 관객이나 독자나 수용자가 평소에 인식하지 못한 낯선 형식을 인식해가는 과정은 독자수용론과 상통하는 것으로서 익숙한 삶을 달리 보여줌으로써 독자가 새삼스럽게 깨닫도록 한 것이다.

그렇다면 수필은 쉬클로프스키나 브레히트가 제시한 '낯설게 하기'를 어떻게 받아들여야 할까?

미적 가치를 창조하는 방법은 여러 가지다. 그 가운데 가장 흔한 것이 형식의 '낯설게 하기'이다. 형식의 낯설게 하기는 낯설게 하기의 모든 것이 아니다. 흔히 작가는 새로운 형식을 발견하면 새로운 모양에 모방하다가도 어떤 문제점을 조금이라도 발견하면 전체를 부정하는 경우가 많다. 그러므로 체계적인 형식의 변화가 바람직하다고 여겨진다.

두 번째는 관점의 낯설게 하기이다. 낯선 관점은 동일 대상을 다르게 보고 느끼고 생각하는 것이다. 동일 대상도 언제 어떤 상황에서 보는가에 따라 달라진다. 소설의 관점처럼 수필화자의 관점도 반드시 글을 쓰고 있는 현재가 아니어도 된다. 현재의 자아란 과거의 체험이 누적된 자아인 만큼 과거의 체험을 기술할 때는 사건이 전개되는 당시의 화자로 되돌아가서 그때의 대상이나 상황을 서술하면 리얼리티가 더욱 단단해진다.

세 번째는 표현의 낯설게 하기이다. 신조어, 낯선 기법, 유행어와 같은 표현 장치는 소통을 위한 효과적인 방식으로 간주된다. 새로운 작품이 태어나기를 바라는 동기야말로 창작과 독서의 원동력이므로 새로운 언어 찾기와 남다른 구성 찾기가 작가의 주요한 일과가 된다. 상투적인 표현에서 벗어난 새로운 언어는 새로운 인식을 다지는 발판이 될 수 있다.

디지털 시대에 수필을 활성화하는 방안에는 작가의식을 전환하는 창작 기법이 포함된다. 윤재천 교수가 "수필은 작가와 독자가 혼연일체를 이루는 인간의 진실을 규명하기에 적합한 인간학이다. 문학의 존재 이유가 인간과 삶의 진실을 밝히는 것이라면 그 목적에 가장 근접한 것이 수필이다."[1]라고 말할 때 가장 근접한 수필이란 새로운 시대상과 수필영토를 확보하였다는 뜻이다. 열린 수필의 영토를 확장하려는 노력은 수필계를 좌지우지하려는 문단권력이나 패권주의와는 별개의 문제이다.

---

1) 윤재천, 「수필은 인간학이다」, 『운정의 수필론』, 문학관, 2004, p.62.

낯설게 하기는 형식과 내용뿐 아니라 수필의 본질에 대한 인식까지 포함한다. 인터넷 시대의 수필을 거론하면서 "문학적 형질의 변경을 감수해야 될지도 모른다."고 평자가 지적한 것처럼 21세기의 수필이 해결할 문제 중의 하나는 수필이 무엇이냐라는 본질을 새롭게 정의하며 현실에 적합한 표현양식을 찾아내야 한다는 것이다. IT시대의 사이버 공간에서 현실적 대상과 상상적 표현이 결합하는 '낯설게 하기'는 "타성화로부터 벗어나 대상의 참모습을 되찾고, 자동화로부터 대상을 해방시키려는 전략"인 셈이다. 그 전략은 탈영토론과 매우 흡사하다.

수필의 다변화는 필연적으로 프랑스 철학자인 질 들뢰즈(Gilles Deleuse)가 제시한 탈영토론이라는 이론의 일부를 빌려 오게 된다. 포스트모던 문학비평가이기도 한 들뢰즈는 포스트모더니즘의 패러다임으로서 탈영토화라는 담론을 정립하였다. 그는 모더니즘 사회에서 일탈이 빈번히 봉쇄되는 이유는 변증법적 변화를 무시하기 때문이라고 보았다. 작가의 문학적 사유는 영토화 → 탈영토화 → 재영토화라는 원리를 따르며 구체적 형식은 낯설게 하기로 나타난다고 풀이하였다. 낯선 시선으로 바라보는 사람만이 낯섦의 감동을 얻는다는 사실은 더 이상 강조할 필요가 없다.

디지털시대의 수필이 신변잡기 수준에서 벗어나 흥미와 재미, 그리고 참신한 착상과 아이디어를 제공하려면 구체적인 도안과 설계가 필요하다. 아무리 낯설게 하기를 주장하고 탈영토론을 옹호한다고 할지라도 실천이 없는 이론은 허상에 불과하다. 인문학에서 문학이 환상의 성(城)짓기라고 한다면 실험정신을 가진 작가야말로 디지털시대의 N－수필을 구축한다고 하겠다. 현재 한국수필계에서 이루어지고 있는 '낯설게 하기'의 수필작법을 항목별로 제시해본다.

3. 현대수필의 실험성

1) 테마수필

수필은 본질적으로 개인의 삶과 행위에 부응하는 문학이다. 개인은 누구나 보편적인 삶 외에 개별적인 시공과 심적 층위를 지니며 살아간다. 오늘의 독자는 현대적 상황에 맞는 심적 좌표를 가진다. 구태의연한 소재보다는 전문 영역을 다룬 작품을 선호하며 테마와 소재의 차별성을 지니지 못하는 수필은 가독성이 낮아 사이버 독자를 만족시키지 못한다. 오늘날의 수필이 벗어나지 못한 병폐가 있다면 개인수필집이든 동인지든 고유한 색깔과 특징을 보여주지 못한다는 점이다. 수필 이론가들은 작가는 고유한 테마와 브랜드를 만들어 가는 과정이 필요하다고 권한다. 바다수필, 의학수필, 음악수필, 건축수필, 철학수필, 자연수필, 원예수필, 영화수필 등의 갖가지 테마수필이 발전하고 음악수필의 경우 고전음악, 현대음악, 대중음악으로 나누어지고 있다. 수필작가는 삶과 주변의 자연과 우주에 대하여 일반적인 상식을 지녀야 하지만 그것에 못지않게 전문 영역에 대한 독자적인 인식을 지닐 필요가 있다.

구체적인 방안으로는 제목의 특성을 살리고, 독자적인 목소리를 지닌 서술자를 등장시킨다. 전문 분야에 대한 학구적 이론을 지닌 작가, 서술자 화자가 등장하면 테마수필은 폭넓은 공감과 신선한 지식을 제공한다. 이민자수필, 다문화수필, 여성주의수필 등 포스트모던 시대에 적합한 테마가 확장되는 추세는 수필이 문학 환경의 소산이라는 점에서 너무나 당연하다.

2) 퓨전수필

"문학은 현실을 반영한다."는 아리스토텔레스의 말처럼 21세기에서는 어느 시대보다 학문과 예술을 구분하는 경계가 무너져가고 있다. 21세기 후반 이후에는 순수문학을 거부하고 대중성을 추구하는 추세가 뚜렷해진다. 더군다나 IT산업과 정보화가 발달할수록 문학은 정보 메커니즘과 불가분의 관계를 맺게 되며 이러한 경향은 상상과 사이버리즘의 결합을 촉진시킨다.

각 장르에서 문학의 통합과 해체가 이루어지고 있다. 가장 두드러진 부분은 영상매체와 통합하는 추세이다. 음악과 시가 만나고 수필과 그림이 만나기도 한다. 문학과 영상, 문학과 음악, 문학과 미술이 통합하면서 미래의 퓨전화는 더욱 다양하고 복잡해질 것으로 예상된다. 하이브리드 문학으로서 퓨전화는 지금까지 장르와 장르의 통합이었다. 시와 소설과 드라마가 합쳐 시적 수필, 서사수필, 극적 수필이라는 장르가 나타났지만 문학과 미술, 문학과 음악은 물론 의학과 문학, 공학과 문학의 접목이라는 이종결합도 등장하고 있다. 앞으로는 1+1의 퓨전이 아니라 수필과 시와 음악과 미술 같은 2+2의 통합도 예상된다.

언어라는 매체에서 일어나는 퓨전형식이 그것이 문학인가 아닌가라는 논쟁이 일어날 수 있으나 어디까지나 참신성, 전문성, 문학성, 영상성, 세계성, 실험성을 중시하게 된다. 소통 체제가 존재하는 한 문학의 외연은 제한될 수 없다. 문학은 소통을 목적으로 하고 퓨전은 소통의 효율을 높이기 위한 방법이기 때문이다.

3) 메타수필

메타문학은 사실주의 문학이 지닌 한계성을 극복하는 과정에서 생겨난 형식이다. 메타는 다시 쓰기의 의미로서 아르헨티나 영문과 교수인 보르헤스(Jorge Luis Borges)의 설명에 따르면 작품으로 다시 쓰는 것이다. 메타문학에는 두 가지가 있는데 하나는 타인의 사고에 대한 다시 쓰기, 즉 메타비평이요, 다른 하나는 자신이 구상하는 작품에 대한 다시 쓰기로서 쉽게 풀이하면 수필로 쓰는 수필 쓰기에 해당한다.

수필은 자아반영의 문학에 속한다. "새로운 정신적 질서에 걸맞은 문학에 대한 기대"라는 취지에서 보면 수필작가가 수필화자이고 삶 자체가 텍스트이고 텍스트가 다시 쓰기에 해당되는 만큼 메타수필의 등장은 1인칭 자전글쓰기의 수필에서 당연하다. 소설이나 시에 메타픽션과 메타시가 존재하듯이 글쓰기를 재구성하는 메타수필의 등장은 수필화자가 1인칭이라는 점에서 더욱 자연스럽다. 자아반영적인 글쓰기가 발전하는 추세에서 볼 때 메타수필은 픽션과 리얼리티 사이의 틈을 메우는 현대적 글쓰기로 자리 잡을 것으로 기대된다.

현대인의 행동과 의식은 사회 규범과 질서를 따른다기보다는 의식보다 무의식에, 규범보다 개인적 체질에 따라 행위의 양식이 결정된다. 당연히 교술 수필만으로는 작가심리의 변화를 그려내지 못하므로 획일성과 규범성에서 벗어난 자율적 양식을 요구한다. 달리 말하면 수필은 글쓰기 체험을 재구성하는 자체의 메타성을 따를 수밖에 없다.

4) 웰빙수필

웰빙수필은 수필의 대중화에 따라 파생되는 속중성과 키치적 문제를 해결하기 위한 대안으로 등장한 수필이다. 등단자의 양적 증가, 수필상의 남발, 수필평론과의 야합 같은 병리적 현상 등 수필문학과 수필문단을 훼손하는 현실을 극복하고 소재에 대하여 품격 있는 해석을 시도하여 교양의 향상을 도모한다. 함량미달의 미셀러니가 문예수필을 위협하려 하고, 개인사나 여행담, 가족 자랑거리가 수필 소재의 대부분을 차지한다는 반성에서 웰빙수필은 문단의 속중주의에 저항하는 대안으로 떠오르고 있다. 나아가 수필은 삶을 기반으로 한다는 점에서 바람직하게 살고 바람직하게 죽는 Well-being과 Well-dying을 반영하는 수필을 쓰고 읽어야 한다는 시대적 요청도 안고 있다. 전문지식과 상상력을 바탕으로 고도의 지성과 감성이 어울린 웰빙수필은 문학으로서 격조를 지녀야 한다는 기대감도 깔고 있다.

해박한 지성미와 높은 감수성이 바탕이 된 웰빙수필은 사회의 방부제로서 건실한 문화의식을 끌고 간다. 대중수필과 거리를 둔 지성적 종파수필이라는 점에서 계층 간의 위화감을 조장하기도 하지만 속중화를 타파한다는 목적의식에서 신변수필이나 통속적인 사소설류와 반대 입장에 선다.

5) 마당수필

한국 전통의 마당문학은 판소리와 탈춤이다. 판소리는 서민의 애환을 읊는 노래이고 탈춤은 민중의 삶을 표현하는 몸짓언어에 속한다. 판소리와 탈춤으로 펼쳐지는 마당은 열린 소통 공간으로서 연기자와 관객을 동일체로 만든다. 시조가 사랑방이나 정자라는 닫힌 공간에서 베풀어진다면 한국 민중의 정서를 고스란히 담아낸 판소리는 열린 공간에서 펼쳐지는 열린 문학에 속한다.

현대수필은 내용에서 평민성과 민중성을 지향할 필요가 있다. 윤재천은 「마당수필 시대」에서 마당의 의미를 '열림과 나눔과 함께함'으로 요약하면서 "마당놀이는 관객과 하나가 되는 화합의 장으로서 풍자와 해학을 바탕으로 웃고 웃으며 해학의 묘미를 재음미하곤 한다."[2]고 설명한다. 대중의 메시지로서 공감대를 이룬다는 수필의 목표는 윤재천의 주장처럼 마당수필의 필요성을 더욱 높여준다. 사회를 비판하되 정면으로 맞서지 않고 한걸음 물러나서 바라본 후, 적절한 메타포를 동원하는 서술은 '나'의 생각과 처지를 '모두'의 것으로 확대할 수 있다. 마당수필의 등장은 선비문학에서 시민문학으로 수필이 나아가고 있다는 사이버리즘 시대의 현상을 뒷받침해준다. 마당수필의 구체적인 창작은 언어에서 제시된다. 문어체가 아니라 운율을 지닌 구어체를 구사하여 시민의 밑바닥 삶을 숨김없이 그려내는 풍자 방식이 효과적이다. 시민의 언술과 민중적 주제가 수필을 민중문학으로 진화시키는 것이다.

문학은 문학성과 대중성이 균형을 이룰 때 소통의 효과가 가장

---

2) 윤재천, 『윤재천수필문학전집』 제1권, 문학관 2008, p.324.

크다. 오늘의 수필이 문학과 사회의 주변부에 머무르고 있는 이유도 민중적 욕구와 서민의 생활모습을 외면하고 문학성만을 고수하려는 닫힌 의식에 기인한다. 민중의 토속적 정서에 맞는 양식을 발전시킬 필요성에서 마당수필의 잠재력은 매우 크다.

6) 상형(象形)수필

인간 행위는 시대를 불문하고 가시적인 형식으로 표현된다. 미술과 문학의 동거는 가장 오랜 역사를 지니고 있으면서 사이버 문학이 지닌 특징에 해당한다. 고대의 동굴벽화와 갑골문자가 그렇듯이 낭송시에 음악을 깔거나 그림을 그리면서 춤을 추는 전위예술과 지하철의 설치미술도 상형예술에 속한다. 상형문자의 이미지를 빌어 사상을 표현하는 상형화는 구텐베르크의 활자를 거슬러 유목시대의 원시문양으로 되돌아가는 것과 비슷하다. 이러한 역류는 문학의 후퇴가 아니라 과거의 문화를 재현하는 현상이라고 하겠다.

스위스 언어학자로서 현대 언어학의 지평을 펼친 소쉬르(Ferdinand de Saussure)에 따르면 기호는 기표와 기의로 구성된다. 연인에게 백합을 선물한다면 사랑하는 마음이 기의이고 꽃은 사랑의 기표가 된다. 기의와 기표가 사랑을 표현하는 기호를 만들어 낼 때, 꽃을 받은 사람은 선물을 준 마음을 해석해낸다. 준 쪽과 받은 쪽의 의미 작용이 동일하면 커뮤니케이션은 성공이라고 말하지만 그렇지 못한 반대의 경우에는 소통의 오류가 빚어진다. 이 오류의 원인은 기호의 다의성으로 생겨난다.

문자는 일종의 기호이다. 인지에 의하여 전달되는 문자는 일정한 시간이 지난 후에 의미가 생성되므로 즉각적인 의사전달이 이루어지지 않는다. 반면에 도형화된 수필은 즉각적인 반응을 일으킨다. 16〜17세기 영국의 형이상학파 시인들은 시의 내용에 맞는 도형 모양으로 행과 연을 꾸며 내용을 알기 쉽도록 형상화하였다. 설교는 설교단 모양의 단락으로, 사랑은 하트 모양의 문장으로 꾸며내는 시각이미지를 최대한 활용하였다. 수필의 문형이나 단락을 형상화나 도형화하면 이미지를 중시하는 IT시대의 독자들에게 시각적 연상을 주게 된다. 우주가 기호의 총체이고 인간의 삶 자체가 기호작용으로 일어난다는 점도 상형수필이 태어난 동기라고 볼 수 있다.

7) 하이퍼수필

사이버리즘 시대의 문학은 영상을 받아들일 수밖에 없다. 담화(discourse)에 시청각적 기능이 첨가될수록 공감의 폭은 확대된다. 청각적(audial), 시각적(visual), 구어적(oral), 문자적(written) 요소가 합쳐질수록 정보의 소통력은 증가하게 된다. 만일 영상과 음향이라는 하이퍼 요소를 수용하면 종이와 활자로 이루어진 책이 지닌 이차원적 한계를 극복할 수 있다. 문자, 소리, 그래픽, 동영상 등을 결합한 하이퍼 수필은 활자가 지닌 단선적이고 평면적인 한계를 넘어 상상과 이미지를 합친 미적 체계를 정립해준다.

수필은 대화의 문학이다. 수필의 대화주의는 논제에 대한 배타성을 거부하지 않는다는 점에서 바흐친(M.M. Bakhtin)의 대화주의[3]를 연상시켜 준다. 수필을 내적 독백이라고 할지라도 저변에는 누군가와 소통하기를 바라는 서술자의 기대감이 깔려있다. 수필에 나

---

3) M. Bakhtin, *Dialogic Imagination : Four Essays*, Univ. of Texas Press, 1981. 참조.

타나는 쌍방향의 소통에 바흐친의 대화 원리를 적용시켜 보면 수필
의 열린 속성이 재확인된다. 지금까지 수필이 세대 간의 벽에 막혀
있던 원인도 독자와의 소통 수단을 개발하는 데 소홀히 했기 때문
이다. 1930~1960년대에 작가들이 시와 소설을 중시하고 수필을 여
기의 수단으로 삼았던 것은 독자와의 대화를 소홀히 하고 작가 자
신의 감정을 토로하는 수단으로 간주하였던 탓이다. 형식과 내용의
유기성을 결합하는 퓨전수필과 이미지를 통한 소통욕구를 결합한
것이 하이퍼수필이라고 말할 수 있다.

8) 수화(隨畵)수필

수화수필은 형식에 있어서 그림과 문자, 미술과 수필이 결합한
퓨전수필에 속한다. '문학은 글로 쓴 그림이다.'라는 말처럼 예로부
터 문학과 그림은 상호보완적이었다. 도형과 색채는 시각을 자극하
여 소통을 원활하게 해주므로 감성과 이성이 동시에 작동되고 더
많은 정보와 자료를 주고받게 된다.

효과적인 수화수필은 단수필과 삽화가 결합하되 어디까지나 삽
화가 수필의 내용을 보완하는 방법이 바람직스럽다. 동화에서 삽화
(Illustration)가 스토리의 내용을 보다 쉽게 전달하는 역할을 한다면
수화수필에서 삽화는 내재된 주제를 심화시키는 것이다. 삽화가 지
나치게 구체적으로 그려지면 문학적 상상의 폭이 줄어들면서 삽화
가 문장을 압도하는 문제가 생겨날 수 있다. 상형수필이 물건의 모
양을 모방한다면 수화수필은 색과 선과 점으로 이루어진 그림이 수
필내용을 영상으로 전달한다는 점에서 다르다.

수화수필은 형식에서는 퓨전수필, 모방성에서는 시화를, 문예사

에서는 리얼리즘과 판타지를 합친 표현행위에 속한다.

9) 단수필

디지털 문화의 특징은 압축과 응축이다. 현대산문은 블로그(blog)와 댓글처럼 양적 길이가 점점 짧아지는 추세를 보여준다. 미니문학이 등장하는 것은 인터넷 문화현상으로서 소설에서는 미니픽션, 시에선 행시(行詩), 수필에서는 단(短)수필, 드라마에서는 장(章)연극으로 발전하고 있다. 한국수필에서 단수필은 사이버리즘 이후에 생겨난 새로운 장르가 아니다. 이미 윤오영, 이태준, 박태원, 이상 등에 의해 1930년～1950년대에 성행하였으며 단수필이 수필의 여기성을 자초하는 부작용을 낳기도 하였다. 그러나 사이버리즘의 시대에 들어와 단수필의 창작원리가 연구되고 김선화의 『소낙비』라는 최초의 단수필집이 발표되면서 제2의 전성기를 맞이하고 있다.

기존의 수필이 유화, 혹은 수채화에 비유된다면 단수필은 그림엽서라고 말할 수 있다. 단수필은 5매 수필, 미니수필, 짧은 수필, 혹은 '장(掌)수필'로 불리지만 명칭이 무엇이든 짧기만 해서는 안 된다. 단수필은 분량을 줄이면서 주제를 압축시킬 필요가 있다. 단수필이 웹(WWW)과 시청각(AV)소통과 디지털 문화에 능동적으로 부응하려는 것은 '보는 문학'에서 '읽고 듣는 문학'이라는 음유문학으로 환원하는 추세를 반영해준다. 단수필에서는 다음과 같은 요령이 필요하다.

첫째, 내용을 압축한다. 서술의 경제성을 살리려면 분위기를 조성하는 서두를 생략하면서 단숨에 전개부로 들어가고, 가장 적절한 한 가지 에피소드를 제시하여 분량을 경제화 한다. 여러 예문을 불

필요하게 도입하는 열거방식은 피한다.

둘째, 주제가 명료하여야 한다. 일상적인 서술로서는 독자의 복잡한 인식을 일깨울 수 없다. 기발한 착상과 낯선 관점이 독자의 인식력을 고조시켜 나간다.

셋째, 서정성을 수식어가 아니라 서사로 구현한다. 행동은 의미를 형상화하므로 단수필에서는 서정보다 서사 구도가 적합하다.

넷째, 치밀한 구성이 요구된다. 체계화된 구성이 전달력에서 최대의 효과를 거둘 수 있다. 적절한 구성은 기승전결이라는 4단구성이며 반전이 가미되면 메시지가 더욱 입체화된다.

10) 칙릿(chick – lit)여성수필

2000년대의 칙릿(Chick Lit)은 젊은 여성을 뜻하는 속어로서 직장생활을 하는 2, 30대 초반 여성을 독자층으로 하는 문학을 지칭한다. 여성서사에 속하는 칙릿은 도시 여성의 진취적인 모습을 반영하는 대중여성서사이다.

칙릿 여성수필의 주인공은 과거 남성중심의 지배적 가치에서 벗어나 능동적이고 적극적인 삶을 추구한다. 서구 가치를 적극적으로 받아들이고 자본주의의 성공신화와 멋진 남자와 로맨스를 추구하는 점에서 자본주의의 소비주의에 편성한다는 비난을 받기도 한다. 유행에 민감하고 자유연애와 소비성향이 강한 여성의 목소리를 다룬 로렌 와이스버거(Lauren Weisberger)의 『악마는 프라다를 입는다』와 정이현의 『달콤한 나의 도시』가 여기에 속한다.

칙릿류의 수필은 여성의 주체적인 삶에 대한 공감과 포스트모더니즘 시대를 살아가는 여성의 주체의식을 반영한다는 점에서 주목을 끌고 있다. 정치적 이데올로기보다는 문화 측면에 관심을 갖는 여성의 취향을 반영한 칙릿 여성수필에 대한 관심은 증가할 것이다. 한국 여성수필계의 작가와 독자층이 현대산업사회 세대로 옮겨짐에 따라 최루성 가정사가 중심이었던 여성수필은 성공신화를 거둔 여성주인공을 다루는 여성전기수필로 이동하기 마련이다. 칙릿 여성수필은 여류 수필가의 연령이 낮아지고 있는 사조를 반영해준다는 점에서 고무적이라고 하겠다.

에필로그

디지털 세기로 불려지는 21세기에서 주목할 특징은 소통의 매체가 전자언어로 달라진 점이다. 전자문자 뿐만 아니라 영화, TV, 컴퓨터, 모바일폰, 아이팟이라는 매체도 수필의 표현양식에 전례 없는 변화를 요구하고 있다. 사이버리즘 시대의 문학은 작가, 독자, 출판업자, 비평가, 북 디자이너, 삽화가가 합심하여 이루어내는 전방위적 소통이므로 수필이 제 기능을 가지려면 내용과 형식의 다변화가 어느 때보다 중요시된다.

유사 이래로 문학의 정체성은 실험과 저항에 있다. 수필은 완성된 작품이 아니라 재생산되고 진화하는 텍스트다. 수필은 통일된 미적 구조를 지켜야 한다는 조건에서 벗어난 문학이다. 그것은 구심력과 원심력으로 설명된다. 수필의 전통성을 유지하려는 동기가 구심력이라면 문학의 현대성을 지향하는 의식은 원심력으로서 그 균형이 지켜질 때 수필은 순탄하게 발전한다. 디지털시대에 요구되는 전략은 문학의 보수주의에 대한 반동이 아니라 문학 본연의 정체성을 재정립하는 것이다.

수필은 미래지향성을 추구하는 문학으로서 어원은 "에세"로서 "시도해본다", "실험해본다"는 의미를 갖고 있다. 정보 테크놀로지(IT)시대는 형식에서는 낯설게 하기를 필요로 하고 내용에서는 영상과 이미지, 혼성과 탈영토이론을 요구한다. 사이버 공간에서 ― 그것이 인터넷망이든 사이버의식이든 ― 개별 작품은 독립적으로 존재하는 것이 아니라 메타수필이라는 범주 안에서 가변적인 텍스트로 존재한다. 다채로운 독자의 욕구에 맞추어 가독성을 높여가는 수필텍스트를 창조할 필요가 있다는 점에서 20세기 수필가가 문학언어의 필경사였다면 사이버리즘 시대의 수필가들은 기호의 디자이너라고 하겠다.

현대수필의 변형과 변종의 예[4]

1. 테마수필의 예

통곡의 미루나무

은 옥 진

시구문 조금 못 미쳐서 사적 324호로 지정된 사형장이 있다. 일제가 지은 목조건물이다. 전국에서 사형선고 받은 애국지사들을 이곳에 이감하여 사형을 집행했던 곳이다. 어두컴컴하고 음침한 목조건물 내부에는 사형수가 앉는 의자며, 그 때에 사용했던 굵은 동아줄이 그대로 내려져있다. 사형을 집행할 때 배석했던 사람들이 앉는 긴 의자도 그대로 보존되어 있다. 으스스한 한기에 머리카락이 꼿꼿이 서는 듯 했다.

사형장입구에 서 있는 한 그루 미루나무와 눈이 마주쳤다. 진초록의 잎이 수 없이 바뀌었을 터인데도 나무둥치는 거무스레하니 앙상하다. 이승을 못 다 살고 간 이들의 한이 서려서 일까. 아니면 맺힌 가슴 풀지 못하고 떠난 그들이 목이 메어, 나무는 그렇게 어설프게 생겼을까. 그 모두를 지켜보았을 나무는 어찌 견디어냈을까.

미루나무 아래 세워 둔 안내문에는 이렇게 적혀있다.

통곡의 미루나무
사형장 입구 삼거리에 하늘 높이 외롭게 자라고 있는 이 미루나무는

---

4) 편집상 수록된 작품은 작품의 일부만 게재하였음을 알려드립니다.

처형장으로 들어가는 사형수들이 나무를 붙들고 통곡했다는 곳으로 유명하다.

또한 사형장의 또 한 그루의 미루나무는 사형수들의 한이 서려 잘 자라지 않는다는 일화가 전해지고 있다.

(………)

통곡의 미루나무 둥치에 손을 얹으니 처절한 몸 떨림이 전해져 온다. (……) 나무는 그저 보고 겪은 일들을 나이테 깊숙이 간직하며 나이만 더하였을 것이다. 무수한 발자국 지날 때마다 나무는 어찌 다 감당했을까.

우리들의 눈에 익은 미루나무는 고향 마을 앞 냇가거나 신작로에 줄지어 선 평화로운 나무였다. 그러나 통곡의 저 나무 우듬지에는 까치집 하나 얹혀 있지 않다. 겨울나무 빈 가지에 찬바람이 감길 때마다 마른 잎을 하나씩 떨군다.

어디에선가 비둘기 떼가 한 무리 눈밭에 날아와 앉는다. 바닥에는 모이도 없는데 구구구 하며 이리저리 몰려다니다가 화들짝 하늘 높이 솟아오른다. 공중을 한 바퀴 선회하다가 어디론가 가 버린다. 새들이 날아간 자리는 허허롭다.

(………)

2. 퓨전수필의 예

행복과 마모니즘

김 우 종

저 산 너머 아득한 하늘가에
행복이 깃든 곳 있다기에
남을 믿고 나도 따라갔건만
눈물만 흘리고 되돌아 왔네
…………
－칼 부세

행복이라는 것은 쉽게 손아귀에 잡힐 수 있는 물건은 아니다. 그것은 바로 저 산 너머에 있는 듯이 보이지만 그곳에 가보면 행복은 또다시 하나의 산을 넘어 저쪽에서 손짓하고 있는 것이다.

행복은 이처럼 손에 잡히기 어려운 신기루와 같은 것, 그러나 이처럼 잡기 어려운 행복이라고 하지만 어찌 이대로 괴로운 운명 속에 순종하며 인생을 단념할 수가 있으랴. 〈나도야 가련다, 이 젊은 나이를 눈물로야 보낼소냐, 나도야 가련다.〉 하며 몸부림치다 요절해 버린 시인이 있었듯이 그냥 이대로 체념해 버리기엔 우리의 젊은 나이가 너무도 아까운 것이다. 그뿐이랴. 지금까지 눈으로 보지 못한 것, 읽어보지 못한 것, 먹어보지 못한 것, 그리고 아직은 잊히지 않은 남자, 또는 아직은 끝내지 못한 온갖 플랜들－ 이 모든 것들을 두고 어찌 인생을 단념할 수가 있으랴!

　(이하 생략)

3. 메타수필의 예

千 字 文

정 여 송

千개의 글자를 갈고랑이로 긁어모은다. 구백 구십 구 자도 안 되고 한 자가 덤으로 얹혀도 싫다. 반드시 千字라야 한다. 그것을 매고 아무도 가보지 않은 길을 나선다. 매의 눈초리가 닿지 않고 야수의 왕자도 밟지 못한 길. 거닐면서 남다른 생각을 건져 올리고 낯선 언어를 찾아내어 새로운 文型을 그린다. 야물 차고 익살스러우면 더없이 좋겠지.

한석봉 필 천자문. 天地玄黃에서 시작하여 言才乎也로 끝나는 그 속에는 세상의 온갖 것이 들어있다. 해와 달과 별의 이야기, 사람으로서 마땅히 지켜야 할 도리와 규칙, 책임과 의무 등 무궁무진한 이야기가 가득 차서 넘친다. 자연현상과 인간사회의 구석구석까지 미치는 질서와 체계가 거미줄처럼 얽혀있다. 내가 쓰려는 천자문은 그런 대단한 글이 못된다. 천자문에 감히 견줄 수조차 없는 어린아이의 장난질이요. 소꿉놀이다. 하지만 쌓아 올린다. 정자든 초가든 슬래브든 빌딩이든 글자로 집을 짓는다.

(……)

文을 세운다. 건축가가 되어 집을 짓는다. 닮으면 큰일이라도 날 듯 겉모양만 다르게 줄지어 선 카페들은 질색이다. 볼품은 없지만 들어서면 편안해지는 집. 누구든 눈길을 주지 않아도 참멋을 아는 사람은 멀리서도 찾아오는 집. 외형보다 내면을 소중하게 여기는 사람들, 조심스럽게 말을 걸 듯 겸손하게 다가오는 마음들이 살고 있는 집. 그런 글집을 짓는다. 그곳에서 사람을 읽고 자연을 느끼고 세상을 생각한다. 그렇게 해서 내가 얻는 보수가 있다면 칭찬이나 비난, 성공이나 실패 등의 평가가 아니다. 언어를 다듬어 집을 짓는 즐거움이고, 마음속에 진득하게 또아리를 튼 생각의 짐을 벗어버리는 해방감이다.

무엇이 부러우리. 무엇이 두려우리. 열 손가락으로 자판 전부를 다루니 세상이 손안에 있지 않은가. 정령, 엽기다. 가로열쇠와 세로 열쇠를 풀어가며 퍼즐게임 하듯 열 손가락은 신이 나서 뚝딱 뚝딱 文을 세운다. 千字文이란 현판을 내어 건다.

4. 웰빙수필의 예

0.2mm + 0.05mm =∞
– 평범하나 경이로운 기적

조 재 은

나는 굉장한 존재입니다.

3억 6천만 개의 정자를 물리치고 힘차게 달려 결승점인 난자에 도착해서 생겼어요. 3억 6천만이라면 우리나라 인구의 7배가 넘어요. 전체 인구 숫자로 상상이 안가면 월드컵 때 상암 축구장에 꽉 찬 사람을 떠올려보세요. 셀 수 없이 많은 그 사람들의 6000배나 넘는 숫자를 뒤로 제치고 일등을 했으니까요.

그렇게 대단하게 시작한 나는 엄청나게 작아요. 막대 자를 꺼내 보세요. 난자의 크기는 0.2mm정도이고 정자는 약 50μm입니다. 난자의 크기는 1mm 눈금의 1/5mm인데 어떻게 그릴 수 있겠어요. 아니 점이라도 찍을 수 있을까요. 1mm는 1000μm이니까 정자의 크기는 상상할 수도 없지요. 눈에 보이지도 않는 작고 작은 점이 저의 생명의 근원인 것이지요.

우주도 130억 년 전에는 하나의 알 정도의 크기였는데 빅뱅을 거듭해서 현재 상태가 됐다니까, 사람이 소우주와 같다는 말이 맞는 것 같네요. 보이지도 않는 점은 170cm 정도 커지고, 사람의 능력은 상황에 따라 측정할 수 없을 만큼 무한대로 커지니 창조주의 솜씨에 놀랄 뿐이지요. 그러나 경이로운 것은 창조의 순간만이 아니고 뱃속에서 나와 탄생 후 진행되는 삶의 모든 과정입니다.

(······)

드디어 10달이 됐어요. 엄마 수고 하셨어요.

깨알의 수백분의 일만한 크기의 수정란에서 몸무게가 3kg이 됐어요. 제 존재보다 소중한 것은 없어요. 이제 세상으로 나갈 준비를 하면서 무엇이 나를 성장케 했나 생각했죠. 탯줄을 통한 영양이 몸을 자라게 해 주었지만 가장 소중했던 건 엄마의 관심과 사랑이었어요. 이것은 밖에 나가서도 가장 필요하고 귀한 것이죠. 아빠가 엄마 성격이 나를 갖기 전에 비해 달라졌다는 말을 했지요. 그 관심과 사랑이 내게로 옮겨졌다는 것을 알고 나도 나 자신을 더 소중히 여기게 됐어요. 나를 위해 엄마가 했던 생활 습관 고치기, 내가 쓸 물건을 정성스레 준비한 것 모두 감사하지만 최고로 감격한 것은, 나를 엄마 자신보다 더 소중히 생각한다는 것이에요. 그리고 겸손하게 기도드리는 모습은 내가 본 엄마의 모습 중에서 가장 아름답고, 진짜 어른다운 모습이라 생각했어요.

자신이 아닌 남을 위한 마음이 생긴다는 것, 기적이에요.

생명의 탄생 자체가 기적이고 오차가 없는 완벽한 환희의 프로그램이에요. 엄마도 내가 뱃속에서 나오는 것에 대해, 그 진행과정을 가만히 생각해 보면 신기하고 놀랄 거예요.

엄마 뱃속은 편안하고 따뜻했어요, 이제 빛을 향해 나갑니다. 엄마와 탯줄이 끊어지는 건 두렵고 무섭지만, 두 팔로 안아 주실 테니 안심하고 나갑니다. 두 팔 벌려 맞아주세요.

5. 마당수필의 예

슬픈 품바

이 옥 자

4천만의 가슴에 헛바람만 심어놓고
나날이 축제일로 샴페인만 터트리니
남녀노소 너나없이 널부러진 상다리 앞
달러가 별거더냐 거덜나도 쓰고보자
국민소득 1만불에 소비지수 2만불
죠니워카 시바스리갈 목줄까지 타게하고
벤츠에 BMW 발목잡고 늘어지고
챨스쥬르당 피에르가르뎅 삼빡한 넥타이에
가련한 가장들이 목죄는줄 몰랐고
무스탕 토스카나 밍크에 실버폭스
칭칭감은 아낙들의 혼빼는줄 영몰랐네
게스와 케빈클라인에 젊음은 흔들리고
본차이나 로얄알버트 화사한 꽃바람은
중독성 커피향내로 가계부를 옭죄오고
악어백에 다이아몬드 우리팔목 비틀어대네
오리무중 비밀단지 켜켜이 까발리니
요지경도 유분수지 아연실색에 기절초풍할 일
허울뿐인 문민공화국 염치없는 법치(法治)이다

(……)

6. 상형수필의 예

사이

남 홍 숙

지

금

제가 앉아있는 곳은

안과 밖, 가을과 여름의 경계지점입니다.

오전도 오후도 아닌 정오의 시간처럼, 밖에서는

여름비가 오고 안에서는 가을음악이 들리지요. 분위기에

젖어 벌써 가을비라고 부르기엔 서글프군요. 떠나는 여름비를

잡을 수 없듯이 떠나야만 하는 사람도 마음대로 잡을 수 없겠지요.

그렇다고 절망하진 않겠습니다. 올해 다시 내릴 가을비를, 낮은

자세로

기

다

리

겠

습

니

다

.

7. 하이퍼수필의 예

인사동 정분

박 양 근

화랑 1

나비가 나는 거야 아니면 꽃이 미친 거야. 그게 아니면 나비가 꽃잎과 어울려 춤을 추는 거야. 붉은 나비, 흰 나비, 파란 나비……. 그림 속 나비는 오방색 무늬를 날리며 무지개가 되는 거야. 꽃에 앉은 나비와 나비를 받아들인 꽃을 나누는 글은 어리석은 게야. 그림은 그렇지 않아. 나비가 꽃이고 꽃이 나비야. 어떻게 그린 거야. 마루에 화폭을 깔고 나비화가는 베토벤의 환희의 송가와 리스트의 헝가리 광시곡에 맞추어 춤을 추었을 거야. 나비춤을 추는 집시 화가, 나비도 집시, 꽃도 집시, 그림에 빠져드는 관객도 집시가 되는 거야. 집시집시집시. 모두가 성운이 되어 우주로 떨어지는 거야. 나비가 날면 꽃이 툭 떨어지는 건 우연이 아닌 필연인 거야. 꽃과 나비 사이에도 지조가 있고 정절이 있음이야.

화랑 2

보자기 그림전을 보는디, 보
자기와 가방은 다른디, 보자기
는 물건이 아니라 마음을 담
는 것임은 이제 알았는디, 서
양에서는 물건의 크기에 맞게
상자를 고르지만 우리의 보자
기는 물건에 따라 요리조리
달라지니 신묘하고 기특한디,

그래서 보자기의 용처를 두고 "싸네, 쓰네, 두르네, 덮네, 씌우네,
가리네" 하다가 다시 "펴네" 하면 요술처럼 다시 쓰이는디. 머리에
두르고, 허리에 감고, 엉덩이를 가리고 바닥에 깔고, 들판에 펼치니
'너 좋은 대로' 하는 그만한 마음씨가 어디있능가. 황금빛 비단, 은
빛 옥단목, 자줏빛 세모시로 술병, 찬합, 항아리, 보석함, 사주단지
를 은근살짝 감싸는디, 그 감싸는 모양이 우리네 가락이고 춤이고
맵시인지라 「보자기전」을 베푼 화가가 누구인가 알아보니 30대의
기품 있는 여류화가라는 디, 나도 모르게 내 옷이 터지고 흐트러진
게 있을까 남몰래 살피게 하는디.

화랑 3

아이구, 망측해서라. 모두가 알몸이어라, 방안도 아니고 반달이
큼지막하게 담에 걸친 마루에 실오라기 하나 걸치지 않고 누워있어
라. 어느 여편네인지 모르나 빨간 샐비어가 지천으로 핀 들판에서
는 달빛보다 더 희디흰 몸을 비틀고 있는 거라. 그래도 이건 좀 나

은 데, 보송한 털을 숨김없이 드러낸 몸매로 푸른 바닷물이 출렁거리는 창밖을 지켜보고 있는 여인의 겨드랑이에는 연푸른 안개가 끼어 있어라. 아이고, 망측스러워라. 누가 이런 그림으로 개미 눈만큼의 부끄러움도 없이 넓은 화랑의 한 면을 꽉 채울 짓을 생각하였어라. 발칙하여 누가 그렸는가 찾아보니 더 젊디젊은 여류화가라. 그런데 나체화를 보면 볼수록 권태, 허무, 고독, 열정, 죽음만 생각날 뿐, 여자라는 이름은 생각나지 않아라.

(……)

그 후

비가 주룩주룩 내리는 날, 부산내기가 KTX를 타고 인사동 나들이를 한다. 잿빛의 더블린 시내를 헤맬 때처럼 나는 화랑 거리를 돌고 돈다. 비가 내리니 화랑에 머무는 시간은 그만큼 길어지고 구경꾼도 뜸하여 그림을 독차지한 기분이 든다. 그런 날에는 조용한 화랑에서 시간을 죽이는 화가의 얼굴을 지켜보게 된다. 그림 작가와 글 작가가 함께 사진도 찍고 차를 마시는 기회도 만들어진다. 짧은 대화를 수차례 나눈 후에는 한동안 모든 것이 그림으로 보인다.

비 오면 나는 정분나는 화랑으로 간다.

8. 수화수필의 예

구름카페

윤 재 천

9. 단수필의 예

소낙비

김 선 화

대전과 공주사이, 유성방향으로 '공암'이란 마을이 있다. 금강 변을 달려 구불구불한 순환도로를 지나면 동학사와 인접한 그곳에 다다른다.

입춘이 지난 화창한 날에 친정식구들과 그 마을 앞을 지나게 되었다. 그런데 앞좌석의 어머니가 팔을 뻗어 한 절벽을 가리켰다. 산 아래 석벽(石壁)에는 검은 굴이 퀭하다.

"저기, 굴 보이지? 금인지 석탄인지를 캐낸 자리란다."

"예."

"어떤 남자와 여자가 저 굴에서 소낙비를 피하다가 정을 통해 아이를 낳았단다. 그런데 장성한 아들이 어느 날 그 아버지를 찾았단다."

"예."

그 얘기를 듣고 나서 내 머릿속은 바빠지기 시작했다. 그쪽의 지리여건상, 5일장에 나왔던 사람들이 비를 만났지 싶다. 아니면 집안의 경조사(慶弔事)에 다녀오는 길이었던가. 그도 저도 아니면 절에 불공드리러 가던 길이었을까.

그들이 비를 피한 곳은 길가의 뉘댁처마도 아니고, 나무 아래도 아니며, 사방이 뚫린 원두막도 아니다. 하필 어두침침한 동굴이다. 그곳에 누가 먼저 들었을까. 급작스런 소낙비로 둘이 동시에 뛰어들었을까. 아니면 어느 한쪽이 비를 긋느라 들고 보니 앞서온 인기

척이 있었던 것일까. 상념의 끝이 꼬리에 꼬리를 무는데…. 실상 사건의 발단이야 뭐 그리 중요한가. 두 사람을 그렇게 엮은 비가 원죄이지.

비는 사람의 감정을 쥐고 흔드는 마력을 지녔다. 그래서 비 내리는 날엔 전혀 예기치 못한 일도 일어난다. 더구나 소낙비는 급하기가 이를 데 없다. 그 급함이 그 날의 남녀에게도 영향을 미친 것이리라. 이렇듯 세상일 다반사가 어떠한 계기로부터 비롯되는 것을 따져볼 때, 그 날의 진범은 누가 뭐래도 '소낙비'이다.

이런 저런 생각에 골몰하던 나는 불쑥 말문을 열었다.

"그 날 그들은 과부·홀아비가 아니었던 모양이지요?"

"글쎄, 그래도 '나는 아무개요' 하고 이름 석 자는 알려줬으니 훗날 아들과 만났겠지."

"그렇긴 하네요."

"아이 참, 누나는? 처녀총각이었으면 결혼하면 됐고, 과부·홀아비였어도 문제는 간단했죠."

운전하던 동생의 참견에 나는 괜히 머쓱해졌다.

"그것도 그러네."

그러나 스쳐지나온 그 동굴에 대한 인상이 쉬 가셔지질 않는다. 봄비 찰박대는 날이면 감성이 먼저 내달려 소낙비를 맞고 섰다.

신데렐라 또는 캐리 브래드쇼

권 지 예

(일부 생략)

서론이 무척 길었다. 각설하고 어쨌든 하이힐은 섹시미와 욕망과 유혹의 대명사다. 그리고 그것은 여성의 은밀한 성적 욕구의 표현이기도 하다. 날카롭고 우아하게 잘 빠진 하이힐은 유혹의 전장에서 여성이 가진 유일한 무기일 수도 있다.(비상시에 하이힐 굽은 사실 흉기도 될 수 있다.)

동화로 포장되었지만, 유리 구두를 잃어버린 칠칠치 못한 신데렐라 이야기도 하이힐을 매개로 한 짝짓기의 서사이다. 그런데 나는 백화점의 여성구두매장이나 구두전문점에 가면 신데렐라 이야기가 떠오른다. 왜냐하면, 딱 동화 속 왕자처럼 무릎을 꿇고 여자에게 구두를 신기는 점원은 모두 남자들이기 때문이다. 왜 여자구두를 신겨주고 벗기는 점원은 남자일까. 왕자가 구두 점원으로 전락한 걸까. 아니면 여성의 공주병 같은 허영심을 충족시키기 위해서? 하여간 내 발을 보고 만지고 구두를 신겨주는 남자 앞에서 묘한 기분이 든다. 약간의 성적 수치심과 또 약간의 여성적 자존심 사이에서 그네를 탄다. 사실 하이힐의 이미지는 팜므파탈의 이미지가 강하다. 하이힐을 신고 미니스커트 아래로 드러난 맨다리를 꼬던 샤론 스톤을 금방 떠올릴 수 있을 것이다. 비근한 역사로 추방당한 필리핀의 전 퍼스트레이디인 이멜다 마르코스는 1,500여 켤레가 넘는 구두를 소유한 구두광이었다.

　그런데 이와는 좀 다른 구두광 여자가 있다. 그녀의 이름은 캐리 브래드쇼다. 미국 드라마 〈섹스 앤 더 시티〉에 나오는 여주인공이다. 캐리, 갑자기 삼십 년 전에 처음으로 하이힐을 사 신던 날이 떠오른다. 그 하이힐의 메이커 이름이 '캐리부룩'이었다. 허리를 미끈하게 펴고 무릎을 죽 뻗으며 캐리부룩, 캐리부룩, 멋지게 걸어요, 리듬을 타고…. 뭐 어쩌고 하던 로고송도 떠오른다. 그 캐리는 아니지만 캐리, 그녀는 남자와 구두를 놓고 고민할 정도로 구두를 좋아한다. 캐리가 신주처럼 떠받드는 하이힐 메이커 브랜드인 '마놀로 블라닉'은 덕분에 큰 인기와 유명세를 탔다. 드라마와 영화에서도 보았지만, 그녀가 환장하는 그 구두들은 정말로 여자라면 탐나게도 우아하고 아름다웠다. 사랑하는 남자에게 그 구두를 선물 받고 싶어 하며 도둑이 들어도 그것만은 놔두고 가길 원하는 그녀의 구두, 그녀에게 여성으로서의 섹스어필과 자존심을 충족시켜주는 구두. 남자에게 차여도 새 구두를 신고 허리를 쭉 펴고 당당하게 거리를 걸으면 행복감에 둘러싸이게 하는 구두. 그쯤 되면 구두는 남성을 유혹하기 위한 수단이 아니라 여성 자신의 생존 도구가 된다. 남성의 성욕을 자극하거나 흥분시키는 유혹의 물건이 아니라 여성을 즐겁게 하는 액세서리다. 아, 나도 그렇게 꽂히는 물건이 하나쯤 있으면 얼마나 좋을까.

(이하 생략)

제4장

수필미학과 6행(行) · 6수(手) · 6안(眼)

수필은 '짧은 시간의 긴 만남'을 이루는 산문이다.

오늘날의 모든 문학은 '3'의 문학이다. 시는 30초, 수필은 3분, 소설은 30분 내에 독자의 마음을 사로잡아야 한다는 시간적 제약을 지닌다. 수필가는 3분 미만의 짧은 시간 안에 자신이 겪은 일과 생각과 삶의 인생을 독자에게 보여준다. 우리가 어떤 사람과 하루를 보낸들, 며칠을 함께 여행한들, 그의 본성을 바닥까지 이해할 수 없다. 그러나 "한 나라의 민족성을 알려면 그 나라의 고전을 읽어라."는 충고처럼 한 사람을 알고 싶으면 그의 수필을 읽으라고 권해도 무리가 없다. 수필의 자전성을 강조하는 말이면서 자전성과 문학성의 조화를 구현하라는 충고이기도 하다.

수필문학의 정체를 요약하면 물상이 지닌 의미를 찾아내어 소통시키는 작업이라고 하겠다. 사이버공간과 인터넷 매체의 등장에 따른 현대적 표현양식으로서 수필은 단순한 '이야기하기'에서 벗어나 작가와 독자 간의 상호작용성(Interactivity)을 중시하고 서사와 내러티브를 강조한다. 당연히 수필은 독자와 소통하고 대상과 교감하는 당위성을 지니게 된다.

진지한 수필가라면 한 편의 수필을 쓸 때 체험을 그대로 기록하지 않는다. 문예수필가는 체험을 미적 구조로 변환시키려고 노력한다. 수필을 구조화한다는 의미는 인터넷 시대의 수필 쓰기와 상반되는 것 같지만 북송(北宋) 작가 구양수가 말한 "많이 읽고 생각하고 써야 한다."는 교훈을 현대적으로 해석한 것에 불과하다. 현대수필에 디지털 문화현상이 반영되는 이유도 사이버리즘이라는 심리적 공간 안에서 소통되기 때문이다. 사이버리즘이라는 문화논리 덕분에 수필은 사이버시대의 중심문학으로서 미래성을 담보할 수 있다. 이러한 수필 미학을 충족하기 위해 수필창작에 도움이 될 여섯 가지의 규범과 글쓰기에 필요한 안목과 사유에 관한 구체적인 방안을 제안하도록 한다.

1. 좋은 수필의 요건

좋은 수필은 시적이고 소설적이며 드라마틱하다. 시보다 영감이 넘치며 소설보다 구성력이 뛰어나고 드라마가 지닌 현장감도 지닌다. 문학철학으로서 수필은 사상과 인간애와 자연관을 조화시켜 나가는 역할도 마다하지 않는다.

수필은 진솔하고 격조 높은 언술을 발전시켜 나간다. 진솔한 수필은 부끄러운 약점, 잘못된 실수, 숨기고 싶은 결점을 포함하여 자신의 모든 면을 진지하게 성찰하고 표현해준다. 그러면서 서사를 전개시키는 구성, 적절한 비유, 신선하고 유연한 문체를 통해 체험을 형상화하고 의미화한다면 더욱 좋은 수필이 된다. 수필은 춘풍처럼 부드럽게 속삭이고 가을 낙엽 같은 몸놀림을 보여주고 날선 비수처럼 폐부를 찔러야 한다는 의미는 진선미와 지정의(知情義)를 구현하여야 한다는 비유라고 하겠다.

수필은 4품계로 구분된다.

4품은 신변이나 신체에 대하여 친구나 이웃에게 진지한 고백을 이룬 경우를 말한다. 사실의 왜곡이나 누락은 진술하지 못하며 헤픈 넋두리는 잡문이 되기 쉽다. 문학적인 인간은 일상의 다양성, 수용의 다양성, 지식의 다양성, 그리고 표현의 다양성을 통해 자기의 문학세계를 발전시켜 나간다. '내가 하니까' 개성이 아니라 '나만 할 수 있으니까' 개성이다. 인생을 자기의 색깔로 서술할 때 자조와 자성과 자각이 제대로 이루어진다. 그래서 수필을 인생학이라 말하고 고백의 진지성을 수필의 첫 번째 요건으로 손꼽는다.

3품은 지적 생산성을 넣는 단계를 말한다. 고리타분한 지식이나 피상적 상식으로 짜깁기한 글은 논리성이 부족하기 쉽다. 제대로 된 수필은 지식, 상식, 그리고 읽을거리로 이루어진다. 수필은 아는 것만큼 쓴다고 하듯이 읽을거리가 담겨야 생각거리를 주게 된다. 지식이 흩어진 낟가리라면 아무 소용이 없다.

2품은 연륜의 향기를 풍기는 경지를 말한다. 연륜이라 함은 인공적인 지식이나 싸구려 감정이 아니라 주위의 사람과 사물을 이해하

는 포용과 관용을 말한다. 과거의 체험을 반추하여 현실을 입체적
으로 조명하고 해석하는 능력을 보여줄 때 수필은 중용과 화해라는
위상을 지켜내는 글로 발전한다.

1품은 적절한 미적 구조와 미학성을 구축하려는 예술가적 소명감
이 반영된 글이다. 시적 요소인 미래, 이상, 감각, 사색, 감성, 직관
이 수반되면서 수필의 완성 단계인 예술수필로 나아간다. 지정의
(知情意)와 서권기(書卷氣)를 얻고 문자향(文字香)을 발하고 우주
를 읽어내는 투시력(透視力)을 모두 지닐 수 있다.

잡문수필가가 수필가라는 명예에 골몰하고 저자수필가는 양적
발표에 집착한다면 작가수필가는 문인으로서 문자향(文字香)을 추
구한다고 하겠으며 예술수필가는 영감으로 예영기(藝靈氣)를 추구
해나간다.

2. 6행(行)의 고행자

인간은 원초적으로 생각하고 행하는 능력을 지니고 있다. 생각한
다는 것은 사유의 힘을 뜻한다. 사유는 근원에 대한 사유, 태생에
대한 사유, 종말에 대한 사유로 구분된다. 어린 아이가 철이 들면
자신의 출생에 대해 호기심을 갖고 성장하면 자연현상에 대하여 궁
금증을 키워가고 나이가 들면 우주에 대해서 의문을 품는다. 그것
이 신화와 문학이 만들어지는 과정이고 창작되는 순서이다. 신화가
상상에서 생겨났듯이 문학도 상상의 영역 안에 존재한다. 신화와
문학은 모두 인간, 자연, 지구, 우주에 대한 비밀을 풀려는 사색가들

이 빚어낸 표현양식이다.

　충만한 삶을 살아가겠다는 의욕을 가지면 누구든 글을 쓸 수 있다. 수필은 성현만이 쓸 수 있는 경전이나 전범이 아니라 보통사람이 빚어낸 글이다. 마음을 다스리기 위해 단식하고, 고행하고, 자신에게 매를 대는 육체적 수행이 필요한 것처럼 작품을 쓰기 위해서는 읽고 듣고 보는 수행이 필요하다.

1) 소화불량을 즐긴다.

　좋은 글을 쓰려면 어떻게 해야 할까? 다독(多讀)·다작(多作)·다상량(多商量), 곧 많이 읽고, 많이 쓰고, 많이 생각하는 것이다. 자그마치 천 년 동안 귀에 못이 박이도록 고전 같은 가르침을 기억하지만 현대에 들어올수록 실천하기는 쉽지 않다. 사람에 따라서 세 가지 순서를 바꾸기도 하지만 어떻게 하든 틀린 말이 아니다. 많이 읽고, 쉬지 않고 쓰고, 항상 생각하는 것을 한꺼번에 하기엔 개인의 능력은 벅차고 시간도 많지 않다. 그렇더라도 한 줄을 쓰기 전에 백 줄을 읽고 한 편의 수필을 쓰기 위해서는 백 편은 아니더라도 열 편의 수필은 읽어야 한다.

　많이 쓰지 말고, 많이 생각하지 말고, 많이 읽도록 한다. 시집을 백 권 읽은 사람, 열 권 읽은 사람, 한 권만 읽은 사람 중에서 누가 글을 가장 잘 쓰겠는가. 물어볼 필요도 없이 다독을 하는 작가이다. 많이 읽는다는 것은 쓰기의 원동력이므로 초보자의 경우 수필은 독서량에 비례한다. 맛난 음식을 많이 먹어보아야 요리를 잘한다. 안도현은 "시집은 언제든 연습할 수 있는 악기"라 하였다. 그렇다면 백 편의 수필은 백 인의 삶이 연주하는 심포니라 하여도 지나치지 않다.

조선 후기 실학자 최한기는 그의 저서 『인정(人政)』에서 "문장은 하루아침에 쌓을 수 있는 잔재주가 아니라 오랜 세월의 노력이 쌓여야 한다."라고 했다. 정약용은 두 아들에게 부치는 편지 형식의 글을 통해 읽기의 중요성을 이렇게 강조한 바 있다.

> "삼대 이상 의원 경험이 없는 사람에게는 병 치료를 받지 않는다고 했다. 문장 또한 그렇다. 반드시 오래도록 노력한 다음에야 능숙하게 글을 지을 수 있다. 글을 쓰려고 한다면 반드시 먼저 세상을 다스리는 경학(經學)을 읽어서, 문장의 기초와 뿌리를 단단하게 세워두어야 한다. 그런 다음에 역사 관련 서적들을 두루 공부하여 나라와 개인이 흥망성쇠 하는 근원을 알아야 하고, 일상생활에 유용한 실용 학문에도 힘을 쏟아 옛 사람들이 남겨 놓은 경제서를 즐겨 읽어야 한다. … 내가 말한 대로 해 본 다음에 안개 낀 아침이나 달 밝은 밤, 짙은 나무 그늘과 가랑비 내리는 때를 만나면 문득 감흥이 일어나 시를 읊게 되고, 문장의 구상이 떠올라 글이 써질 것이다. 이것이 바로 하늘과 땅, 자연의 소리가 맑게 울려 퍼지는 가운데 생동감 있는 글을 짓는 문장가의 창작 활동이다."

2) 동심(童心)으로 낯설게 본다.

"미(美)는 언제나 엉뚱하다." 이것은 프랑스 시인 보들레르(Charles-Pierre Baudelaire)가 남긴 말이다. 그의 말은 고스란히 쉬클로프스키를 위시한 러시아 형식주의자들이 말한 '낯설게 하기'에 일치한다. 수필을 쓰려는 사람은 "엉뚱함"을 신조로 삼을 필요가 있다. 특정 수필 창작론을 창작의 전법으로 믿지 않고 그냥 참고하면 된다. 낯설게 하기는 관습적인 용어, 관행적인 행위, 타성적인 형식에서 벗어나 낯설게 보고, 참신한 형식을 창조하고 신선한 언어를 찾아내려는 노력의 집합이다. 일상어를 새로운 문학어로 전환시키는 것은 동심에 비교된다. 영국의 시인 워즈워드는 "The Child is father of the Man"이라 하였고 윌리엄 블레이크는 「Song of Innocence」를 노래하였으며 많은 예술가들이 "동심은 마음의 첫 모습이다."고 말한다. 그런데 나이를 먹을수록 고정관념과 일상성에 빠져들면서 새롭게 보지 못한다. 이유는 동심을 잃었기 때문이다. 어른은 이름을 날리고 싶고 육안과 지식만을 믿으려 한다면, 어린이는 사물을 있는 그대로 본다.

학문과 달리 문학에서는 동심을 회복하는 것이 필요하다. 상투적인 눈, 관습에서 벗어나지 못하는 손, 남의 뒤만 따르는 발걸음으로는 문학의 끄트머리를 붙잡지 못한다. 새로운 것과 참된 것은 어린아이의 눈 속에 있다.

3) 귀를 연다.

청각과 시각은 시간과 공간이라는 다른 영역을 차지한다. 두 개의 영역은 연극에서 결합하면서 새로운 예술경험을 일으킨다. 눈으로 보는 소리가 존재한다면 귀로 듣는 시각이미지도 존재한다. 그것이 네오엑티즘(Neo Actism)이다. 네오엑티즘은 수필의 소재를 '음의 전람회'로 초래하는 효과를 거둔다.

자연은 소리의 거대한 도서관이다. 책을 읽고 싶은데 주위에 수필집이 한 권도 없다면 숲으로 들어가서 눈을 감고 귀를 열도록 한다. 두 귀를 닫으면 마음의 귀가 열린다. 세상의 소리를 듣는 행동은 책을 읽는 행위보다 더 가치가 있다. 인간의 오감 중에서 가장 예민한 귀는 어둠이 짙어질수록 더욱 예민해진다. 장 콕토(Jean

Cocteau)는 "내 귀는 소라껍질/바다 소리를 그리워한다."고 「귀」에
서 말한다. 기형도 시인은 「엄마 걱정」에서 "시장에 간 엄마를 기다
리며 창틈으로 새어드는 빗소리를 듣는다."고 노래하였으며, 황동
규도 자연과 소통하는 감각으로서 귀를 노래하며 세상을 뜰 때 귀
만 두고 가겠다고 말한 적이 있다. 오직 귀만으로 세상을 읽으려는
마음을 지켜가야 한다.

> 내 세상 뜰 때
> 우선 두 손과 두 발, 그리고 입을 가지고 가리.
> 어둑해진 눈도 소중히 거풀 덮어 지니고 가리.
> 허나 가을의 어깨를 부축하고
> 때늦게 오는 저 밤비 소리에
> 기울이고 있는 귀는 두고 가리.
> 소리만 듣고도 비 맞는 가을 나무의 이름을 알아맞히는
> 귀 그냥 두고 가리.
>
> — 황동규 「풍장 27」

4) 사랑을 많이 한다.

사랑은 팍팍한 삶을 비춰주는 조그만 손전등에 비유된다. 사랑만
이 "많으면 많을수록 좋다"(The more, the better)이다. 어둠에 숨은
물체에 손전등의 모든 빛이 집중하듯이 온 신경을 집중하면 비 묻
은 나뭇잎 소리에 반응하고, 달팽이의 조그만 촉수에도 전율한다.
사랑이란 손전등처럼 대상과 관계를 맺어 보이지 않는 언어망과 의
미망을 엮어낸다. 사랑에 시간과 돈과 공을 아무리 쏟아 부어도 아
깝지 않은 이유는 언젠가는 내게 눈길과 마음을 주겠지 하는 기대

감 때문이다. 사랑만큼 집중력과 상상력을 요하는 작업은 없다. 소통이 이루어지려면 대상이 내 속에 들어오고 내가 대상 속으로 들어가도록 한다. 자아일체야말로 글을 쓰기 위해 첫 번째 실천하여야 할 방정식(나=대상)이다.

사랑의 감정이 없이 수필 한 구절을 얻으려는 것은 맨 땅에 머리를 부딪치는 것보다 무모하다. 소나무 등치를 감고 오르는 칡넝쿨을 지켜보면 여린 줄기가 나무껍질에 자국이 남도록 조여서 덩굴자국이 새겨지고 잎은 그 상처를 가린다. 글도 자신을 산산이 깨뜨리되 상대를 보듬어 안는 행위에 비유할 수 있다.

중국의 시인 아이칭(艾靑)이 「시론」에서 한 말은 제재와의 교감이 얼마나 중요한가를 알려준다.

> "제재를 완전히 장악해야 비로소 예술세계의 소재를 어떻게 대하여야 하는가를 보여준다는 점에서 통치 영역을 확대하게 된다. 무릇 당신이 눈동자로 본 것, 귀로 들은 모든 것을 빠짐없이 당신의 사상 체계 속에 잘 짜 두어서, 언제 떨어질지 모르는 명령에 대기하고 있어야 한다. 당신의 감각과 사유가 제재로부터 습격을 당할 때, 한바탕의 격투를 치르게 하라. 그 제재가 완전히 굴복할 때까지 싸움을 계속하게 하라."

5) 재능이 아니라 열정을 믿는다.

천재 예술가는 있는가. 문학 탤런트가 있는가. 물론 예외가 있지만 어느 분야에서든 재능을 타고나는 경우는 드물다. 에디슨도 천재는 1%의 행운과 99%의 노력으로 만들어진다고 하였다. 만일 어느 작품을 두고 천재적이라 한다면 특정 작품이 지닌 예술성을 칭찬하는 것이 아니라 작가가 지닌 재능을 칭찬하는 것이다. 천상

병 시인을 가리켜 '천성(天性)의 시인'이라고 부르는 것은 천부적인 재능을 칭찬하는 것이 아니라 하는 행동을 보니, 기구한 행적을 보니, 글에 사족을 못 쓰는 열정을 보니 "천성의 시인"이라 말하는 것이다.

"시는 감성으로 쓰고, 소설은 노력으로 쓰고, 수필은 나이로 쓴다."는 허무맹랑한 말이 있다. 일단 작가로서 재능이 있다 하더라도 수필이 다가오기를 기다려서는 안 된다. 글을 쓰기 시작하였다면 펜을 꺾어서는 안 된다. 절필은 세상에 대해 가져야 할 의분과 작가로서 가져야 할 열정과 절교하는 것이다. 문학이라는 주체가 작가에게 요구하는 것은 선천적인 재능보다 후천적인 열정인 만큼 미친 듯이(狂) 글에 복무할 때 문필가의 경지에 미치게(達) 된다.

시간을 투자하고, 내공을 키우고 공력을 집중시킨다. 나이를 먹어 감성이 무뎌진다고 낙담하지 말고 계속 훈련하지 않으려는 자신의 나태를 나무랄 것이다. 열정은 사라지는 것이 아니라 나이에 따라 달라질 뿐이다. 청소년에게는 풋풋한 감성이 자라고, 청년에게 화려한 감성이 머물고 장년에게는 완숙한 감성이 남아있다. 계란에도 날계란과 반숙과 완숙이 있다. 열정을 품고 감성을 연습하고 훈련하도록 한다.

6) 발품을 판다.

발품은 바람의 길로 이루어진다. 인간은 애당초 노마드(nomad)라는 염색체를 지니고 태어났다. 박목월은 젊은 시절에 홀로 동해 해안을 따라 한 달 이상 도보여행을 하였다. 길을 떠난다 함은 존재의 원초성에 다다르는 출발이고 낯선 관찰을 얻을 수 있는 공간적 탈주에 해당한다. 발품은 일상에서 벗어나 새롭게 태어나는 행위에 속한다.

수필가들은 3겹의 디아스포라(diaspora)로서의 체험과 기억을 가진다. 디아스포라는 그리스어로 '흩어지다'를 뜻하며 오랫동안 유대인의 대명사로 쓰였으나, 근래에는 보통명사로서 이민자와 이민민족을 나타내는 명칭으로 사용된다. 제1디아스포라는 수렵채취시기로부터 유전되어오는 습성으로서 원시인과 유목민의 원형이다. 두 번째는 21세기에 들어와 대두된 사이버리즘이라는 가상공간에서 이루어지는 노마드적 이동성이다. 원시인이 먹을 것을 구하듯이 현대인은 생존을 위한 정보를 찾아 인터넷 공간에서 헤맨다. 세 번째는 예술가와 작가들이 갖는 유랑성이다. 이들은 내면에 깔린 방랑성을 참지 못하고 심미적 세계를 부단하게 헤맨다. 예술가와 작가로서 수필가는 인류 원형으로서의 디아스포라, 현대인으로서 디아스포라, 그리고 작가로서의 디아스포라를 동시에 의식하고 의식할 수밖에 없다. 사이버리즘 사회에서 진정한 수필가는 소재를 찾아 전시장과 미술관은 물론이거니와 자연을 탐방하도록 한다.

신화가 인류의 역사라면 수필은 개인의 신화로서 쓰여진다. 그래서 수필가는 뒤퐁이 말한 "글이 사람이고 사람이 글이다."를 실천하는 고행자의 자리를 마다하지 않는다.

3. 6안(眼)의 에어리언

캐나다 태생의 문학평론가인 N. 프라이(Northrop Frye)는 일찍이 『문학의 구조와 상상력』에서 상상력을 "인간의 경험을 토대로 하여 있음직한 본보기(model)를 구성하는 힘"으로 정의하였다. 상상은 대상이 없을 때에도 심상을 만들고, 여러 심상들을 융합하여 새로운 심상을 형성해 나간다. 수필의 생성도 상상의 결과로서 "새롭게 보기"에 해당한다. 작가는 새로운 눈으로 새롭게 선택된 소재를 가지고 새롭게 체험을 형상화한다. "새롭게"라는 뜻은 작가 나름의 체험과 인식력을 바탕으로 평범한 소재에 남다른 가치와 의미를 부여하는 작업을 말한다. 작가는 대상을 바라보고 해석하고 표현하면서 의미를 재창조한다. "수필가는 비록 일상생활 속에서 소재를 찾아내지만 지금까지 발견되지 못한 의미와 가치를 썼을 때 창조에 해당한다."고 말할 수 있고 새로움이라는 것도 프라이가 말한 상상에 일치한다. 결국 상상은 미완의 무엇을 완전하게 꾸며가는 과정으로 풀이된다.

시인은 언어의 연금술사로 불린다. 소설가는 허구의 이야기꾼이라고 말한다. 그러면 수필가는 의미의 탐색가이다. 의미를 탐색하려면 대상에게 끊임없이 질문을 던져 근원적인 해답을 찾는 선행 작업이 요구된다. 수필가는 표현에만 관심을 기울이는 필경사가 아니라 사물에 대한 의미화를 병행하는 문장가라 하겠다. 의미를 찾으려면 대상을 심층적으로 분해하고 재조립하는 안목이 필요하다. 달팽이의 촉수, 잠자리의 겹눈, 나무의 새순 같은 눈을 갖고, 천상과 지상에 걸치는 의미망을 짜는 것과 같다. 그것을 위해 지녀야 할 것이 육안(六眼)이다.

① 현미경과 같은 눈

② 망원경과 같은 눈

③ 쌍안경과 같은 눈

④ 잠망경과 같은 눈

⑤ 프리즘과 같은 눈

⑥ 심안

수필은 세상에 대한 "새롭게 읽기"라는 시점의 결과물로 간주된다. 새롭게 읽는 작업은 다양한 안목을 거친다. 사물의 미세한 특징을 살피는 현미경과 같은 눈과, 소재의 근원을 찾아내는 망원경과 같은 눈, 선악과 미추와 같은 이분법을 조화시키는 쌍안경과 같은 눈, 소재가 지닌 역사적, 문화적 가치를 살피는 잠망경과 같은 눈, 소재의 색깔, 모양, 어원, 용도 등을 다의적으로 분석하는 프리즘과 같은 눈, 나아가 모든 눈을 아우르는 감수성을 합칠 때 시공의 한계를 내포하고 초월하는 수필을 만난다.

1) 현미경의 눈

현미경과 같은 눈은 사물의 속까지 꿰어내는 심층적 안목을 말한다. 일반 사람은 장미꽃만을 바라보지만 현미경의 눈을 가진 수필가는 장미의 줄기와 가시는 물론 장미의 자양분을 빨아먹는 진딧물도 찾아낸다. 현미경의 눈을 대상 바라기에 비유하면 세포를 관찰하듯 작은 실체가 지닌 모든 현상을 놓치지 않는 안목과 시선을 말한다. 세세하게 관찰하는 사람은 대상이나 풍경을 피상적으로 보거나 평이한 설명에 그치지 않고 섬세한 묘사력을 발휘할 수 있다.

말끔하게 턱시도를 차려입은 남성 댄서는 올백으로 붙여 빗은 머리에 거울처럼 반짝거리는 검정 구두를 신었다. 그런가 하면 여성 댄서들은 터질 듯 한 앞가슴의 풍만함을 엿보이도록 깊게 패인 드레스를 입고 될 수록 몸의 곡선을 강조한 타이트한 실루엣, 높고 뾰족한 하이힐. 거기다 내면의 외로움을 무시하듯 함부로 치장된 금속성의 액세서리와 머리에 꽂은 가벼운 깃털과 구슬핀의 섬세한 장식. 대각선으로 어깨를 맞대고 있는 남녀 댄서의 얼굴은 정지 신호에 걸린 듯 잠시 무표정하다. 투우사가 소를 겨냥할 때의 그것처럼 긴장감마저 든다. 그러나 빠르고 경쾌한 탱고 리듬의 스텝이 몇 번 어우러지더니 급한 회전을 이루며 이내 타오르는 장작불처럼 격렬함에 이르고 만다.

— 맹난자 「탱고, 그 관능의 쓸쓸함에 대하여」 일부

2) 망원경의 눈

망원경의 눈은 가시적인 사물의 경계를 넘어 보이지 않는 것을 볼 수 있는 능력을 말한다. 보통의 경우, 눈을 감으면 보지 못하고 귀를 막으면 듣지 못하지만 글을 쓰는 사람은 대상 자체뿐 아니라 보이지 않아도 그것과 관계되는 의미소까지 유추할 수 있다. 망원경의 눈은 타성화된 관점을 거부하고 보통사람이 지각하지 못하는 것도 찾아낸다. 망원경의 눈을 가지면 주제와 소재 간의 중매쟁이로 활동하면서 외연을 확대하기가 쉽다.

나는 이제 내가 처음 달을 보았을 때의 어머니 나이가 되었고 엉덩이에 살이 통통하게 오르고 젖무덤이 봉긋하게 부푼 딸은 그때의 내 나이가 되었다. 둥근 호박전 빛깔을 가진 달과 제 몸의 붉은 달빛도 그 아이는 보았다. 빠르게 시간이 흘러 그 아이가 우주와 소통하게 될 날을 나는 손꼽아 기다린다. 달이 가져다 준 몸의 신비를 우주를 품에 안으므로 온전히 이해하게 되는 날 비로소 그 아이도 생명의 경이로움을 온 몸으로 받들고 지켜가게 되리라.

그때쯤이면 아마 나는 달의 몰락을 경험하고 있을지도 모른다. 그 시기에 겪게 된다는 끝 모를 우울과 나른함으로 힘든 날들을 맞을 수도 있다. 혹은 쓸쓸함과 불안함이 엄습해 와서 밤마다 잠 못 들고 뒤척일지도 모른다. 하지만 내게서 뜨고 지던 달의 기억들이 모여 이루어진 아이와, 그 아이의 아이를 보면서 순하게 견디어 낼 것이다. 이미 오래전에 달이 준 의무와 축복을 누린 후 참다운 완경(完經)을 이룬 내 어머니처럼

— 박월수 「달」 일부

3) 쌍안경의 눈

쌍안경의 눈을 가진 사람은 대상을 풀이할 때 고정관념이나 일차원적인 편견에 빠지지 않고 균형 잡힌 판단력을 유지해나간다. 수필을 쉽게 쓰려는 수필가들은 사물의 가치를 논할 때 선악, 음양, 영육, 강약이라는 이분법에 맞추어 한쪽에 치우친 의견을 제시하거나 한 가지 예만 든다. 쌍안경의 눈을 가진 사람은 사물에 대한 균형 잡힌 관점을 가져 중용의 미학을 이루어 낸다. 나아가 복합적으로 사색하고 시비를 가려서 독자의 판단을 이끌어낸다. 뙤창을 통해 사계절과 회화에 대한 균형 잡힌 시선으로 자연을 음미하는 안목을 제시해본다.

세살문의 뙤창 속에는 사계절이 산다. 손바닥만한 유리지만 그 품이 얼마나 큰지 사시사철을 담아 그린다. 아지랑이 피어오르는 봄 뜰의 개나리와 골목길을 수놓는 뽀얀 벚꽃, 앞산의 분홍 진달래가 발그레 번지면 뙤창은 수채화가 된다. 파스텔 색에 눈이 호사를 누릴 즈음 뙤창은 뜨거운 햇볕 아래 초록으로 덧칠된 감나무를 한 폭 유화로 그려낸다.

탈곡기 돌아가는 소리, 콩 튀는 소리에 누웠던 빗자루도 일어서면 뙤창은 콜라주로 매달렸던 가을을 똑똑 따낸다. 마른 가지 텅 빈 겨울 마당의 여백을 수묵화로 그리는 뙤창은 계절의 캔버스고 화선지다.

– 주인석 「뙤창」 일부

4) 잠망경의 눈

잠망경의 눈을 가진 작가는 대상이 지닌 철학적, 역사적, 문화적, 종교적 의미 등을 다각적으로 점검한다. 소재와 관련된 인문학적 분야를 두루두루 살펴 폭넓은 상식과 지식이 담긴 글을 쓴다. 동서양을 관통하고 고금을 넘나드는 예를 열거하고 교시적 효용을 담아내는 글쓰기에 능란하다. 대상에 대한 지적 배경을 다방면으로 첨가하여 독자의 지적 욕망을 충족시켜 주기도 한다.

"우리들의 에라스무스요? 그는 늘 혼자입니다. 그를 만나시려면 저 숲속의 오솔길에 가 보십시오. 거기 혼자 거닐고 있을 테니까요."
말년에 고향 로테르담에 은거하다시피 한 세기의 철인, 에라스무스를 만나고자 찾아든 사람들에게 로테르담 시민들은 이같이 말하곤 했다고 쯔바이크는 전하고 있다.
한데 그의 고독은 세상을 함께 하고 시대를 더불어서 갖기 위한 동기요 계기였다는 것을 간과할 수는 없다. 이래서 우나무노나 에라스무스나 혼자와 전체, 나와 타인, 나와 우리의 관계에 대해서 말한 것으로는 맥을 같이 하게 된다.

(중략)

'우리'는 남을 솎아 낸 꾀죄한 것이어서는 안 된다. 남도 받아들인 드넓은 우리라야 한다. '우리'를 울안에 가두면 그건 좁쌀들의 패거리가 되고 만다. '우리'를 울 바깥까지 넓혀야 사람다운 우리가 된다.
남남으로 살다가 서로 우리가 되는 것, 그게 세상이고 사회다.

한데 이 사회성이 빠지면 사회는 어중이떠중이가 되고 만다. 콩가루 집안 꼴이 되고 만다.

사람들은 서로 우중(愚衆)이 되고 잡동사니가 될 게 뻔하다. 잘해야 대중은 있을지 몰라도 공중(公衆)은 언감생심이다.

— 김열규 「마을 살이, 사람살이」 일부

5) 프리즘의 눈

사이버리즘과 과학기술이 발전하는 21세기의 수필은 무엇보다 프리즘과 같은 눈이 필요하다. 프리즘의 안목을 지닌 사람은 대상을 과학적으로 분석하고 색, 냄새, 맛, 감촉, 명암이라는 오감으로 형상을 살피며, 단일 관념을 4단7정(四端七情)으로 조명하고, 동일 소재에 다양한 표현과 기의를 담아내는데 유리하다. 나아가 동일 기표에 대하여 여러 기의를 끌어올 수 있고 대상을 현상학적으로 바라보므로 사물이 지닌 가치를 유형별로 분석해낸다. 대상에 대한 구심력이 뛰어나 독자에게 심오한 사물 분석력을 제공하기도 한다.

배꼽은 시원(始原)의 흉터, 임무가 종료된 과거완료의 매듭이다. 우리 생애 최초로 치러 낸, 서럽지도 않은 이별의 흔적이다. 빛바랜 유공훈장 같이, 잊혀진 먼 나라의 기념배지같이, 꾀죄죄한 행색으로 물러있긴 하지만 그렇다 해서 배꼽을 그저 과거의 업적이나 우려먹는 퇴역장군 정도로 치부하는 건 결례다. 배꼽 없는 배란 눈금 없는 저울과 같아서 상상만으로도 매가리가 없고, 배꼽을 중심으로 상반신 하반신을 구분하기도 하니 배꼽이야말로 사대육신의 복판에 찍힌 화룡점정의 방점이 아닌가. 배꼽이 해부학적으로 신체의 무게중심에 해당되는지 아닌지는 알 수 없지만, 심신의 정기가 모이고 흩어지는 단전(丹田)의 랜드마크로서 배꼽은 아직도 어엿한 현역이다.

- 최민자 「하느님의 손도장」 일부

6) 심안으로서 감수성

감수성(sensibility)은 "외계의 자극을 직관적으로 받아들이는 능력"이다. 프랑스 문학비평가이자 철학자인 바슐라르(Gaston Basherlard)는 만물은 나름의 의미를 내재하고 있다고 말한다. 그는 「공간의 시학」에서 "근심에서 생각에서 해방된 사람은, 더 이상 그 무게에 갇혀 있지 않다."고 말하여 공기, 대지, 광물 등에 대해 다양하게 사유하고 생각하는 방식에 관한 담론을 남겼다. 미국의 수필가 에머슨이 땅벌을 "인간보다 지혜로운 노란 바지의 철학자"로 풀이할 수 있는 것도 이미지에 대한 접근 능력이 뛰어났기 때문이다.

감수성은 만물의 영육이 존재하는 우주를 목표로 삼는다. 우주는 세상에서 가장 많은 장서를 보유하고 있는 도서관으로 불려진다. 억새라는 책, 붉은 산이라는 책, 거미라는 책, 촛대바위라는 책, 겨울나무라는 책, 흰코끼리라는 책……. 한 권 한 권이 작가의 미적 촉수에 의해 넘겨진다. 이러한 감수성을 발휘하면 한 권만 제대로 읽어도 만 권을 읽은 것과 같은 효과를 갖는다.

어떻게 하면 감수성을 배양할 수 있는가. 첫째는, 시적 효과와 산문정신을 합치는 독서훈련을 쌓는 단계로 시작한다. 시적 안목이 사물이 지닌 이미지를 포착하여 최적의 언어를 찾아내는 수단이라면 산문정신은 사물의 근본 의미를 찾으려는 탐구력을 지칭한다. 시를 읽으면 감수성이 무엇인가를 알 수 있고, 수필을 읽으면 소재와 체험 간의 유기성을 찾는 감수성을 키울 수 있다.

두 번째 단계는 동일한 대상을 남다르게 보는 안목을 넓히는 것이다. 창작은 낯섦을 낯익힘으로 이동시키는 정신적 활동이다. 남다르게 보기, 뒤집어 보기, 거꾸로 보기 등으로 평범 속에서 비범함을 찾고 새롭고 낯선 시선을 서로 결속시키는 추리력과 비슷하다. 오동나무 잎과 봉숭아 잎과 솔잎을 서로 비교하면 각각 후덕한 여인의 미덕을, 소박한 처녀의 심성을, 풋처녀의 부끄러움이 떠오른다. 이러한 이미지의 차이를 찾아내는 것이 감수성이다.

셋째로, 다원적 시각을 결합하는 훈련을 한다. 사물의 미세한 특징을 판별하는 현미경 같은 눈과, 개성적인 의미를 조명하는 망원경과 같은 눈, 양가성을 조화시키는 쌍안경과 같은 눈, 소재의 색깔, 어원, 용도 등을 분석해내는 프리즘과 같은 눈과 대상의 역사적, 문화적 의의를 살피는 잠망경 같은 눈을 종합해나간다. 육안(肉眼)에 의존하지 않고 사물의 속살에 감추어진 순수성을 파악하는 감성을 키우도록 노력하는 외에 달리 방법이 없다.

예술은 사물을 보고 읽어내는 수준에 따라 작품의 질이 정해진다. 영국의 철학자 베이컨이 문학은 상상을 바탕으로 전개된다고 하였듯이 어떻게 보고 느끼고 해석하는가가 수필창작의 근원이라고 하여도 과언이 아니다. 앞서 설명한 육안(六眼)은 작품의 깊이와 넓이와 높이와 두께 외에도 무게까지 결정짓는 인자(因子)라고 보아도 좋다. 작품의 질적 차이가 있다면 체험의 다소(多少)나 문장의 완성도가 아니라 오안(五眼)과 감수성이 합친 육안(六眼)이 다르기 때문이다.

5. 6수(手)의 테크니션

　문학의 전달수단은 언어이다. 언어는 개인의 발표 수단이면서 개인과 집단 간에 정서를 교환하고 문학이라는 패러다임을 계승해나가는 도구이다. 언어에는 일상적 언어, 과학적 언어, 문학적 언어라는 3종류가 있다. 일상적 언어는 사회에서 보편적으로 사용하는 것으로 사전적 의미에 바탕을 둔다. 과학적 언어는 이념이나 지식을 전수하며 문학적 언어는 함축적인 의미와 다양한 정서를 전달해준다. 영국시인 코울리지(Samuel T. Coleridge)가 시를 "가장 훌륭한 단어들이 가장 훌륭한 순서로 나열된 것"이라 하였듯이 문학은 언어로써 표현되고 언어는 문학에 의하여 발전한다.

　문학어가 되기 위해서는 나름의 조건이 필요하다. 우선 명료하고 간결하고 자연스러워야 호소력이 커진다. 주제가 특이하다 할지라도 널리 알려진 표현이나 구절은 별다른 감동을 줄 수 없으므로 독창적이고 개성이 깔린 언어와 문장을 구사하는 것이 바람직스럽다. 직접적인 지시어보다 함축적인 표현을 사용하면 연상의 효과가 증가한다. 시어가 시가 되게 하는 언어라면 수필어는 수필이 되게 하는 언어라 하겠다. 수필이 시와 소설의 중간문학이듯이 수필어에는 정서적 감흥과 이성적 논리가 함께 한다. 그렇다면 수필이 요청하는 언어훈련은 어떻게 이루어지는가.

1) 당신만의 '연장상자'를 가진다.
　글을 쓰려면 당신만의 연장상자(toolbox)를 마련한다. 언어라는 연장상자에 들어가는 첫 번째 도구는 어휘다. 미국의 인기 있는 공포소설 작가 스테판 킹(Stephen Edwin King)은 글쓰기에 관한 에세이 「글쓰기에 대하여」(On Writing)에서 "틀에 맞추어 쓰기보다는 참신하게 쓴다. 굴곡 없이 무미건조한 글이나 상투적인 표현은 금물이다."라고 조언하고 있다. 문제는 "어떻게 말하고 쓰는가"이다. 작가의 특정적인 문체는 어법으로 구분된다. 무슨 단어를 선택하고 어떤 문장 구조를 즐겨 구성하는가. 비유어는 어느 정도 사용하는가를 전한다. 문체를 설명하는 말에는 "순수한, 장식적인, 화려한, 엄숙한, 소박한, 정교한" 등이 있고 셰익스피어 문체, 밀턴 문체식으로 작가의 이름을 빌려 오기도 한다. 소문난 글맛집이란 상호가 붙은 작품집을 개업하려면 나름의 비법이 필요하다. 글마다 위트를 집어넣어 재미에 대한 기대감을 주고 고전에 대한 해박한 지식으로 일화를 제시하며 생소한 토속어를 적재적소에 사용하거나 4·4조의 운율을 구사한다.

　문장력은 수필에서만 효력을 발휘하는 것이 아니다. 문장가 이문열은 소설 『선택』에서 예스러운 의고체(擬古體) 문장을 적절하게 구사하며, 김훈은 산문집 『자전거 여행』에서 현기증을 일으키는 미문으로 독자의 기를 질리게 한다. 글 쓰는 사람들은 나름의 개성을 발휘하여 명문장은 아니더라도 자신의 수필문장을 구축해가야 한다. 따뜻한 성품이 우러나는 글, 정직한 글, 재치 있는 글, 시원시원한 글, 팍팍 속도감을 내는 글, 적절하게 외래어로 간을 맞추는 글……. 모두 매력적이고 좋은 연장이다.

2) 줍는 손을 가진다.

시인 유안진의 「다보탑을 줍다」에는 다음의 구절이 있다.

고개 떨구고 걷다가 다보탑을 주웠다
국보 제20호를 줍는 횡재를 했다
(…)
정신 차려 다시 보니 빠알간 구리동전

"다보탑을 주웠다"는 구절을 읽으면 재미있다는 느낌을 갖는다. 그러나 "고개를 떨구고 구리 동전을 줍는" 행간에는 생각할 문제가 담겨있다. 그것은 문장을 고르는 수필가의 자세와 안목이다. 역사와 문학의 차이라면 역사는 승리의 업적을 장엄한 문체로 기록하지만 문학은 패자의 진실을 민중적인 문체로 기록하는 진실성을 추구한다. 문학으로서 수필은 귀족의 언술이 아니라 구리동전을 국보 다보탑으로 해석하듯 함축된 의미를 평범하면서도 진지한 언어와 담론으로 표현하는 것이다. 문인의 필력은 승자의 칼날처럼 직선적이거나 살기가 넘쳐서는 곤란하다. 고개를 떨어뜨린 패자를 위로하기 위해 자신을 낮춘 문장이 상대에게 용기를 준다.

수필은 밀레의 〈이삭 줍는 여인〉처럼 삶의 길바닥에서 진실을 들어 올린다. 무엇인가 땅에서 주우려면 고개가 숙여지고 허리가 저절로 굽혀진다. 벼가 고개를 숙인다는 속담처럼 겸손한 문체에는 포용과 인내의 가르침이 스며든다. 미미한 소재에 고귀한 의미를 부여하는 활 모양의 문체가 독자를 존중하는 문장을 만들어 낸다. 문학어는 버려진 것을 주워 가슴에 담는 넝마주이의 담론이라는 사실이 수필문의 본성이다.

3) 하이브리드 장치를 달지 않는다.

글을 꾸미다 보면 수식어를 자꾸 달고 문장을 길게 쓰고 싶어진다. 마이크를 손에 쥐면 시간가는 줄 모르는 연사처럼 글이 길어지면 주부와 술부의 호응이 엇갈리고 수식어와 피수식어의 거리가 멀어지면서 오해가 빚어진다. 연설은 짧아야 한다는 격언처럼 "one sentence — single topic"(一文一思)이 바람직하다.

단락의 내용도 간결하고 명료한 것이 좋다. 단락이란 내용의 단위이기 때문에 문장을 이엇다고 단락이 되지 않는다. 기본적인 단락 구성은 도입문장 — 뒷받침문장 — 닫는 문장으로 구분되며 단락이 "one paragraph — single idea"(一段一脈)에서 벗어나지 않도록 한다.

글쓰기를 잘하려면 무엇보다 단락을 정확하게 구분하는 법을 실천한다. 처음부터 호흡이 긴 문장이나 주제가 여럿인 작품을 쓰기보다 단락 완성에 노력을 기울인다. 단락을 충실하게 짜고 문체에 관한 지식을 쌓아가노라면 언어의 집이 이루어진다.

1. 주어와 술어를 바짝 붙여 의미가 분명한 문장을 만든다.
2. 한 문장은 한 가지 내용으로 그린다.
3. 짧은 문장과 문단을 쓴다.
4. 능동태를 쓴다. 주어를 강조할 경우나 꼭 필요한 경우에만 피동태를 쓴다.
5. 부정적인 의미가 들어간 단어는 될 수 있는 대로 피한다.
6. 읽기 쉬운 톤을 유지하고 지나치게 엄격한 형식은 피한다.
7. 단순하고 친숙한 일상어를 사용한다.
8. 전문용어와 약자는 가급적 피한다.
9. 문법을 지킨다.

(1) 문법은 작가와 독자 간의 약속이다. 지나치게 문법에 얽매일 필요는 없지만 거듭된 문법의 오류는 나쁜 문장 습관을 드러낸다. 수필가를 문장가라고 부르는 이유는 문장과 문법이 기본조건임을 뜻한다. 수필을 쓰면서 국어사전을 곁에 두지 않는다면 못줄이 없이 모를 심는 것과 다를 바 없다.

(2) 객관적인 서술과 정확한 정보를 바탕으로 한다. 주관적이고 배타적인 시각이나 과격한 표현은 삼가고 거부감이 없는 내용을 전달한다. 인명, 고사, 일화, 숫자 등을 인용할 경우 원전에서 재확인하고 출처를 밝힌다.

(3) 추상적인 문구나 과다한 수사법을 삼간다. 한문이나 외래어가 위엄 있는 표현으로 간주되지만 지나치면 시대에 뒤진 문장으로 여겨지게 된다.

(4) 표현과 문체에 일관성을 유지한다. 한 가지 주제에 충실하며 뚜렷한 이유가 없이 다른 화제로 바뀌면 독자를 헷갈리게 한다.

4) 상목수는 못질을 하지 않는다.

상목수는 못질을 하지 않는다고 이어령은 문장론에서 말한 바가 있다. 상목수는 못 하나 박지 않고서도 기둥을 잇고 서까래를 깔아 한 채의 집을 짓는다. 문장을 이어가는 기술에서도 이음새가 자연스럽도록 한다. 서툰 글일수록 '그리고, 그래서, 그러나'와 같은 접속사로 구절을 이으려하고 불량한 글일수록 'ㄴ다, ㄴ이다, ㄴ한다, ㄴ것이다.'라는 망치질을 해댄다. 그런 상투어는 작가의 문장력이 단조롭고 얕다는 약점을 보여준다.

수필은 읽는 맛이 있어야 한다. 잘 다듬어진 글은 접속사가 없어도 자석처럼 서로 끌어당긴다. 단락의 첫 문장을 접속사로 시작하거나 단락의 끝 문장을 똑같은 종지형으로 반복하면 글 맥이 단조로워진다. 초고를 마무리한 후에 '～것이다.'를 몇 번 썼는가, '그리고, 그러나'와 같은 접속사를 얼마나 많이 사용하였는가를 헤아려 빈도수를 줄여나간다. 상투어의 교정만으로도 졸문에서 벗어날 수 있다.

5) 기록의 손을 놀리지 않는다.

작가의 본능은 적는 것이다. 기록하는 손을 쉬지 않는다는 의미이다. 사냥꾼과 먹잇감 간에 벌어지는 미묘한 게임을 생각해보면 치열한 게임의 원리는 '성공적인 포획'을 위한 준비에 있음이 드러난다. 작가라면 마땅히 사냥꾼이 총을 손질하듯 습관적으로 노트나 메모지를 곁에 둘 필요가 있다. 다산 정약용 선생은 떠오르는 생각을 제때 메모하는 '수차차록법'을 실천하였고 발명왕 에디슨도 지독한 메모광이었다. 작가의 특징은 건망증이며 부지런한 작가들은 모두 창작노트를 가지고 있다. 손은 기록하고 기억하는 뇌이며 "기억은 짧고 기록은 길다."(Memory is short, Note－taking is long.)를 명심한다.

기록의 본성은 무엇일까. 화장하는 여성의 손처럼 수필작가는 자면서도 기록하는 습관이 필요하다. 연필과 수첩을 들지 않고 문학여행을 나서거나 집에 돌아가서 본 것을 나중에 적겠다는 기억력의 유혹을 믿어서는 안 된다. 기록을 할 때는 자신의 편리에 맞추어 만든 기록 부호를 사용한다. 글자, 문자, 기호, 약자, 음악 부호 등의 표현기술을 고안하여 형상화된 부호로서 정리한다.

6) 물리치료사의 손을 가진다.

물리치료사는 외과수술을 한 후 신체가 정상적으로 움직일 수 있도록 꾸준히 치료해주는 사람을 말한다. 수필이 아무리 좋은 주제와 소재를 선택하였더라도 문장이 제대로 정리되지 않으면 문예성을 지니기 어렵다. 여기에 퇴고라는 글 치료가 필요하다.

어떤 작가들은 자기의 글이 수정되면 인격적으로 권위가 손상당한 것으로 여기는 경우가 많다. 그런 사람은 작가의 책임감을 가지고 있지 않다. 문장을 읽을 때 문장이 부분적으로 무난하다고 하더라도 전체의 짜임새가 없으면 잘 쓴 글이 아니다. 퇴고는 문법 교정, 문장 교열, 글쓰기에 대한 컨설팅으로 나누어지며 초고를 쓰는 에너지가 50%라면 재교, 삼교 등 퇴고를 거듭하는 에너지가 50%라고 보면 된다. 글의 퇴고는 미용성형이 아니라 정형수술임에 비유할 수 있다. 펜혹이라는 말처럼 글의 생명은 언어가 지닌 의미를 가장 적절하게 전달하는 데 있다. 서예는 일필휘지로 쓰일지 모르나 수필은 퇴고에 의하여 글의 모습이 갖추어지므로 창작을 공학 용어를 빌어 디자인하고 공정(工程)한다고 말한다. 퇴고를 통해 정문(正文)을 이룬 수필이 정품이다.

에필로그

수필은 가까우면서도 먼 존재이다. 그만큼 수필쓰기는 즐거우면서도 고되고, 힘들면서도 보람 있는 작업이다. 당연히 창작의 산고와 희열이 뒤따르기 마련이다.

수필의 문학성을 말할 때 조건은 세 가지다. 하나는 감동적인 내용이며 다른 하나는 미적 구조이며 세 번째는 소통성이다. 미적 구조는 글을 설계하고 디자인하고 생산하는 공학으로서 현미경, 망원경, 쌍안경, 잠망경, 프리즘이라는 다양한 안목으로 짜인다. 디지털 시대의 안목은 단순한 소재 찾기가 아니라 색깔, 동영상, 문자, 그림, 이미지를 결합하는 구조화가 함께 이루어져야 최적의 소통효과가 가능해진다. 수필가의 눈도 그러한 입체화면을 담아낼 때 소통이 가능하므로 행하고 바라보고 쓸 것이다.

수필 창작의 원동력은 땀과 정신이다. 땀은 치열한 습작과 창작의 노고를 말하며 정신은 작가정신, 순례자의 정신, 농부의 정신, 광부의 정신을 지켜내는 것을 말한다. 글을 읽는 안목은 5단이지만 글을 쓰는 수준은 5급이어서는 곤란하다. 진정한 작가는 작품 감별사가 아니라 작품을 생산하는 직공이라고 하겠다.

상상력은 예술을 창조하는 근본정신이지만 상상을 제대로 수용하기 위해서는 안목이 필요하고 최소한의 필력이 요구된다. 영국의 철학자인 베이컨이 모든 예술은 상상으로 태어난다고 말하였지만 사이버리즘 시대에는 다면적인 안목을 요구한다. 작품의 깊이와 넓이와 높이와 두께뿐만 아니라 무게라는 질적 한계도 문장 표현에 의하여 결정되기도 한다. 예술가와 창조자가 지닌 감수성은 소재에 대하여 경험적인 관점을 갖는가, 다면적인 글쓰기를 할 수 있는가, 어느 정도 낯설게 하기를 할 수 있는가를 결정해준다. 수필 작가의 안목이 수필 작법을 결정하므로 상상의 실천력이 문학적 수준을 가늠하는 바로미터이자 탐지기라고 할 수 있다.

작가는 문학을 밭갈이하는 농부다. 농부로서 작가는 끊임없이 농기구를 개량하고 천문을 읽을 안목을 키우고 토지를 넓히는 노동을 마다하지 않는다. 문필가가 되려면 온몸의 수고를 아끼지 않는 고행자가 되고 사물을 읽는 예언자와 문장의 테크니션으로서 자질을 갖출 필요가 있다.

제**5**장

문자도(文字圖)로서 수필의 결속성

좋은 수필의 요건 중 하나는 결속성을 어떻게 이루어내는가에 있다. 수필에서 언급되는 무형식은 형식이 없다는 것이 아니라 느슨한 구성력을 말한다. 그런데 "삶의 의미나 가치를 재발견케 하는 것이 가장 좋은 수필이다."라고 말하려면 무엇보다 치밀한 결속력이 요구된다. 제재와 소재의 응축력, 중심주제와 종속주제 간의 긴밀성, 문장 간의 응집력이 어울려야 주제의식이 분명해진다. 수필이 어떤 글인가를 모르면 수필처럼 쓰기 쉬운 글이 없고, 수필의 진수(眞髓)를 알면 수필처럼 어려운 글이 없다는 상허(尙虛) 이태준의 말을 구조주의 관점에서 풀이하면, 좋은 수필은 의욕만으로 이루어지지 않는다는 의미가 된다.

세상에는 명문을 남긴 문장가가 많다. 잘 알려져 있지 않은 작가의 작품이 후일 더 명작으로 인정받는 경우도 적지 않다. 그것은 작가의 명성이 작품의 수준을 결정하지 않는다는 증거에 해당한다. 좋은 시란 유명한 시인의 작품이 아니라 매 작품마다 적절한 시어로 짜인 것이며 산문도 깊이 있는 내용을 짜임새 있게 짤 때 명작이 된다. 참으로 좋은 글은 많은 언사를 빌리지 않고서도 독자의 상상력을 자극하는 경제적인 글이라고 말할 수 있다.

수필은 쉽게 읽을 수 있어야 한다. 쉽게 읽는다는 말은 쉽게 써도 좋다는 묵시적 허용이 아니다. 독자가 쉽게 읽기 위해서는 작가는 투철한 장인정신으로 묶고, 엮고, 펼쳐내야 한다. 허투르게 쓰인 글은 읽기가 어려우며, 쉬운 글일수록 탁고연마의 땀이 배어있다.

문학은 언어를 기반으로 하는 의미망으로 이루어진다. 어떤 장르의 글이든지 상관성과 결속성을 지녀야 하고 이런 조건을 갖춘 수필이 명수필로 간주된다. 수필은 무형식의 글이라기보다는 홑형식의 글이다. 홑형식이란 작품 하나하나가 그것만의 맞춤 형식을 지닌다는 뜻이다. 주제를 선택하면 주제에 적합한 제재와 언어가 정해지며 제재, 문장, 경험, 독자, 작가라는 요소가 상호 어울려야 주제를 구체화할 수 있다. 주제와 소재와 문장 구조가 서로 의탁할 때 좋은 작품이 생성된다.

1. 결속과 결속성

문학에 있어 결속이라는 용어는 언어학의 결속(Binding)에서 출발한다. 언어는 문법이고, 문법은 규칙의 집합체이다. 결속은 인간의 언어능력을 풍부한 자료와 근거로써 이론화하려는 작업으로 언어에 존재하는 무한한 규칙을 찾아내어 과학적으로, 논리적으로 기술하는 것이다.

결속의 중심 원리는 문장의 내부 구조가 조합적이라는 것이다. 복잡한 통사를 문법적 하위체계(subsystem)의 상호작용으로 설명할 때 각각의 하위체계는 결속의 원리로 규정된다. 한 문장 안에서 두 명사구 간의 지시의존 관계를 밝혀 주는 결속 이론을 제시한 촘스키(Chomsky)는 통사론의 주된 목표는 각 언어가 지닌 체계를 찾아내는 것이라고 하였다. 1980년에 이후에 이르러서는 결속을 생리학, 인지론, 사회학 등의 원리와 조합하는 상호작용(modular interaction)으로 설명하였다. 몇몇 예외를 제외하면 모든 통사적 복잡성은 문법적 하위체계의 상호작용으로 설명된다.

언어학에서 말하는 결속은 문학에 원용된다. 모든 문장은 주술관계, 수식관계, 주종관계에서 일정한 내적 규칙의 지배를 받고 있다. 주어가 정해지면 그것에 적합한 술어가 정해지고, 명사가 결정되면 그것을 수식하는 형용사가 정해지며, 주절이 자리하면 그것에 맞는 종속절이 앞뒤에 놓인다. 이것들은 눈에 보이지 않지만 일정한 내적 규칙에 따라 표현되고 결속한다.

언어학의 결속이론을 문학에 빌려오기 위해서는 구조주의라는 용어가 필요하다. 구조주의라는 용어는 프랑스 언어철학자인 소쉬르(Ferdinand de Saussure)가 제시한 언어 이론으로서 문학을 분석하는 접근법을 말한다. 아리스토텔레스 이래로 모든 문학이론은 언어 구조를 중요시해왔다. 전통적인 비평방식은 종교, 주술, 신화 등 모든 현상에 숨겨진 질서를 해명할 수 없었다. 그래서 현대 구조주의 비평가들은 시나 소설의 외적 구조가 아니라 인간의 마음에 작용하는 방정식은 무엇인가, 문학 전체를 통해 어떻게 이러한 것들을 파악할 수 있느냐를 연구하기 시작하였다. 구체적으로 설명하면 첫째, 구조는 개별 요소들의 단순한 집합이 아니라 내적 법칙에 따라 전체적 구조를 형성한다. 둘째, 구조는 변형의 관념을 내포한다. 이것은 구조를 이루는 법칙이 미리 있다는 뜻이다. 셋째, 구조는 스스로를 조절하는 성격을 지닌다. 구조가 자동적으로 조절한다는 의미는 구조는 다른 구조에 대하여 폐쇄성을 지닌다는 것을 말한다. 어떠한 글도 구조 안에서 다스려지지 않는 한, 완전하게 의미를 만들 수도, 파악하는 것도 불가능해진다. 문화현상에서 보면 문학은 자율적인 구조로 구성된 기호체계이다. 기호체계로서 문학작품에 언어학적 개념을 적용하여 분석하는 것은 너무나 당연하다.

하늘의 별자리를 지켜보아도 마찬가지다. 각각의 별자리는 제멋대로 놓여있는 것 같지만 상호 간의 중력으로 밀고 당기면서 제자리를 지켜내고 전설과 신화를 지닌 기호로 바뀐다. 별자리는 작가가 해석하여야만 하는 거대한 문자도로 바뀐다. 문자도는 별자리만이 지니고 있지 않다. 인간은 게놈이라는 유전자 지도를 몸 안에 지니고 있으며 동식물도 나름의 유전자 구조로 이루어져 있다. 심지어 무생물인 돌이나 광석도 형체를 결정하는 분자와 원자의 조직망으로 결속되어 있다. 그런 의미에서 우주는 개별적인 문자도의 총집합체라고 불러도 될 것이다.

문장도 마찬가지이다. 이상적인 글은 문자도가 지켜야 할 결속의 조건을 충족시키고 있다. 시가 적절한 단어들이 훌륭한 순서로 나열된 것이라면 산문의 문장도 가장 훌륭한 언어와 최적의 문맥으로 결속된 도형(圖形)이어야 한다는 뜻이다.

2. 결속의 유형

1) 형상과 인식의 결속

언어 예술로서 문학은 사물을 형상화하고 의미를 인식하는 정신에 속한다. 문학적 언어는 형상화 작업이라는 점에서 일상어와 실용적인 표현과 구별되며, 인식작용이라는 점에서는 서투른 말장난이나 지식 습득과 구별된다. 형상이란 존재하지 않는 무엇을 만들어 보여주는 것이지만, 형상화는 실제로 존재하는 사물이든 가상의 사물이든 문자망으로 이루어지는 형체를 만들어낸다. 형상만을 그리려는 수필은 단순한 설명문에 불과하다. 인식은 무지의 땅에 덮인 진실을 찾아내는 행위로서 존재하지만 유의미한 상태에 갇힌 참된 무엇을 발견하는 즐거움과 보람을 말한다.

논리적이고 과학적인 글이 문학과 거리가 먼 까닭도 형상화를 통한 인식의 문장이 아니기 때문이다. 예를 들면 사찰 대웅전의 지붕에 우뚝 솟은 망새기와를 상목수로 여기거나, 연못의 백련 봉오리를 우주의 소리를 증폭시키는 마이크로 간주하거나, 바닥에 떨어진 흰 밥풀을 수도승으로 바라보는 것은 망새와 목수, 연꽃 봉오리와 마이크, 식탁의 밥풀과 벌판에 선 수도자가 원형에서 일치한다는 점을 인식한 결과이다. 이처럼 문학은 탈사실적 체험을 요구하므로 결속의 미학은 형상화와 인식화가 동시에 이루어지는 데 있다. 정목일은 덕유산 산간에서 내린 눈을 지켜보면서 눈을 자연현상이 아니라 세상을 통치하는 정복자로 바라본다. 그가 지켜본 눈의 정복은 침략자의 무력이 아니라 평화의 전도사에게 바치는 찬미로 묘사된다.

무혈의 혁명이 아니라, 순백의 혁명이었다. 그들의 영토는 여인의 속
살보다 더 희고 부드러운 선으로 끝없이 펼쳐져 있었다. 초야에서 옷
벗는 신부의 나신(裸身)보다 더 아름다웠다. 그 어느 누구도 이렇게 아름
다운 나라를 만들지도 못하리라. 정복자는 새 헌법을 선포하고 일시에
공화국을 소리 없이 개혁해 버렸다. 그들의 정복과 혁명은 기적이었다.
어떻게 단번에 말없이 모든 것을 하나의 순백으로 개혁해 버리는지 신기
한 일이었다. 그들은 계엄령을 선포했다. 교통과 통신을 단절시키고 외
부와의 접촉을 차단시켰다. 그리고 백성들에게 대해, 조용히 자신을 성
찰하고 좀 정숙하라고 촉구하였다. 변명 같은 건 필요 없다고 했다. 여태
까지의 모든 잘못은 묻지 않고 깨끗이 묻어 버리겠다고 했다.

— 정목일 「함박눈」 일부

정목일이 눈을 인식하는 방식은 평화주의자의 인식론에 속한다.
그의 백설은 세상을 짓밟기보다는 맑고 깨끗한 침묵으로 세상을 평
등하게 만든다. 인간 세계에 추악하고 독재자의 폭력이 도처에 널
려있음을 개탄하면서 작가는 함박눈이 말하는 "무혈혁명의 교훈과
새헌법의 권위"로 세상을 개벽시켜려 한다. 독자에게 눈의 가치를
호소하고 설득하려 한다. 작가는 함박눈도 사회의 불의에 대하여
분노한다고 상상함으로써 눈 내림을 혁명으로 그려낼 수 있다. 작
가는 눈이라는 기상현상을 타자화하지 않는다. 내면으로 끌어들여
세상을 순화시키는 너그러운 독재자와 일체가 되려는 글쓰기를 한
다. 덕유산 함박눈은 인식의 대상으로서 타 작가의 그것과 다르다.
겨울철 풍경을 보여주기 위해 선택한 산골 눈은 고독의 인식체가
아니라는 점에서 차별성을 보여주고 있다. 이러한 대비는 문학이
형상과 인식이라는 두 요소가 어울린 결속을 지녀야함을 시사한다.

2) 제재와 주제의 결속

수필은 영적 소통의 글이다. 작가와 제재가 서로의 존재를 확인하고, 작가와 독자가 정서적, 심미적 교감을 나누고, 독자와 제재가 다시 서로의 존재성을 재확인해간다. 수필어는 일상어와 달리 은유와 상징성을 지니므로 묘사, 설명, 서술이라는 실용적 목적과 차이를 보여준다. 수필이 문학성을 지니려면 제재와 주제의 유기성을 확보하는 작업이 무엇보다 필요하다. 주제를 내면화하려면 소재를 투시하는 전략이 요구되고 제재에는 주제성이 부여된다. 이것이 본격수필, 고급수필, 문학수필로 나아가는 조건이기도 하다. 제재에 대한 전략은 적절한 소재를 선정하는 분별성, 소재와 주제를 일치시키는 적절성 외에도 소재와 주제를 잇는 일치성으로 구분한다. 더구나 수필은 목적성 언어행위이기 때문에 제재와 주제를 접근시키는 노력이 불가피하다.

제재와 주제의 상관성을 검토하다 보면 사물을 "낯설게 보는가" 외에도 "친밀하게 보는가"가 고려된다. 낯설게 하기와 낯익게 하기는 문학에서 동전의 양면처럼 주제의식을 분명하게 해준다. 오창익의 대표작 「북창」을 살펴보면 제재인 북창은 북에 있는 어머니라는 대상을 표현하는 물상이며, 목성균의 「명태」는 아버지의 꼿꼿한 선비다운 품성을 반영하며, 최원현의 「서서 흐르는 강」은 자연의 폭포와 작가의 문학적 영감을 아우르고 있는 상징물에 해당한다. 참신한 시각, 남다른 의미 부여, 화자와 사물 간의 관계를 설정하려면 일재일제(一材一題)를 이루는 것이 좋다. 제재의 동질화는 사물과 작가가 영적 교감을 나누고 주체와 대상, 자아와 타자로서 상호교감을 나누는 것이다. 수필가의 경험과 정서가 제재와 주제의 결속으로 표현될 때 독자는 수필가의 정서적, 지적, 심미적 공감대를 따른다.

「산에서 길을 잃어버리고 싶어」에 함축된 주제는 속세이탈과 종교의 입문이다. 보이지 않되 보이는 신앙에 대한 동경심은 '물동이를 지고 가는 동자승'이라는 제재로 표현된다. 절을 그리라는 스승의 주문에 따라 다른 아이들은 절을 그리지만 이 소년을 물동이를 지고 산길로 가는 동자승을 그린다. 동자승이 물을 지고 어디로 가는가. 수도자들이 거처하는 암자이다. 화폭을 외연시키면 자연스럽게 절이 나타난다. "색즉시공 공즉시생"이라는 주제가 추상의 대상이라면 물동이를 진 동자승은 구상의 대상이다. 두 개념 간의 유기성이 두터울수록 문장의 결속력은 높아진다.

3) 외적 요소와 내적 요소의 결속

결속에는 외적 결속과 내적 결속이 있다. 수필의 완성 여부는 내적 외적 결속의 정도에 의하여 결정된다. 외적 요소는 작품을 이해하기 위해 필요한 조건으로서 제재, 주제, 문장, 상상, 작가 간의 응집력을 말한다. 내적 요소는 수필문을 이루는 단어, 구, 절, 문장, 단락, 의미부 사이의 유기적인 체제를 말한다. 수필문의 문장은 단순히 나열되는 것이 아니라 내적 연관성으로 엮어진다. 좋은 글인가, 아닌가를 느끼기는 쉬우나 왜 그런가를 분석하는 일은 쉽지가 않다. 그 까닭은 외적 요소와 내적 요소의 상관성을 살피지 못하기 때문이다. 어느 작품에서든 결속의 정도가 독자의 가독성을 결정하므로 각 요소는 전체의 일부로서 균형을 유지하는 것이 바람직하다. 주제와 제재, 단락과 단락, 언어와 의미, 명사와 수식어 간의 결속이 이루어지면서 외적 요소와 내적 요소가 호응할 때 수필은 높은 예술성을 지닌다.

돌멩이를 주워 온다. 여기는 사금파리도 벽돌조각도 없다. 이 빠진 그릇을 여기 사람들은 버리지 않는다.

그리고는 풀을 뜯어 온다. 풀―이처럼 평범한 것이 또 있을까. 그들에게 있어서는 초록빛의 물건이란 어떤 것이고 간에 다시 없이 심심한 것이다. 그러나 하는 수 없다. 곡식을 뜯는 것도 금지이니까 풀밖에 없다.

돌멩이로 풀을 짓찧는다. 푸르스레한 물이 돌에 염색된다. 그러면 그 돌과 그 풀을 팽개치고 또 다른 풀과 돌멩이를 가져다가 뚝 같은 짓을 반복한다. 한 10분 동안 아무 말이 없이 잠자코 이렇게 놀아본다.

10분만이면 권태가 온다. 풀도 싱겁고 돌도 싱겁다. 그러면 그 외에 무엇이 있나? 없다.

그들은 일제히 일어선다. 질서도 없고 충동의 재료도 없다. 다만 그저 앉았기 싫으니까 이번에는 일어서 보았을 뿐이다.

일어서서 두 팔을 높이 하늘을 향하여 쳐든다. 그리고 비명에 가까운 소리를 질러본다. 그러더니 그냥 그 자리에서들 경중경중 뛴다. 그러면서 그 비명을 겸한다.

나는 이 광경을 보고 그만 눈물이 났다. 여북하면 저렇게 놀까. 이들은 놀 줄조차 모른다. 어버이들은 너무 가난해서 이들 귀여운 애기들에게 장난감을 사다 줄 수가 없었던 것이다.

– 이상 「권태 6」 일부

이 글은 이상의 대표수필인 「권태 6」의 일부이다. 외적 요소는 권태로부터의 탈주하려는 어린이들의 놀이 모습이며 내적 요소는 "초록빛, 아이들, 돌멩이, 풀, 비명, 눈물"이라는 어휘들이다. 아이들은 모든 것이 똑같고 변화가 없으면 심심하다 못해 권태로워진다. 농촌의 변함없는 초록은 이상에게는 권태의 대표적인 대상이다. 구절에서는 "다시 없이 심심한 것이다.", "그냥 그 자리에서들 경중경중 뛴다.", "똑같은 짓을 반복한다.", "이번에는 일어서 보았을 뿐이다."라는 반복적인 행위와 반복적 문장으로 이어져 권태에 억압당한 이상의 이상심리를 반영한다. 문체도 카메라처럼 아이들이 노는 모습을 냉정하게 비추고 있지만 결미에서 "그만 눈물이 났다." 하여 감정을 고조시킨다. 이상은 농촌과 모더니즘을 결합하는 결속을 통해 권태에 절망하는 자아를 보여준다. 이런 내적 외적 결속은 권태는 홀로 견딜 수밖에 없다는 주제를 뚜렷이 각인시킨다.

4) 구조와 기법의 결속

수필문은 날줄과 씨줄처럼 내용과 형식 간의 결속으로 엮어진다. 형식은 구조와 기법의 결속으로 짜인다. 문장의 구조는 음절, 단어, 구, 문장, 단락 등이며 기법은 전개, 결미의 연결, 설명, 인용, 대조,

반증 등의 수사법을 말한다. 수필문에서 음절, 단어, 구, 문장이 설명, 인용, 대조와 적절하게 연결될 때 균형미가 이루어진다. 서두와 전개부와 결미라는 필수적인 구획에서 서두는 배경 설정, 분위기 조성, 주제를 암시하며 전개부는 주제와 소재를 엮는 무대의 역할을 지니고 결미는 내용을 요약, 재정리하고 가치평가를 담당한다. 각각의 구조 내에서 경험적 사실, 느낌이나 생각, 사회현상에 대한 관찰과 인식이 지적, 정적, 의지적 서술 양식으로 표현된다. 나아가 설명, 해설, 인용, 열거 등의 구조는 호응, 대조, 정립, 평행, 순차 등의 기법과 서로 집합을 이룬다. 그 예를 아래 문장에서 살펴보기로 한다.

> 할머니는 고모부에게 두루마기를 벗으라고 하셨다.// 고모부가 두루마기를 벗자 할머니는 두루마기를 둘둘 말아서 어머니께 밀어 놓으며 빨라고 이르셨다. 고모부가 환갑 때 입은 두루마기라며 아직 빨 때가 안 되었다고 손사래를 쳤으나 할머니는 동정이 까만데 무슨 소리냐며 굳이 빨도록 이르셨다. 고모부는 두루마기를 빨아서 새로 꾸미는 며칠간을 머무르셨다.// 짐작건대 할머니가 고모부의 두루마기를 빨게 하신 것은 고모부를 며칠 간 잡아 두시려는 심산이었던 것 같다.
>
> — 목성균 「고모부」 일부

위 단락은 철저하게 삼단논법과 3단 구조로 이루어져 있다. 도입 문장은 두루마기를 벗은 사실을, 뒷받침 문장은 할머니가 두루마기를 처리한 과정을, 그리고 마무리 문장은 할머니의 행동에 대한 화자의 해석을 기술한다. 사건진행은 명제 제시, 부연설명, 가치 제시라는 3단계 서술구조를 지닌다. 각각의 구조를 이루고 있는 기법을 살펴보면 첫 부분에서는 '벗으라'는 반복어가, 두 번째 단계에서는 "까만데"와 "굳이"라는 수식어가 배치되고, 세 번째 단계에서는 "며칠간" 이라는 수사가 동원되어 할머니의 안쓰러움을 강조한다. 이 작품은 드라마틱한 행동으로 감동을 주려는 서사에 속한다. 작가는 단락의 역할과 구조에 유념하면서 문장 간의 결속과 적절한 기법을 구사하는 방식을 구축하고 있다.

5) 직설과 비유의 결속

직설과 비유는 설명과 묘사를 이루어내는 대표적인 방법에 해당한다. 직유, 은유, 이미지, 반어, 역설, 의인화 등의 수사법은 이미지화의 효과를 높여주고 해설, 설명, 논증 등은 정보전달의 기능을 수행한다. 수필 단락 내에서 구사되는 직설과 비유는 양적 적절성을 지켜내는 것이 좋다. 수사학이 결핍된 문장은 해설문, 설명문, 또는 보고문에 그쳐버리며 비유법이 지나치게 사용되면 미문이나 감상적인 어조가 되어버린다. 수필에 유려한 표현이 필요하더라도 산문정신을 지켜야 한다는 조건은 직설과 비유가 적절하게 안배된 미적구조를 갖추어져야 한다는 뜻이다.

내가 산으로 거처를 옮긴 지도 벌써 십 수 년이 흘렀다.
<u>띠풀로 지붕을 이고, 흙벽으로 방을 꾸며 작은 한 몸 누웠으니</u>(환유) 심신이야 그지없이 편안하다. 낮이면 따사로운 햇살과 부드러운 바람이 때를 맞추어 찾아오고, 밤이면 달과 별이 늦도록 벗이 되어 세상일은 까마득하고, 세월이 얼마만큼 흘러간 줄 셈을 할 수 없다.
봄 아지랑이가 산등성이를 덮는가 싶더니 어느새 찬 서리 내려 나뭇잎 우수수 떨어지고, 입동을 재촉하는 눈비에 날아가던 <u>새들도 자취를 감추</u>

<u>었다.</u>(의인법) 짧은 해 쉬 지고 긴긴 밤 웅크리고 누워 적막강산 외로운 처지를 돌아보면 <u>불현듯 생각나는 것이 내 인생의 역정이구나.</u>(영탄법). 막상 입을 열자 하면 자랑할 일이 전혀 없고, 그렇다고 말자 하면 영영 묻혀질까 염려되어 무딘 글로 두어 자 적어 본다.

— 홍억선 「화령별곡」(花嶺別曲) 일부

수필은 직설과 비유의 조화물이라고 볼 수 있다. 직설은 설명으로, 비유는 묘사로 이루어진다. 위 단락은 죽은 자가 무덤 속에서 생전의 일을 기록한다는 내용을 담아 생사의 일치를 이끌어낸 글이다. 생사의 균형을 잡기 위해 작가는 비유의 구조를 위해서는 환유, 의인법, 영탄을 빌려 오고 죽음에 대한 결연한 자세와 죽은 자의 의지는 직설법 현재에 배치한다. 나아가 "내가 산으로 거처를 옮긴 지도 벌써 십 수 년이 흘렀다."와 "무딘 글로 두어 자 적어 본다."라는 평서문을 앞뒤에 병치하여 안정된 구조를 만들어낸다.

6) 상상과 현상의 결속

상상은 글감을 찾는 착상에서 뿐만 아니라 글을 엮어가는 과정에서도 매우 중요하다. 상상은 "왜"와 "그래서"라는 질문과 해답으로 내용이 무엇인가를 찾아낸다. 이를테면 글을 쓰는 동기가 대상에 대한 억제할 수 없는 사랑인가, 혹은 미움인가를 결정하면서 작가의 글쓰기가 심적 상황과 맺고 있는 관례를 묻는다. 작가는 문학이라는 매체로서 인간의 존재성을 풀이하기 때문에 대상과 우주와 인간이 상호 연관을 맺는 일종의 패러다임이 형성된다.

예를 들면 봄비가 내리면서 달팽이가 사랑을 하고, 겨울눈이 내리면서 아버지가 덮어주던 담요 한 장의 따스함이 생각나는 것이

현상과 상상이 묶여지는 결속에 해당한다. 꽃 사이를 나는 호랑나비를 자유혼을 가진 보헤미안으로 상상한다면, 시각적 현상인 나비를 곤충으로 보지 않고 풍류와 사랑과 자유의식을 상상하기 때문이다. 그리고 풍뎅이가 도망가는 모습을 단순히 곤충이 움직이는 동작이 아니라 구속에서 벗어나려는 탈출행위로 본다면 자유 의지를 꿈꾸는 작가의 상상이 작용하기 때문이다.

현상과 상상을 어떻게 결속시키는가라는 작가 개개인이 지닌 심미적 층위에 좌우된다. 별을 보되, 어린이의 눈으로 보는가, 사랑을 하는 젊은이의 눈으로 보는가, 선원의 눈인가, 천문학자의 눈인가에 따라 글의 질적 차이가 생겨나고 현상과 상상이 결속하는 양상이 모두 달라진다.

> 몇 천 년 혹은 몇 만 년에 한번 이곳을 지날지 모르는 별의 운행과 일생에 단 한 번밖에는 지나치지 아니할 나의 자리, 또 거기에 내 눈과 그런 각도로 존재하는 물거울, 이 3자의 인연을 도시 무엇으로 설명할 수 있단 말인가.
>
> 지금 곁에 앉아 있는 이 여인은 또 어찌하여 나의 아내가 되어 있는가. 젊음의 고뇌와 암담한 시대와 헛된 욕망으로 이지러졌던 어느 날 우연히 종로 거리를 나갈 일이 없었더라면, 그 다음 초여름 어느 날 저녁 광화문 거리를 그와 나 둘 중 하나라도 지나지 않았더라면, 아니 한 번 다이얼을 돌렸을 때 그쪽 전화기가 통화중이기만 하였더라도 나는 이 여자와 아무 관계없이 혹은 상면 한 번 하는 일 없이 내 인생은 궤도를 그대로 굴러갔을 텐데.
>   – 유병석 「어디서 무엇이 되어 다시 만나랴」 일부

놀라운 문자도가 만들어지고 있다. 무심히 지나가는 행인에게서, 무심히 깜박이는 별자리에서 작가는 우주와 인간 사이에 만들어지

는 인연이라는 도형을 찾아낸다. 작가는 별자리를 언어와 문자로 이루어진 문자도로 바라본다. 작가는 별의 운행에서 사람과 사람의 만남을, 전화기는 안부를 전하는 단순한 기계가 아니라 인연의 소통체로 해석한다. 수필은 주변 현상을 물리적으로 바라보지 않고 상상을 통하여 낯설고 새롭게 인간과 인간의 만남이 지닌 의미를 찾아내는 활동이다. 상상은 가시적인 것을 초가시적인 의미체로 해석하는 내공임을 보여준다.

7) 내용과 표현의 결속

수필문은 내용과 표현의 상호작용으로 이루어지는데 표현은 내용을 언어로 표기하는 것이다. 표현은 "어떻게"라는 전달 방식을 묻는다. 어휘, 수식, 배열은 별개로 제 역할을 하는 것이 아니라 내용이라는 의미망의 부분집합으로 나타난다. 좋은 수필이라는 조건을 규명하는 것이 쉽지 않은 이유는 수식어와 피수식어 사이에 이루어진 결속은 잘 드러나지 않기 때문이다.

> 납작한 집, 저 집에는 분명 오래되었음을 증명해 주기라도 하듯 반질반질 윤이 나는 기둥이 서 있고, 우람하고 튼튼한 서까래가 있을 것이다.
> 아궁이가 있고 구들이 있으며, 부뚜막이 있을 것이다. 광이 있고 토방이 있고 장광이 있을 것이다. 대청마루가 있고 다듬잇돌이 있으며, 시어머니가 시집올 때 가지고 온 '싱거 미싱'이 있을 것이다.
> 장광 옆에는 채송화 과꽃 봉숭아 같은 순 우리 종자의 꽃들이 계절에 맞춰 피었다가 질 것이다. 그리고 부엌 뒤쪽으로 우물이 있을지도 모른다. 나는 내 마음대로 상상하면서 그 집 앞을 지나곤 한다.
> — 이향아 「큰 나무가 있는 집」 일부

큰 나무가 있는 납작한 집은 도시의 아파트나 넓은 토지를 가진 저택과 다르다. 집이 자리한 위치와 품세가 위엄을 보이므로 집의 구조와 사는 사람도 남달라 보인다. 내용과 표현을 노루에 비교하여 보자. 눈 쌓인 벌판에서 먹이를 찾아 헤매는 어미 노루가 먹이를 구하는 모성을 그려낸다면 밤새워 마을로 찾아온 수노루는 집을 떠난 남자의 귀환을 상징한다. 눈 속의 사슴 한 마리가 헤매는가, 찾아오는가에 따라 수필화자가 지닌 심정이 달라진다. '무엇을' 이라는 내용이 '어떻게'라는 표현을 결정해준다.

큰 나무가 있는 집의 경우도 마찬가지다 우람한 서까래와 유서 깊은 아궁이와 구들과 부뚜막이 있다면 안방에는 혼수로 가져온 싱거 미싱이 빠지지 않게 된다. 큰 나무가 있는 집이므로 주인은 늙은 나무처럼 점잖고 안주인은 채송화나 봉숭아처럼 온유하고 자상하다. 나무라도 강바람을 맞고 있는 나무인가, 오랜 기와집 곁에서 있는가에 따라 내용이 달라진다. 큰 나무가 있는 집의 주인은 강변 나무와 달리 점잖고 온유하다는 내용을 나타내는 표현에 해당한다.

말하려는 내용을 선택하면 그것에 적합한 표현이 뒤따를 수밖에 없고 반대로 표현이 먼저 결정되면 내용이 그것에 부응한다.

8) 서사와 서정의 결속

수필에서 서사와 서정의 결속은 필수적이다. 서사는 설명으로, 서정은 묘사로 나타나는데 서사적 기법인 해설, 설명, 논증이 정보를 전달하는 기능을 수행한다면 서정적 기법인 직유, 은유, 이미지, 반어, 역설 등은 심미적 효과를 높여준다. 단락 내에서도 서정과 서사가 균형을 이루어야 무리가 없다. 묘사가 뒤따르지 못한 글은 설명이나 보고문에 그치며 비유가 남용되면 감상적인 미문으로 떨어진다.

> 엄마와 걸음을 멈춘 곳은 논 한가운데 있는 외딴집이었다. 독을 품고 한달음에 달려간 엄마였지만 막상 그 집 사립문 앞에 당도하자 선뜻 들어서지 못하고 울타리 뒤로 몸을 숨겼다. 그때 나는 보았다. 낮술에 거나하게 취한 아버지가 난닝구 바람으로 마당에 앉아 노래를 부르고 있는 모습을! 그때 초가집 마당에 접시꽃이 피어 있었던가. 아버지의 노래는 구성지게 마당으로 퍼졌다.
>
> 그때 방 안에서 아버지의 노래를 따라 부르는 걸걸한 여인의 음성이 더해졌다. 그러자 몸을 숨겼던 엄마가 더는 참지 못하겠는지 사립문을 밀치고 마당으로 뛰어 들었다. 그리고는 아버지의 난닝구를 움켜쥐고는 있는 힘을 다해 흔들어 댔다.
>
> ― 이귀복 「아버지의 난닝구」 일부

어머니와 아버지의 갈등이 실감나게 그려진 수필이다. 어머니는 바람난 아버지를 찾아가 화풀이를 해댄다. 아버지는 자신의 무력한 삶을 찢어진 난닝구와 절은 술로 표현한다. 해체된 가정은 낮술에 취한 아버지와 접시꽃 핀 초가집이라는 고전적인 배경으로 드러난다. 이귀복은 초라하고 슬픈 가정사에 서사적 파탄과 서정의 파토스로 배치하여 파국의 장면을 정감 있고 서정적 분위기로 전개시킨다.

설명과 묘사, 서사와 서정이 결속한 좋은 예에 속한다. 좋은 수필이 되려면 서정미를 바탕으로 서사가 구축하여야 한다는 사실을 위에서 살필 수 있다.

에필로그

수필을 쓰거나 읽을 때 결속과 결속성에 대하여 숙지할 필요가 있다. 전통적 미학에서 아름다움은 균형미에서 유래한다. 좌우대칭의 아름다움은 건축이나 회화에만 적용되는 것이 아니다. 3차원의 사물을 2차원의 언어로 표현하는 문학에서 문장의 아름다움은 문장의 여러 요소가 어떻게 내적 질서를 형성하는가로 좌우된다.

사이버리즘 시대에서 문장미의 결속과 균형은 더욱 절박해진다. 인터넷문화는 영상의 아름다움을 강조하고 사이버문학은 오감에 호소하는 살아있는 글을 요구한다. 사지가 멀쩡하다고 산 사람이 아니듯이 형성과 인식, 주제와 제재, 내외적 요소, 구조와 기법, 직설과 비유, 상상과 현상, 내용과 표현 등에서 결속이 이루어져야 산 글이 된다.

수필작가는 세상에 흩어진 언어를 작품 속에 끌어들여 의미의 조각보와 모자이크를 만들어낸다. 수필은 붓 가는 대로 쓴 글이나 마음 내키는 대로 생각한 글이 아니라 앞서 설명하였듯이 꼼꼼하게 디자인하고 치밀하게 이루어낸 공정을 거쳐야 문자도로서 수필 한 편을 이룰 수 있다.

제**6**장

문학어와 인터넷 언어

문장은 어휘의 집합체이다. 수필쓰기의 마무리 작업은 문장의 완결로 나타난다. 수필이 문학성을 지니는지, 생명력을 가지는지, 나아가 식물성 수필인가를 결정하는 문장은 미적 구조를 어떻게 이루어내는가에 달렸다. 뷔퐁은 "문(文)은 인(人)이다."라고 하였고 하이데거는 "문장은 존재를 드러내는 집"이라고 불렀는데 그들의 지적은 문장은 작가의 성품을 반영한다는 것이지만 언어 환경도 중요하다는 뜻까지 포함되어 있다.

언어는 문학의 표현수단이므로 언어를 알면 알수록 문학을 더 많이 이해하게 된다. 언어 변화에 대한 연구는 문학을 해석하는데 직간접적인 영향을 미친다. 언어 자체에 대한 분석이 작품 해석에 도움을 주므로 작가의 삶에 대한 이해나 시대에 대한 분석에서 언어학을 지나칠 수 없다. 러시아의 신비평주의자와 구조주의자들은 문장은 자체의 생명력을 가지고 있다고 주장한다. 문화현상으로서 문학은 기호체계이므로 음운, 형태소와 같은 언어학적 개념을 분석하면 보다 가깝게 작가의 의도에 접근하게 된다. 문장은 유기적인 조직망을 이루기 때문에 문장의 어느 부분이라도 미흡하면 작품에 불균형이 초래된다.

문장론으로 장르를 구분하면 소설이나 동화는 팽창의 문학이고, 시는 압축의 문학으로 나누어진다. 서정수필이든, 서사수필이든, 설리수필이든 나름의 언어적 틀이 필요하다. 수필은 형상화와 의미화의 글이므로 감동과 인식을 자아내는 질적 수준 외에도 언어의 적확성, 문장 요소 간의 유기성이 문학성을 좌우된다. 수필을 쓸 때, 감상주의에 빠져들거나 분수에 넘치는 지식을 전달하려는 과욕은 문학 본연의 기능을 혼동하는 데서 비롯된다. 이런 착각은 아름다운 글이 좋은 글이라는데 혹하여 자신도 이해하지 못하는 문장을 꾸며내려고 한다.

수필은 산문정신을 내포한 언어로 이루어진다. 산문정신에는 내용적 산문정신과 형식적 산문정신이 있다. 내용적 산문정신은 수필은 사대부나 상류층의 한담문학이 아니라는 인식에 해당한다. 서민의 생활을 표방하면서 정서를 지성화하고 지성을 정서화하며, 논리를 승화시키려는 필력이 산문정신이다. 형식적 산문정신은 유식한 한자어, 시적인 어투를 차용하지 않고 진솔하고 간결한 문장을 구사하려는 의지를 말한다. 쉽게 읽히려면 문장에 대한 장인정신을 갖고 거듭 엮고 퇴고해야 한다는 주문과 같다. 집중력과 치밀성이 강조된 글일수록 독자는 쉽게 이해한다.

문장쓰기는 사상에 언어라는 옷을 입히는 작업이다. 문학작품이 꿰어진 구슬과 같다면 문장론을 따르지 못한 글은 헝클어진 실타래에 견줄 수 있다. 수필이 맹문(盲文)으로 전락하지 않고 명문(名文)에 접근하기 위해서는 언어와 문장 간의 결속이 필요할 뿐 아니라 당대에 통용되는 언어에 대한 감각도 요구된다. 문학어의 요건에 참신성이 포함되는 것은 올바른 어법 외에 생활과 밀착된 생생한 분위기가 밴 언어라야 한다는 취지로 여겨진다. 수필문을 이루는 주제의 형상화, 소재의 의미화, 사건의 체화, 과거의 현재화, 체험의 정서적 공유를 이루는 방식은 문학어가 지니는 특성을 이해할 때 가능해진다. 언어는 항상 변하는 만큼 사이버리즘 시대의 언어가 어떻게 변하고 있는가도 더불어 살피는 것이 필요하다.

1. 문학어의 본성

오늘의 문학은 구전문학에서 시작한다. 인간이 말을 서로 나누기 시작하면서 구전문학이 생겨났고 문자가 발명되면서 필사문학과 인쇄문학은 상상하기 힘들 정도의 번성을 누렸다. 비평가들이 이구동성으로 "문학은 전달매체로서 사회에서 만들어진 언어를 사용한다."에 동의하는 점도 문학을 논의하려면 언어에 대한 설명이 먼저 필요하다는 점을 인정하기 때문이다.

언어에는 일상적 언어와 과학적 언어와 문학적 언어라는 3종류가 있다. 일상적 언어는 사회에서 보편적으로 사용하는 매체로서 사전적 의미에 바탕을 둔다. '돌'이면 '돌'일 뿐, 다른 어떤 것도 아니다. 과학적 언어는 어떤 이념 곧 지식의 세계를 진술하는 것을 목적으로 하지만 상상이나 감정을 전달하는 것을 목표로 삼지 않는다. 반면 문학적 언어는 인간의 체험을 표현하면서 다양한 방식을 이끌어낸다.

모든 일상어가 문학어가 될 수는 없다. 언어학에서 말하는 언어와 문학어 사이에는 구별이 있다. 문학에서 정선된 언어를 택하여야 한다는 취지는 문학어가 남다르게 사용된다는 뜻으로 문학가는 문학적 언어를 옳게 구사할 수 있는 사람을 지칭한다. 문학적 언어가 되려면 정확하고 단순하고 참신하면서 여운이 있어야 한다. 그 중에서 가장 중요한 것은 함축성과 정확성 사이의 균형을 지켜내는 일이다. 문학어에 함축이 없으면 호소력이 뒤지고 정확성이 부족하면 소통력이 약해진다.

문학에 사용되는 단어는 의미에서 독재성을 보여준다. '목이 긴 짐승'과 '목이 긴 사슴'과 '목이 긴 백록'은 정확성에서뿐만 아니라 함축성에서도 각각 다르다. '목이 긴 짐승'은 무슨 짐승을 가리키며 왜 그 짐승을 말하려 하는지 의도가 불분명하다. 지시적 기능이 불분명하므로 듣는 사람마다 기린이나 타조나 사슴을 떠올린다. '목이 긴 사슴'이라면 대상이 보다 분명해진다. 사슴은 다른 동물과 달리 격조 높은 뿔이 있고 우아한 목을 가지고 있다. 소나 염소도 뿔이 있지만 사슴과 달리 품위가 없어 보인다. 사슴의 목은 돼지처럼 잘록하지도 않고 말처럼 굵지도 않다. "목이 긴 사슴"에 다다르면 사슴이라는 지시어보다는 고결하고 품위 있고 고독한 이미지가 강하게 전달된다. 만일 "목인 긴 백록"이라면 백색의 이미지가 신성하고 초연한 품위를 보여줌으로써 순결과 고결함은 더욱 강렬해질 것이다.

문학어에서 불분명한 말은 허세를 과시하려는 위장에 불과하다. 하나의 상황, 하나의 사물에 쓰일 수 있는 언어는 하나뿐이다. 예를 들면 우리말의 아름답다는 형용사는 "예쁜, 훤한, 섹시한, 잘생긴, 깜찍한, 매혹적인, 고혹적인, 뇌살적인, 관능적인, 육감적인, 매력적인" 등으로 나누어진다. 화소의 차이가 미미하다 할지라도 용도에 알맞은 단어는 하나뿐이고 문장에서는 특정 화소 하나만이 유효하게 선택된다.

문학어에는 '어의'와 '함의'가 있다. 어의는 사전에 명기된 의미이며 함의는 정서적으로 함축된 의미를 말한다. 가령 '가정'(home)이라는 단어를 예로 들면 가정의 어의는 가족이 어울려 사는 생활공간이고 가정의 함의는 평온함, 아늑함, 안전함을 제시할 수 있다. 어의는 지칭하고 지적하고 서술하는 기능을 지닌다. 어의는 모든 단어의 기본요소로서 함의의 출발점이라고 하겠다. 이것의 특징은 일의적, 직선적, 평면적, 과학적, 지시적, 불변적, 사전적, 사실적, 일차원적이다. 반면 함의는 언어가 지닌 함축과 연상의 효과를 강조한다. 감탄과 자극을 기대하는 정서적 반응으로서 다의적, 입체적, 함축적, 유동적, 모호성, 초논리적, 고차원적인 성질을 지닌다. 함의는 문학 작품에서 함축적이고 다양한 분위기를 조성하는 촉매의 역할도 담당한다.

수필문장에 사용되는 언어는 함축적이면서 간결한 것이 바람직하다. 과장된 말은 위엄을 지니지 못하며, 유려한 표현, 거창한 수식어, 꼬인 문장, 화려한 구절은 운율이라는 효과를 지닐 수 있으나 문학적 감동과는 거리가 멀다. 간소하고 자연스러운 문체가 독자에게 강한 인상과 효과를 남긴다고 할 것이다.

문학어는 참신하여야 한다. 누구나 알고 있는 표현이나 구절을 차용하거나 사용한다면 주제가 아무리 신선하다고 평가받을지라도 별다른 감동을 줄 수 없다. 고전주의 시대와 근대기의 문학에서는 지적이고 품위 있는 말이 선정되었지만 포스트모더니즘 이후에는 대중문학이 발전하고 문학소비자가 중·하류층으로 확대되면서 일상어가 광범위하게 사용되고 있다. 가령 "수중에 돈이 없다."는 표현은 돈이 없다는 절망감을 제대로 표현하지 못한다. 그것보다는 "빈털터리가 되었다."거나 "깡통을 찼다."라고 하면 무일푼이 된 신세가 숨김없이 드러난다.

문학어는 사실적 경험을 함축적 인식으로 풀어낸다. 산골길에서 논을 매는 소를 본 것은 사실적 차원의 경험이다. 그런데 함축적 경험에서는 소의 의미가 달라진다. 화자가 도시가 아니라 농촌에서 자란 청년이라면 소를 보았을 때 자식을 위해 평생을 일한 아버지를 연상하기 쉽다. 도시청년이라면 한우고기와 수입고기의 육질을 비교하고 트랙터와 쟁기의 노동 효용을 생각할 것이다. 어쨌든 시골청년과 도시청년의 성장환경이 서로 다르기 때문에 소를 보았다는 사실적 체험에서는 동일하지만 인식이라는 단계에 다다르면 언어적 표현이 달라진다. 소를 묘사하기 위해 구사하는 언어는 물론 소에 부여하는 의미의 차원마저 달라지는 것이다.

이처럼 문학어의 특성과 기능에 대한 지식은 수필문장을 이야기할 때 반드시 선행될 수밖에 없다.

2. 미문(美文)과 정문(正文)

수필에서 문장력이 차지하는 비중은 소설보다 월등하게 크다. 읽는 맛 때문에 수필을 읽는다는 독자가 많듯이 문장의 중요성은 부인할 수 없다. 수필의 문장론은 여러 가지 사항을 포함한다. 전통적으로 수필은 딱딱한 문장보다는 부드러운 문장을 선호해 왔다. 부드러운 문장이라 함은 미사여구나 수식어를 사용하는 매끄러운 미문(美文)이 아니라 간결한 표현 가운데 자유로운 연상이 가능한 글을 말한다. 거침없는 표현력도 수필의 소재와 주제에 맞추어 작품마다 표현 양식을 달리하는 능력을 말한다.

문장은 상차리기와 같다. 이정림은 문장을 상차리기에 비유하였는데 요리 솜씨를 한껏 발휘하여 한식, 일본식, 중국식, 서양식 가릴 것 없이 모양과 빛깔이 요란하도록 음식을 차려내지만 막상 구미가 당기지 않는 경우가 생긴다. 문장도 다를 바 없다. 한자어를 빌려오고 토속어를 의도적으로 많이 구사하고 화려한 기교를 부린다고 좋은 문장이 되지 않는다. 오히려 군더더기를 걷어내고 뜻을 분명히 할수록 문장의 격이 갖추어진다.

물론 문장이 딱딱해지는 것을 막기 위해서는 적절한 수식이 필요할 수도 있다. 그 '적절함'의 한계는 음식의 간을 맞추는 양념과 같다. 설탕을 많이 넣으면 음식이 달고 소금을 지나치게 뿌리면 짜진다. 양념(수식)이 재료의 본 맛을 훼손시키지 않아야 한다. 글을 처음 쓰는 사람은 공통적으로 문장을 아름답게 꾸미려고 하는 유혹을 억제하지 못한다. 미문(美文)은 진실을 가리는 격이 낮은 문장에 불과하며 난삽한 문장이나 겉멋을 부린 문장이 오해를 빚기는 마찬가지다.

글과 사람 사이에 밀접한 관계가 있다. 글은 필자의 사람됨을 반영한다. 성품이 솔직한 사람은 자신을 진솔하게 표현하며, 공격적 성향이 강한 사람은 글에서도 남을 비하하거나 멸시하는 어투가 나타난다. 재주는 놀라우나 인덕(人德)이 약한 사람은 재치있고 가벼운 문체를 즐기며, 성품이 유연한 사람의 문장은 부드럽다. 높은 곳을 바라보되 독자와 함께 호흡하려는 문장이 진솔한 수필문이라고 하겠다.

금기시할 점은 붓장난이다. 붓장난이란 사물의 의미를 찾아내려는 작가의식보다 미문을 써야겠다는 과욕에 빠져 미사여구와 경탄조와 가벼운 표현에서 헤어나지 못하는 경우를 말한다. 그런 까닭에 문장의 미화(美化)는 구성의 허구라 하여도 지나침이 없다.

> 말하리라, 나 이제 비로소 말하리라. 그대를 사랑한다고 말하리라. 그대 가난해졌기에 전보다 더욱 사랑하고 있다고 말하리라. 사랑을 고백하고, 또 고백하리라. 별밤을 거닐리라. 그대의 꿈을 밟고 걸으리라. 내 꿈과 그대의 꿈 사이로 걸으리라. 오랜 세월 어둠의 도회지에 살면서 까맣게 잊어버린 언어를 가르쳐 주리라. 천진한 몸짓을 가르쳐 주리라. 영롱한 눈빛을 넣어 주리라.
>
>   – 오** 「이 사랑이 타오를 때까지」 일부

위의 글은 1970년대에 작품으로서 "사랑, 별밤, 영롱한 눈빛" 등 아어체와 "…리라." 등의 경탄조로 자신의 감정을 지나치게 노출하고 있다. 이런 글을 쓰는 순간에는 자신의 감정에 숨김이 없는 듯이 여겨지지만 시간을 두고 읽을수록 감정의 가벼움이 드러나 소위 '참

을 수 없는 가벼움'의 문장임이 밝혀진다. 예나 지금이나 수필이 필요로 하는 글은 담백성과 소박미를 갖춘 문체임은 반론의 여지가 없다.

좋은 수필을 위한 조건이 있듯이 좋은 문장의 요건이 있다. 수필은 작가와 독자가 마주하여 나누는 대화이므로 수필가는 항상 독자를 생각하고 상대방이 이해할 수 있는 단어와 구문과 표현 구조를 찾아내도록 노력할 필요가 있다. 통돼지 바비큐라도 먹으려면 잘게 썰어야 하듯 문장은 짧되 중언부언하지 않으면서 주제가 선명하고 자연스러운 것이 바람직하다. 욕심을 부린다면 지성미가 서정적으로 표현되고, 서정성에 지적인 인식이 담기면 더욱 좋은 수필문이 된다.

3. 좋은 문장의 요건

1) 읽기 쉬운 문장

수필은 작가와 독자가 마주하여 나누는 대화의 문학이므로 무엇보다도 상대방이 이해할 수 있는 수준의 단어와 구문과 표현이 권할 만하다. 수필이 구사되는 문장을 운전에 비유하면 쉽게 이해된다. 작가는 교통지리와 교통표지판에 익숙해 있는 운전자이고 독자는 그 구역을 처음으로 운전하는 초보자이다. 초보운전자는 노련한 운전자가 염려하는 이상으로 지형과 표지판에 낯설다. 작가는 초보운전자가 혼란을 일으키지 않도록 상세하고 쉽게 도로방향을 그려 주어야 한다. 또한 아무리 값이 비싼 음식이 멋진 테이블에 차려져 있다 하더라도 손님이 먹을 수 없다면 소용이 없다. 독자가 읽고 무슨 말인지 모르겠다고 하면 그 수필은 실패작으로 비난받아도 어쩔 수 없다. 작가가 너무 쉬운 것이 아닌가, 너무 상세하지 않은가 라고 생각될 때 적절한 수준의 쉬운 문장이 된다.

어떤 경우에도 유식함을 자랑하는 글 장난으로 독자를 혼란에 빠뜨리려는 유혹에 빠져서는 안 된다. 거짓이 아니라 하더라도 자신의 지식을 낮추는 글이 가장 읽기에 편하다. 높은 곳을 평범한 설명과 서술로 바라보되 낮은 자리에 앉아 있는 글이 수필문장이다.

2) 간결한 문장

문단의장(文短意長)이라는 말이 있다. 글은 짧되 뜻이 깊어야 독자가 생각할 내용과 여유가 생긴다. 내용을 효과적으로 전달하기 위해서 중언부언하지 않는다. 주부와 술부로 이루어진 완성문으로 구사하고 한 문장은 두 줄을 넘지 않는 것이 좋다. 단락의 첫 문장은 반 줄을 넘기지 않으며 부사와 형용사를 가능한 생략하고 복문을 사용하지 않는다. 이것은 헤밍웨이가 선호한 "hard-boiled style"로서 현대문의 간결성을 지적한 금언에 해당한다. 한흑구는 「나무」의 첫 문장을 수십 번이나 고친 끝에 "나는 나무를 사랑한다."라는 주어+목적어+술어만을 남겼다. 문장의 호흡이 길어질수록 감정의 깊이가 옅어진다는 사실을 기억한다.

3) 정문(情文)의 문장

수필의 문장은 서정이라는 아교로 이어진다. 전통적으로 한국수필은 중수필의 딱딱한 문장보다는 부드러운 문장을 선호한다. 수필

문장은 건조한 실용문이나 만연체의 소설과 다르다. 서정적 이미지가 밴 문장은 감정을 순화시키고 딱딱한 어조를 줄일 수 있다. 낭송의 경우도 읽기에 편리한 음성적 효과가 고려된다.

미문은 모양과 빛깔은 요란하지만 별로 먹을 것이 없는 요리에 비유된다. 공작이 아름다우나 날지 못하듯이 수필에서는 불필요한 기교를 덧붙일수록 감수성에서 멀어진다. 문장을 간결하게 응축하는 퇴고가 항상 뒤따르도록 한다. 처음 글을 쓰는 사람은 문장을 아름답게 꾸미려고 하지만 수련과 습작을 계속하는 가운데 정문(情文)은 진정한 격을 높여나간다.

4) 개성미의 문장

글은 필자의 기질과 됨됨이를 반영한다. 성품이 솔직한 사람은 문장이 담백하고, 적극적인 사람은 표현술이 굵고 강하다. 재주가 있는 사람은 재치 있는 문장을 쓰며, 성품이 부드러운 사람의 문장은 부드럽다. 내용에 따라 유연한 문장, 간결한 문장, 명쾌한 문장, 화려한 문장, 장대한 문장, 기발한 문장, 섬세한 문장을 적절하게 선택하는 취사선택이 바람직하다.

5) 문법에 맞는 문장

무엇보다 문법에 충실하여야 한다. 아무리 좋은 내용과 멋진 표현으로 이루어진 문장이라도 띄어쓰기, 맞춤법, 시제사용, 호칭의 적격성, 비문 등에서 오류가 많으면 품위를 잃게 된다. 내용에 앞서 문법을 지키는 것은 작가의 기본적인 자세에 속한다. 수필을 쓰는 사람 중 다수가 언어학과 국어에 대하여 전문교육을 받는 경우가

적다고 할지라도 문법에 대한 집중력에서는 아무리 주의를 기울여
도 지나침이 없다.

6) 심미적 문장

좋은 글은 감수성을 지닌다. 문장력에는 적절한 언어를 찾아내는
능력뿐만 아니라 언어와 언어를 엮어 내는 감성도 포함된다. 좋은
문장이 무엇이냐에 대하여 여러 의견이 있지만 맑고, 담백하고, 깊
이가 있는 문장이 첫 번째로 꼽힌다. 지나치게 멋을 부리면 허수아
비처럼 속이 비어지고, 제 멋에 빠진 글은 독자의 마음을 움직이기
전에 작가를 먼저 취하게 한다.

문장은 (1) 서정성이 첫 번째 조건이다. "모든 문학은 주정적(主情
的) 경험의 표현이다."고 하듯이 서정은 문학의 생명이자 바탕이 된
다. (2) 진솔성은 작가의 결점, 결함, 실패, 좌절 등에 대한 이해와
공감을 불러일으킨다. 인생을 진실하게 그려내는 자체가 중요하므
로 자연스럽게 표현하는 진정성이 요구된다. (3) 가르치려는 목소리
가 높아지면 역작용이 일어난다. 선, 효, 정의와 같은 관념어를 사용
하기 보다는 자연물로 의미화하면 수용의 효과가 커진다. (4) 글을
읽는 재미는 작가의 우월감과 자만심이 제거된 글에서 얻어진다.

4. 문장 구성의 3·3·3 원칙

수필문은 날줄과 씨줄로 이어지는 옷감처럼 내용과 형식으로 엮
어진다. 형식은 다시 구조와 기법으로 나누어지는데 문장 구조는

음절, 단어, 구, 문장, 단락 등이며 기법은 직유, 은유 등의 수사학을 말한다. 문장의 기본 구성에는 3·3·3 원칙이 있다.

첫 3은 서두와 전개부와 결미로 나누어지는 기본 구획을 지칭한다. 서두는 배경 설정, 분위기 조성, 주제를 암시하는 기능을 지니며, 전개부는 묘사와 설명을 위주로 주제와 소재를 엮는 무대에 해당한다. 결미는 전개부의 펼쳐진 내용을 요약, 재정리하고 비전을 제시하고 가치를 평가하는 기능을 담당한다. 서두·전개·결미는 아리스토텔레스가 『시학』에서 말한 "시작과 중간과 끝"에 해당하는 것으로 구성에서 가장 중요시된다.

두 번째 3은 전개부에 적용된다. 전개부는 대개의 경우 3개의 내용군으로 나누어지며 그 아래에 2~4개의 단락이 각각 배열된다. 수필에서는 3개의 내용군이 바람직하다. 만일 2개의 내용군으로 이루어지면 제시한 논제가 충분하게 뒷받침되지 못하고 4개 이상의 내용군으로 구성되면 산만해진다. 예를 들면 하나는 작가 자신의 체험담, 두 번째는 타자나 일반적인 경험의 인용, 나머지 하나는 양자를 비교하거나 대조하는 형식이 바람직하다. 내용군은 단락이 모여 이루어진 연합 단위이다. 전개부는 경험적 사실, 느낌이나 생각, 사회현상에 대한 관찰과 인식으로 작가의 지적, 정적, 의지적 인지세계가 펼쳐지고 작가의 언어적 유창성과 분별성이 발휘되는 곳이기도 하다.

① 서두 단락(1)
② 서두와 전개부의 연결 단락(1)
③ 전개부

ⓐ 제1내용군(3)

ⓑ 제2내용군(3)

ⓒ 제3내용군(3)

④ 전개와 결미의 연결 단락(1)

⑤ 결미 단락(1)

세 번째 3은 단락 만들기에 적용된다. 단락은 도입문과 뒷받침 문장과 마무리문으로 이루어진다. 도입문은 해당 단락에서 무엇을 이야기하겠다는 문장이고 전개부는 내용이 구체적으로 서술되는 뒷받침문이며 마무리 문장은 서술 내용이 끝났다는 신호에 해당한다. 다음 단락을 예로 삼아 각각의 역할을 살펴보도록 한다.

> 그러나 신앙과 투병의 길은 역시 궤도가 일치될 수는 없었다.// 병세는 그의 기원과는 판이하게 역행되고, 고통이 배가되어 두통, 현기증, 호흡곤란 등 심한 뇨독증상에 빠지고 만 것이다. 마침내 그는 다시 입원하지 않을 수 없었다. 때늦은 상태였으나 그로부터 목사와 의사와의 투쟁이 더불어 전개되었다. 목사는 그 고통을 잘 참아내고 항상 의식이 있을 땐 평화스런 미소마저 잊지 아니하였다. 그리고 수시로 신도들의 찬송가를 듣고 싶어 했다.// 찬송가와 주사의 기묘한 대조 속에서, 그것도 조금도 위화감을 느끼지 않았던 것은 역시 그의 정신적 승리가 아니었을까.
>
> — 박기하 『신념』 일부

위의 단락은 환자가 용기 있게 보여주고 있는 정신력을 이야기한다. 도입부는 명제를 신앙과 투병에 한정시키는 역할을 하며 뒷받침 문장은 악화되는 병세, 증상, 목사의 방문과 기도라는 내용을 순차적으로 제시하여 환자가 겪는 상황을 구체적으로 전달한다. 마무리 문장은 뒷받침 문장의 내용을 요약하면서 '정신적 승리'라는 결어로 작가의 입장을 정리하여 보려준다. 단락의 구분과 기능이 명료하고 문장구조의 미학이 갖추어져 글의 요지가 독자에게 제대로 전달되고 있다.

5. 단락문 구조의 3원칙

문의 기본 구조는 단락이다. 단락은 도입 문장과 뒷받침 문장과 마무리 문장으로 이루어진다. 도입문은 단락의 첫 문장으로서 짧고 명시적으로 요지만 밝힌다. 내용이 구체적으로 서술되는 뒷받침 문장들은 설명, 해설, 보완, 인용, 재설명, 열거 등의 역할을 수행하면서 상호간에는 호응, 대조, 보완, 반증, 순차라는 결속으로 이어진다. 뒷받침 문장을 엮을 때 문장 길이에서 장단이 있어야 음성적 리듬과 시각적 입체감을 나타낼 수 있다. 마무리 문장은 서술하는 내용이 끝났다는 것을 알려주면서 다음에 이어지는 단락의 내용을 암시하는 기능도 수행한다.

단락은 적어도 세 문장 이상으로 구성하며 단락끼리의 장단도 필요하다. 단락 내에서 문장의 길이가 일정하면 호흡이 단조로워져서 수필을 읽는 재미가 줄어든다. 설명과 느낌의 서술이 균형을 잃으면 주제가 의미화 되지 못하고 양적 균형이 깨어지면서 보고문이 되거나 관념의 글이 되어 버린다.

여름도 다 끝나려는 어느 늦은 저녁 무렵이었다.// 그때 나는 달팽이의 이상한 몸짓을 보았다. 억새풀의 제일 높은 끝에 한 방울의 이슬처럼 위태롭게 맺혀 있었다. 목은 길게 솟아올랐고, 조그만 입은 약간 벌어졌으며, 꽃의 수술 같은 두 개의 눈은 긴장되어 있었다. 마치 노래를 부르려는 순간의 어떤 가수처럼, 나뭇가지를 떠나려는 순간의 새의 자세처럼 보였다. 가늘고 긴 목에서 벌레소리 같은 어떤 슬픈 소리가 나올 것 같았다. 그러나 달팽이는 내내 아무 소리도 내지르지 못했다.// 투명한 달빛이 조그만 몸을 비추고 있다.

– 손광성 「달팽이」 일부

윗글은 전개부에 속한 단락으로서 단락이 어떤 구조를 지녀야 하는가를 명료하게 설명하고 있다. 도입문과 마무리문은 달빛 배경을 그려낸다. 뒷받침 문장은 달팽이의 몸짓에 초점을 맞추고, 목, 입, 눈, 자세를 열거, 직유, 대비의 수사법으로 상술한다. 그런 다음 소리 없이 움직이는 모습으로 침묵과 무저항의 정신을 의미화하면서 달빛 달팽이로 회귀하고 있다. 마무리 문장에서 "조그만 몸"으로 달팽이로서 소시민적 삶을 은유한다. 이처럼 하나의 단락은 전체 수필문처럼 3단계로 구성된다.

6. 단락문 내용의 3원칙

수필은 구성뿐만 아니라 내용의 중심이 되는 핵도 필요하다. 핵이란 단락에서 서술되는 내용을 응집시키는 핵심어(key word)를 말한다. 일반적으로 단락은 세 개의 핵심어를 가지며 단락의 내용을 압축하는 허브에 해당한다. 세 개의 중심어가 단락 내에서 적절한 위치에 안배될 때 단락은 균형감과 안정감을 보여준다. 가령 얼굴을 묘사한다면 한 단락 안에서 눈, 코, 귀, 입, 점, 표정, 얼굴형을 모두 그리기보다는 윤곽, 안색, 표정 세 가지만 선택하는 것이 좋다. 그때 윤곽, 안색, 표정이 중심어가 된다. 보다 선명한 이미지가 만들어지려면 묘사와 서술이 균형을 이루고 도입문에 중심어가 나타나고 전개부는 예시를 펼쳐내고 결미로 마무리하는 내적 질서가 필요하다.

> 어느 날, 사람들은 이상한 말을 보게 되었다.// 죽어도 포기하지 않고 끝까지, 끝까지 달리는 독종을 보았다. 저 늙은 말이 미쳤나보다. 저러다 쓰러지겠어. 그렇게 중얼거렸다. 놀라웠고 감격스러웠다. 눈물을 흘렸다. 그것은 희망이었다. 눈물 나도록 서럽게 달려 나가는 희망을 보고 있었다.//
> 다름 아닌 그들 자신이었다.
>
> — 신현길 「어느 경주마 이야기」 일부

인용한 단락은 외적 구조에서는 도입/전개/결미로 이루어져 있고 내용에서 늙은 경주마는 인간의 희망을 표상한다. 전개부를 분석할 때 나타나는 핵심어는 "늙은 말, 눈물, 희망"이다. 세 개의 핵심어가 보여주는 것은 말과 인간이 공통적으로 지닌 견인주의를 구현한다. 작가는 늙은 말의 모습을 구차하게 묘사하기보다 전력질주에 감격하는 관중의 눈물로써 말이 지닌 유종의 미와 희망을 그려낸다. "삶이란 외부와의 경쟁이 아니라 자신과의 싸움"임을 깨달을 때 인간은 "자신의 과거 전력과 지녀온 습관"이라는 적에 대항한다. 경마대회에서 항상 꼴찌를 할지라도 어느 코스에서는 최선을 다하는 늙은 말에서 희망을 찾아낸 집중력이 돋보이는 단락문이라고 하겠다.

7. 단락문 수사의 3원칙

마지막 3은 문장 표현에서의 수사적 기법을 말한다. 수필문에서는 직설적인 설명이나 해설보다는 주제를 함축적이고 은근하게 표현할 때 더 큰 진실성을 가지게 된다. 직유, 인유, 은유, 반어, 역설, 의성, 이미지, 의인화 등의 수사법이 많지만 한 단락 내에서 구사되는 비유법의 유형은 제한되는 것이 바람직하다. 인용이나 열거나 묘사의 수사학은 심리학적으로 독자에게 안정감과 신뢰성을 주는 반면에 수사학이 가미되지 못한 문장은 단순한 해설문이나 설명문, 또는 보고문에 그쳐버린다. 반대로 한 단락이나 한 문장 안에서 지나치게 비유법이 사용되면 논리가 흐려져 가벼운 미문이나 감상적인 문장이 되어버린다. 시적 표현이 산문정신을 손상시켜서는 안 되며 적절한 수사의 미학이 갖추어져야 시성과 산문성을 지니게 된다.

> 달맞이꽃은 해질녘에 핀다. 저녁 예불을 마치고 뜰에 나가면 수런수런 여기저기서 꽃들이 문을 연다.(의성법) 투명한 빛깔을 보고 있으면 그 얼까지도 환히 들여다보이는 것 같다. 박꽃처럼 저녁에 피는 꽃(직유)이라 그런지 애처로운 생각이 든다. 혼자서 피게 할 수 없어 여름내 나는 어둠이 내리는 뜰에서 한참씩을 서성거렸다. 그 애들이 없었더라면 여름의 내 뜰은 자못 삭막했겠다(의인법)는 생각이 뒤늦게 들었다. 마른 바람이 불어오자 꽃들은 앙상한 줄기에다 씨를 남긴 채 자취를 감추어갔다. 오늘 아침 마지막 꽃대를 거두어주었다.
>
> — 법정 「빈뜰」 일부

「빈뜰」은 비유법을 다수 도입하고 있다. 의인법을 기본으로 의성법, 직유가 발견되고 시각, 청각 이미지가 나타나 수필문의 담백미와 다소 거리가 있어 보인다. 작품의 제목인 「빈뜰」로 선정된 만큼 무소유와 자연에 대한 자비심에 호소하는 은유가 도입되는 것은 불가피하다. 그렇더라도 미문으로 느껴지지 않는 이유는 이미지의 도입이 청각, 시각에 제한되어 빈뜰이라는 무소유의 정신과 결속성을 지니기 때문이다.

8. 인터넷 언어와 소통

시대에 따라 언어가 기록되는 공간은 변한다. 언어는 항상 문화 환경의 영향 아래 놓인다. 태초에 언어가 상형문자이고 동굴 벽과 암벽이 기록 장소였다면 구텐베르크 이후의 표현수단은 문자이고 기록 공간은 책이다. 21세기 이후 IT시대로 접어들면서 인터넷이 소통수단으로 등장함에 따라 새로운 문자와 기록 공간이 생겨났다. 그것이 전자문자와 인터넷이다. 인터넷 언어는 실제공간 뿐만 아니라 사이버공간에서 표기를 달리하면서 지금까지 언어가 갖지 못한 쌍방향성, 익명성, 속도성을 보여주게 되었다. 사이버라는 공간과 사이버리즘이라는 현상으로 인하여 문학어에 대한 새로운 개념이 등장한 것이다.

컴퓨터가 우리들의 생활을 지배하고 인터넷망이 세계적으로 확산되면서 대화방, 게시판, 블로그, 트위트 등의 표현공간이 생겨났다. 무엇보다 사이버공간은 전 세대가 참여하는 공간이 되었다. 사이버공간은 책이나 벽화처럼 물리적 공간을 서로 침범하지도 않고 시간적으로 제약을 받지도 않는다. 통신 언어의 저변은 사용될수록 확장되면서 지금까지 내려온 문자언어의 용법에 영향력을 미친다. 멀리 오래 전달될 수 없는 음성언어와 달리 글자로 표시되는 문자언어는 음성언어에 비하여 전달력과 지속력이 길다. 그런데 컴퓨터의 자판을 통해 문자언어가 입력되면서 연필이나 펜으로 기록하는 지필 방식보다 속도성이 엄청나게 증가하면서 문법을 따라야한다는 구속에서 벗어나려 한다. 통사적 제약과 의미론적 규칙은 무의미해지고 소리내나는 대로 철자를 적는 표기법이 인기를 얻으면서 젊은 세대에서 널리 퍼져간다. 대화방에서 채팅을 할 때에는 음성만큼 빠르게 자신의 생각을 전달하려 하므로 축약어와 음성어를 그대로 사용하고 글자를 변형하고 기호나 부호를 첨가하기도 한다. 급기야 온라인에서 사용되는 통신언어가 오프라인으로 흘러나와 문학어에 영향을 미치기 시작한다.

인터넷 통신언어가 증가하면서 언어학자의 찬반 논란이 불거지고 있다. 통신언어가 의사소통의 기능을 충족시킨다면 구태여 문법을 지킬 필요가 있느냐는 주장과 사회규범으로서 언어가 붕괴된다는 비판이 그것이다. 무엇보다 인터넷 언어의 익명성과 언어의 질적 저하와 비어의 남용과 타자에 대한 비방이 논란이 되고 있다. 인터넷 언어의 익명성과 언어의 질적 저하와 비어의 남용과 타자에 대한 비방이 논란이 되고 있다. 인터넷 사용에서 우려되는 언어일탈 현상과 사이버 언어폭력이 문학 영역에 미치는 해독도 무시할 수 없다. 문학이 지닌 목적 중의 하나가 모국어를 순화하고 문화를 고양시키는 것이라면 문학이 언어를 순화시킨다는 순기능이 약화되고 있다는 주장은 오늘날 그만큼 설득력을 얻게 된다. 그 점에서 오늘날 인터넷 언어는 좋든 싫든 문학어와 충돌하게 된다.

일반적으로 인터넷 언어는 인터넷에서 사용되는 모든 언어를 지칭한다. 인터넷 상에서 사용되는 언어는 소통이라는 측면에서 문어체보다 구어체가 더 많이 사용되는 구어화 현상이 일어나고 있다. 대표적인 언어의 변화로서 축약어와 외계어와 이모티콘을 들 수 있다.

축약어는 속도를 중시하는 인터넷의 특성에서 등장한 언어다. 축약은 모든 언어가 보여주는 공통 현상으로 무선전신이 발명된 시기부터 존재하여 왔지만 IT혁명 이후 가속화되고 있다. 축약어는 주로 쌍자음에서 모음이 이탈하는 현상으로 처음에는 어색하지만 널리 사용되면서 일반화된다. 예를 들면 "크크크크"를 "ㅋㅋㅋㅋ"로, "하하하하"를 "ㅎㅎㅎㅎ"로 표기하는 것이다. 축약어 사용은 인터넷이 속도를 추구한다는 점에서 불가피하게 여겨지며 인터넷 언어의 대표적인 현상으로 인정받고 있다.

둘째는 외계어다. 외계어는 특정집단 내에서 은어로 사용되며 한동안 은폐되어 있지만 일정한 시간이 지나면 밖으로 노출된다. 처음에는 언어의 모양을 간단하게 변화시켜 신선한 느낌의 글자체를 만들어낸다. 한글을 예로 들면 한글 자모와 비슷한 외국어 및 특수문자를 병행하여 새로운 언어를 만든다. "말하지 않아도"를 "말おㅏズㅣ 않Øㅏ도"로 표시하는데 표음문자와 상형문자를 합친 것이라고 보면 된다. 자모와 외국어와 특수문자를 조합하기 때문에 입력속도가 떨어진다는 점에서 속도를 중시하는 인터넷 언어의 특성에 맞지 않다. 그러나 새로움을 추구하는 젊은 언어소비자의 성향에는 일치한다. 외계어는 느린 속도에도 불구하고 특정집단의 정체성을 유지시켜준다는 장점 때문에 점점 널리 사용되고 있다.

셋째는 이모티콘(emoticon)의 사용이다. 이모티콘은 "말로 표현
하기에 미흡한 것을 문자 기호로 표현하는 것으로 감정(emotion)과
아이콘(icon)의 합성어를 지칭한다. 처음 유행한 이모티콘은 웃는
모습(^^)이어서 스마일리(smiley)라고도 부른다. 구체적으로 설명
하면 채팅, e-mail, 게시판 등 컴퓨터로 글을 쓰는 곳에서 이루어
지며, 컴퓨터 문자와 기호, 숫자 등을 적절히 조합하여 감정이나
의사를 표현하는 활용에서는 얼굴 표정부터 다양한 종류와 형태가
계속 만들어지고 있다. "미소를 지었다"를 (^0^)라는 이모티콘은 웃
음을 표현하지만 상상의 여지를 억제한다는 결점이 있다. 즉 (^0^)
는 "싱그럽게 웃는다, 활짝 웃는다, 능글맞게 웃는다."라는 여러 웃
음의 종류를 "웃는다."는 하나의 동작으로 통합시키면서 어휘수를
제한시킨다. 장점으로는 시각적 이미지를 활용하여 즉각적인 교감
을 이루어 낸다는데 있다.

축약어와 이모티콘이 문학어로 사용될 경우에 예상 밖의 효과를
발휘할 수 있다. 수필에서는 행간에 의미를 숨기는 함축이 필요하
지만 인터넷 언어는 시각적 부호로서 함축보다는 연상의 효과를 빌
어 즉각적인 소통을 꾀한다. 가장 적절한 표현을 찾는 일물일어설
에서 보아도 이모티콘은 잠재성을 지닌 기호로 사용될 수 있으므로
사이버리즘의 표현에서 무조건 배척할 필요는 없다.

에필로그

살아있는 문장은 독자에게 정서적 충격과 지적 인식을 안겨준다.

발상과 착상이 아무리 뛰어나더라도 언어와 문학어의 본성을 알지 못하고 문장을 결속시키지 못하면 좋은 수필문에 포함되지 못한다. 문학에 사용되는 언어를 제대로 이해하지 못하면 서사의 체계성이나 수사적 표현의 적절성, 문장의 독창성에서 미흡해진다. 그렇다 하더라도 문장론과 문학어에서 설정되는 규범은 어디까지나 기본 틀에 불과하다. 어떤 문학적 효용을 지니기를 바라는가, 무슨 목적으로 글을 쓰려고 하는가에 따라 언어의 틀을 벗어나 새로운 언어 체계에 도전할 필요가 있다.

수필은 인생과 사회문화를 반영하는 거울이다. 수필만큼 동시대의 언어현상을 반영하는 장르도 없다. 수필가를 문장가라고 부르는 이유도 시인이나 소설가와 달리 국어의 보존과 순화에 기여하라는 주문에 있다. 『한국수필문학사』의 결언에서 정진권은 한국수필의 발전에서 가장 획기적인 사실은 한글창제와 한글수필의 출현이라고 지적한 바가 있다. 이 점을 유의하면 국어 순화는 언어현장에 유입되는 외래어, 인터넷 언어를 방기하지 말고 문학 속으로 끌어들여 누구나 사용할 수 있는 언어로 순화시키는데 의미가 있음을 알게 된다.

한국은 인터넷 강국으로서 인터넷 언어가 빚어내는 현상이 가장 먼저 나타나는 나라이다. 언어의 적격성에 맞추어 문학수필과 비문학수필로 나누어질지라도 수필에 반영되는 인터넷 언어는 더욱 증가되리라 예측된다. 디지털 시대의 한국수필은 사이버리즘 시대의 소통 현상을 외면하지 않으면서 문장론, 어휘론, 구문론, 통사론 외에 인터넷 언어라는 새로운 언어 영역에 친숙하려고 노력할 필요가 있다.

〈인터넷언어 수필의 예〉

여[5]

김 정 화

* 프롤로그 – 서정주님의 〈無等을 보며〉를 읽으며 내 '바다의
  無等'을 생각하다.

빈처貧妻 : 어.머.니.

　　　　나보다 더 오랜 잠에서 잠시 깨어나 보셔요. 오늘처럼
　　　　잔월이 뒤늦게 핀 꽃을 비추는 밤이면 으레 그날이 생
　　　　각나곤 합니다. 기억하시는지요. 아득한 옛일이지만
　　　　잊을 수 없는 운명의 순간이었지요. 그 사람의 전갈을
　　　　받고 담담하게 옷매무시를 가다듬었으나 쉴 새 없이
　　　　요동쳐 내리는 가슴을 진정하느라 진땀을 흘렸지요.

빈처의 母 : (???)

빈처貧妻 : 그는 높고 귀한 주인집 양반이라 소작인의 딸은 눈길
　　　　조차 마주치기 어려웠어요. 신분뿐만 아니라 열두 살
　　　　이라는 나이 차이도 간극이 컸었지요. 나를 데리러 온
　　　　늙은 행랑아범은 남포등을 정성스레 비춰주며 말이 없
　　　　었지요. 낮은 흙담 아래서 얼마간의 돈을 몰래 쥐어
　　　　주던 북두갈고리 같은 어머니 손을 잡은 것도 마지막

---

5) 이모티콘을 활용하여 산 자와 죽은 자 사이의 별리를 풀어낸 극적 대화수필이다.

날이 될 줄 예감하지 못했어요.

(……)

빈처貧妻 : 시골 외딴곳에 집을 지었어요. 울타리 대신 심은 무화
과나무의 자주색 은화과가 늦가을까지 짙은 향을 뿜어
내었지요. 사방은 넉넉한 들판으로 둘러싸였고 지천으
로 피어대던 봄꽃 색이 옅어지면 여름날 개울물 소리
는 밤새 이어졌어요. 전기도 흐르지 않는 외진 땅에서
넉넉지 않은 세간에 몸은 고달팠지만 자연과 함께 한
생활은 꿈같은 신기루였지요.

빈처의 母 : (!!!)

빈처貧妻 : 시간이 지날수록 우리의 삶도 한고비를 넘겨 서서히
온기가 흐르기 시작했지요. 삶의 불땀을 고르는 동안
겨울 강은 다시 봄기운에 녹았고 어미 제비가 알을 품
는 계절에 첫아이가 태어났어요. 곧이어 그 아이의 동
생도 생겼고 외딴집은 새소리와 아이들 웃음이 어우러
져 활기가 돋고 날마다 내어 뿜는 굴뚝 연기는 넉넉한
생의 품을 만들었지요.

빈처의 母 : (*^^*)

빈처貧妻 : 그런데 둘째아이가 초등학교에 입학할 무렵 아이들의
아버지가 갑작스레 뇌졸중으로 쓰러졌어요. 그때 어.
머.니.어.머.니. 하고 마음으로 수없이 불러보았지만
당신의 야윈 가슴이 부각처럼 부서져 내릴까 봐 차마

알릴 수 없었어요. 난생처음으로 새벽 재첩 장사를 시작했지요. 낮에는 삯바느질과 품팔이 등 몸을 사리지 않고 일을 했어요. 그이는 십 년을 병석에 누웠고 어린 딸은 부엌살림과 아비의 병간호를 도맡았어요. 이발과 면도를 멋들어지게 하는 아들도 있었지요.

빈처의 母 : (⌒.⌒)

빈처貧妻 : 그 사람은 떨리는 손으로 저와 아이들에게 붓글씨와 주판 다루는 법을 가르쳐 주었지요. 그러는 동안 제 아이들은 공손한 학동이 되었고, 책력과 만세력 짚는 법 등 세상과 동떨어진 학습법에도 불평하지 않았어요. 아이들은 십릿길을 걸어 읍내 학교에 다니고 호롱불 아래서 책을 보았지요. 사시절 재첩 삶는 비리한 냄새를 맡으며 가난을 가난인 줄 모른 채 아린 세월을 삼켰어요.

빈처의 母 : (ㅡ.ㅡ;;)

빈처貧妻 : 그렇게 우리 부부는 이십 년 동안 함께 살았고 결국 그가 먼저 세상을 떠났지요. 그 후의 삶은 꺼져가는 불빛 같았어요. 시인의 말처럼 목숨이 가다가다 농울쳐 휘여들면 차라리 지아비 곁에 눕겠노라 다짐했어요.

(이하 생략)

제 7 장

바다수필의 형성과 유형

21세기에는 산문이 문학의 주류를 형성할 것이라고 예언한 작가는 알프레드 E. 뉴톤(A. Edward Newton)이다. 그는 『책 수집의 즐거움』에서 "지구라고 하는 유성에서 삶을 고민하는 사람에게 세상만사는 깊이 생각해야 할 대상이다. 그 온갖 이야기를 에세이만이 담을 수 있다."라고 하였다. 뉴톤이 말한 수필의 보편성은 구성의 설화성, 표현의 시어성, 소재의 체험성에 기반을 둔다. 21세기 문화의 특징인 대중문화와 정보화는 수필이 소설처럼 장엄하거나 시처럼 정교하거나 드라마처럼 긴박한 것보다는 강렬한 흡인력과 서사적 감동을 지닌 산문양식이기를 기대한다. 사이버리즘 시대의 창작 요건이 무엇보다 소재의식에 있다는 근거라고 할 것이다.

수필적 소재가 문학성을 담보하기 위해서는 지금까지 수필이 지녀온 소재의 문제점을 분석할 필요가 있다. 유감스럽게도 한국수필에서 허용되어온 소재는 획일화된 좌표 안에 자리해왔다. 코울리지는 상상을 "산재해 있는 소재를 자유로이 결합하여 하나로 통일시키는 능력"이라 하였고, 수필가 윤모촌은 "소재는 정서, 상상, 사상이 미적으로 용해되어 있는 존재"라 하여 새로운 소재를 개척해 나가는 치열성을 무엇보다 중요시 했다.

소재의 치열성은 소재에 대한 "새로움"을 말한다. 새로움은 "새로운 바라보기"에서 시작하여 "새로운 엮기"를 거쳐 "새로운 담기"로 나아간다. 이것은 개성 있는 시각으로 창의적인 구성과 독창적인 주제를 구축한다는 뜻이다. 마찬가지로 바람, 물, 강, 바다, 자연 그 자체의 본질을 탐색하여 인식과 감동의 파장을 일으키는 것이 수필문학이 추구할 소재의식이라고 할 것이다.

수필이 대상으로 하는 소재는 대부분 자연이다. 자연 중에서 물, 불, 공기, 흙은 만물을 구성하는 4대 요소인 만큼 이것에 대한 탐색은 문학가들의 당연한 의무에 해당한다. 그중에서 물은 강, 호수, 하늘, 바다의 상당 부분을 차지하는 원소로서 작가의 인식세계에서 커다란 영향을 미친다. 생태 문학의 관점에서 보면 '물'은 만물의 으뜸 원소이자 문학의 첫 번째 소재가 된다. 사이버리즘의 사이버 공간을 '정보의 바다'로 비유하듯이 21세기의 현대수필은 바다가 지니고 있는 공간성, 생활성, 생태성, 신화성을 외면하기 힘들다.

1. 바다의 생태학적 의식

물, 공기, 불, 흙은 생명의 원천이자 문학의 소재로서 매우 중요하다. 문학이 재미와 정보를 중시하지만 21세기 후반기부터 생명에 대한 개안, 즉 생명주의로 공존과 공경을 구현하려는 노력이 두드러지고 있다. 한국수필에서도 물, 공기, 흙이 해양, 대기, 토양이라는 과학용어와 개념을 문학 소재로 삼는 경우가 많다. 그럼에도 불구하고 인간이 육지에 발을 딛고 살아가는 현실에서 보면 물에 대한 우리의 인식은 여전히 얕다고 할 수밖에 없다. 이것은 한국수필이 서정성에 지나치게 치우쳐 생명공학이나 자연과학과 거리를 두어온 편협성에 연유한다. 시나 소설은 허구와 상상을 통하여 인간의 삶과 연계하여 작품을 구상할 수 있으나 수필은 체험을 바탕으로 한다는 입장에서 바다수필과 해양수필은 한계를 가질 수밖에 없는 것이다.

생명의 첫 기원을 물과 바다에서 찾는 학설이 적지 않다. 동양사상의 근간인 음양오행설은 물을 만물의 5대 요소로 삼으며 노장사상의 무위자연은 물과 도의 일치를 주장한다. 영국의 생물학자 다윈은 모든 생물은 바다에서 육지로 이동한다고 말하였으며 그리스 신화에서는 출렁이는 파도를 남자의 정액에 비유하고 수장(水葬)은 물에서 태어나 물로 돌아가는 풍습으로 설명한다. 그리스 철학자 탈레스(Thales of Miletus)는 물을 만물의 원질(arch)로 삼았으며 성경에서는 바다를 가나안으로 향하는 통로로 풀이한다.

바다에 대한 한국인의 전통적인 관심은 금수강산과 정화수로 나타난다. 정화수는 한국인의 영혼을 지켜주는 정령이며 천지신명에게 바치는 제물이다. 목욕재계를 하고 술잔을 바치고 술을 나누어 마시는 것도 물을 통해 우주의 생명과 합일을 추구하려는 의식의 일종이다. 물에 대한 숭배의식은 인간세계를 정화하고 새로운 생명을 창조하는 힘을 인정한 데서 유래한다. 생명의 원천으로서 물에 대한 믿음은 신화와 설화와 문학의 토대라고 하겠다.

바다에 대한 과학적 설명도 인문학적 인식을 뒷받침한다. 바다의 넓이는 3억 6천만㎢로 지구 전체 면적의 71%를 차지하고, 바닥 평균 수심은 3,800m이며 바다의 부피는 약 13억 7천만㎢이다. 지구의 모든 물 중에서 약 98%가 바닷물이라고 한다. 지구생물의 80%인 50만 종이 해양생물이며 지구촌 관광객의 85%가 매년 바다를 찾으며, 미래의 식량 중 상당량이 바다에서 생산될 것으로 기대된다. 우리나라의 경우는 3면이 바다로서 11,542㎞의 해안선을 지니고 있으며 세계에서 가장 넓다고 인정된 서해 갯벌에는 모두 555종의 풍부한 해양생물이 분포되어 있다. 지정학적 위치에서 보아도 한반도는 아시아 대륙과 태평양의 가교 역할을 수행한다.

바다가 지닌 심미적 의의는 상상이 펼쳐지는 모태라는 점이다. 바다는 자기변화를 부단하게 추구하면서도 원래의 정체성을 지켜 나간다. 바다는 닫힘에서 열림으로, 맺힘에서 풀림으로 나아가는 정신적 출구로서 떠남과 벗음의 자유를 가르쳐 주는 역동적인 언어이기도 하다. 우리가 현재 살고 있는 위성은 흙의 구성체라기보다는 물로 이루어진 구형체라고 할 것이며 육지가 끝나는 곳에 바다가 있지 않고 바다가 끝나는 곳에 육지가 있다는 역발상의 해석이 불가능하지도 않다. 바다문학이 21세기 문학의 중심이 되리라는 기대도 인간의 생존과 실존이 바다라는 생태적 공간에 좌우되는 까닭이다. 바다가 생태주의와 생명주의와 연관을 맺는 공간인 점은 너무나 당연할지도 모른다.

생태학이란 용어는 독일의 동물학자인 헤켈(Ernst Haeckel)이 처음 사용하였다. 생태문학비평가인 조셉 미커(Joseph W. Meeker)는 문학생태학이라는 용어를 만들어 내었으며 환경 파괴와 자연 훼손의 피해를 일깨우는 생태문학은 녹색문학, 또는 생명주의 문학으로 불리기도 한다.

문학생태학은 주제 면에서 환경문학과 생태문학으로 구분된다. 환경문학은 과학문명의 발달에 따른 자연재해와 무분별하게 개발되는 환경을 보존하는 노력이라면, 생태문학은 생태계 자체를 회복시켜 생명공동체를 이루어 내려는 이념문학에 해당한다. 생태문학의 영역인 자연생태의 질서를 존중하는 생태의식과 생명존중 사상을 부활시킴으로써 생명체 간의 공존, 공생, 상생은 물론 공경의 가치관까지 포함한다. 이런 포괄성은 인간과 환경, 개체와 자연, 인간과 문학을 상호 엮어내는 생태망을 구체화하면서 생태시, 생태소설, 녹색소설은 물론 생태수필과 녹색수필이라는 용어를 만들어내고 있다.

2. 서구 바다문학의 개요

인류탄생이 바다에서 시작한다는 점은 동서양의 신화와 고전에서 공통적으로 나타난다. 유럽의 바다문학은 바다의 신 포세이돈에서 유래한다. 그리스신화에 의하면 제우스는 천계를, 하데스는 지하세계를, 포세이돈은 바다를 관장하였다고 알려진다. 바다는 생명의 탄생지이며 문명과 문화의 이동통로이고 식량자원의 공급처이므로 바다와 문학은 깊은 연계성을 지니게 된다. 고대 그리스와 이

태리, 스페인, 영국이 차례로 지중해의 패권을 이어받으면서 호메로스의 『오디세이』(Odyssey)를 해양서사문학의 원형으로 삼아 해양문학을 대물림하였다. 줄거리는 전쟁, 귀국, 폭풍, 모험으로서 바다영웅의 모험이 펼쳐진다.

유럽의 서사문학이 바다와 해양에 뿌리를 둔다는 이론과 예는 매우 많다. 바슐라르(Gaston Bachelard : 1884～1962)는 "바다는 어머니이고 바닷물은 기적의 우유"라고 묘사하였고 칼 융(C. G. Jung)은 "바다는 모든 생명의 근원이요, 영적 신비이며, 영원과 죽음과 재생을 나타낸다."고 하였고, 프라이(N. Frye)도 바다를 "죽음의 표상인 동시에 죽음이라는 과정을 거쳐 새로운 생명으로 태어나는 통로"로 제시하였다. 이들의 말을 정리하면 바다는 생명체를 탄생시키는 무한한 공간이자 인간의 삶을 관장하는 원초적 창조력으로서 자궁과 여성 이미지를 보여준다. 바다의 이러한 상징성 때문에 창작되는 바다문학도 생명과 죽음이라는 양면성을 다루는 보편성을 보여주고 있다.

영국의 바다문학은 셰익스피어의 『템페스트』, 코울리지의 장시로서 노수부의 항해에 있어 길조의 역할을 하던 앨버트로스의 죽음을 다룬 『노수부의 노래』, 그리고 키플링의 『일곱 개의 바다』에 수록된 시편, 데포(Daniel Defoe)의 『로빈슨 크루소』, 스티븐슨(R. L. Stevenson)의 『보물섬』으로 이어진다. 바다서사의 전통은 폴란드 출신의 영국작가 조셉 콘래드(Joseph Conrad)를 "해양작가 콘래드"로 부르게 한 절망적인 영웅주의를 다룬 『로오드 짐』이라는 걸작을 낳게 된다. 그리고 아일랜드 출신의 극작가인 싱(John. M. Singe)은 단막극 〈바다로 가는 사람들〉에서 아일랜드 서해안의 고도에서 계부와 남편과 다섯 아들을 차례로 바다에 빼앗기고, 두 명의 딸들과 외롭게 살아가는 노파 모리아 일가의 비극적인 생애를 다루기도 하였다. 바다개척과 모험을 그려내는 유럽 해양문학의 흐름을 반영하는 매튜 아놀드의 시 「도우버 해변」(Dover Beach)의 일부를 옮겨 보기로 한다.

> 달빛에 희게 드러난 육지와 바닷가 맞닿는 곳/ 한 줄 긴 물보라 나부끼는 곳으로부터/ 들어라! 너의 귀에 들려오는 조약돌 소리/ 파도에 끌려 왔다가 내던져지는/ 뒤돌아 가다간 기슭 높이 던져지는 소리/ 시작되었다가 멈추고 멈추곤 다시/ 떨리는 느린 율동, 그리고/ 영원의 슬픈 가락을 실어 오도다.//
>
>   － 「도우버 해변」[6]에서

엄창섭 교수는 〈해양문학의 인식확장과 변형 － 바다, 그 생명의 本源과 문학의 층위〉라는 학술발표논문에서 위 시를 인용하여 "매튜 아놀드가 읊조리는 '영원의 슬픈 가락'은 멀리 떨어진 북쪽 해변은 물론이려니와 기원전 4세기 그리스의 소포클레스도 에게해의 해변에서 들었으리라. 그의 가슴에 어두운 인간 비애의 간만을 들었을 선율은 오늘도 영혼 깊은 곳에 항상 태고의 바람으로 자리해 있을 것이다."[7]라고 풀이하여 서구에서 이어지고 있는 해양문학의 성격을 바다에서 죽는 것은 자연으로 회귀하는 천리라고 정의를 내린다.

미국해양문학은 신화적 모티프를 지니고 바다에 대한 진취적인

---

6) 최병학, 『불멸의 속삭임』, 홍익출판사, 1988. p.182.
7) 부산문인협회주최 제12회 한국해양문학 심포지엄발표(2007년 8월 8일)

실용주의라는 철학성을 내포하고 있다고 하겠다. 미국의 바다문학을 거론할 때 중요하게 다루어지는 작가와 작품은 멜빌(Herman Melville)의 『백경』과 헤밍웨이(Ernest Hemingway)의 『노인과 바다』를 들 수 있다. 멜빌은 청년기의 4년여 동안 상선, 군함, 포경선을 갈아타면서 해상생활을 체험하고 1850년에 영어로 쓰인 해양문학의 백미로 평가받는 『백경』을 발표하였다. 작품의 줄거리는 교활하고 거대한 괴물 백경에게 한쪽 발을 물어뜯긴 에이하브 선장이 복수를 위해 포경선 피쿼드호를 타고 고래의 행방을 찾아 대서양, 인도양, 태평양 등을 돌아다닌 끝에 마침내 백경과 처절한 사투를 벌이고 파멸하는 과정을 웅장하게 펼쳐낸다. 선장과 흰 고래 간의 추격과 싸움을 펼쳐내는 줄거리에는 여성인물이 등장하지 않을 정도로 남성사회에서 벌어지는 '암흑의 위력'을 과시하여 광인문학이라는 혹평을 받기도 하였다. 하지만 포경소설이 아니라 고래의 생태와 포경선의 구조를 바탕으로 선악, 인간과 우주간의 대립이라는 상징적 우화와 신화적 변용을 마스터한 걸작으로 1960년 이후의 비평가들은 장중한 문장과 상징성이 짙은 철학소설로서 단테의 『신곡』과 동열의 작품으로 취급한다.

『모비딕』이 이쉬밀이라는 청년 선원에 의하여 전달된다면 문예사적 측면에서 독자적인 해양성을 확보한 작가는 "잃어버린 세대"의 대표작가인 헤밍웨이이다. 미시간의 워룬 호반에서 성장하면서 야성적인 부친의 기질을 이어받아 낚시와 사냥을 즐겼던 그는 강과 바다의 이미지를 장단편을 통해 숙성시켜 나갔다. 대표작 『노인과 바다』는 산티아고 노인이 멕시코 만에서 연이어 혼자 85일간 바다에서 허탕을 치다가 마침내 1,500파운드나 되는 고기를 잡아 돌아오지만 뼈만 남는다는 치열한 어부의 삶을 그려낸다. 늙은 어부의 고독한 삶을 통해 인간의 존엄성과 견인주의를 그려낸 이 작품에는 자연에 도전하는 인간의 위대한 투쟁정신이 담겨있다.

서구문학에 나타나는 바다의 이미지를 살펴보면 대체로 인간과 자연간의 투쟁과 생존으로 나타나고 있다. "모든 생명의 근본이요, 영적 신비이면서 영원성이요, 죽음과 재생을 또한 상징"한다는 말처럼 바다는 시대를 가리지 않고 죽음으로 나아가고 재생으로 입문하는 통로로 묘사된다. 창조과 사멸, 동경과 공포, 경이와 경외의 양면성을 지니는 바다는 육지의 끝으로서 더 이상의 진행이 불가능하지만 다시 미지로 나아가는 경계이자·접경이다. 이것이 서구작가들이 보여주는 바다의 개념이라고 말할 수 있다.

3. 1960년대 이전의 바다수필

20세기 전반기의 일제 강점기와 해방기의 문화 환경 속에서 한국 산문가들이 보여준 바다에 대한 인식은 흙과 토지와 산이라는 육지성에 비하여 얕았다. 당대 지식인들과 문인들은 지주의 후손들이거나 도시 인텔리로서 바다에 대한 직접체험이 상대적으로 미미하여 물을 가까이 한다 하더라도 유년기의 물놀이와 농경사회와 관련된 저수지, 청년기의 낚시, 장년기의 바다 노을 감상에 머무른 것이 다수였다. 그럼에도 불구하고 이태준이 『무서록』에서 "우리가 살고 있는 위성은 지구(땅의 위성)가 아니라 수구(물의 위성)이다."라고 한 말은 바다를 주체로 인식한 선지적 안목을 보여준다.

그중에서 김기림의 『바다와 육체』는 일제강점기였던 1930~1940 년대의 작품에 반영된 바다의식을 대표적으로 보여준다. 김기림은 정지용, 이상과 더불어 경성의 신문화를 형성한 지식인 문인으로서 소설, 희곡, 수필, 비평에 걸쳐 다양한 작품성향을 보여준 인물로 평가받고 있다. T. S. 엘리엇과 에즈라 파운드 등 신 비평가들의 주지주의와 이미지즘을 바탕으로 1930년대의 퇴폐적 낭만주의와 해방 전후기의 심리학과 사회학을 중심축으로 한 시학을 정립한 것을 보아도 김기림의 유일한 수필집 『바다와 육체』는 초기의 여정(旅程)에서 중반기의 자연관을 거쳐 후반기의 도시적 모더니즘으로 이동하는 추이를 대표하고 있다.

『바다와 육체』에 게재된 수필과 수록되지 않은 김기림의 수필을 주제별로 유형화하면 첫째는 그의 고향(北方)과 유년기의 회상을 소재로 한 것, 두 번째는 바다를 주로 다룬 수필로서 「바다의 유혹」, 「바다의 환상」이며, 세 번째는 도시생활과 신변적인 일상이며, 네 번째는 문단과 문인과의 관계를 다룬 것이며, 다섯 번째는 짧은 수필이다.

김기림이 수필집에 「바다와 육체」라고 붙인 제목은 체험적이라 기보다는 심미적이고 관념적인 태도를 보여준다. 성장한 마을은 바다와 다소 거리가 있는 원산이지만 「바다의 환상」이 보여주듯이 그는 서울을 오가면서 동해를 만나고 동경 유학 때 현해탄을 오간 체험을 기록하고 있다. 이러한 경험은 「아이스크림 얘기」에서 바다 예찬으로 발전해 간다.

그렇다. 내게는 바다는 영구한 생명의 고향이다. 바다는 내게 생명의 힘과 정신을 가르쳐 준 최초의 설교자였다. 그리고 나의 핏줄 속에 그의

핏줄의 한 끝을 박고 그 마성의 정열을 주사해온 철없는 모독의 모성이
었다.

　나는 바이런이나 쉘리에게서가 아니라 그 항구의 바다에게서 처음으로
로맨티시즘의 시를 읽었다. 대체로 바닷가에서 자란 사람은 정열적이나
의지적이 못되고, 사에서 자란 사람은 정열적은 아니나 의지적인 것 같다.
　나로 하여금 나 자신이 그렇게 삼가며 피하려고 애쓰는 정열의 화독
속에 몇 번이고 나이 미친 날개를 담그게 한 그 장본의 장본의 또 장본의
하수인은 아마도 저 바다일 상 싶다. 아마도 그럴 상 싶다.
- 김기림 「아이스크림 얘기」 일부

　한국의 바다수필에서 등장하는 두 번째 주제 의식은 노동 현장으
로서 바다이다. 생활의 터전으로서 바다 이미지는 제주도 해녀탐방
기인 「생활의 바다」에서 살필 수 있다. 여성의 강인한 생활력과 바
다의 생명력을 일치시킨 그의 수법은 인간과 바다 간의 공존을 위
한 공동체 의식에 가깝다.

　해녀의 대부분은 삼십이 넘은 장년이라고 하면서도 우리는 가끔 바위
위에서 성숙할 대로 성숙한 충실한 몸뚱어리를 한 겹의 엷은 잠수복으로
간신히 가린 열일곱 여덟 나는 젊은 해녀들을 적지 아니 만나기도 한다.
그들은 모두 상어라도 연모함직한 어여쁜 처녀들이다.
- 김기림 「생활의 바다」 일부

　김기림에게 바다는 피서지가 아니라 생명체가 부활하는 이상향
의 무대로 자리한다. 김기림은 어촌에서 자라지 않았고 바다에서
생활하지도 않았으므로 바다에 대한 인식은 어디까지나 피상적이
고 심미적이다. 당시 조선 문단은 좌우익의 이념분쟁에 휩싸여 육

지가 아닌, 바다에 대한 인식이 미흡하였던 것이 사실이다. 그러한 경향은 해방과 6·25전쟁을 거쳐 1970년대의 경제개발 시기까지 다른 작가들의 경우에도 마찬가지다.

4. 1980년대까지의 바다수필

1990년대 이전의 한국수필에서 다루어진 바다라는 제재는 질적 양적으로 극히 미미하다. 단순 통계로 보아도 『한국수필문학전집』(1968 : 문원각)에 수록된 수필은 모두 216편으로서 바다를 제재로 한 것은 단 2편이고, 『한국대표에세이』(1977 : 서문당)에는 430편 중 6편이며, 『한국의 명수필』(1993 : 을유문화사)에 수록된 88편 중에서 바다수필은 2편에 그치고 있다. 1970년대부터 시와 소설에서는 산업문명이 바다에 미친 문제점을 경고하고 있지만 당시의 수필은 생태계로서 바다를 다루는 능력을 갖추었다고 말할 수 없다. 당시의 수필가들은 생태에 대한 개념을 갖지 못하였을 뿐더러, 바다를 중심소재로 삼으려는 의식도 깨어나지 못하였다.

자료수집의 제한이 다소 있으나 해방 이후 80년대 말까지 발표된 바다에 관한 대표적인 수필작품을 분석하여 보면 아래와 같은 유형이 나타난다.

첫째는 미의식의 대상으로서 바다이다. 박목월의 「바다」나 김용준의 「동해로 가던 날」, 노천명의 「해변단상」 처럼 바다는 격조 높은 미의식의 대상으로서 분방한 상상력과 시각적 청각적 이미지로 표현된다. 감수성의 대상으로 바다를 노래한 이들 작품들은 자연으로 도피하려는 유미주의 경향을 이루고 있다.

둘째는 삶을 관조하는 화술의 배경으로 제시되는 경우다. 전반부에서는 주로 바다의 위용과 숭엄미를 찬미하고 후반부에서는 인생무상과 인간의 불완전성을 다룬다. 이은상의 「해운대에서」, 윤영춘의 「해 저문 바다」, 손광성의 「바다」에서는 생을 달관한 사유의 세계가 두드러지지만 관념적 분위기도 적지 않다.

셋째로는 바다의 목가적 분위기가 두드러진다. 전원주의 구도 속에서 바다의 생명력과 순진무구를 다룬 심훈의 수필인 「7월의 바다」가 여기에 속한다. 어촌의 빈곤과 어부의 무지조차 순수한 것으로 미화되지만 바다로 귀의하려는 진정한 생명주의 수필이라고 볼 수는 없다.

넷째로는 놀이공간으로서 바다이다. 유년기의 물놀이, 여름철의 피서나 천렵, 휴양, 혹은 해외여행에서 목격한 바다를 그리는 만큼 가벼운 유희성과 오락성이 줄거리를 이루고 있다. 조효현의 「그리움의 바다」, 정혜옥의 「바닷가에서」, 조경희의 「천렵의 재미」, 이영희의 「카스피 해 연안의 감로」(甘露)가 이 경우에 속하며 바다는 수평선, 파도, 배, 해당화, 갈매기, 조개 등으로 모자이크되면서 신변잡문성 소재에 머무르고 있다.

다섯째로는 바다를 생명의 고향으로 간주하거나 임산부의 자궁으로 해석하는 경우다. 여류수필가가 즐겨 구사하는 관점으로서 김남조의 「그 수평선을」, 김효자의 「바다」가 있으며 바다를 양수가 가득한 태반으로 그려내어 생명에 대한 경외심과 어머니에 대한 찬미를 표현하기도 한다.

여섯째는 바다생활의 무대로서 어촌풍경, 고기잡이, 해녀의 생활,

항해, 해군들의 생활상이 설화구조로 전개된다. 계용묵의 「바다」가 대표적이며 어부, 해녀, 선원들의 노동을 찬양한다. 『동해산문』을 발표한 한흑구의 「6월의 동해」, 황필호의 「바다는 언제나 우리 곁에 있다」 외에 홍순관의 「큰 몸속에 숨은 소년」에서 바다는 "나의 성전, 나의 예배가 드려지는 지정소"로 표현된다.

1980년대 말까지의 바다수필을 개관하면 바다에 관한 소재의식은 다분히 추상적이고 인간 생활과 사유를 위한 대상으로 간주되고 있다. 산, 나무, 바람, 등 여타 자연물처럼 관념성이 그대로 반영되고 있다. 오늘의 시점에서 살펴보면 바다에 대한 근원적인 질문과 해답이 부족하다. 수필의 사색 지향성과 수필가의 소극적인 현실참여와 여성수필가가 보여주는 감성주의와 도서 출신의 수필가의 부족이 복합적으로 어울려 바다에 대한 인식의 부족을 초래하였다.

5. 1990년대 후의 바다수필

1990년대는 한국문학에 바다문학이 본격적으로 도입된 분기점에 해당한다. 이 무렵은 산업화와 개발에 따라 자연 생태계에 대한 인식이 고조되기 시작한 시기이다. 바다에 대한 생태주의가 이전에 있다하더라도 개별적이었지만 1990년대를 맞이하면서 바다문학을 다루는 문학단체가 조직되고 시민운동과 연계된 바다문학운동이 펼쳐지기 시작하였다. 대표적인 단체로는 2000년 이후의 바다문학을 대표하면서 『걸어다니는 불고기』, 『바다가 부르는 노래』, 『생명의 바다』 등 수필집과 시집을 연이어 발표하는 부경대 최진호 명예

교수가 운영하는 「바다사랑실천운동시민연합」이 대표적이다. 그 외 한국해양문학상이 부산문인협회를 중심으로 1997년에 제정되어 바다문학을 장려하였고 바다문학을 연구하는 학술단체, 민간단체도 속속 발족하였다.

생태주의적 관점으로 바다를 통찰하려는 수필계의 노력도 본격화된다. 그 시점은 『병든 바다 병든 지구』라는 환경수필집이 범우사(1994)에서 발간된 전후일 것이다. 이전에도 생태적 관점에서 바다를 다루려는 노력이 없지는 않으나 1994년 이후 "바다의 새롭게 보기"라는 문단의 노력은 뚜렷해진다. 바다를 주제로 한 문학세미나가 여러 수필문학회에서 개최되고, 한국 최초의 바다수필가라고 할 홍순관의 『바다를 거기에 두고』(1994 : 기독출판 에벤에셀), 『바다는 나의 시인입니다』(1997 : 도서출판 희년)가 발표되고, 바다수필선집인 『바다의 묵시록』(1999 : 교음사)도 발간되었다. 이러한 추세는 수필가들의 바다에 대한 인식이 관념주의에서 생명주의로 전환하고 있음을 입증해준다. 오늘날에는 바다를 주제로 하는 문학제와 축제가 도처에서 운영되고 있다. 울산의 「울산고래축제」, 부산의 「어방축제」 여수의 「오동동축제」를 들 수 있으며 문학상으로는 부산의 한국해양문학상, 여수해양문학상, 남해해양문학상, 서울의 해양문학상 등이 운영되고 있다.

1990년 이후 생태주의적 시각에서 바라본 바다 의식은 다양성을 특징으로 한다. 1990년대 후 바다생명을 노래하거나 묘사하는 패러다임을 기반으로 하는 작품을 모두 찾아보기는 현실적으로 불가능하다. 때문에 여기서는 각종 수필계간지, 개인 수필집, 수필전집 등에서 생명주의 시각에서 바다를 제재로 다룬 작품을 골라 주제별 소재별로 구분한다.

　첫째, 바다와 육지, 물과 흙의 동질성을 밝히는 것이다. 생태주의 본연의 순환과 공존을 이해시키면서 자연 합일의 동양적 자연관을 재현한다. 허세욱의 「출렁이는 토지」가 좋은 예가 된다.

> 어형(漁兄)!… 글쎄 바다가 출렁이는 모양을 자세히 보노라면 파도의 높낮이와 파도의 희로애락, 파도의 금, 동그라미, 그 모든 것들이 내 평생 배불리 보았던 산의 모양과 기세와 다를 것이 없었습니다. 나는 그때부터 흙과 물의 형상이 같다는 생각이었습니다. 흙에는 산맥이 있고 물에는 파도가 있음을 알았고, 흙에 오곡백과가 있듯이 바다에는 천태만상의 물고기가 있다는 걸 알았습니다. 옛날 사람처럼 땅의 끝이 없다면 바다의 끝도 없는 법이요, 땅에 사방의 끝이 있다면 바다에도 4해의 끝이 있는 법이라고.
>
> — 허세욱 「출렁이는 토지」 일부

　둘째, 바다를 구성하는 물의 원초성과 신화성을 강조한다. 이럴 경우 물이 상징하는 순수와 순결을 회복시켜 바다와 자연이 부활되기를 기원하는 미학을 추구한다. 정목일의 「물의 부활을 위해」가 여기에 속한다.

> 우리 주변에 물이 흐려져서 식수로 사용할 수 없게 된 것, 말하지만 '물의 죽음'은 우리에게 내려진 하늘의 경고임을 겸허히 받아들여야한다. '물'이 흐려져서 죽게 되면 그 사회도 흐려져서 병들고 만다는 것을 자각해야한다. 정화수를 바치는 어머니의 모습이 사라진 이후부터 물은 생기를 잃어버렸다. 물에 대한 경건한 마음을 잃어버린 데서부터 물빛과

물맛은 사라져갔다. (중략) 어떻게 하면 잃어버린 물을 되찾을 수 있을
까. 죽은 물을 다시 재생시켜놓을 수 있을까.

- 정목일 「물의 부활을 위해」 일부

셋째, 바다생물이 멸종하면 생태계가 파괴되고 지구생명이 멸망
할 것이라는 미래를 경고하는 경우다. 바다의 종말은 세기의 전환
기에 잠재적으로 느끼는 위기감을 강조하는 장점이 있다. 한승원의
「바다를 죽이는 자들에게」가 대표적인 예가 된다.

굴에도 석유냄새가 난다. 다른 조개들과 숭어 따위의 많은 고기들에서
도 석유냄새가 난다. 그것들이 어찌 해조류에만 오염이 되었겠는가. 오
염된 그것을 먹는 사람들은 어찌될까. (중략) 고막도 죽고, 바지락, 게,
고둥, 소라, 전복들이 다 죽어 자빠진다. 김도 죽고, 파래도 죽고, 우뭇가
사리도 죽는다. 톳도 죽고 청각도 죽는다. 숭어도 죽고, 농어도 죽고, 민
어도 죽는다. 연어도 돌아오지 않는다.

- 한승원 「바다를 죽이는 자들에게」 일부

넷째, 바다의 생태변화를 고발하는 경우이다. 갯벌 매립, 인공물
에 따른 해류의 변화, 해저에 버려진 각종 오물, 부유물, 행락객이
버린 쓰레기가 자연을 훼손하는 실상을 고발하여 환경의식을 일깨
우는 내용이다. 문명이 지구의 순수성을 훼손하는 과정을 고발하는
내용으로 윤형두의 「10월의 바다」에서 살필 수 있다.

여름이면 이곳 아이들은 '고향'을 잃어버리고 만다. 아이들은 늦봄부
터 굴 껍데기와 돌멩이들을 치우고 가꾸어 놓은 모래사장과, 수영을 한
뒤 바닷물을 헹구기 위해 파 놓은 우물을 빼앗긴다. 또한 야외용 텐트나

호화스러운 수영복들의 위세 때문에 아이들의 마음도 한없이 위축되게 마련이다. 우리는 다른 장소를 물색한다. 조선소 돌담 위에다 옷을 벗어 놓고 바다에 뛰어들어 놀이터를 빼앗긴 분노를 달랜다.
– 윤형두 「10월의 바다」 일부

다섯째, 생태주의와 생명주의에 대한 체계적인 이론을 제시하는 내용이다. 환경학 생명공학, 생태학에 대한 지식이 요구되지만 바다수필이 존립해야하는 근거를 제시하는 철학수필로 나아갈 수 있으며 김지하의 「환경에서 생명으로」가 여기에 속한다.

환경은 환경이 아니다. 그것은 생명이다. 참새와 다람쥐와 꽃과 풀. 나무는 환경이 아니다. 그것은 생명이다. 흙과 물과 공기는 환경이 아니다. 그것은 살아있는 생명이다. (…) 일체 자연은 신령하기 만한 것인가? 모든 개체생명은 다양하되 서로 순환하고 서로 관계하는 전체요, (…) 인간인 나는 곧 풀이요, 꽃이요, 참새요, 다람쥐요, 물이요, 공기요, 흙이다.
– 김지하 「환경에서 생명으로」 일부

여섯째, 바다와 자아의 일체성을 추구하는 소재의식이다. 성년의 관점에서 유년기와 바다놀이를 회상하면서 바다의 존재를 재인식한다. 바다는 '자기 인식'을 일깨우는 정신적 자궁으로 묘사되며 자맥질이나 바다낚시는 바다에 귀의하는 세례의식으로서 바다유희라는 소재와 차원을 달리한다. 바다 생명을 고양시키는 김열규의 「어느 바다의 소년기」가 대표적이다.

몸뚱어리는 온 데 간 데가 없고 물살이 되어 물살과 더불어 출렁이고 있는 자신을 느낄 뿐이었다. 피부를 꼬집어도 다만 물살이 짚일 뿐, 팔다리를 놀려 보아도, 사지를 움츠렸다 펴보아도 감겨드는 것, 휘어드는 것은 물살뿐이었다. 몸뚱어리가 있던 자리에 새삼스럽게 파동을 일으키는 물살이 있을 뿐이었다. 소년의 몸은 물에 부풀리고 아까까지 그가 있던 곳에는 물빛과 가를 수 없는 한 덩치의 물빛이 고여 있었다. 이제 물고기들은 제 속에서 헤엄치는 것이었다. (중략) 그것은 정말 황홀한 탐미(眈美)의 순간.

　　　　　　　　　　　　　－ 김열규 「어느 바다의 소년기」 일부

일곱째, 바다와 섬, 바다와 강을 상호 연관시켜 물의 순환성과 생명의 유기성을 강조하거나 바다의 열린 공간성을 부각시키는 경우다. 이것은 공기의 대류, 물의 순환, 생명의 윤회를 통해 시공의 소통원리를 제시하는데 김성우의 「해발 0미터에서」가 그 예로 손꼽을 만하다.

세상 한가운데에 있는 섬은 출발의 시점이다. 사방이 다 방향이다. 모든 방면이 나의 방면이다. 어디에도 길이 있다. 바다는 무문의 대도다. 그렇다면 나는 바다에 갇힌 것이 아니다. 바다를 향해 나의 모든 문이 열려 있는 것이다. 나는 수인이 아니라 자유인이다. 섬에서는 선택의 자유가 선창가의 선박들처럼 줄줄이 매여 있다. 밧줄을 풀면 어디로든 떠날 수 있다. 대해 복판에 놓인 이 너무 큰 자유, 감당할 수 없는 크기의 자유에 나는 이따금 큰 배를 탄 듯 멀미를 느끼곤 했다.

　　　　　　　　　　　　　－ 김성우 「해발 0미터에서」 일부

여덟째, 갈매기, 물고기, 해조류 등의 대상으로 성장과정, 먹이, 이동, 번식 등을 관찰하면서 인간의 성질과 일치하는 바다생물에 대한 생명존중을 강조하는 경우이다. 홍순관의 「복어」가 좋은 예이다.

그 거구의 뚱보는 수많은 몸에 눕혀두고 있다. 그 위협적인 무기들은 피부 속에 누워있어 쓰다듬어도 된다. 그러다가도 어느 순간 공격을 당했다고 느껴지면 온몸에서 가시가 일어선다. 몸의 크기가 배로 불어나면서 영근 밤송이가 되고 만다. 그 일어선 바늘의 길이와 예리함은 충분히 위협적이다. (중략) 우리들의 그 부드러운 언어와 몸짓은 포근한 털 속에 움츠리고 있는 화살이다. 어떻게 보면 우리 모두는 자신과 타인을 기만하며 복어로 세류 속에 헤집고 다닌다.

— 홍순관 「복어」 일부

아홉째, 바다를 섹슈얼리티의 상징체로 바라보는 경우다. 바다는 생명의 원천으로, 파도는 남성의 정액으로, 바다의 심해는 여성의 자궁에 비유된다. 모든 생명체가 바다에서 연유하고, 생명이 죽으면 바다로 귀의한다는 점에서 바다를 생명을 탄생시키는 성애력과 성적 오르가슴에 반응하는 육체로 간주한다.

잔잔한 듯해도 파도의 정열을 담고 있는 바다처럼 드뷔시도 파도를 품은 가슴의 소유자였나 보다. 이전의 나를 헐어내며 일으키는 파도, 기존의 나를 완전히 깨뜨리며 내어놓음으로써 헌신하려는 파도, 한때의 밀회나 진정한 사랑, 어느 것이나 바다에 있어서 파도와 같은 것, …… 그러나 막상 음악을 다 듣고 나면 밀회나 정열, 이런 것에 국한하지 않는 대신 전체적으로 거대한 바다의 힘과 환상적인 아름다움이 연상된다.

— 유혜자 「바다는 바다를 낳고」 일부

열째, 바다를 해외로 뻗어가는 개혁의 공간을 바라보는 것이다. 바다는 육지와 육지를 연결하는 중간지대로서 21세기는 바다를 지배하는 해안국가가 세계를 지배한다고 말한다. 3면이 바다로 둘러싸여 있는 한국은 해양 국가를 지향하고 이러한 국가 중흥의 꿈이 바다 묘사로 나아간다. 국가산업의 관점에서 보아도 원양어업, 원양상선을 거쳐 원양의 군사적 중요성을 일깨워가고 있다. 19세기의 식민주의 강국은 해양을 지배하는 나라였듯이 오늘날 21세기에도 바다를 둘러싼 패권주의가 치열해지고 있는 지정학적 인식은 바다수필의 주요한 모티프를 차지한다.

에필로그

지금까지 우리의 바다수필이 시도하고 있는 소재의식을 작품을 통해 살펴보았다. 1980년대까지 관조의 대상이었던 바다가 1990년 이후에는 바다수필이 생태학과 녹색문학의 대상으로 발전되고 있다는 점은 현대사회가 안고 있는 생태 파괴와 인간성 상실이라는 문제에 대한 해법으로서 앞으로 바다수필이 지향할 패러다임을 일러준다.

현대수필이 신변잡기성을 극복하고 미래지향적 관심사를 환기시키려면 수필가 개인의 진취적인 소재의식 외에도 사회적 수용력이 뒷받침되어야 한다. 문제는 무슨 소재를 선택하느냐 보다는 소재를 어떤 관점에서 풀어내는 가가 더 중요시된다. 이를 위해 몇 가지 제언을 덧붙이고자 한다.

먼저, 바다수필은 철학적 기반 위에서 인문학적 인식을 넓혀야 한다. 비판이나 고발과 같은 구호가 아니라 인간사랑, 생명사랑, 생태사랑을 상호 연관시킨다. 생태문학으로서 바다문학은 개척과 보호라는 이분법적 대립을 조장할 우려가 있으므로 현장성과 리얼리티를 지닌 공감대 소위, 정화열이 말한 '생태공경'의 수필관이 요청된다.

다음으로, 바다수필의 창작은 작가에 따라 일회성에 그치는 경우가 많으므로 상상력을 지속적으로 유지시킨다. 갯벌의 파괴, 수질오염, 어자원 남획 등 단순한 소재를 탈피하고, 제재의 모방이나 주제의 상투적인 복제를 피하면서 해면(海面)뿐만 아니라 바다 속의 생태계를 다루려는 시도가 필요하다.

끝으로, 이전에 발표된 바다수필에 대한 생태학적 다시 읽기(re－reading)를 도모하면서, 한흑구, 윤형두, 김열규, 홍순관, 최진호 등 바다수필가의 작품을 소개하고 재평가하는 비평이 요청된다. 바다수필에 관한 문학심포지엄의 활성화도 필요하다.

수필이 다루는 삶은 고정된 것이 아니다. 삶은 환경 속에서 변화하는 것이다. 문학은 그런 삶을 형상화하고 실천하는 것을 목표로 한다. 수필도 바다라는 소재에 새로운 시각과 의미를 부여하여 생태수필의 폭을 넓히도록 한다.

제8장

지역문학과 지역수필

18세기 이래로 19세기 중엽까지 문학을 보호해온 가치들은 작가의 특권과 권위, 과학에 대한 인문학의 우위, 고전연구에 대한 열정, 정전과 전범에 대한 존경으로서 인문학의 세기로 만든 요소에 해당한다. 그러나 20세기에 들어오면서 인문학에 대한 가치관은 붕괴의 위기를 맞이한다. 예술에 대한 신념의 붕괴, 독자의 글 읽기를 중시하는 문학 주체의 변화, 상상력에 대한 불신과 판타지에 대한 의존, 정전을 부정하는 느슨한 텍스트, 나아가 문학의 가치에 대한 믿음의 와해라는 제 현상이 나타나면서 문학이 과학보다 우월하다는 인식은 퇴색하게 되었다. 세기말주의는 허무와 불안, 광기와 우울의 증후군이었지만 이제는 세대(decade)마다 인문학의 퇴조는 가속화되고 있다.

프린스턴 대학의 명예교수이며 작가인 앨빈 커넌(Alvin Kernan,

1923~)은 문학뿐만 아니라 철학과 예술에 걸쳐있는 위기를 『문학의 죽음』이라는 비평서에서 해체주의 관점에서 진단한 바가 있다. 커넌이 분석한 낭만주의와 모더니즘이라는 문학의 격변은 개별적인 사건이 아니라 시대와 연관된 변화로 설명된다. 문학의 죽음을 초래하는 동인으로서 텔레비전, 컴퓨터, 테크놀로지는 문학의 전통적 지위를 부정할 뿐 아니라 언어 자체에 대한 믿음마저 배반하였다. 그렇다면 커넌의 『문학의 죽음』은 글쓰기의 죽음이 아니라 역설적으로 새로운 문학의 태동에 대한 희망을 보여주는 현상학이라고 말할 수 있다.

현대문학을 에워싸고 있는 멀티미디어시대의 담론은 정보화, 디지털, 불확실성, 익명성, 신자유주의, 세계 국가체제와 같은 낯선 개념들이다. 이러한 개념은 사이버리즘이라는 현상으로 요약된다. 사이버시대의 문학은 근대 인쇄문학과 달리 현대사회를 재진단하여 중앙문단과 지방문단에 종속과 저항이라는 새로운 이정표를 제시해준다. 전자매체와 사이버공간이 지역문학의 위상을 높이는 계기를 마련한 것이다. 사이버리즘을 기점으로 지방문학을 재검토한다면 21세기가 당면한 문학의 위기를 해소하는 방안으로서 지역문학이 나아갈 지향점을 찾을 수 있다. 이것은 향토문학에 대한 향수가 아니라 현대문학이 표명하여야 할 미래지향적 소명이기도 하다.

1. 디지털문학과 지역문학

문학이 위기에 처한 경우는 역사상 한두 번이 아니지만 지금처럼 수세에 몰린 적은 일찍이 없었다. 1980년대부터 '문학의 위기'가 거론될 때 우리나라의 실상을 들여다보아도 예외가 아니다. 문인이 1만 명 이상이 되고 전문문예지가 200종이 넘고 있지만 여전히 문학의 위기에 대한 우려는 그치지 않고 양적 증가는 비만증이라는 문단의 병폐를 낳고 있다. 양적 팽창이 이루어질수록 한국 문단과 한국 문인이 무력해져간다는 것이다.

오래된 역사와 유산, 그리고 세계적으로 알려진 인터넷 통신의 선진화에도 불구하고 우리 문학이 당면한 문제는 한두 가지가 아니다. 그중에 하나는 현대 사회의 주동력인 영상－전자 매체에 제대로 대처하지 못한 점이라고 하겠다. 지금까지 문학에 도전했던 신학, 과학, 철학과 비교되지 않을 만큼 사이버 이미지는 한국문학을 위협하고 있다. 외적으로 살펴보면 인터넷 문화는 소비자의 구미를 자극하여 IT세대뿐만 아니라 5,60대의 비영상 세대마저 끌어들인다. 서점마다 사이버 소설, 디지털 소설이 범람하고 베스트셀러의 8할이 판타지를 위시한 외국문학으로 채워진다. 내적으로는 사이버 문학의 영상은 시의 이미지를, 사이버 문학의 구성은 소설의 재미를, 사이버 문학의 속도성은 수필의 압축성을 압도하여 중앙집중에 따른 지역적 편차도 갈수록 심해지는 추세다. 지역문학의 경우, 독자는 줄고 지역의 특성이 위축되어 다시 독자가 줄어드는 악순환이 되풀이됨으로써 지역작품이 지역독자들로부터 외면을 당하게 된 것이다.

사이버시대의 문학의 위기는 문학의 생산자와 소비자와 중개자 사이에서 두드러진다. 인터넷문학이 활자문학에 미치는 첫 번째 부작용은 문학의 경계 허물기 외에도 문학 자체를 위협하는 잠재적 파괴성을 지적할 수 있다. 두 번째는 문학의 키치화로서 저질적인 만화, 드라마, 포르노, 영화, 무협소설 등이 대량으로 모방 복제되는 점이다. 세 번째는 대중 취향에 영합하기 위하여 작가 스스로 원전을 패러디하고 상업화하는 성향이다. 예로 들면 나다니엘 호손의 『주홍글자』보다 데미 무어가 주연한 영화 〈주홍글자〉의 자막이 더 정제되어있다고 칭찬하거나 〈반지의 제왕〉과 같은 오락성을 가미한 영상문학이 고전문학 텍스트로서의 원전과 정전을 압도할 폭발력을 갖고 있다고 주장하는 것이다. 이런 경계 허물기가 중앙문학과 지역문학에 적용되면 지역문학의 고유성이 위협받을 뿐 아니라 지역 문단 자체가 붕괴될 수 있다.

문학은 속성상 언제나 동시대에 대하여 전위적이거나 포스트모던적인 입장을 취한다. 그러나 대부분의 문학인들은 새로운 시각에서 사회를 바라보아야 한다는 포스트모더니즘의 요청에 관심을 주지 않는다. 다양한 수사적 기교로 삶의 흔적을 재미있게 담아내기만 하면 된다고 여긴다. 인터넷이 현대문학의 대중화에 기여하고 지역문학과 특성화 문학에 활력을 부여하는 장점이 있음에도 기성 문인은 사이버시대가 지닌 문학에 대한 순기능을 감지하지 못하고 있다. 인터넷 통로를 지역문학을 되살릴 비책으로 활용할 것인지, 아니면 지역문학을 빈사상태에 빠뜨릴 해악이 될 것인지의 선택은 작가에게 있다는 것이다.

지역문학에 대한 사이버문학의 잠재적 이점은 적지 않다. 문학의 본질은 상호 소통(interactive)과 융합(fusion)이듯이 사이버문학은 더 이상 거스를 수 없는 시대적 표현수단으로 자리 잡고 있다. 로맨스나 판소리와 민요처럼 작가와 독자 간의 간격을 좁혀나갈 뿐만 아니라 디지털 텍스트는 문학의 탈 중심에 긍정적인 영향을 미친다. 형식에 있어서도 문학은 '읽는' 것이 아니라 '듣는' 것으로 활자 형식이 아니라 오디오 북과 e-북이라는 새로운 양식으로 등장하고 있다. 인터넷문학은 내용면에서는 문자적일지라도 형식면에서는 영상적이며 독자수용에서는 하이브리드 방식으로 발전해간다. 문학의 영역 확장과 대중화에 기여하고 있다는 측면에서 사이버문학은 지역문학에 대하여 약과 독의 양면성을 지니는 파르마콘(pharmakon)으로 부를 수 있다. 사이버리즘이라는 새로운 환경 속에서 지역문학은 N-독자에게 어필하는 상상력, 네티즌과의 연대성, 그리고 재래 문학을 온라인으로 구축하는 과정을 통해 독자에 대한 선택으로 제시된다. 왜냐하면 인터넷은 기득권을 누려왔던 중앙 문학의 독점권을 해체할 수 있는 효과를 지니기 때문이다.

디지털 문학의 미래를 상상해 보자. 컴퓨터의 기능이 향상되어 음성으로 정보를 전달해 주는 추세에서 보면 언젠가 책 읽는 컴퓨터가 등장할 것으로 기대되었다. 그것이 아이패드로 나타났다. 컴퓨터라는 인공작가는 디지털 공간에서 위상을 점차 확대해 가면서 인쇄 작가의 역할을 위축시킨다. 인쇄와 관련된 부분에 위축되는 추이는 창작과 독서와 비평의 장을 오프라인에서 온라인으로 전이시키면서 지역성마저 붕괴시킨다. 부산지역의 시인들이 웹진『블루』를 창간하고 서울지역에서『e-수필』이 온라인상에서 창간되고 각 지역의 특성을 살리는 무크 잡지가 발간되고 있는 것도 사이버 시대에 대항하는 자생적 전술이면서 지역문학을 활성화하는 전략에 포함된다. 특히, 사이버 공간에서의 웹 잡지는 지면을 무한대로 확장시키고 독자층의 분포를 전국화하는 장점을 발휘한다.

여기서 전제가 되는 것은 문학이 사이버 공간 내에 존재하고 디지털언어가 구성될지라도 인간의 사고체계와 언어와 문자의 본질은 바뀌지 않는다는 점이다. 사실 1990년대 이후 지역적 다양성에 관심을 기울어야 한다는 주장이 점점 설득력을 얻고 있는 근거도 문학적 지역적 차이는 미래에도 존재하는 만큼 문학적 다양성이 실질적으로 보호되어야 한다는 정당성 때문이다.

2. 탈식민지문학과 지역문학

지역문학에서 거론되는 문제는 민족문학의 역사성과 정체성에 대한 정립이다. 이것에 관한 이해를 돕기 위하여 에드워드 사이드(Edward W. Said)의 타자이론을 소개할 필요가 있다. 식민주의 이론의 출발점으로 평가받는 저서『오리엔탈리즘』은 황화론(黃禍論)을 통해 타자의 이론을 제시하고 있다. 사이드의 타자론에 탈식민주의를 결합하면 지역문학이 감내하고 있는 현실이 검증되어 진다.

지역문학은 속성상 탈 중심과 탈식민지 문학으로 간주된다. 지구상에서 펼쳐지고 있는 동서양문학, 선진국과 후진국 간의 남북문학이 아니라도 수도권을 중심으로 하는 중앙문단과 그 외의 지역문학은 어느 나라에서도 대립적으로 존재한다. 중앙 권력이 지역사회에 미치는 정치적 억압을 무시할 수 없듯이 중앙문화가 지역문화에 미치는 우월적 영향력은 적지 않다. 세계 각국이 미국화 되고, 한 나라가 수도권에 흡수되고, 지역마저 거점화되는 추세에서 지방이 겪어온 역사성은 중앙 문학에 대한 저항문학으로 풀이할 수 있다. 흔히 표준화된 틀과 방식을 따라가면 지방문화가 유지될 수 있다고 말하는 주장은 식민주의적 지배론을 위장한 것에 불과하다. 지역에 따른 차별화가 지역학자들의 관심사일 뿐, 중앙문인들의 문제가 아니라고 생각한다면 지역문학을 논하는 취지는 처음부터 퇴색되어진다.

지역이 타자화되는 방식은 종주국이 식민지역을 억압하는 방식과 대단히 유사하다. 제국주의는 식민지를 미개와 미몽과 야만이라는 지표를 동원하여 피지배로부터 도피하고픈 식민지인들의 의도를 좌절시킬 뿐만 아니라 후진 지역에 이국적이고 감성적인 색채를 부여한다. 식민화된 피주체들은 전통과 유산을 거부하고 본성을 부정하려는 충동을 은연중에 보여주게 된다. 프란츠 파농(Frantz Fanon : 1925～1961)이『검은 피부, 하얀 가면』에서 피지배인들은 결코 지워지지 않을 '검은 피부'라는 열등의식을 찾아내면서 제국주의 주체를 더 열렬히 추종한다고 설명하는 모순과 마찬가지라고 하겠다.

한국의 근대화 이후 대두되고 있는 타자의 존재도 마찬가지다. 타자는 여성, 노동자, 빈민, 노인, 장애우 외에 최근에는 장년 실업자, 청년 무직자, 다민족 노동자, 외국인 주부 등으로 나타나면서 지방작가도 제국주의 담론에 흡수되는 과정이 나타나고 있다. 다문화 현상을 한국의 지역문화에 적용하면 식민지 시대에는 식민지 본국을, 근대화 시대에는 자본주의 중심지인 서울을, 국제화 시대에는 선진국 문화를 지향하는 경향이 다수 나타난다. 인터넷 정보가 첨단화 할수록 삶의 터전은 변방과 주변에 불과하다고 믿는 문화적 열등감을 지니기도 한다. 각 지역문학의 현실을 살펴보면 봉건적

인습이 지역문학의 건전한 적응과 발전에 위해를 가하고 있는 현상이 발견된다. 더욱이 문학인을 배출하는 방식이 정규 교육제도가 아니라 문예지라는 닫힌 공간에서 이루어지고 그것이 세력화함으로써 건전한 지역문화 발전에 걸림돌이 되고 있음은 부인하기 어렵다. 지역을 가치중립적인 문화 단위로 간주하여 지역적 체험과 역사적 기억을 문학담론으로 승화시키는 작가가 부족한 것이다. 이 점을 시정하는 출발은 중앙/주변, 개화/미개, 근대/전근대, 진보/보수로 이분화 하여 문명과 미개에 옳고 그름의 가치 판단을 덧씌우려는 중앙문단의 횡포를 벗겨내는 자성이라고 하겠다. 과거를 통한 미래라는 정체성을 한국의 탈식민지 문학 인식은 지역문학권 내에서부터 이루어져야 함을 의미한다.

무엇이 문학의 현대화인가. 우선 지역을 타자화된 장소가 아니라 제 목소리를 되찾는 실천적 공간으로 인식하는 것이다. 포스트모더니즘적 인간주의를 지향하는 지역 정신은 무기력한 지역 주체를 일깨운다. 배타적인 지역주의에서 벗어나 스스로 자신의 정체성을 기록해 나가야 하는 역할은 일개 지역의 문제가 아니다. 지역문학을 서울을 제외한 여타 지방의 문제라고 생각한다면 한국문학은 절름발이가 되기 마련이다. 지방문학은 지방문인의 열등의식을 희석하기 위해 만들어진 담론이라고 여긴다면 지역문인들이 스스로 자초한 인식의 오류라고 아니 할 수 없다. 지역문학은 민족문학에 접목하는 첫 걸음으로서 문학, 그 자체에 대한 인식과 재해석인 것이다.

3. 민족문학과 지역문학

한국문학에서 지역문학을 이야기할 때 민족적 자각을 언급할 필요가 있다. 우리들은 이미 "민족문학"이 거쳐 온 현상을 목격하고 그 안팎의 허실을 오랫동안 목격해오고 있다. 현재의 한국에서는 한국문인협회와 한국작가회의가 권위를 넘어서 권력의 실체로 존재하기 때문에 서로가 상대를 부인한다면 문학이 역사에 대하여 가지고 있는 부채를 망각하는 것이다. 민족이라는 이름 하에 평등사회와 역사의 정의라는 가치가 깔려지고 반봉건과 반독점, 민중성과 민주성이라는 이념의 울타리가 쳐지기도 한다. 그렇다면 식민주의와 독재에 대항하는 집단으로서 한국작가회의는 순수문학을 옹호하는 한국문인협회에 대하여 상대적 정당성을 확보할 수 없다.

문학의 진실이 무엇인가. 한국문학이 문학의 진정성을 확보하려면 무엇이 필요한가. 그것은 작가 스스로 문단적 권위를 해체하여 여타 사회구성원으로부터 배타적으로 존재하지 않도록 노력하는 의지이다. 한국문협이 작가회의 진영과 공존을 모색해야 한다면 배타성이나 투쟁이 아니라 정의를 위한 실천 때문이고 작가회의가 한국문협과 화해한다면 이념을 포기하는 것이 아니라 공허한 구호를 버리는 것이다. 결국 함께 인식하여야 하는 문제는 권력의 분할이 아니라 권위의 공유인 것이다.

한국문학의 경우 지역문학의 의의는 멀리는 봉건주의의 타파로, 가까이는 분단 상황이라는 민족의 불행을 치유하는 데 있다. 지역이라는 명칭에 담긴 역사적 피해 의식은 지방에서 더 심각하게 자각된다. 지역문학을 문화적 차이와 불평등을 해결하는 운동으로 간주하고 지역문학을 한국 전체의 공간적 개념으로 이해하는 선행 작업도 뒤따르도록 한다. 충북대 김승환 교수는 이것을 "민족적으로 사고하고 지역적으로 실천한다."라는 명제로 표현하고 있듯이 민족문학에는 지역문학이라는 의식이 깔려있으며 역으로 지역문학에도 민족문학적 담론이 깔려있다. 구체적 연구사례는 양왕용 교수의 『한국현대시와 지역문학』은 부산지역을 중심으로 한 해양문학과 부산지역의 문단 활동을 연구한 것으로 지역문학의 특성화를 제시하였다. 21세기의 개방화 시대를 맞이하면서 지역문인들은 '민족적으로 사고하고 지역적으로 실천'할 뿐만 아니라 '세계적으로 대화한다.'는 실천적 명제를 습득할 필요가 제기된다.

미국의 예로 들어 말해보기로 한다. 미국문학에는 우리의 민족문학 아니면 서울문학에 해당하는 미국인 문학이나 워싱턴DC문학이 존재하지 않는다. 있다 하더라도 지역문학으로 존재할 뿐이다. 뉴잉글랜드 문학, 남부문학, 서부문학, 중서부문학, 서부문학이 있으며 롱펠로우, 마크 트웨인, 존 스타인벡, 윌리엄 포크너 등의 시인과 소설가도 지역문학의 대변자로서 더 잘 알려져 있다.

지역문학은 내용적으로 민족문학의 일부분이다. 이제는 "가장 민족적인 것이 가장 세계적인 것이다."라는 개념으로 문학을 이야기하기보다는 "가장 지역적인 것이 민족적이며, 가장 민족적인 것이 가장 세계적인 것이다."라는 논리로 뻗어갈 환경을 조속히 마련해야 한다.

지역적 특수성은 세계에 통용되는 보편성으로 나아갈 수 있을 것이다. 문학은 본질적으로 권력에 저항하는 표현수단이므로 지역문학은 더욱 이러한 정신을 요구한다. 지역문학은 지방문학과 달리 반봉건 반독재 반식민의 투쟁으로 얻은 역사적 용어이므로 문학의 지역적 평등이 실현되어야 하는 이유가 더욱 분명해진다.

4. 지방문학과 지역문학

지방성(localism)과 지역성(regionalism)은 의미가 다르다. 지방은 수도 서울에 대응되는 개념으로서 중심과 주변이라는 지리적 경계를 구분하는 전근대적 개념이라면 지역은 독자적인 생명력과 역사를 지닌 체제로서의 개념이다. 지방은 중앙과 대립되는 언어, 풍속, 성향을 근거로 한다면 지역 개념은 독자성과 현실에 바탕을 둔다.

문화적 개념에서 지역문학은 어떤 지역이 생산하여 소유하고 있는 문학의 총량과 질량을 말한다. 어떤 지역이라고 말할 때 '어떤'에 해당하는 공간은 대도시와 읍, 면, 농촌을 가리지 않고 한국 내의 모든 구역을 포함한다. 한국 안에는 북한과 남한이라는 지역이 있으며 남한 안에서는 충청도와 경상도와 전라도라는 지역이 있고 충청도는 다시 서울 인근 지역과 호남 인근 지역으로 구분된다. 대다수의 지방작가들은 의식적으로든 무의식적으로든 지역문학에 대하여 두 가지 입장을 보여준다. 첫 번째 부류는 지역에서 자신의 영역을 확보하고 있기 때문에 지방성이라는 불편한 인식이 필요 없다는 것과, 두 번째 부류는 말 그대로 문학의 변방에 놓여 상대적 박탈감과 소외감에서 헤어나지 못하는 경우이다. 후자의 경우 지방이라는 용어는 구시대적 개념에 일치됨으로 지방보다는 지역이라는 말을 더 선호한다.

한국에서 지역문화권이면서 지방문화권이 아닌 지역은 수도권 지역, 좁게 말하면 서울이다. 지정학적으로 서울은 권력이 뭉쳐진 중심이다. 국토 면적의 11.8%에 불과한 수도권에 2005년 현재 48.3%의 인구가 살고 있다. 통계청 발표에 따르면 2010년에는 수도권 인구가 전 국민의 50%에 도달하고 2030년에는 53.9%가 될 것이라고 예측한다. 수도권으로 인구가 집중하는 이유는 '좋은 일자리, 양호한 사업기회, 우수한 대학, 편리한 문화시설'이 수도권에 집중되어 있기 때문이다. 국가 공공기관, 주요 대기업 본사, 명문대학, 고급문화시설 등 정부관리 기능과 사회 각 분야의 최고급 시설과 인력을 서울과 수도권이 독점하고 있는 "수도권 독점체제"(2005. 5. 2. 김형기(경북대 경제학교수), 〈조선일보〉「아침논단」 일부)가 현실 중의 현실이다. 이것을 중앙집중적 현상이 아니라 지역 특징적이라고 말한다면 어느 누구도 수긍할 수 없다. 따라서 민족 문화권에서 진정한 지역문학을 정립하려면 먼저 서울의 특징이 지방문학으로 나타나야 하고 서울 거주 작가들은 서울을 하나의 지역으로 바라보면서 서울의 특성을 표현하는 것이 인식되어야 한다. 권력이 집중되어 있으면서 가장 반권력적이라고 여기고, 지역이면서 중앙 행세를 하는 서울의 모순을 시급히 해소하는 것이 무엇보다 필요하다. 급변하는 21세기 문화공간에서는 한 나라의 문학만으로 세계 문학의 변화에 능동적으로 대응할 수 없듯이 서울지역 문학만으로 국민문학을 이야기할 수 없다. 서울지역과 기타 지역 문인들이 한 마음이 되려는 노력이야말로 진정한 한국문학을 정립하는 출발이라고 하겠다.

지역문학의 문제는 무엇보다 유력 지방문인들의 반지역성이 깔린 문단활동에 있다. 내로라하는 문인들이 대도시를 돌며 문학 강연회를 하거나 중앙지에 작품 투고를 하면서도 막상 지역 시민들에게는 문학적 서비스를 소홀히 하고 있다. 지역작가들이 지방 주민들의 삶에 무관심하다면 지역문학의 미래는 갈수록 암담해진다. 문단의 파벌화로 인하여 정작 유능한 문인이 문단에서 배제되고 감투를 좋아하거나 허명을 내세우기를 즐겨하는 패거리가 지방문단을 지배하고 전시성 행사만 펼치는 것도 서울의 지역문학의 미래를 암담하게 한다. 우수하고 열성적인 지역문인들이 지방문단을 외면한다면 지역문학의 위상도 저하되기 마련이다.

지역문학은 지역에 대한 경험을 우선적으로 자각하고 표현한다. 지역을 근거지로 삼아 활동하는 문인을 총칭하여 지역문학인이라고 부르는 까닭도 해당 지역의 역사, 지역 의식, 지방어로서 향토성과 토속성을 유지해나가기 때문이다. 지방자치가 이루어진 10여 년이 지난 오늘에 이르러서도 지역문학에 대한 관심이나 지원은 미미하기 짝이 없다. 게다가 지역에서 전개되는 지역문학 활동은 지역문학의 의의를 왜곡시키거나 형식적인 수준에 그쳐버리는 경우가 적지 않다. 지금이야말로 근시안적인 행사에서 벗어나 향토의식에 부응하는 문학경험을 펼칠 때라고 여겨진다.

지역문학에서 마지막으로 제기되는 문제는 언어라고 볼 수 있다. 인간의 삶을 표현하는 언어에는 역사성과 사회성이 자연스럽게 깔려있다. 만일 지역문학의 특성을 인정하려 들지 않는다면 표준어에 대한 언어적 독점욕이 깔려있다고 볼 수 있다. 민족의 표현방식은 하나밖에 없고 서울말이 표준말이고 서울말로 충분히 전국적으로 소통이 가능한데 굳이 지역 언어를 부각시킬 필요가 있는가 하는 반론이 그것이다.

　문학사조에서 주목할 점은 중앙이 아니라 지역이 출발점이라는 사실이다. 한 가지 예를 들면 낭만주의, 낭만적이라는 말은 고대 불어의 로망(roman)에서 파생되었고 로망은 원래 중세 루스티카지방의 방언으로 표준어인 라틴어에 대한 지방의 향토어를 말한다. 그런 점에서 부산의 〈시를 짓고 듣는 사람들의 모임〉에서 발간한 『부산사투리사전』은 부산 사투리를 문학 언어로 승화시켜 부산지역의 생활어와 문학어로 발전시켰다는 긍정적인 평가를 받고 있다. 지역문학은 지연(地緣)문학이기도 하므로 지연에 대한 애정을 문학으로 실천하려는 취지에서 50년간의 지방근대문학사를 연구하려는 경남문인협회의 노력도 높게 평가받을 만하다. 경남문인협회가 주도하여 기획된 경남 지방어에 남겨진 토속어를 추적하여, 부왜문학의 근원을 밝히려 한 점에서 여타 지역문학에게 던지는 시사점은 매우 크다. 최근 제주지역에서 제주문학의 집이 건립되고 문화예술 교육의 활성화되는 지역사회 운동도 주목할 만하다. 이처럼 지역문학은 지역 전통과 지역 언어의 특성을 확보하는 바탕이 된다. 국어가 민족주의 의식과 직결된다면 방언은 시대에 뒤떨어진 사어(死語)에 불과하다는 인식은 삶의 차원에서 보아도 적절하지 않다.

　지역문학의 예로서 부산의 자갈치시장을 들어보자. 생선을 파는 어시장은 크든 작든 생활력이 넘쳐흐르고 어장 풍경은 깊은 감동을 지닌 문학의 소재가 된다. 그런데 자갈치시장의 역사를 알고, 그곳에 얽힌 밑바닥 설움을 이해하여, 가난과 편견을 극복하려는 부산지역의 삶을 그들의 언어로 작품을 쓰면 필경 여타 지역의 어시장 이야기와 다를 것이다. 섬진강, 한강, 소백산, 목포, 전주, 춘천의 호수지역, 변산 반도가 지역 문학의 주요한 배경이 되는 이유가 여기에 있다. 그래서 지역문학은 필연적으로 향토성을 지닌다. 지역성을 공유하지 못한 타지방 작가가 단순히 지역풍경에 감동을 받아 쓴 글이 문학성을 보여주더라도 지역문학이라고 부르기 어렵다. 지역문학은 어디까지나 지역의 역사를 체화한 작품이다.

5. 지역문학과 권역문학

지역문학은 지역적 차등을 없애고 지역 간의 평등을 실현한다는 의식에서 출발한다. 진정한 지역문학은 지역이라는 관점에서 삶을 바라보면서 경험을 바탕으로 지역사회의 역사적 의의와 지역주민의 실상을 살펴나간다. 그러니까 지역문학은 특정 지역의 문학적 실체만이 아니라 지역주민을 통한 민족 동일체를 이루어가는 과정이기도 하다.

한국의 지역적 인식은 산업화 시기부터 두드러진다. 1980년대의 지역문학은 정치 민주화와 더불어 저항의 표현수단이었다. 중앙의 부당한 권력과 불평등에 대항하는 투쟁의식에서 지역은 미적, 심미적, 예술적 공간이 아니라 지배계급에 의해 억압받는 타자의 현장이었다. 이 시기의 지역문학은 봉건주의가 만들어낸 지배담론을 거부하고, 지역은 저항의 성역이라는 새로운 개념을 세운 것으로 1980년 5월 광주민주화운동이 대표적인 예에 속한다.

1990년대에는 지역문학이 상품화되는 시기에 해당한다. 지방자치단체가 지역문화에 관심을 가지면서 군산의 채만식 문학관, 춘천의 김유정 문학관, 봉평의 이효석 문학관, 부산의 이주홍 문학관, 영양의 조지훈 문학관, 안동의 이육사 문학관, 전주의 최명희 문학관, 강화의 조경희 문학관 등이 개관되고 작가의 이름을 건 김유정 김동리, 노천명, 이효석, 만해, 백석, 소월, 요산 등의 문학상을 시작으로 지방 향토작가의 문학관과 문학상들이 우후죽순처럼 설립되고 있다. 이러한 문화적 동향은 지역의 문화적 위상을 고양시켜 주지만 지역 작가들의 작품 세계를 계승하여 '―다운 것'을 정립하려는 노력이 뒤따르지 못한다는 것이 솔직한 현실이다.

2000년대의 지역문학은 이전과 다른 패러다임을 요청한다. 예컨대 경(京)과 향(鄕)이라는 이원적 개념을 벗겨 내려는 해체를 통하여 다른 지역과 상부상조의 관계를 형성하려는 노력이 그것이다. '서울로 올라간다.'는 상투적인 언술이 내포하고 있는 봉건의식에서 벗어나 지역과 지역 간을 오가는 수평적 교류를 통해 범문화권을 형성하는 것이 지방문학을 권역화하고 서울의 문화 권력을 해체하는 성과를 가져다 줄 것이다.

이것을 위해서는 각 지역 간의 연대가 요구된다. 서울문학 권력은 너무나 비대화되어 스스로 조정할 수 있는 능력을 상실했음으로 영남권, 호남권, 충청권 등의 권역화를 통해 지역의 문학과 문단을 활성화하는 것이다. 각 지역이 연대해서 문예진흥원, 중앙문학지, 중앙문학 단체에 자극을 주어 지역에 대한 특별한 관심을 가지도록 촉구하도록 한다. 한 가지 예를 들면 현재 한국문인협회가 주관하여 지역순회 문학 강좌를 개최하고 있지만 이러한 기획은 지역과 지역 간의 문학 교류가 아니라 지방에 대한 중앙 문단의 지배성을 유지하려는 중앙문단의 의도가 아닌가 여겨진다. 그것보다는 각 지역의 문학적 특성을 홍보하는 기획을 서울 지역에서 개최하고 후원하는 것이 바람직하다. "지역문학을 통해서 통일로, 세계로"란 슬로건을 내걸고 매년 한국지역문학인협회가 전남 화순에서 개최하는 문학인교류대회는 지역문학을 민족문학으로 발전시켜나가는 실천적 사례라고 아니할 수 없다.

지역이 지닌 향토사적 사료는 지역문학을 발전시키기 위한 자산으로 간주된다. 문화적 토양은 지역문인들을 단결시키고 문학인들과 지역주민이 동참하는 열린 문학을 촉진시켜 준다. 문학은 시대와 민족의 모습을 기록하는 창조인 만큼 문학 창작 외에 부수적 문학 활동도 필요하다. 그중의 하나가 지역문학의 특성을 보여주는 문학관 건립으로서 문학관은 후세들에게 선대의 정신세계를 경험하게 할 뿐만 아니라 지역 주민의 삶의 질을 높이고, 문화 전수의 기회를 제공하고 문인이 지역주민과 만나는 소통공간이 된다.

지역에서 운영하는 문학관은 지역 간의 문화 교류에 중요한 역할을 할 수 있다. 지역을 대표하는 문화상 및 문학상과 수상 작품집을 발간하여 전국에 배포하는 사업도 지역문학의 권역화에 기여한다. 경북에서는 한국 문학사에 큰 족적을 남긴 박목월(경주)과 소설가 김동리(경주), 일제저항시인 이육사(안동), 시조시인 이호우(청도), 「승무」의 조지훈(영양), 현대소설가 이문열(영양), 소설 『객주』의 김주영(청송) 작가들이 활동하였다는 점에 착안하여 문인들의 생가를 탐방하는 문학테마여행의 개발에 나서고 있는 점도 문학의 권역화에 기여하리라 여겨진다.

지방성을 지역화하고 권역화하는 관점에서 보면 향후 대전 지역은 주목을 받는다. 한반도의 중심에 자리하는 대전 지역은 경인지역, 호남지역, 영남지역을 잇는 교통의 요충지라는 점에서 어느 지역보다 지역문학이 발전할 수 있는 지리적 이점을 지니고 있다. 지정학적 편의성, 세종시 건설이 지닐 문화혜택, 계룡산을 거점으로 하는 설화문학의 유산 등은 대전의 지역적 특성화에 기여할 것이다. 강원·춘천 지역은 납북·월북 작가들이 활동한 자취가 많은 점에서 통일문학 순례를 기획해 봄 직도 하다. 지역특성을 발전시켜나가는 창조적 노력이 없이 지역문학의 수준이 높아지리라고 기대하는 것은 낭만적 예측에 불과하다. 지역문학의 존재 이유는 창작과 문학 활동의 불균형을 능동적으로 해결하고 중앙문단을 대체할 권역화를 이루는 데서 찾아야 한다.

6. 지역문학과 지역수필

수필은 여타 문학처럼 작가가 태어나고 성장한 문화 환경을 반영한다. 수필은 작가의 현실 체험을 바탕으로 하는 만큼 문화적 환경에 더 큰 영향을 받는다. 만일 서울이 아니라 지역을 배경으로 한다면 언어, 생활풍습, 관습, 나아가 문화의식에서 차이를 보여줄 것이다. 지역작가가 중앙문단에 맞서 제 가치를 지켜내는 일익을 담당한다는 작가적 소명이 이루어지면 지역문학은 탄탄한 인적 구성과 문학 자원을 갖게 될 것이다. 지역수필이 지역에 대하여 애정과 실천력을 보여줄 때만이 비평가들은 그들의 역할과 성과를 긍정적으로 조명하게 된다.

문학의 효용은 보통 7가지로 나눌 수 있다. 첫째는 인생을 이해하는 표현이며, 둘째는 삶의 권태에서 도피하여 즐거움을 찾는 것이며, 셋째는 주장을 펼치거나 특정한 이론을 선전하기 위함이며, 넷째는 사실을 있는 그대로 보도하는 것이며, 다섯째는 언어의 변화를 관찰하고 문화를 전수하며, 여섯째는 시대정신을 표현하는 것이며, 일곱째는 새로운 삶의 스타일을 창조하거나 취향을 만들어내는 역할을 한다.

문학의 효용 중에서 다섯 번째인 문화의 전수는 지역문학과 지역수필의 중요성을 강조하는 부분이다. 수필은 소설처럼 독자에게 지역의 정치, 종교, 사회문제를 거론할 수 있다. 나아가 어느 문학 장르보다 지역 언어를 발전시키고 순화시키는 기능도 갖는다. 서양의 예를 들면 마크 트웨인의 작품은 남부주민들이 사용하는 일상어를 문학어로 발전시켰다. 우리나라의 경우 조정래의『태백산맥』은 지리산 일대의 방언을 문학어로 승화시켰다. 수필가는 사회현상을 직접 경험함으로써 지역사회를 발전시키고 향토어를 발전시키는 선구적 역할을 수행해 나간다. 오승휴, 서경림을 위시한 제주지역 수필가들이 제주방언에 담긴 향토성과 토속성을 격상시키고, 일부 수필잡지에서는 각 지방의 방언을 사용하는 방언수필 코너를 기획 운영하고 있다. 사회의 문제를 직접적으로 반영한 수필은 이러한 목적에 맞는 패러다임을 구체화해 나간다.

지역성을 강조하는 수필은 20세기 지방자치 제도가 도입되면서 본격화되고 있다. 특정 지역의 배경, 말씨, 행동양식, 관습 등은 작가의 행동과 심리에 영향을 미치게 된다. 지역수필가는 지역주민들을 수필에 등장시키고 관습, 풍습, 예의범절, 집단의 감성을 전개시키거나 자연이 지니고 있는 정서적 치유력을 찬미한다. 전원수필에서는 시골, 농촌, 바다 섬 등은 목가적이고 유토피아적 이상향으로 그려진다. 자연은 순수하고 선한 곳으로 간주하기 때문에 수필은 지역풍속의 지킴이로서 낯선 도시에서 벗어나 귀향하는 심적 이동성을 구현해낸다.

지역수필은 지방의 목소리를 내는 통로이다. 지금까지 한국수필 문단은 지나치게 중앙집권 체제를 유지함으로써 지역의 목소리가 억제되었다. 서울이 문학에서 비중이 높은 지역인 점은 사실이지만 문학의 대상은 어디까지나 주민들의 정서가 중심이어야 한다. 수필 화자와 서술자의 정서는 작가가 활동하는 지역성을 바탕으로 할 때만 진정한 정서를 이루어낸다. 지역문학을 보호하려는 이러한 내적 외적 노력이 바탕이 되면 한국수필은 보다 다양한 목소리와 색채를 갖게 될 것이고 사이버리즘 시대의 수필이 추구하여야 할 탈 중심, 탈 전통에 부합하는 IT 세대의 소통성과 다양성에 부응할 수 있다.

전국적으로 분포된 수필가의 활동을 살펴보면 지역수필의 비중이 갈수록 두드러진다. 지역마다 수필가들이 활동하고 있지만 부산 지역, 대구 지역, 전주 지역, 강원 지역, 인천 지역의 수필가들의 활동이 서울권을 앞서고 있다. 지역에서 작품 활동을 한다고 하여 지역수필가로 분류할 수 없으며, 지역문화에 대한 진지한 의식을 바탕으로 자기 목소리를 낼 때 한국수필가로서 정치성은 더욱 확고해진다. 제주지역에서는 제주의 독특한 역사성과 향토성을 집중적으로 다루고, 춘천지역에서는 박종숙의 호수 문학이 등장하는 것이 그 예에 속한다.

지역수필이 정립되기 위해서는 문학관 건립과 같은 부분과 소프

트웨어적인 유연한 사고가 병행하는 진흥방안이 고려되는 것이 요청된다. 한 가지 예로서 지역단체와 수필문인이 연대하면 제도적인 지원이나 지역 기업인들의 지원을 촉진할 수 있다. 지역수필문학을 제대로 발전시키려면 무엇보다 지역문인들이 중앙문단에 의탁하려는 사고에서 벗어나는 게 급선무다. 자신의 삶과 생활을 향토의 일부로 자각하고 자신의 거주 지역을 "창조를 가능하게 하는 진지"(구모룡)로 인식하는 주체의식이야말로 지역 수필가들이 지녀야 할 과제라 하겠다. 위기의 원인을 바깥쪽에서 찾기보다는 내부에서 찾으려는 실천이 지역수필의 활로라고 여겨진다.

에필로그

지역마다 '지역수필의 위기'를 말하고 있으나 따지고 보면 어느 시대에도 향토문학의 위기는 존재해 왔다. 문제는 위기감을 의식하면 진지한 반성과 개선의 노력이 뒤따라야 함에도 구호나 아우성으로 그쳐버린 경우가 적지 않다는 데 있다. 만일 지역문학을 지역에 한정하지 않고 거시적 안목으로 바라보거나, 민족문학의 입장에서 본다면 통일된 한국문학으로서 일부가 된다. 남북통일 이후라면 북한지역을 어떻게 인식하고 중국의 동북 3성에 거주하는 조선족 문학은 어떻게 되는가를 살필 때 권역으로서 지역문학을 정립할 수 있다.

지역수필을 탈식민주의 관점에서 점검해보는 것도 필요하다. 탈식민주의에는 식민사관과 전체주의가 내포되므로 지역 문학인은 무엇보다 정신적 자립이 요구된다. 탈식민적 사고는 정치적 담론이 아니라 지역문단에서 해결하여야 할 탈 권위, 탈 분파를 의미하고 탈 전체주의는 작가 개인의 독립된 창작정신을 의미한다. 수필의 경우, 어느 장르보다 개방성과 소통성이 크고 사이버시대에 가장 적합한 장르라는 점에서 시와 소설에서 벗어나 지역문학의 활성화에 기여할 필요가 있다.

중앙문단에 대한 비판에 앞서 자신을 냉정히 되돌아보는 열린 의식은 지역문학의 미래를 설정하는 기본자세에 해당한다.

첫째, 지역문학은 지역 자체의 관심사가 아니라 한국문학이 당면한 가장 중요한 과제이다. 한국 정치의 민주화, 한국 사회의 보편화, 한국 문화의 균등화를 위한 시민운동의 연장선상에서 지역수필의 문제를 재인식한다. 지역문학이 지역의 진실성을 표현하면서 동시에 문학적 보편성을 지녀야 한다는 의미이다.

둘째, 지역수필은 궁극적으로 지방주의를 초월하여야 한다. 지역문학은 지방간의 차이로서가 아니라 지역 문학의 총량(總量)을 의미하므로 분파주의, 당파주의, 계보주의, 안방주의에서 벗어나는 자세가 바람직스럽다.

셋째, 지역의 개념을 서울 이외의 타지로 이해해서는 안 된다. 광주와 춘천이 지역이면 서울과 부산도 지역이므로 각 지역은 역사적 경험과 현실을 정직하게 표현하면서 다른 지역의 문학을 수용하려는 열린 정신을 키운다. 중심문학은 속성상 권력이므로 해체되고 애향문학은 지방성에 그치므로 배타성은 반성의 대상이 된다는 뜻이다.

넷째, 지역수필은 지역소설이나 향토시처럼 독자적인 정체성을 지닐 필요가 있다. 각 지역에는 나름의 향토사가 있고 작가가 있으며 지역 언어가 존재한다. 그러므로 지역수필가들은 지역정서와 언어를 작품에 반영하도록 한다.

다섯째, 지역문학은 권역문학을 지향한다. 권역문학은 지역문학과 중앙문학 간의 차이를 해소해나가는 현실적 방안이다. 전국광역시문인협회는 그러한 관점에서 중요한 역할이 기대된다. 권역문학은 현실적으로 존재하는 수도권 문학을 해체하는 자극제가 될 것이며 지역문인들에게 더 많은 자생력을 불어넣어 줄 것이다.

여섯째, 지역수필은 전국적이면서 세계 문학적 안목을 지녀야 한다. 우리나라 수필가들은 시인이나 소설가에 비하여 세계성이 결여되어 있다고 여겨진다. 지역수필가들은 중앙문단과 소통을 능동적으로 펼치고, 지역의 우수작을 영어, 중국어, 일본어 등으로 번역하여 세계시장에 선보이면서 외국문인들과 교류를 활성화한다. 지역문학은 국제 교류에 눈을 돌리기가 어려웠던 것이 현실이지만 사이버리즘시대의 지역수필 문단은 중앙에 의존하기보다 해외로 나아가는 노력을 기울여야 한다.

요약하면 지역수필의 올바른 정립을 위해서는 적합한 장단기 전략을 세우고 지역의 향토성을 정립하여 남북분단에서 남북문학, 동서 문학, 중앙문학의 문제점을 인식하고 해소하는 데 참여하여 할 것으로 기대된다.

〈참고자료〉

1) Edward. W. Said, 『Orientalism』, 박홍규 역, 교보문고, 1997.

2) 김승환, "지역문화와 지역의 새로운 인식을 위하여", 『지역문화의 이해와 지역문화』, 충북민예총 예술사업위원회, 2001.

3) Franz Fanon, 『검은 피부 하얀 가면』, 이석호 옮김, 인간사랑, 1998.

4) Immanuel Wallerstein, "Geopolitics and Geoculture", 『탈아메리카와 문화이동』, 김시완 옮김, 백의, 1995.

5) 박태일, 『한국 지역문학의 논리』, 청동거울, 2004.

6) 양왕용, 『한국현대시와 지역문학』, 작가마을, 2006.

제9장

단수필과 낭송수필

    문학이란 작품을 통하여 작가와 독자 간의 정서적 지적 교감을 도모하는 소통체계이다. 글을 쓰는 사람을 작가라고 부르고 글을 읽는 사람을 독자라고 부른다. 작가와 독자 간에는 교감과 소통이 이루어진다. 그런데 문자에 의한 소통이 이루어지기 전에 이미 말이라는 음성매체가 존재해왔다. 소통을 이루는 수단으로서 말은 시간적으로 공간적으로 제약을 받지만 글보다 더 원초적이고 직접적이다. 현장성과 즉각성의 효과도 말의 결점을 상쇄하고도 남음이 있다. 작가와 독자를 쓰고 읽는 관계로 풀이하면 말하고 듣는 문학에서는 화자(speaker)와 청자(listener)라는 소통관계가 세워진다. 여기에 낭송문학(Recitation literature)의 존재가치가 생겨난다.

    낭송문학의 기원은 고대부터 시작한다. 문자가 발명되기 이전에 원시인들은 수렵채취의 행위를 음성으로 전달하고 말로 표현하였다. 원시적이기는 하지만 음성이라는 표현수단은 감정과 느낌을 전달하는 구전문학의 효시에 해당한다. 중세에서 근대에 걸쳐 역사적 사건, 건국신화, 영웅담 등을 악기 반주에 맞추어 암송하는 음유문학은 오늘의 낭송문학의 기원이 된다. 육성에 음악적 음률을 가미함으로써 표현력과 소통성을 더욱 용이하게 만드는 낭송은 문자언어와 음성언어가 동시에 구사되는 형식으로서 이철호는 낭송 문학을 "문자와 음성의 종합예술"이라고 부른다.

낭송문학의 목적은 문학의 소통성과 감동성을 높이는 데 있다. 문학을 사랑하고 문학에 대하여 관심과 열정을 지닌 사람들이 모여 시, 수필, 콩트 등의 작품을 청중 앞에서 직접 낭송하면 언어에 생기와 활력이 스며들어 더 높은 감동이 이루어진다. 낭송을 듣는 청자의 입장에서 보면 낭송자의 표정, 몸짓, 어조 등을 통해 내용을 오감으로 받아들여 작품에 쉽게 접근한다. 뿐만 아니라 낭송은 청자가 문자를 해독할 수 있는가 라는 여부와 관계없이 독자층을 확보하는 부수적 효과도 거둔다. 이처럼 문학적 가치를 공유하는 기쁨이 배가 된다는 점에서 낭송의 효과는 더욱 커진다.

낭송문학은 독서문학에 비해 적극적인 문학 감상법이다. 눈으로 읽는 독해에 그치지 않고, 눈으로 보면서 입으로는 낭송하고 귀로 듣는 표현은 인체의 오관 (눈, 귀, 입, 코, 마음)과 오감(시각, 청각, 미각, 후각, 후각, 촉각)을 모두 활용하므로 감수성을 극대화한다. 낭송자도 작품 낭송에 대한 반응을 즉시 확인함으로써 화술과 화법을 고쳐나갈 수 있다. 이와 같이 작품세계를 생동감 있게 소통시키는 것이 낭송문학의 역할에 해당한다.

1. 낭송수필의 요건

낭송 문학으로 가장 널리 이용되어 온 장르는 시라고 할 수 있다. 시는 분량이 짧고 운율로 짜인 행과 연으로 이루어져 소요시간과 음악성에서 매우 효과적이다. 비유법과 압축된 어절, 이미지와 연상은 청취에서도 많은 장점을 지니게 된다.

고대소설이나 영웅담, 희곡 중에는 구전되어 오는 작품이 무수히 많다. 전설, 민담, 설화라는 구전문학이 지니는 장점은 구어로 이루어지는 서사이다. 때와 장소라는 배경을 깔고 주인공이 등장하여 모험을 펼쳐가는 낭송서사는 서사시가 지니지 못하는 생생한 줄거리와 구성으로 엮어진다. 시가 언어의 운율성에 호소한다면 산문의 스토리는 청자에게 이야기라는 흥미를 제공한다. 수필을 낭송할 경우 어떤 작품이 낭송에 적합한가를 판단하는 좌표가 이것이라고 하겠다.

수필은 낭송문학으로서 많은 장점을 지닌다. 수필의 특성은 분량이 적으면서도 작가의 체험을 전달하는 것이다. 번득이는 재치와 유머, 잘 갈무리된 단락, 신선한 표현, 그리고 압축된 구성은 감동과 호응을 얻을 수 있는 요소이기도 하다. 문장은 사상과 감정, 의견과 생각, 치밀한 구성과 명료한 언어로 짜인다.

수필은 읽는 문학으로서 관심과 호응을 받을 수 있다. 시는 상징성과 압축성이 지나치게 강하여 듣기에 난해한 경우가 적지 않다. 낭송의 결점은 일회성 청취이므로 즉석에서 이해하지 못하면 기회를 놓치기 쉽다. 시어에는 축약과 생략 및 비문법적 표현이 많아 즉시 이해하기 어렵고 독자의 청각 능력에 부적합한 언어가 사용되는 경우가 적지 않다. 소설은 양적 길이가 길어 시간적 제약을 받는 경우가 많아 전편을 읽어 내지 못한다. 게다가 줄거리가 복잡하고 허구적인 요소로 인하여 현실감이 떨어진다. 수필은 짧고 논리적인 구조와 설득력 있는 주제를 지닌다는 점에서 시와 소설보다 훨씬 쉽게 이해될 수 있다. 이러한 장점이 낭송이나 낭독으로서 수필이 지닌 잠재력을 보여준다.

낭송문학으로서 수필이 갖는 두 번째 장점은 체험성이다. 수필에서는 소설과 달리 허구가 아닌 체험이 소재가 된다. 수필의 내용과 소재가 일상적인 삶에서 본뜬 것으로, 누구에게나 있을 수 있다는 사실은 청자의 경험을 쉽게 되살려 줄 수 있다. 화자와 청자라는 낭송자와 낭송청자 간에 이루어지는 공감도 시와 소설보다 수필에서 높다는 점을 낭송자는 알아야 할 것이다.

수필은 어느 장르보다 친화력과 친밀도가 높다. 글로 쓸 때나 음성으로 낭송될 때도 마찬가지다. 수필가의 육성으로 자신의 삶을 직접 이야기하기 때문에 청자에게 더욱 신뢰감을 준다. 그러기 때문에 낭송수필은 필사수필과 달리 독자인 청중의 믿음과 호소력에 알맞게 쓰이고 낭송되어야 한다.

낭송수필의 창작에는 두 가지 방법이 있다. 첫째는 15매 내외로 쓰인 기존 수필을 낭송에 맞게 길이를 조정하고, 운율에 맞추어 수정하는 것이다. 읽는 수필에서는 주로 문어가 사용되므로 발성과 청취에 알맞은 구어(口語)문체로 고칠 필요가 있다. 두 번째는 처음부터 낭송용 수필을 창작하는 것이다. 글을 쓰기 시작할 때부터 시적인 운율을 생각하고 낭송의 효과를 염두에 두면 낭송과 청취에 더욱 적절한 작품을 쓸 수 있다. 듣기 쉬운 표현, 명료한 줄거리,

인상 깊은 이미지, 음성학적 장단과 고저를 동시에 고려함으로써 낭송욕구를 충족시키고 나아가 청자와의 소통을 활성화시킨다. 자신이 창작한 작품을 청중 앞에서 낭송한다면 낭송자의 입장에서 보아도 글을 쓰고 읽는 이중적 창작이 되기 때문에 쓰고 말하는 희열 또한 커지기 마련이다.

원작을 번안하든, 낭송수필을 쓰든 주의할 점은 청자의 집중력을 고려하는 일이다. 청자가 주의력과 집중력을 유지할 수 있는 시간은 3분~5분 정도라고 한다. 아무리 흥미로운 이야기일지라도 청자의 주의력과 집중력이 산만해지면 감동과 공감이 저하된다. 그러므로 수필낭송에 적정한 분량은 원고지 10매 이내이거나 1,000자 내외의 단수필이 비교적 적합하다. 3분 수필, 혹은 10매 정도이면 수필낭송은 시보다 전달력과 호소력에서 더욱 좋은 효과를 거둘 수 있다.

2. 사이버리즘과 미니문학

뉴밀레니엄을 맞이하면서 새로 나타난 글쓰기 양식이 "미니문학"이다. 미니문학은 월드 와이드 웹(WWW)과 디지털 문화의 일부로서 사이버리즘 시대의 대표적인 문학현상에 해당한다.

오늘날 디지털 문화의 특징 중의 하나는 압축과 응축이다. 20세기 전반기에는 문학과 철학이 결합하여 실존주의 문학을 낳았다. 문명과 문화가 동반관계를 이루는 양식이 출현한 21세기 후반기에는 과학과 문학이 서로의 장점을 교환하기 시작한다. 과학의 경우

문학이 지니는 감수성을 도입한다면 문학의 경우는 길이의 축소와 미니화로 나타난다. 홈페이지와 블로그(blog : 웹(web)의 'b'와 기록의 의미를 지닌 'log'의 합성어)라는 쉽고 편하게 꾸밀 수 있는 나만의 온라인 공간은 저장 공간에 알맞은 문학양식을 요구한다. 인터넷 문화 양식으로서 미니문학이 사이버리즘의 문화현상으로 매김된 근거가 여기에 있다.

미니문학은 단순히 짧은 글이 아니다. 미니문학은 평면적이고 이분법적인 원고지 글쓰기에서 벗어나 사이버리즘 문화현상을 반영한 입체적이고, 다차원적이고 복합적인 화면 글쓰기로 전환한다. 동시에 IT시대에 맞는 시청(Audio · Visual)이라는 시각과 청각의 이미지도 곁들인다.

미니문학에 대한 이론적 근거는 기호학에서 찾을 수 있다. 이탈리아 기호학자이며 철학자이며 작가인 움베르토 에코는 "미니픽션은 한 장의 사진이다."라고 하였다. 그는 "20세기의 위대한 두 작가가 우리에게 밀레니엄의 비전을 보여주고 떠났다. 영국의 현대소설가인 제임스 조이스는 언어로써 월드 와이드 웹(WWW)의 시각적 이미지를 보여주었고, 아르헨티나 태생의 시인이며 소설가인 호르헤 루이스 보르헤스는 "이미지를 표현하는 아이디어를 제시하고 디자인하였다."라고 그들의 업적을 열거하였다. 그들의 이론을 바탕으로 지금까지의 소설과 시와 수필과 드라마의 대안으로 제시한 장르가 미니문학이다. 미니문학은 소설에서는 미니픽션, 시에선 행시(行詩), 수필에서는 단(短)수필, 드라마에서는 장(章)연극이며 행위예술에서는 플래시 몹(Flash Mob : 인터넷을 통해 만난 사람들이 도심 번화가에 모여 리더의 지시에 따라 동시에 소리를 지르거나 동물 흉내를 내다가 순식간에 사라지는 집단 해프닝)이 나타나 표현의 미니화가 본격화되고 있다.

10년 전만 하더라도 냅킨 한 장 위에 소설을 쓰는 작가를 상상할 수 없었다. 설혹 그렇다 하더라도 휴대전화 문자로 한 편의 소설, 시, 수필을 보낸다고는 상상하지 못했다. 현대에는 그것을 능가하고 독자를 만족시킬 최대의 짧은 글이 고안되었다. 미국 캘리포니아 샌트루이스의 오비스포우 〈뉴 타임즈〉사는 매년 짧은 소설 대회에서 선별된 작품을 수록하여 발표하는데 모두 휴대전화 문자 메시지 분량으로 이루어진 작품들이다.

> "왜 그랬나?"
> 6개월 전에도 똑같은 질문이었다.
> 존은 친구에게 말한다. "주말을 자유롭게 보내기 위해서 캐런과 결혼했어. 매 주말마다 그녀를 만나기 위해 6시간을 운전하고 싶지 않았거든."
> 이제 형사가 물어본다. "왜 그랬나?"
> 존은 캐런의 시체를 내려다보고 있다.
> "주말을 자유롭게 보내고 싶었소."

위 글은 200자 원고의 1매 분량으로 쓰여진 「주말예약」이다. 한국의 시조나 일본의 하이쿠 시처럼 극도로 압축된 작품은 속도의 미학이 문학에까지 침투된 현상을 극명하게 보여준다.

압축의 양상은 사이버리즘 시대의 단면에 해당한다. 공간적 압축과 시간적 응축이 동시에 이루어지면서 시, 소설은 물론 수필에서도 속도가 양을 지배하는 양식이 나타나고 있다. 구성의 전개 속도가 빨라지고, 구성이 연결된다기보다는 플래시 몹처럼 일회성으로 나타나고 있다. 문학에서 빠른 속도는 자칫 얕은 사유를 의미할 수 있지만 문학 평론가 권유리야는 현대 사람들은 "스쳐 지나는 것으로 자족한다."는 문화현상으로 설명하고 있다. 축소지향은 IT시대에 살아가는 자본주의 인간이 보여주는 공통적인 증세로서 콩트보다 짧은 미니픽션은 한 페이지 단편 소설의 모양새를 취한다. 시에서는 디카시가 출시되어 언어의 한계를 은연중에 보여준다. 어쨌든 디지털시대의 속도와 대중성이 문학의 몸짓을 바꾸고 있다.

2000년 이후 본격화되기 시작한 미니문학이라는 콘텐츠는 멋진 표현보다는 현실공간을 통해 작가와 독자 사이에 끈끈한 공감대를 형성시킨다. 압축과 개성의 퓨전이 가능해진 문학으로서 미니문학은 속도성과 공간성의 축약이라는 미학성을 지닌다.

3. 단수필(낭송수필)의 창작원리

기존의 수필이 유화, 혹은 수채화라면 단수필은 한 장의 그림엽서다. 단수필은 5매 수필, 미니수필, 짧은 수필, 혹은 '장(掌)수필'로 불리지만 명칭이 무엇이든 짧기만 하다고 단수필이 되는 것은 아니다. 문학적 본질에서 단수필은 일반수필이나 장(長)수필과 다르고, 다를 수밖에 없다. 소설을 줄였다고 단편소설이 되지 못하는 것과 마찬가지다. 단수필은 내용을 압축하고 응축시켜 강렬한 이미지 외에 인상적인 영감(靈感)(Inspiration)과 생생한 체험을 바탕으로 하는 소통력을 담는다.

단수필은 가장 적은 수의 단어로서 최대의 미적 효과를 거두기 위하여 세심한 언어선택과 구성이 전제가 된다. 단수필이 감동적이면서 단순하고, 사색적이면서 현실적일지라도 독자는 풍부한 상상의 영역을 동경한다. 사랑과 죽음이 교차하고 미녀와 마녀를 만나기도 하고 사후세계의 유령과 대화를 나누기도 하는 환상은 비현실적인 내용이라기보다는 삶을 패러디하는 구도로 간주된다. 이렇듯 절제된 문장 속에 표현된 초현실적 소재는 미니문학의 감각성과 리얼리티를 유지해 나간다. 휴대전화 문자가 단순히 소식을 전해주는 편지 대행수단을 떠나 새로운 휴대전화 문학을 만들며 그것은 아이패드(iPad)에 의하여 더욱 활성화 되어간다. 엽서 한 장, 메모리 한 장, 컴퓨터 화면 크기, 휴대전화 메시지 1회 분량에서 사건이 벌어지고 마무리되고 메시지로 전달된다.

단수필을 창작하려면 아래와 같은 유의사항이 필요하다.

첫째, 내용을 압축한다. 서술의 경제성을 살리려면 분위기를 조성하는 서두를 생략하면서 단숨에 전개부로 들어가고, 가장 적절한 한 가지의 에피소드나 사례를 소개하여 단어의 분량을 경제화 한다. 불필요하게 긴 예문을 소개하거나 여러 예문을 짜깁기하는 확장은 피하도록 한다.

둘째, 주제가 명료하고 참신해야 한다. 일상적인 서술은 독자의 인식을 일깨울 여력을 가지지 못한다. 기발한 착상과, 낯선 관점으로 신선한 주제를 불러일으켜야 독자에게 강한 인상을 남긴다.

셋째, 수식어가 아니라 서사적 비유와 은유로서 서정미를 살린다. 행동은 의미를 형상화할 수 있음으로 설리나 서정보다는 서사적 구도가 단수필의 주제를 확보하는 데 적합하다.

넷째, 치밀한 구성이 요구된다. 구성을 잘 짜야 전달력에서 효과가 커진다. 단수필에서 가장 적절한 구성은 기승전결이라는 4단 구성이며 윤오영의 「달밤」처럼 반전이 가미되면 극적 구성이 이루어진다.

다섯째, 시적 기법의 차용이다. 단수필로 낭송하려면 음악적 효과를 고려한다. 우리말에는 장단은 있으나 고저와 강약이 상대적으로 미약하여 낭송 언어로서 약점을 지닌다. 이것을 고려하면서 낭독하여야 정서적 공유에서 무리가 없다.

여섯째, 낭송수필은 음악성이 중요하지만 산문정신도 필요하다. 단수필을 낭송할 경우 양적으로 짧다고 하여도 시적인 분위기보다는 산문다운 인식을 고려한다. 소재, 주제, 문체에서 산문정신이 지켜지면 시의 아류에서 벗어나 낭송수필 본연의 미적 효과를 얻게 된다.

단수필은 주제 전달이 용이하고, 구성의 묘미가 남다른 장르이다. 속도성, 압축성, 경쾌성은 현대독자들이 느끼는 속도에 대한 부담감을 줄여주며 압축된 기법으로 주제를 펼쳐내는 응축은 수필의 본질을 강화시켜 준다. 지나치게 압축하면 내용이 빈약해진다는 불안감을 야기하므로 주의한다.

단수필과 낭송수필에서 필요한 것은 무엇보다 기법의 다양화라고 하겠다. 현대 수필에서 사용되는 시적, 소설적 기법 외에 드라마적 기법이나 시네마적 기법은 디지털시대의 특성 중의 하나로서 미술에 비교하면 인상주의적 묘사에 비교된다. 요약하면 낭송수필은 월드와이드웹(WWW)과 시청각(AV)소통과 디지털 문화에 능동적으로 부응하는 장르라고 여겨진다.

4. 효율적인 수필 낭송법

1) 온몸의 연기로 내용을 전달한다.

인간은 문자가 발명되지 않았던 시대에도 자신의 느낌이나 감동을 음성과 몸짓으로 표현해 왔다. 문학 작품 낭송자는 작품을 해석한 후 손짓, 발걸음과 같은 절제된 제스처와 눈빛과 목소리로 연기해 나간다. 작품을 완전히 체화하면 독자들이 깨닫지 못한 문학적 가치를 재발견하고 더 깊은 감동을 줄 수 있다.

2) 문학작품에 생기를 불어넣는다.

문학은 원래 원시가무에서 출발한 것이다. 몸짓은 무용과 연극으로, 소리는 음악으로, 노래 가사는 구비문학의 단계를 거쳐 기록문학으로 정착되었다. 문학은 근원에서 보면 재현의 표현이다. 낭송자의 목소리로 작품이 지닌 내면을 밝혀내는 표현 중의 하나가 낭송문학이므로 문자언어에 갇혀 있던 작가의 감정이 음성으로 표현되면 깊은 정감을 불러일으킨다.

3) 언어는 전달력을 갖는다.

낭송의 전달수단은 말이다. 낭송수필에 사용되는 말이 논리적으로 비약하거나 상징성과 함축성이 지나치면 현장에서 소화해내기 어렵다. 한자어와 외래어가 빈번히 사용되고, 추상어와 관념어가 연이어 나열되면 속도가 빠르거나 발음이 부정확할 경우 잘못 이해되어버린다. 그래서 낭송수필은 가능한 쉬운 언어를 선택하는 것이 바람직하다.

낭송을 할 때는 천천히 또렷하게 읽는 것이 중요하다. 상징이나 다의적인 의미로 해석될 수 있는 단어를 낭송할 때에는 발음과 발성에 더욱 주의한다. 작품의 내용이 청중의 수준에 비해 난해하면 또박또박 문장을 낭송한다. 책을 읽듯이 똑같은 어조로 읽어서는 안 된다. 적당한 시간차, 감정이입과 호흡의 조절, 운율과 리듬이 어울린 낭송이 되도록 충분한 연습이 필요하다.

4) 작품과 낭송자는 일체가 된다.

수필이 지닌 묘미, 재미, 위트와 풍자가 무리 없이 전달되려면 리듬이 있는 발성이 필요하다. 언어의 강약과 높낮이, 문장과 문장 사이의 간격. 단락과 단락 간의 휴지(休止), 적당한 여운, 표정의 변화와 적절한 제스처, 호흡 등을 염두에 두면서 낭송한다. 기계적으로 읽거나 꼿꼿이 서서 낭송하면 음성이 어색해진다. 글의 흐름에 따라 몸을 약간 이동하거나 표정과 시선을 움직이면 청자들의 지루함을 줄일 수 있다.

좀 더 구체적으로 제시하면 다음과 같다.

(1) 중요한 대목이나 단어 등을 낭송할 때에는 큰 목소리와 또렷한 어조로 낭송한다. 강조하고자 하는 구절이나 단어 앞뒤에 침묵이나 공백을 두어 말의 간격을 조절한다.

(2) 목소리의 톤을 조금씩 높이고 감정을 조금씩 고조시켜 청중들이 자연스럽게 절정에 다다르도록 하는 것이 좋다. 반대로 크고 빠른 목소리로 계속해 나가다가 갑자기 어조를 바꾸거나 작고 느린 목소리로 낭송하면 주의를 집중시키는 데 효과적이다.

(3) 중수필이라면 장중하면서도 신뢰감이 있는 목소리로 낭송하는 것이 좋으며 표정이나 제스처로 위엄을 보여주는 것이 바람직하다. 감성적이고 사색적인 경수필에서는 차분한 어조와 사색적인 표정을 유지하고 감동이 고조되는 부분에서는 진지한 어투와 억양이 필요하다.

(4) 낭송은 연기다. 낭송자는 무엇보다 작품의 분위기와 일체가 되도록 한다. 작품의 배경, 작가의 생애, 작품에 대한 지식이나 비평을 사전에 충분히 알아 둘 필요가 있다.

설득력 있는 낭송은 몸에 밴 것이다. 작품을 보지 않고 암송하면 성실함과 신뢰성을 보여주므로 청중의 호감을 얻는다. 제대로 외우지 못하면 줄거리를 따르느라 신경을 쓰기 때문에 작가와 청자 모두가 긴장하게 된다. 가급적 청중에게 시선을 떼지 않고 그들의 눈을 통해 심리적 반응을 읽으며 몸짓과 손짓 등의 제스처를 거듭 연습하여 완전히 익힌다.

(5) 주위환경에 익숙하도록 한다. 청중이 많거나 날이 어둡거나 실내가 어두운 곳, 약간의 소음이 있는 곳에서는 낭송의 효과가 줄어든다. 야외에서는 제스처를 크게 하고 목소리를 높이며 청중의 수가 적거나 좁은 곳과 밝은 곳에서는 목소리와 제스처를 크게 하지 않는다.

(6) 단정한 옷차림으로 낭송한다. 낭송 내용에 어울리는 옷차림이 중요하다. 외모와 옷차림에 따라 인상이 달라지므로 개성 있는 자기 연출을 한다. 짙은 단색이나 요란한 무늬의 복장이나 지나치게 번쩍거리는 장식품은 피하는 게 좋다. 지나친 의상은 청중들의 시선을 방해하며 집중력을 떨어뜨리기 쉽다.

(7) 목소리는 자연스럽게 조절한다. 글이 사람의 성품을 나타낸다면 목소리에도 인품, 지식수준, 교양, 가치관이나 지적 능력, 인간미 등이 묻어 나온다. 음성은 타고나지만 꾸준한 노력과 훈련을 하면 좋은 음색으로 바꿀 수 있으므로 흡연, 음식, 고함을 평소에 절제하고 사투리는 삼가는 게 좋다. 작품의 분위기에 맞추어 말의 억양이나 말투, 말의 높낮이, 말의 간격이나 여운 등 표출 방법 등을 다양하게 구사하도록 노력한다. 그래서 낭송은 목소리의 연출이라고 말한다.

에필로그

인간은 영혼을 감지하는 동물이다. 낭송문학은 말 그대로 음율적인 감정을 불어넣으면서 읽거나 외는 문학 활동이다. 눈으로 읽고 입으로 말하고 귀로 듣고 마음으로 해석하는 낭송은 문학에서 일종의 종합예술에 해당한다. 문학은 결국 언어로 표현될 수밖에 없다. 작가는 외부세계를 소재로 하여 작품을 발표하여 자신을 구원하고 세계를 구제할 것을 목표로 한다. 문자를 통해 생각이나 감정 등을 표현하는 것이 문학이고 말로 표현하는 것도 문학이다. 낭송문학은 음성언어와 문자언어를 동시에 사용하여 표현하므로 문자와 음성의 복합문학이라고 할 수 있다.

낭송회는 낭송을 하고 들으면서 느낀 점을 이야기하거나 비평하는 모임이다. 친목을 도모하고 낭송 능력을 향상시키며 아울러 작품의 질적 수준을 높이려한다. 낭송은 밖으로 나아가는 열린 문학으로서 책상 앞에서 지필묵을 쥐고 컴퓨터의 자판기를 두드리던 작가가 독자와 만나려는 미학적 공간애(topophilia)인 셈이다. 문학작품을 직접 들으면 작품의 가치를 보다 명확하게 이해할 수 있다고 청자는 기대하기 때문에 풍요로운 정신적 삶을 공유하고 자아를 성숙시키는 문학 활동이 되도록 한다.

제10장

사수필의 정립과 요건

문학 장르 중에서 가장 오래된 양식은 구전 문학으로서 스토리를 펼치는 서사 형식을 지닌다. 1인칭 서사로서 수필은 스토리텔링의 성격에서 보면 가장 오래된 양식으로 손꼽힌다. 옛날의 원시인들은 수렵을 하다가 위험한 동물을 만나 가까스로 목숨을 구하여 마을로 돌아오면 동료들에게 자신이 당한 생생한 모험을 재구성하여 전해 주곤 하였다. 고대인들의 서사는 허구라는 소설이 아니라 직접체험으로서 수필의 원조로 자리한다. 오늘날에는 카페, 블로그, 홈페이지라는 이야기 공간이 만들어지고 인터넷 공간에서 체험성 이야기가 전파된다. 체험과 상상이 혼합된 팩션(faction)이라는 이야기 양식이 사이버공간에서 발전하고 있는 셈이다. 팩션은 팩트(fact)와 픽션(fiction)이 합친 것으로 경험에 작가의 상상력이 덧붙여진 장르로서 사실을 재미있게 전달하지만 지나치게 오락성에 치우친다는 문제가 나타나기도 한다. 이것은 허구에 근거한 소설이나 사실에 근거하는 수필과 다른 영역을 보여준다. 그럼에도 팩션은 새로운 관점에서 사실을 재해석한다는 점에서 수필의 다변화와 연결된다.

본격수필이 다루는 영역은 신변수필이나 생활수필의 차원과 다르다. 신변잡기가 가정과 일상을 소재로 삼아 사건을 소개하는 설명에 치중한다면 본격수필은 인간의 내적 의식에 주력하고 의미를 포착하여 인생에 대한 깊은 성찰력을 제시해준다. 행위는 묘사의 주 대상이 아니라 어디까지나 인식을 얻기 위한 수단에 불과하다. 일제강점기의 소설가로서 프롤레타리아문학 작가는 아니었으나 월북했던 안회남은 「본격소설론」에서 "소설에 있어서도 우리는 인생을 묘사하는 것을 목표로 삼는다. 인생을 그린다는 것은 어디서부터 어디까지의 한 토막, 즉 인생의 단편이라는 것을 잊어서는 안 된다. 혹은 그 한 토막의 다시 어느 부분에서 어느 부분까지를 나누어 말하는 인생의 단편의 단편인지도 모른다."고 하였다.

안회남이 '소설은 인생의 단편이다.'고 말했을 때 그의 소설론은 본격소설에 대한 정의가 아니라 본격수필, 나아가 본격사수필의 정체를 설명한다는 점을 깨닫게 된다. "인생의 단편, 그 단편의 단편"이야말로 '나뭇잎으로 나무를 이야기하라.'는 수필의 금언과 다를 바 없다. 왜 "인생의 단편"을 소설론이 가져가야 하는가. 수필이 '인생의 단편'이라고 말하는 것이 분량과 본질 면에서 보아도 더 타당하다. 문제가 있다면 신변이라는 소재를 인생의 단편으로 승화시킬 수 있는 방법을 찾아내는 것 뿐이다.

1. 사수필의 당위성

문학은 운문과 산문, 다시 말하면 "귓글"과 "줄글"로 나누어진다. 이것이 시문(詩文)이다. 동서양의 에세이와 수필은 문(文)에서 유래하지만 엄격히 따지면 동양의 수필은 서구의 에세이와 달리 중간문학으로서 자체적으로 변용된 특징을 보여준다. 윤오영이 「수필의 개념」에서 "수필은 인습이나 구속에서 탈피하는 글"이라고 말하였듯이 수필가마다 다양한 작법과 이론이 등장하는 까닭도 수필이 지닌 전통에서의 탈피라는 수용력 덕분이다.

1930년대 한국수필에서는 사소설의 영향을 받아 사소설적인 신변수필이 유행하였다. 모더니즘이 문단을 풍미하고 일제강점기의 시인·소설가들이 정치적 사상적 문제라는 무거운 주제에 억눌린 나머지 긴장감과 절망적인 시대에서 벗어나기 위하여 자신의 생활묘사에 사소설의 기법을 응용하고, 소설에서도 수필적 체험을 이용하였는데 구보 박태원의 『구보가 아즉 박태원일 때』의 경우 소설보다는 사수필로 분류할 수 있다.

수필가라면 "작가의 심적 나상(心的 裸像)"이라는 윤오영의 말에 누구나 동의하게 된다. 수필가는 수필로써 자신의 생활을 분석하고 진단한다. 이때 신변잡기와 본격수필이라는 두 갈래가 생겨난다. 수기에 가까운 글은 신변수필이고 문학의 요소를 갖춘 수필은 본격수필이다. 일본 작가 나카무라 무라오(中村武羅夫)는 「문학자와 사회의식─본격소설과 심경(心境)」이라는 논문에서, 톨스토이의 『안나 카레리나』를 예로 들어 작자 자신은 뒤에 숨은 채 인간이나 사회를 묘사하는 3인칭 소설만이 본격소설이고, 작자가 작품에 등장해서 심경을 고백하는 사소설(私小說)은 본격소설에 부적합하다고 말하였다. 이것을 수필에 적용하면 수필은 1인칭문학이기 때문에 본격수필이란 말이 애당초 존재하지 않는다. 여기서 유념할 점은 본격문학은 관점으로 결정되는 것이 아니라 주제의식, 미적 구조, 문장의 언어적 미학 등 문학 요소를 종합하여 본격성의 여부를 가리게 된다. 당연히 1인칭 서술만으로 본격수필인가 사수필인가를 따지는 것에 무리가 생겨난다.

1940년대 이후 해방과 1970년대의 산업화와 1980년대의 민주화 시절을 거치면서 수필과 소설은 엄격하게 별거를 해 왔다. 소설가들은 수필을 신변문학으로 간주하고 상상이 없는 신변잡기라고 둘러댔다. 수필의 변방성이 오랫동안 지속된 후 1990년대에 들어와 사이버공간이 마련되고 허구보다 체험성이 강조되는 인터넷 문학이 발전하면서 다시 사소설과 사수필이 주목을 받기 시작하였다.

원인(原因)은 문학은 부단하게 변한다는 점이다. 둘째는 포스트모더니즘의 대두에 따른 문학의 대중화로서 사실적인 흡인력을 요청받게 되었다. 셋째는 일부 수필가들이 원고지 15매라는 양적 제한에서 벗어나 30매, 50매, 심지어 단편소설에 가까운 중·장편 수필을 발표하면서 명상과 사유만으로 해당 분량을 채울 수 없다는 점을 자각한 것이다. 넷째, 다수의 수필잡지가 창간되면서 발표 지면의 확대가 이루어져 다양한 기획이 가능하게 되었다. 다섯째는 수필과 소설과의 상호교차가 이루어져 수필이 소설화되고 소설이 수필화되는 혼성이 나타났다. 여섯째는 인터넷과 사이버 공간이 확장되면서 논픽션에 대한 기대치가 증가하였다. 마지막 일곱째는 시가 중심이던 시대가 지나고 체험 이야기에 대한 글쓰기와 글 읽기가 부활하게 되었다.

수필과 소설이 비슷하거나 공통점을 공유한다는 사실은 수필의 생태적 진화에 긍정적으로 작용하고 있다. 실제 소설과 수필에 표기되는 대화체, 등장인물의 설정에서 별 차이가 없고 더더욱 사소설의 1인칭 화자와 수필의 1인칭 관점이 동일하다는 점에 다다르면 단편소설과 서사수필과 사수필은 원고지의 매수 차이를 제외하면 두드러진 차이를 찾기 어렵다.

2. 1인칭본격소설에 대한 이해

20세기 후반이 지나면서 문학 장르 간의 벽 넘기는 더욱 보편화되고 있다. 시극과 시적 소설의 형식에는 복수화자의 등장과 팩트와 픽션의 결합인 팩션도 포함된다. 픽션과 논픽션은 소설과 수필을 구분하는 가장 큰 차이이지만 내면으로는 자전성과 상관을 맺고 있다. 모더니즘이 포스트모더니즘으로 넘어오면서 본격소설이 지닌 논픽션의 경향은 더욱 심화되고 있다. 그 중에서 자전소설은 시간대에 따라 정신적, 육체적 경험을 통해 성인으로 성장하는 주인공의 모습을 보여준다.

자전소설에서는 갈등, 투쟁, 고통, 고뇌, 성공, 도피, 고립 등의 모티프가 강조된다. 자전소설의 효시는 괴테의 『젊은 베르테르의 슬픔』(Die Leiden Des Jungen Werthers)(1774)이며, 찰스 디킨스의 『위대한 유산』(Great Expectations), D. H. 로렌스의 『아들과 연인』(Sons and Lovers,) W. S. 모옴의 『인간의 굴레』(Of Human Bondage)(1915),

청년 예술가를 주인공으로 삼아 작가의 예술적 개안을 보여주는 제임스 조이스의 『젊은 예술가의 초상화』(A Portrait of the Artist as a Young Man), 10대 소년이 겪는 사회입문의 실패를 보여주는 것으로는 미국 소설가 J. D. 셀린즈의 『호밀밭의 파수꾼』(Catcher in the Rye), 헤르만 헤세의 『데미안』(Demian), 라이너 마리아 릴케의 『말테의 수기』(Malte, Die Aufzeichnungen des Laurids Brigge)와 아르헨티나의 작가 보르헤스의 단편이 여기에 속한다.

한국에서는 1930년대 중반에 사소설에 대한 논의가 시작했는데 당시에는 사소설을 닮은 신변소설(身邊小說)이 본격소설과 함께 독자의 주목을 끌었다. 대표적인 사소설적 신변소설은 안회남(安懷南)의 『향기』, 『악마』 등으로 가족관계, 연애와 사랑, 탄생과 죽음, 친구와 이웃 간의 갈등, 사회 부적응 등 신변사이면서 심리추구를 위주로 하였다.

소설독자들은 대체로 허구가 소설의 소재이고 체험은 수필의 소재라고 여겨왔다. 그러나 21세기 중반에 들어오면서 학구적인 에세이나 품격을 따지는 선비수필이나 규방수필과 상이한 수필 양식이 나타났다. 속도와 다원성이 사회의 주요 가치가 되면서 소설의 길이가 짧아지고 시가 산문화되며 팩션이 등장하는 현상도 가속화되었다. 수필적 소설, 소설적 수필이 생겨나고 단편소설은 본격단편소설이라기보다는 중편수필로 보이기도 했다. 21세기를 산문의 시대라고 부르는 원인 중의 하나가 산문의 혼성에 있음을 말할 필요가 없다.

3. 일본 사소설에 대한 이해

사소설(私小說, 와타구시소설)은 1930년대에 일본 문학을 지배했던 자연주의 운동의 영향을 받았다. "이히 로만"(Ich Roman)에 해당하는 일본의 사소설은 유럽에서 말하는 'Ich Roman'과 본질적으로 다르다. '이히 로만'이 등장인물의 관점(주인공 자신에만 한하지 않는다.)에서 사회현상을 조망한다면, 일본의 사소설은 자신의 신변에서 일어나는 잡다한 사건을 1인칭으로 표현하는 것이 특징이다.

사소설이 발생한 역사적 사회적 원인으로 가라타니 고진(柄谷行人)은 다음과 같이 말하였다. 일본 작가들은 "눈을 뜨고 세계를 보지 않으려는 태도, 심리적인 구원, 불교적 유심, 로맨스 영웅의 부재, 전체주의 사회가 내리는 언론 출판의 규제, 시민운동의 좌절감으로 인하여 자신의 내면을 주시하기 시작하였다. 일본의 사소설 발생 원인으로 정치적, 사회적 문제에 정면으로 맞서기를 기피하는 대중성향과 대중사회의 미이즘(Meism)과 마이 홈(my home)주의도 지적되고 있다.

사소설은 처음에는 심경소설(心境小說)로서, 이른바 본격소설과 대립하였다. 사회적 기여도가 적었던 사소설은 20세기 초반에는 자신의 삶을 비하하는 내용이 특징인 고백소설과 내면 깊숙이 내재된 일상사를 파헤치는 심경소설로 나누어졌다. 1930년에 다다라 자연주의 문학이 쇠퇴하고 신변잡기적 사건이 유행하면서 사소설만이 예술이고 그 외는 통속소설이라는 주장(구메 마사오(久米 正雄))까지 나올 정도로 사소설은 일본문학의 주류가 되었다. 이로써 사소설은 작가 개인과 관련된 사건이나 자기의 인생관을 다루면서 수필과 흡사하다고 여겨진다.

사소설의 첫 작가는 다야마 가타이(田山花袋)이다. 그는 1907년에 『신소설(新小說)』에 중편소설 『이불(蒲團)』을 발표하였는데 그가 남모르게 연정을 품어오던 여제자 요시코에게 애인이 생기자 질투심을 겪는 중년 작가의 심리를 객관적으로 묘사한 내용이다. 작가는 실생활을 충실하게 반영하여 자기(自己)와 나(私)가 동일 주체이며 작중인물과 실제인물이 동일인이라는 믿음을 독자에게 주었다. 이런 점에서 사소설은 독립 장르라기보다는 고백 소설의 읽기 모드로서 정의된다는 것이 더 적절하다.

사소설의 특징은 생활을 "날 것"으로 생중계한다는 점이다. 안정되고 정상적인 길을 따르는 모범적인 삶으로는 현대독자의 구미를 맞출 수 없다. 그러다 보면 사소설을 쓸수록 작가의 사생활은 숨김없이 드러나는 희생을 치르게 된다. 사소설과 작가의 생활상을 비교하면, 다자이 오사무(太宰治), 아쿠타가와 류노스케(芥川龍之介), 가와바다 야스나리(川端康成), 미시마 유키오(三嶋由起夫)의 경우 그들의 자살과 사소설 사이에는 어떤 연관성을 찾을 수 있다. 그러나 현실에서 작가의 상황은 반드시 그렇지는 않았다. 대부분의 사소설 전업 작가는 사소설이 묘사하는 것처럼 무질서하고 자기 파괴적인 생활을 하지 않는다.

한국 소설에서는, 나혜석과 김명순을 대표적인 사소설가로 꼽을 수 있다. 나혜석은 한국의 신여성이자 최초의 여성 서양화가로서 여성운동가로 평가받는다. 그녀는 김우영과 결혼하였으나 파리에서 공부할 동안 최린과 뜨거운 연애를 하였고 자신의 파란만장한

삶을 사수필격인 『첫사랑 무덤으로 신혼여행을 가다』에 담았다. 한
국문단에서 작가의 벌거벗은 삶을 기록한 사소설을 본격소설과 별
개로 논의하지 않는 이유는 제재를 어디에서 구했건 작품이 얼마나
문학적으로 승화되었는가에 중점을 두는 풍토 때문이다. 현재 1인
칭 사소설은 주로 단편에서 이루어지며 이기호의 단편집 『갈팡질팡
하다가 내 이럴 줄 알았지』에 실린 「원주통신」은 원주로 박경리
선생이 이사 오면서 얻은 술값 100만 원에 관한 이야기로서 작가는
반자전적이라고 고백하여 수필에서 논의되는 자전성을 보여주고
있다.

4. 사수필의 존재 이유

수필은 무슨 소재를 선택하든 체험이라는 좌표에서 벗어날 수 없
다. 체험은 수필의 출발점이므로 서두에서 줄거리와 결미를 예상할
수도 있다. 결말이 예측되기 때문에 수필은 잡문이라는 비난도 여
기서 생겨난다. 인간이란 특이한 환경이 아니면 생로병사를 거치는
과정은 대동소이하기 마련이다. 신변수필에 대한 실제적인 비난은
내용이나 표현이 그게 그것이라는 유사성에 둔다. 수필가도 그 사
람이 그 사람이다. 광인이나 정신병자나 편집증 환자가 아닌 다음
에야 수필가는 귀를 자른 고흐나 〈월광〉을 작곡한 베토벤이나 〈사
의 찬미〉를 노래한 윤심덕이 될 수 없다. 수필은 일상의 단편이라는
견해를 의식하다 보면 일상을 피하고, 낯선 모험을 받아들이게 되
고 결국 허구가 아닌가 하는 비난에 직면하기 십상이다.

그런데 사이버리즘의 시대가 왔다. 사이버 공간의 판타지뿐만 아니라 현실에서도 소설보다 더 소설적인 사건이 일어나고 사람들은 더 자극적인 사건과 접하기 위해 돈을 아끼지 않고 판타지 소설을 읽거나 3D영화를 본다. 수필은 노출된 신변잡기로 폄훼 당하면서 괜찮은 수필마저 외면당하게 되었다. 지적 만족을 주는 설리수필은 재미를 충족하지 못하고 감동을 주는 서정수필은 체험의 진술이 절실하지 않다는 의문에 다다랐다. 본격수필과 에세이를 발전시켜야 한다는 주장에 못지않게, 수필의 영토 넓히기의 일환으로서 사수필이 관심의 대상이 되었다. 체험의 진정성에 수필의 체화를 연결하면 사소설의 "날 것"은 고스란히 수필의 소재로 전이되어진다.

사수필은 수필이 고백이다라는 명제에 수정을 가한다. 수필에서 고백성을 이야기할 때 분할율은 7 : 3이라고 말한다. 내용의 70%만 기술하고 나머지 30%는 독자의 상상에 맡기는 여백의 미학을 설명한 비율이다. 미덕과 품격을 중시하는 본격수필은 비윤리적이거나 인격 파탄적인 소재를 그대로 노출하는 것을 피한다. 그것이 아니라도 가정폭력, 성문제, 질병, 치매, 재산 분쟁, 섹스, 혼외정사 등은 사회정의를 무너뜨린다고 지적한다. 그런데 수필이 사실을 이야기하고 진실을 다루어야 한다면, 어두운 삶도 외면할 수 없다. 사수필은 그 점에서 직설적이고 노골적으로 사적인 문제를 드러낸다. 사수필은 작가의 삶을 자신의 관점으로 이해하고 자신의 어투로 표현하는 이유는 자전적 관점에서 보면 수필은 소설보다 더 사적인 문학이기 때문이다. 그래서 사소설보다 사수필은 포스트모더니즘 시대에서는 가장 의미 있는 체험이나 각인된 체험을 선택하게 된다. 온라인과 오프라인에서 생성되는 사수필은 기분 나쁜 체험이든 좋은 체험이든 자신을 변화시킨 원인이기 때문에 언급하게 된다.

사수필은 작가의 생활을 '날 것'으로 전달한다고 하였다. 사수필의 목적은 예술과 생활의 조화나 승화보다는 독자에게 강도 높은 생활을 조금씩 잘라내어 보여주는 것이다. 달리 말하면 작가는 망가지는 '연기'를 한다. 작가의 사생활은 그만큼 희생된다. 이토 세이 (伊藤 整)는 "사소설을 쓸 수 있을 때는 생활이 망가지고 작가의 생활이 조화되어 안정되면 더 이상 쓸 수 없다."는 이율배반을 지적하면서 "내게는 수필로 기록할 만한 삶이 더 이상 없다."는 파국으로 나아간다고 토로 하였다. "인격의 파산, 거기서부터 나의 예술생활이 시작된다."는 가사이 젠조(葛西 善藏)의 유미주의에 다다를 수도 있다. 어느 것이든 그들이 말하는 사수필은 호기심을 자극하는 황색수필(Yellow Essay)과 성격을 달리한다.

문제는 체험의 정제(淨濟)와 승화(昇華)를 구분하지 못하는 점이다. 정제와 승화는 다르다. 정제된 체험은 삶에서 가장 깨끗하게 결정화된 체험을 말한다. 만남의 정제, 이별의 정제, 감사의 정제, 고독의 정제 등 감정의 골마다 정제된 체험이 있으므로 작가는 그 근원을 찾기 위해 노력한다. 수필을 조각 맞추기에 비유하고 개인 수필집을 삶의 모자이크라고 부르는 이유가 여기에 있다.

승화란 공포와 연민으로 이루어지는 카타르시스를 뜻한다. 공포는 가까이에 놓인 파괴적이고 고통스러운 재해로부터 느끼는 불안이며 연민은 누군가 부당하게 피해를 받으면 아픔을 느끼는 동질감이다. 인간은 강한 충격에서 해방될 때 공포와 연민을 거쳐 정화라는 카타르시스에 다다른다. 정화에서 보면, 수필에 그려지는 체험과 사수필 읽기를 통해 강박관념을 해소하는 것이 가능해진다. 예를 들면 슬픔을 지닌 자가 한바탕 울어버리면 속이 시원해지고 억눌렀던 화를 내면 울분이 해소되는 것과 같다. 작가가 극단의 체험을 글로 쓰면서 자기정화를 거치고 독자도 체험을 공유하여 정화를 겪는 글쓰기와 읽기의 과정이 사수필의 본질이라고 하겠다.

사수필과 사소설의 차이는 카타르시스라는 반응을 작가가 독자에게 어떻게 전달하는 가에 좌우된다. 굳이 구분한다면 사수필과 본격수필은 적나라한 소재인가, 정선된 소재인가의 차이에 있으며 사수필과 신변수필의 차이는 탈일상성인가 일상적인가라는 소재의 경중으로 구분된다.

5. 사수필의 요건

1) 사수필의 소재

사수필의 중심 소재는 가족사이다. 가족사는 주로 3대에 걸쳐 이루어지는데 아버지-나-아들, 어머니-나-딸을 기본구조로 삼고 조부-삼촌-조카 혹은 할머니-어머니-나로 이어지기도 한다. 가족의 흥망성쇠를 다루는 가족 사수필은 연대기 형식으로 전개되며 갈등의 배경으로는 사회적 전환기가 설정되고 문체에서는 냉정한 자연주의적 표현이 사용된다. 우리나라의 경우 사수필은 사소설처럼 일제 강점기에서는 지주계층의 아버지와 동경 유학생의 아들 간의 대립으로 나타났다. 1940~1950년대는 형제 간의 이데올로기의 갈등이 대부분이며 1980년 무렵에는 기성세대 부모와 진보주의적인 자식의 대립으로 나타난다. 1990년대의 세계화 추세에서는 다문화, 국제결혼, 해외 유학 등의 소재가 도입되고 있다.

가문 연대기로서 본격수필이 가문의 가치와 전통을 전승할 것을 목적으로 한다면 가족 사수필은 혈연의 단절, 가문의 몰락, 사상 대립, 가정폭력이라는 소재로써 가족의 일대기를 전기화하면서 가감 없이 다루어진다. 가족 구성원 사이의 상호 갈등을 바탕으로 현실의 모순에 파멸당하는 불행이 제시되고 가족 공동체의 이혼, 별거, 결별과 몰락도 연이어 그려진다. 그 결과 가족 계보의 단절, 세대 간의 단층, 가문의 붕괴가 서술되면서 미래에 대한 디스토피아적 전망이 나타난다.

수필에 소개되는 가족 이야기는 성공 스토리로 도식화되고 있지만 사수필에서는 독자의 수용과 별개로 충격적인 소재가 묘사되기도 한다.

2) 사수필의 문체

사소설과 사수필의 차이를 구별하는 방법 중의 하나는 다음과 같다. 가령 사귀던 사람과 헤어지고 난 후, 상대와 헤어진 이야기를 썼다고 할 때, 사소설을 읽는 독자들은 즉각 "먹는 거 가지고 싸우다가 헤어졌어?"라는 반응을 보인다면 사수필 독자들은 "그때 너 기분이 어땠어?"라고 묻는다. 사소설은 줄거리와 인과관계에 치중하지만 사수필은 사건이 미친 심적 반응을 중요시한다는 뜻이다.

사수필의 경우 등장인물들의 감정은 직접적으로 표현된다. 작가는 행위자가 되므로 1인칭 화술과 직설적인 문체를 사용한다. 희비극적 감정을 함축적으로 표현하는 기교를 빌리지 않고 심적 상태를 리얼하게 그려내므로 대사는 냉혹하고 묘사는 신문기사처럼 냉정해진다. 1인칭 서술은 자화자찬과 자기연민에 빠지거나, 반대로 유머를 살리느라 언어적 유희에 빠지기 쉬우므로 감정과잉이 나타나기도 한다. 사소설은 단순한 자기고발이 아니라 자극에 대한 반응을 탐지하므로 작가가 지닌 감수성이 어울리면 문체의 효과는 더욱 커진다. 사수필은 섬세한 문장과 구조를 필요로 한다는 뜻이다.

사수필의 글쓰기는 감성과 내면을 중시한다. 이념적인 행위보다는 그림처럼 섬세한 감정 표현과 행위 묘사에 비중을 둔다. 독자 반응에 맞추어 대화, 독백, 의성어, 의태어, 그리고 방언을 적절하게 구사하여 독자의 흥미를 고조시키고, 묘사로써 상황을 구체적으로 나타내기도 한다.

3) 사수필의 관점

사수필에서는 작가가 1인칭 주인공이 된다. 작품의 서술자이자 인생의 주인공으로서 작가는 사건을 진행하고 중개하고 평가한다. 서술자의 위치에서 보면 작가는 인물의 내면에 들어가 있다. 일반 수필에서 "나"라는 주어를 의식적으로 생략한다면 사수필에서는 "나"라는 인칭을 의도적으로 빈번하게 구사하여 서사가 작가 자신의 직접적인 체험임을 강조한다. 사수필의 1인칭 화자는 주변 상황을 소개하지만 심리소설처럼 내면의식을 따르기도 한다.

화자는 "나는 이렇게 하였다."는 식으로 진술하여 독자에게 더 많은 신뢰감과 친근감을 준다. 사수필에서 사용되는 주관적인 "나"는 공익을 대변하는 "우리"로서 "나"와 다르다. '우리'란 장유유서, 상호 이익, 공감각을 바탕으로 형성된 이익집단의 구성원이지만 사수필의 "나"는 탈사회적 심경을 반영하므로 군중에 매몰되기보다는 소외당하고 격리된 개체로서 "나"를 중시한다.

4) 사수필의 구성

사수필의 구성은 일반 수필과 비슷하다. 일반 수필은 동일한 소재를 지닌 서넛의 에피소드(episode)로 엮어진다면 사수필은 사소설에 못지않게 극적 사건과 긴장미를 중요시한다. 의도된 순서에 따라 연결된 사건들은 필연성이라는 구성요소를 보여준다.

에피소드의 연결방식에는 4가지가 있다. 첫째는 인과관계(cause-effect)로서 앞의 에피소드와 뒤의 에피소드가 인과관계를 이루는 방식이다. 아버지가 주정뱅이면 사회의 실패자이고 실패자이면 가정 폭력이 뒤따르고 가정 폭력은 가족의 붕괴로 이어지는 구성이다. 두 번째는 연쇄(liaison)로서 에피소드에 이어지는 다음의 에피소드는 충격과 파급의 강도가 심해지면서 긴장미를 높여주는 것이다. 예를 들면 1인칭 화자가 욕설을 당하면 다음에는 구타를 당하고 다음에는 쫓김을 당한다. 세 번째는 장(scene)으로 연속되는 사건을 내용별로 끊어 관객의 이해를 쉽게 하는 것이다. 가령 가족의 대립을 아버지의 패배와 폭력, 어머니와 자식의 반란, 남은 가족의 회한과 절망 등으로 사건을 나누는 것이다. 네 번째는 패러디로서 원작가의 작품을 풍자적으로 표현하는 기법으로 김춘수의 작품 「꽃」은 시인 장정일에 의해 「라디오의 전파」로 패러디된다. 원작에서 '이름 불러주기'는 패러디 작품에서 '단추 눌러주기'로 바뀐다. 이로써 쉽게 만나 쉽게 헤어지는 현대인의 사랑이 라디오 켜기와 *끄기*에 비유된다. 사수필에서 패러디는 권위를 가진 대상을 공격하기 위한 방식으로 아버지의 권한이나 시어머니의 권위를 싸구려 옷이나 어설픈 몸짓으로 전락시킴으로써 카타르시스를 유발시킨다. 사수필에서는 작가마저 패러디 당함으로써 전통적 가치와 권위를 해체하는 수단으로 활용되기도 한다.

에필로그

문학은 항상 새로운 저항과 변화를 꿈꾼다. 당대의 장르를 부정하고 새로운 탈출구를 찾는 것이 문학이 존재하는 이유로서 수필도 이러한 역할에서 벗어날 수 없다.

사이버리즘 문화가 보여주는 특성 중에는 신화성과 자전성의 혼성이 거론된다. 자전성은 사수필에서 '미이즘(Meism)'이라는 복고적 현상으로 나타난다. 중세의 판타지가 영웅의 모험기와 여행기로 그려진다면 사이버 환경에서 사수필에 등장하는 주인공은 반영웅으로 나타나면서 미이즘을 풍자한다. 21세기의 수필은 칼럼과 사이버 산문의 출현으로 격식보다는 흥미, 의미해석보다는 사건 전개에 관심을 기울인다. 격식을 갖춘 문예수필만으로는 사이버공간과 현실공간을 오가는 현대독자의 다양한 읽기 욕망을 충족시키기 어려운 것이다.

사수필의 본성은 무엇보다 경험과 생활을 '날 것'으로 중계한다는 데 있다. 적나라한 소재를 있는 그대로 그려내는 것이 타당한가에 의문을 던지지만 사수필은 작가에게 강도 높은 '연기'를 요구한다는 점에서 수필의 보수성을 깨뜨려나간다. 독자는 모범적인 길을 찾으면서도 일어날만한 극적인 삶을 만나고 싶어 한다.

　　오늘날의 수필은 사이버리즘 환경에 적응하는 소재를 발굴하려
는 노력이 필요하다. 수필의 흡입력과 독자의 가독성을 결합한 장
르를 넓히려는 노력의 일부가 사수필이다. 수필을 생의 노래로 간
주한다면 삶의 '광기부리기'로서 사수필은 사이버리즘 시대에서는
더더욱 나름의 의미를 갖는다.

속죄[8]

김 종 길

  어머니는 일곱 남매의 셋째 딸로 태어났다. 외가는 일제의 수탈로 지주계급에서 일시에 몰락한 이산가족이었다. 그래서 비극적 삶은 어머니 세대로 이어졌다. 곤궁을 면키 위하여 쌀 몇 가마에 팔려서 시집을 간 어머니는 사랑이 없는 집을 두 번이나 박차고 나왔다. 고생은 당신이 얻은 자유의 대가였다. 6·25 전쟁이 끝나고 휴전이 된 어수선한 시국에 젊은 여자 혼자서 아이를 키우기가 얼마나 팍팍하였을까.

  어느 날, 나는 도둑고양이처럼 철조망을 넘어서 공짜 영화 구경을 즐기고 집에 돌아왔다. 그런데 낯모르는 아저씨가 어머니와 함께 있었다. 나는 그를 알은체 하지 않았다. 얼마쯤 그는 우리와 함께 살았다. 그가 없는 어느 날 새벽 어머니가 나를 깨웠다. 벌써 짐을 다 싸 놓은 상태였다. 어머니는 한 손에는 보퉁이를 다른 손에는 내 손을 꼭 잡았다. 컴컴한 새벽길을 숨이 턱에 차도록 뛰다시피 기차역으로 갔다. 서울행 첫 기차를 탔는데 차가 출발하고도 한참이나 지나서야 안도의 숨을 내쉬면서 이제 다른 곳에 가서 산다고 했다. 몰랐던 일인데 덩치가 컸던 못된 그 사내는 엄마를 몹시 때리고 힘들게 했단다. 죽일 놈, 진즉 알았더라면 몽둥이로 찜질을 해줬

---

8) 편집상 내용의 일부를 게재함.

을 걸.

서울에 우리를 반겨 줄 사람은 없었다. 우리는 전방의 시골로 가서 몇 년을 살았다. 내 유년의 즐거운 추억은 그곳에 많이 남았다. 어머니는 음식 솜씨가 좋아서 군부대 앞에서 빈대떡 집을 했지만 이득은 외상장부에만 있었고 전출 가는 군인들은 떼먹기 일쑤였다. 외상장사를 안할 수 없는 군인 상대의 음식집은 앞으로 남고 뒤로 밑지는 일이었다. 두 식구 먹고 살기는 괜찮았으나 고생이 말이 아니었다. 밤에는 불린 녹두를 갈기 위해 맷돌질을 해야 했고 낮에는 빈대떡을 부쳐 팔았다. 음식 찌꺼기로 돼지를 키웠다. 내가 중학교 진학할 때 돼지를 팔아 등록금을 마련했다.

나는 서울에 있는 중학교에 진학했고 그러자 어머니는 아들 뒷바라지를 위해 서울 변두리로 이사를 했다. 생계는 시장바닥 한 평짜리 좌판에 속내의나 양말을 늘어놓고 파는 것이었다. 그것을 다 팔아야 몇 푼이나 될까, 지금 생각하면 눈물겹도록 가련한 나날이었을 텐데 그때는 가난을 느끼지 못했다. 학교가 파하면 어머니 곁에 앉아서 무심하게 시장을 구경했다. 그 광경이 아직도 생생하다. 지금도 시장 거리를 지나다가 노점상을 보면 어머니의 좌판이 거기 있을 것 같은 착각이 일어나곤 한다.

어머니는 오로지 막내아들 하나의 교육을 위하여 상경했다. 아는 이도 없는 서울은 시골보다도 살기가 더 어려웠다. 급기야 병이 나셨다. 멀리 사는 누나가 오더니 어머니를 모시고 무당을 찾아갔다. 무당은 어머니에게 신기가 있으니 내림굿을 하면 병이 낫는다고 했다. 굿을 했다. 어찌된 영문인지 병은 차도를 보였다. 어머니의 증조할아버지가 손녀의 사는 모습이 가련하여 끼니 걱정하지 말라고 내림하였다고 했다. 나는 너무나 창피했다. 엄마가 무당이 되면 같이 안 살 거라고 떼를 썼다. 어머니는 무당이 아니라고 했다. 불단을 차리고 암자라는 현판을 달았고 어머니는 보살님으로 불렸다. 덕분에 여러 스님들도 만났다. 내림신기로 해서 가끔 사람들의 미래를 아는 말을 했기에 정말로 끼니 걱정을 덜었다. 글도 모르던 어머니가 보살님이 되어서 염불을 외는 일은 신기한 일이었다.

가난해도 좋으니 나에게는 그저 창피하지 않은 어머니가 필요했다. 그 무렵 『무녀도』를 읽었다. 무녀인 어머니와 기독교도 아들이 갈등을 겪다가 죽음을 맞게 되는 결말이 마음에 안 들었다. 종교가 다르다는 이유로 부조화될 이유가 없다고 생각했다. 겉으로 함께, 속으로 다르게 살면 되잖아, 서양 귀신을 미워하는 융통성 없는 무녀 어머니의 고집이나 아들의 파멸을 이해할 수 없었다. 진짜 인생은 그저 열심히 살면 되는 것 아닌가. 존재는 본질에 앞선다고 하지 않던가. 어머니가 불단을 차린 게 창피한 것은 여전했으나 그것 때문에 다툴 생각은 없었다. 까까머리는 조숙해졌다. 문학전집에 빠져들었다. 책은 나에게 현실의 고통을 잊는 도피처였다. 샤먼이란 존재는 고대 사회의 심리치료자였다는 걸 이해한 것은, 후일 정신과에 입문하고 나서였다. 이해는 했지만 그렇다고 해서 무당이라는 어머니의 신분이 부끄럽지 않은 것은 아니었다.

나는 가정을 가졌고 직장을 이유로 어머니 곁을 멀리 떠났다. 어쩌다 어머니께 가보면 노년의 어머니는 가끔씩 찾아오는 손님들이 친구 같았다. 어머니가 떠나시기 몇 해 전에 나는 영세를 받고 가톨릭 교인이 되었다. 어머니는 아들의 선택을 존중해 주셨다. 욕심을 내어 어머니도 영세를 받게 해볼까 생각했으나 이루지는 못했다.

어머니는 호흡부전으로 즐겨 하시던 염불도 못하고 고생하시다가, '날씨 좋은 날'에 조용히 혼을 놓으셨다. 당신의 고요한 임종은 서럽지 않았다. 나는 울지 않았다. 오랜 시간 당신이 떠날 순간을 준비하신 듯, 뒷정리를 깔끔하게 해놨고 예금통장도 남겼다. 오랫동안 보내드린 적은 용돈을 모두 모아두셨다.

장례를 치르고 나서 몇 개월 동안 나는 호흡 곤란을 겪었다. 머리보다는 가슴이 더 솔직했던 탓이다. 그 증상은 어머니가 떠나시기 전 몇 주간 겪던 것이었다. 남모르게 호흡이 곤란해 헐떡거리며 나는 어머니 생각을 했다. 도대체 이 현상이 뭐란 말인가. 어머니의 고통이 내 몸으로 전이된 듯했다. 환자들과 상담을 하면서도 어머니가 견뎠을 고통을 고스란히 느끼고 있었다.

제11장

신화, 사이버리즘, 그리고 수필

신화(神話)의 진정한 정의는 무엇일까?

우리는 대부분 신화를 '신들의 이야기'로 이해한다. 물론 그렇게 간주하여도 틀리지는 않지만 그렇게 이해하는 까닭은 사람들의 마음속에 그리스·로마 신화가 뿌리내리고 있기 때문이다. 하지만, 신화에는 그리스·로마의 신들만이 존재하지 않는다. 세계 곳곳에는 천지창조의 이야기가 헤아릴 수 없을 정도로 많아서 신화가 무엇이라고 정의한다는 것은 결코 쉽지 않다. 과장하면 신화학자들만큼 신화에 관한 정의가 많고 신화를 모방하는 문학도 못지않게 다채롭다고 하여도 과언이 아니다.

신화는 어떻게 생겨났을까. 그 스토리텔링의 첫날을 상상하기로 한다.

아침이 밝아진다. 붉은 황토와 푸른 초원이 어울린 아열대 산기슭을 따라 산짐승 무리가 촉촉한 풀을 뜯는다. 알프스 초야와 미국 중서부의 오대호 지대와 아시아의 광대한 만주 들판에서도 장엄한 아침 기운이 솟아오른다. 하늘과 땅, 빛과 물, 바람과 나무 사이를 오가는 대지의 생명들을 인간들은 경이롭게 지켜보고 있다.

일일창조를 지켜보는 원시인들은 현대인과 마찬가지로 삶과 자연과 우주의 관계를 깨우치기 시작하였다. 그들은 자신들이 지켜본 신비스러운 비밀을 이야기로 엮어나갔다. 모닥불 곁에서 대낮에 보았던 독수리의 비상과 무더위를 식혀준 맑은 샘물을 찾아낸 행운을 전해주었다. 사막이 저주받고, 포악스러운 빗줄기에 혼이 난 사연도 주고받았다. 높다란 바위산에 사는 거인이 누구이며, 컴컴한 숲에 사는 요귀가 아이들을 납치해간다는 가르침도 빠뜨리지 않았다. 그리고 나지막한 어조로 가족이 죽으면 "우리가 사랑하는 이들이 어디로 갔느냐 하면……." 하고 죽은 자를 기억하도록 알려주기도 하였다.

스토리텔링으로서 신화의 출발은 일상의 삶을 구전하는 데서 시작한다. 원시인과 수렵채취기의 유목민과 농경사회의 정착민들은 아침에 일어나 태양을 보고 달이 돋는 밤까지 일어난 생활을 부락민들에게 전해주었다. 그들의 모험기는 부족의 문화를 전승하고 후손을 교육시키기 위한 이야기로서 최초의 신화와 문학으로 자리 잡게 된다.

1. 미토스와 사이버네틱스

삶의 신화로의 변용은 현대에서도 재현되고 있다. 그것은 사이버

공간이라는 새로운 문학적 영토에서 전개되는 말하기와 글쓰기이다. 사이버공간은 현대인이 살아가는데 필요한 생활정보와 문화적 유산이 저장된 타임머신과 같다. 현대판 전자 타임머신은 디지털 리얼리즘의 재현과 상상의 확장이라고 볼 수 있다. 그리고 리얼리즘과 상상의 결합은 신화의 부활로 나아간다.

사이버리즘 시대의 현대인은 정신적 유목민이다. 그는 생활에 필요한 정보를 온라인에 저장하고 살아가는 데 필요한 물자를 오프라인에서 교환한다. 소위 옛날처럼 물물교환이 이루어지고 있는 셈이다. 현대인은 최초의 노마드처럼 그들의 경험을 21세기에 적합한 양식으로 기록하고 전달한다. 그것이 수필이고 사이버문학이다. 사이버문학은 개방성, 동시성, 대중성 등의 특수성 덕분에 새로운 문학의 장르로 평가되기도 한다.

로버트 워너(Robert Warner)가 『사이버네틱스』라는 저서를 세상에 선보인 것은 1948년이다. 사이버네틱스(Cybernetics)는 일반적으로 생명체와 기계와의 조합에서 조절기능을 찾아내는 통신에 관한 연구이다. 워너는 정보가 인간의식을 지배한다는 세계관을 설명하면서 정보의 소통은 동물과 기계를 통합할 수 있다는 이론을 제시했다. "사이버"와 사이버리즘의 핵심 내용은 정보통신의 발달로 물질적 한계에서 벗어나 무한한 자유에 다다른다는 가능성이다. 요컨대 사이버리즘은 "공상 과학적 허구"를 과학적 사실로 여기도록 풀이하는 방식으로 사이버리즘의 대중적 확산에 크게 이바지한 매체는 공상과학영화와 판타지문학이다.

20세기 말의 영상문학에 이어 21세기 중엽부터 활기를 보여주는 사이버문학은 IT정보화와 더불어 현대문학의 변혁을 주도한다. 책이라는 단일매체로서 창작과 출판과 독서라는 단순한 유통 경로가 깨어지고 독자는 창작에 대한 경외심에서 벗어나 사이버 공간을 통해 작품의 생산과 소비의 통로를 공유하게 되었다. 독자가 작가의 창작에 뛰어드는 방도가 전자 문자를 통해 열렸으며, 사이버문학의 상품화와 사이버 독자의 글쓰기 시대가 도래한 것이다.

여기서 주목할 점은 오늘날 사이버네틱스의 활용을 가장 많이 지닌 문학은 신화와 수필이라는 사실이다. 신화와 수필은 독자와 작가 간의 간격이 가장 좁고, 서사라는 스토리로 엮어지며 형이상학부터 형이하학까지 소재를 다룬다는 점에서 일치한다. 두 장르는 특히 대중성과 유희성이라는 사이버리즘 문화를 공유하고 있다.

2. 원형으로 본 신화

만물의 생사를 다루는 신화는 문학처럼 스토리텔링으로 시작한다. 서술자와 청자가 공유하고 싶은 고대인의 신화는 오늘날에도 인간들의 꿈과 상상을 실현하고 고난과 시련을 이겨나가도록 도와준다. 신화가 문명을 전승하고 계승하는 구전문학의 효시라는 것이다. 신화가 인간의 행동철학을 반영한다는 설명을 인용하기로 한다.

> 고기잡이로 먹고 사는 종족이 있는 까닭은 신화시대에 초자연적인 존재가 그들의 조상에게 고기 잡는 방법을 가르쳤기 때문이다. 그래서 신화는 고기잡이에 대하여 이야기하는 동시에 양자 사이에 펼쳐지는 초인적인 행위를 밝혀낸다. 이때 신화는 인간이 어떻게 행동해야 하는지를 가르치고, 왜 이런 식으로 먹을거리를 마련해야 하는지를 설명해주어야

한다. 때문에 동화나 전설은 아무리 재미있을지라도 그렇지 못하지만 신
화는 태고의 인간에게 더없이 중요한 것으로 간주되었다.
　　　　　　　　　　　　　　　　　　　　　　　－ 미르치아 엘리아데

　인간이 지구상에 출현하면서 시작된 신화의 줄거리는 문화권마
다 다를지라도 발원은 하나이다. 강변에 사는 종족들이 홍수와 치
수에 대한 선조들의 지혜를 간직해왔다면, 사막이나 동굴에 거처하
는 종족들은 독수리와 까마귀의 싸움으로 부락 간의 전쟁을 그려낸
다. 아라비아반도를 흐르는 티그리스 강변의 수메르 전설과 아마존
강변의 토인신화와 캥거루 여인이 비를 내린다는 호주의 신화가 풍
요의 여인을 공유한다는 사실도 놀라운 일이 아니다. 이처럼 신화
는 인간이 지닌 가장 오래된 메모라빌리아에 해당한다.
　메모라빌리아는 종족과 민족의 운명을 적은 기록서이다. 곧 수필
의 양식과 흡사하다. 초현실적인 우주, 먹고 먹히는 생태계와 인간
을 구원하는 티베트와 아마존에서 태어난 신화도 그리스, 로마 신
화에 못지않게 문학적 은유로 간주된다. 전설과 신화와 풍습을 잃
어버린 종족은 조상의 업적과 족보를 알지 못하므로 자긍심과 꿈을
잃게 된다. 신화가 신들의 이야기가 아니라 인간의 이야기이자 우
주에 대한 설명이라는 뜻이다. 어느 의미에서 신화가 없는 민족은
역사가 없는 하루살이의 생활에 불과하다.

　누가 신화를 가장 필요로 하는가. 말할 나위도 없이 지배계층이
다. 지배계층은 피지배층이 노동을 하느라 바쁠 때 신의 이름을 빌
어 자신들을 주인공으로 삼은 이야기를 꾸며낸다. 신화의 창작권을

누가 가지는가에 따라 힘센 자와 힘없는 자, 가진 자와 가지지 못한 자, 유식한 자와 무식한 자, 그리고 남녀의 역학관계가 정해진다. 「가락국기」의 김수로왕 신화, 『삼국유사』에 실려 있는 단군 신화는 권력에서 뿐만 아니라 권력 담론에서 원형적인 기능을 수행한다. 「구지가」, 「서동요」, 「처용가」, 「해가」 뿐만 아니라 호메로스의 『일리아드』와 『오디세이』, 밀턴의 『실낙원』과 T. S. 엘리엇의 『황무지』라는 문학조차 국가의 역사이자 해당 민족의 신화에 해당한다. 동서양의 예를 종합하면 삶의 원초적 모형으로서 신화가 문학으로 변용될 때 주술적 염원이 끼어든다.

신화를 학술적으로 이해하기로 하자. 신성한 존재에 대한 이야기로서 신화의 모티프에는 탄생과 결혼, 예술과 지혜, 전쟁과 평화, 그리고 충성과 배신이라는 다면적인 행적이 꾸준히 나타난다. 문학의 전형적인 형태를 찾을 수 있다는 의미로서 인간과 자연에 적용되는 신화를 원형이라고 부른다. 원형은 공동체가 필요로 하는 문화적 틀로서 신화와 문학을 연관시켜 준다. 그것은 현대의 신화 비평가들이 원형을 '신화체계'라고 부르는 것에서도 알 수 있다.

프로이트를 위시하여 정신분석학자들은 어느 지역의 신화에서든 원형이 발견된다고 말한다. 주술, 제의, 신화를 비교 연구한 20세기 비평가인 프레이저(J. G. Frazer)는 『황금가지』(The Golden Bough)에서 고대의 신화들은 "어느 곳 어느 시대에나 인간의 주된 욕구는 아주 닮았다."는 사실을 보여준다고 설명한다. 원형 비평의 창시자인 노드롭 프라이(N. Frye)는 『문학의 원형』에서 "성서와 그리스 로마 문학을 몰라도 소설과 희곡을 읽을 수 있다. 그러나 구구단을 배우지 않고 수학 지식을 넓힐 수 없는 것처럼 신화를 모르면 문학에 관한 지식을 넓혀 갈 수 없다."고 하였다. 두 견해를 종합하면 신화는 인류의 판테온(Pantheon)으로서 인류 공통의 이미지와 관념을 드러내는 무의식의 원형(Archetype)이 된다. 나아가 신화는 인간과 비인간의 세계를 동일시하는 문학의 영감을 불러 넣는다.

말하기로서 신화는 사회의 질서를 세우는 역할을 담당한다. 사회는 계층과 질서를 유지하기 위해 여러 규칙을 만들어낸다. 대표적인 질서 중의 하나는 남성과 여성과의 관계이다. 남녀관계는 전통적으로 지배와 피지배의 관계를 이루고 있다. 부정할 수 없는 사실은 남성들은 신화와 문학을 통하여 자신들이 통제하는 사회 질서에 정당성을 부여하려고 노력해왔다는 점이다. 경제력을 소유한 남성은 남녀 간의 주종관계를 구축하고 여성들을 지배할 목적에 알맞은 신화를 만들어냈다.

신화에서 가장 흥미로운 것은 남녀관계에 대한 해석이다. 지배자로서 남자들은 여자들의 존재를 자손을 번창시키는 '필요악적인 존재'로 간주하여 여성의 창조적 상상을 부인하고 남자가 마련해준 집안 살림을 꾸려가는 재주만 허락해주었다. 여성에게 허락된 표현 기능이 바느질이며 여성을 집안에 가두고 가사에 얽매이게 하는 교화방식으로 신화문학을 최대로 활용하였다. 이런 편견은 여자들은 열등한 존재라는 모티프를 만들어내기에 이르렀다.

창조신이 만든 최초의 남자는 성(性)을 알지 못하고 순진하게 살고 있었다. 단지 발기한 남근(男根)이 수그러들지 않아서 대단히 불편할 뿐이었다. 그래서 나무에 난 버섯으로 수프를 만들어 끼얹어 보기도 했으나 아무런 효과가 없었다.

　그 사이에 최초의 여자는 물속에 사는 뱀 모양의 정령(精靈)으로부터 성행위를 하는 방법을 배웠다. 그녀는 수면(水面)에 표주박을 두드려서, 그 뱀을 불러내어 성교(性交)를 하는 데 정신이 빠져 있었다.
　이 사실을 안 남자는 그 뱀을 잡아서 거세를 한 다음에 죽여 버렸다. 쾌락의 상대를 잃은 여자는 남자에게 자기와 성교를 하면 발기한 남근이 수그러들 것이라고 속삭였다. 여자가 말한 대로 성교를 하였더니 정말로 남근이 수그러들었다.
　이것을 본 창조신은 화를 내며 크게 소리쳤다.
　"지금부터 너는 수그러든 남근을 가지고 아이를 만들고, 그리고 죽을 것이다. 네 아들도 어른이 되면 마찬가지로 아이를 만들고 또 죽지 않으면 안 될 것이니라."

남근에 관한 이야기는 남아메리카에 사는 테네테하라족의 신화이다. 신화에 등장하는 최초의 남성은 성행위를 어떻게 하는지조차 몰랐지만 최초의 여성은 뱀의 정령으로부터 성교 방법을 배워 성교하였고 성적 상대가 죽자 남자를 대체수단으로 삼았다. 여성의 타락과 유혹에는 남성들은 순진무구하고 여성들은 교활하다는 이분법적 인식이 깔려진다. 남자는 선하고 여성은 악하다는 논리가 여성을 지배하는 논거가 된 것이다.

가부장제 사회에서 이루어지는 여성들에 대한 경시는 성경(聖經)에 있는 아담과 이브에서 되풀이된다. 이브는 하느님의 명령을 저버리고 사탄의 유혹에 넘어가 아담을 꾀어 선악과를 따 먹는 배반을 저지른다. 신의 심판을 받은 뱀은 땅바닥을 기며 흙을 먹고, 여자는 "잉태의 고통을 크게 더하여 자식을 낳을 것이며, 남편이 너를 다스릴 것이다."라는 벌을 받는다. 남자는 땀을 흘려 먹을 것을 구해야 하고, 죽은 다음에는 흙으로 돌아가야 한다는 운명이 신화에 이어 종교적 교리에서 되풀이된다.

남성의 노동은 이브의 배반에서 비롯된다는 죄와 벌은 오래 전부
터 서양의 여성 운동가(Feminist)들이 깊이 있게 다루어온 성차별의
대표적인 이야기로 간주되어 왔다. 그러한 가운데 성경이나 신화를
액면 그대로 읽을 것이 아니라 그 속에 숨어 있는 내용을 다각도로
살펴야 한다는 주장이 나타났다.

만약 이브가 사탄의 유혹에 빠지지 않고 아담이 선악과(善惡果)
를 따먹지 않았다면 어떻게 되었을까? 인간은 에덴동산에서 추방되
지 않았고 아담의 후손들은 힘든 일을 하지 않아도 되었을 것이다.
타락과 응징이란 문학적 모티프도 생겨나지 않았을 것이다. 하지만
신화는 문학적 행위이므로 이미지와 은유로 되풀이된다. 그것이 문

학의 변용이다. 16세기 무렵 신대륙에 정착하기 시작한 미국개척민들은 신화적인 요소를 문학을 통해 표현한 대표적인 근대인에 속한다. 신대륙 미국을 그리스 로마인들이 꿈꾸는 황금의 나라이자 기독교에서 약속한 에덴의 동산이라고 믿었던 그들은 자신들을 뉴아담과 뉴이브로 간주하였다. 그런데 숙명처럼 신대륙에서 죄를 짓기 시작하면서 그들은 신의 분노를 두려워하게 되었다. 신화에서 종교를 거쳐 문학에 다다른 죄와 벌을 청교주의 관점에서 풀어낸 작품이 미국소설가 나다니엘 호손(Nathaniel Hawthorne)이 쓴 『주홍글자』이다.

"쉬, 헤스터, 말하지 말아요!" 그는 떨리는 목소리로 엄숙하게 말했다. "우리가 깨뜨린 율법 — 여기서 이렇게 드러난 죄악 — 그것만을 당신은 언제나 생각하시오! 나는 두렵소! 나는 두려워하고 있는 거요! 우리들이 우리의 하느님을 잊어버렸을 때 — 서로의 영혼에 대한 존경을 깨뜨렸을 때 — 그때 이미 우리가 저 세상에서 같이 순결한 생활을 하는 것은 바랄 수 없는 것이 되고 만 거요. 하느님은 알고 있어요. 하느님은, 자비로우신 하느님은 그 자비를 특별히 내가 괴로워하는 것으로 나타내시었소. 이 타오르는 가책을 내 가슴에 붙여주신 것으로도 알 수 있어요. 저 의뭉스러운 노인을 보내서 그 가책을 작렬하게 하신 것으로도 알 수 있어요. 나를 여기 데려와 사람들 앞에서 치욕을 당하기는 했어도, 이 승리에 싸인 죽음을 하게 해주신 것으로도 알 수 있어요. 이러한 고뇌가 하나라도 결여되어 있었더라면 나는 영원히 상실되고 말았을 거요. 하느님을 찬양할지어다! 하느님의 뜻을 이룰 지어다! 잘 있어요." 목사는 이 마지막 말을 남기면서 숨을 거두었다.

— 『주홍글자』 제23장 일부

유부녀 헤스터와 불륜을 저지른 목사 딤즈데일이 죽음을 앞두고 고해하는 말에는 원죄라는 원형, 죄와 속죄, 신에 대한 두려움과 경배, 그리고 무엇보다 남자와 여자의 탄생이라는 신화적 서사가 깔려있다. 목사는 "하느님의 뜻"이라는 섭리를 통하여 역사와 신화를 연관 짓고 미래를 예언한다. 신화적 원형과 문학적 은유가 융합된 담론을 펼친 것이다.

은유가 나타나는 구체적인 변용을 들어보자. 문학은 과학이 모순이라고 여기는 발상을 자유로이 사용한다. 자연현상을 증명하는 과학과 달리 문학은 보들레르가 말한 "주체와 객체, 즉 바깥 세계와 시인 자신을 동시에 내포하는 주술"로 존재하게 된다. 문학의 주술은 인간의 정신과 바깥 세계 사이의 동일성을 전개하기 위한 수사법으로서 신들에 관한 이야기를 차용하는 기법에서 시작한다. 신화에 등장하는 인물 중에는 음유시인, 음악가, 대장장이가 있으며 그들의 행적은 전설이나 민담 속에 들어오고 다시 시와 소설로 이동해온다. 말하자면 글을 쓰려는 작가의 욕망은 앞서 있었던 원형을 모방하여 사회적으로 공인된 작가의 글쓰기 방식으로서 신화의 원형을 이어받으려는 것이다.

　　니문아, 강이란 참 좋구나.
　　스승의 어법에 익숙한 니문은 대답하지 않고, 점점 더 붉어지는 먼 하류 쪽을 바라보았다. 스승의 말은 바람소리나 물소리처럼 들렸다.
　　니문아, 여름이란 참 좋구나. 니문아, 새벽이란 참 좋구나……니문아, 보리밭이란 참 좋구나……니문아, 억새밭의 소리란 참 좋구나……니문아, 떡갈나무 숲의 빗소리란 참 좋구나……니문아, 암말이란 참 좋구나. 니문아, 수말이란 참 좋구나……니문아, 메추리, 비둘기, 쥐, 까치, 오리,

닭이란 참 좋구나……니문아, 밭에 쪼그리고 앉은 여자란 참 좋구나……
　　　　　　　　　　　　　　　　　　 － 김훈『현의 노래』46쪽

　김훈이 등장시킨 우륵이 읊조리는 줄거리를 신화비평의 관점에서 풀이하면 세계창조라는 모티프가 어떻게 문학에서 살아남는가를 알 수 있다. 우륵은 "태초에 말이 있어 하늘이 있으라 함에 하늘이 있고 땅이 있으라 함에 땅이 생겼다."라는 창세기 기록을 빌려와 동양적인 담론으로 재현해낸다. 만물을 창조한 후 하느님이 "보시기에 좋았더라."는 언술을 우륵은 "참 좋구나."라고 되풀이한다. 우륵의 반복적인 언술은 소설과 성경과 신화를 거슬러 올라가 원시적 소리에 다다른다. 그것은 문학이 스토리텔링까지 거슬러 오른다는 설명에 해당한다. 그는 신이 마지막으로 여자를 창조하였듯이 여자의 존재를 마지막에 일깨운다. 이것은 재현으로서 천지창조의 신화에 해당한다.

3. 네오 신화로서 수필

　수필은 21세기의 네오 신화다.
　수필이 사이버리즘 시대의 신화라는 정의는 독자에 따라 참으로 낯설지 모른다. 그러나 신화와 수필의 발생학에서, 사유의 문학이라는 본질론에서, 우주의 비밀을 읊는 작가의 상상에 좌우된다는 기원에서 많은 유사성을 지니고 있다. 신화와 수필은 시보다 영감이 가득하고 소설보다 구성력이 뛰어나고 드라마보다 현장감이 넘치는 형식을 통해 인생의 삶과 꿈을 펼쳐낸다. 수필의 원형문학이 신화이고 신화의 변종문학이 수필이라고 할 정도로 두 장르는 근원적인 해답을 구한다. 나뭇잎에서 우주를 보려하고 달팽이의 더듬이에서 우주의 신호를 포착하며 인간에 대하여 은유적 해석을 시도한다. 이렇게 설명하면 신화와 수필의 유사성은 더욱 분명해진다.

우리는 지금 사이버리즘의 시대에 살고 있다. 사이버리즘이 신화처럼 가상현실로 다가오고 있다. 사이버리즘과 글쓰기를 연관시키면 무엇보다 자유로운 소통이 지적된다. 작품을 자유롭게 비평하고 발표한다는 조건에 부흥하고 소통시간이 짧은 글쓰기는 홈페이지와 웹진 잡지에 적합한 대표 장르로 매김 되고 있다. 사이버 공간이 감각적이고 흥미 위주의 사이버 글 판이 되어버릴 우려도 없지 않다. 하지만 사이버 공간의 글쓰기는 편파적이고 폐쇄적인 현재 문학의 대안이 될 것이라는 기대를 지닌다.

헤겔은 "현대인은 아침 예배 대신에 신문을 읽는다."라고 말한 적이 있다. 현대인은 죽음 후에 보장된 세계보다 현실에 대한 이해와 적응이 더 필요하다. 만일 아침 신문과 아침 예배를 사이버리즘 시대의 현대인에게 적용한다면 아침 예배 대신에 컴퓨터를 켜고 커서로 검색을 하는 풍경을 상상할 수 있을 것이고 영적 구원을 일러주는 시 한 편보다 하루의 삶을 가르쳐주는 수필을 읽는 것이 더 낫다고 말할 수 있다. 신문에 보도되는 하룻기사는 하루의 삶에 필요한 수필과 진배없다. 신화와 수필과 신문기사로 이어지는 문학적 흐름에서 보면 수필가는 인생에 지침을 던지는 신화 창작가와 비슷하다. 신화적 요소를 지니려면 수필은 점성가처럼 자연과 소통하고 점술가처럼 인간의 희로애락을 살피는 영감이 필요하다. 천상계와 지상계에서 펼쳐지는 자연의 법칙을 살피는 여유도 요구된다. 그런 자질을 가진 사람은 삶과 우주를 묶는 담론으로서 신화가 얼마나 수필과 닮아 있는가를 이해하게 된다.

그러면 수필은 어떠하여야 하는가. 수필을 비유하면 천공을 달리는 항성과 같다. 항성은 자유롭게 우주를 유영하는 것처럼 보이지만 천체의 법칙을 따른다. 천체는 시작이 없는 곳에서 출발하여 끝이 없는 곳까지 계속 하면서 원심력과 구심력의 균형을 이룬다. 수필이 체득하는 열정과 예지는 소행성의 질주력과 에너지와 같다는 뜻이다.

수필과 신화 사이에는 흥미로운 사실이 놓여있다. 오늘날까지 문화유산을 잘 지켜온 민족들은 거의 모두 구전문학을 소중하게 간직해오고 있다는 점이다. 신화적 담론으로서 핀란드 민족의 시가를 번안한 19세기 핀란드 시인 엘리아스 뢴로트(Elias. Lönnrot)는 『칼레발라』(Kalevala)에서 무릇 시인이라면 신과 영웅의 이야기를 죽을 때까지 읊어야 한다고 했다.

> "이렇게 나는 빈 입으로,
> 물만 마시며 노래하네
> 아름다운 날을 위해서,
> 새 아침을 누리기 위해서,
> 이른 아침의 새 시작을 노래하네."

생활의 이야기꾼으로서 신화 구술자는 무감각한 청중의 반응을 고쳐주기 위해 문학적 상상의 힘을 전해준다. 카자흐족들은 담시를 노래하는 아킴(Akim)이 현악기 돔브라에 맞춰서 노래할 때 다채로운 전설과 신화의 물결에 빠져들면서 자신들의 소원을 나타내는 상징들을 만났다고 한다. 그리스의 유랑시인 호메로스도 온갖 문전박대를 받았지만 쉬지 않고 영웅의 모험담을 창작하고 전파하였다. 그것들이 신화가 되고 오늘날의 수필이 되었다.

호메로스는 영웅의 행적을 노래 부를 때 소재는 빌려왔지만 자신의 상상과 공상으로 이야기를 만들어냈다. 뮤즈신의 영감을 받기도 하였다. 문학적 기사들 덕분에 여러 방언들은 하나의 언어로 통일되면서 부족의 전설은 신화가 되었다. 사람들은 그들이 전해주는 생활 이야기에서 아픔을 잊고 잠들 수 있었다. 대대손손 내려오던 전설과 신화가 사라지고 조상들의 생활을 더 이상 기억하지 못하면서 개개인의 정체성을 망각하기도 하였다.

그 점에서 신화 창작자들은 이야기를 만드는 "유랑 작가"들이다. 글을 읽을 수 있든 없든 아이들과 어른들은 마을노인들로부터 신들의 이야기를 듣는다. 아이들은 어른들이 전해주는 설화에 리얼리티가 없더라도 가르침으로 받아들인다. 신화의 이야기꾼들은 어린이들에게 "천국 문"을 열어주고 필요한 교육을 전하는 가정교사가 된다. 가정교사의 임무는 마법에 아이들이 홀리지 않도록 보호하는 것으로서 에세이의 역할에서 보면 설리의 기능과 동일하다. 이처럼 어린이가 듣는 신화와 어른들이 읽는 수필은 삶의 수호자가 되어 죽을 때까지 가르침의 효력을 지니게 된다.

수필은 어른들의 이야기 인형이라고 말할 수 있다. 수필은 지적 호기심과 정서적 안정감이 결핍된 어른들에게 걱정을 덜어주는 친구이자 자연의 비밀을 풀어주는 교사이다. 걱정을 덜어주는 친구로서 생활수필은 스칸디나비아반도와 시베리아 초원과 신대륙의 대평원에 공통적으로 존재하며 소재의 영역은 신화만큼이나 넓다. 신화와 민속생활품에 얽힌 이야기는 때때로 적대적인 부락민들 사이에서도 일치한다. 문화권간에 접촉이 없다 하더라도 "수호 장난감"으로서 스토리가 자생적으로 생겨나는 것이다.

인간의 삶을 보호하고 위로해주는 수필도 신화처럼 대대로 이어받고 물려준다. 신화를 통해 교육을 받은 민족은 생활에서 배운 가르침을 수필로 변형한다. 인간은 이러한 과정을 거치면서 에세이와 수필이 가진 역할을 직관적으로 깨달아 생활에 응용하고 있다.

19세기 실증주의가 등장하면서 신화는 현실의 반대어가 되었다. 이전에는 아담의 창조처럼 천둥이나 투명인간도 신화로 설명되었지만 실증주의자들은 미토스라는 그리스어를 전설, 이야기, 대화의 동의어로 사용하면서 이성(로고스)과 역사(히스토리아)의 반대개념에 둠으로써 신화는 "실제로 존재할 수 없는 것"을 뜻하게 되었다. 헬레니즘 시대에도 신화는 "숨겨진 의미"를 찾는 것으로 풀이되어 달력, 계절, 공기의 원소를 설명하는 열쇠의 역할을 하였다. 그런데 기원전 300년 무렵에 신화작가로 활약한 에우헤메로스(Euhemeros)는 『성스러운 역사』에서 신의 근원이 현실과 역사에 있다고 주장하였다. 과거에 큰 공적을 쌓은 왕이 신으로 추앙되었다는 설명이다. 이로써 신들은 역사적 실체를 얻었고 신화는 태고 왕국의 영웅과 그들의 삶을 그려내는 장르가 되었다.

19세기 후반에 오면서 신화 연구는 더 큰 대중성을 얻었다. 독일 작가인 막스 뮐러(Max Muller)는 신화를 "언어의 질병"이 빚은 결과로 풀이하였다. 그는 하나의 대상은 여러 이름을 동시에 가질 수 있고 하나의 이름도 여러 대상에 걸쳐 쓰일 수 있다고 보았다. 신들이 다른 신과 합치거나 분리되었다. 신화로서 만신전(萬神傳)은 모방에서 시작할 수밖에 없다. 일상 경험을 신화로 변형하거나 수필로 표현하는 주된 이유의 하나가 자연성에 인격화를 허용하는 것과 동일해진다. 그리하여 크로노스 신화는 식인 풍습에서, 제우스 신화는 원시 주술에서, 오스트레일리아 원주민인 아보리지언의 신성은 믿음에서 유래한다는 설명이 가능하다.

20세기 초에 이르러 신화는 글자 그대로 해석해야 한다는 의견이 나타났다. 독일의 역사학자 헨리 프랭크퍼트(Henry Frankfurt)는 1951년에 행해진 「고대 근동 지역의 종교들에 나타난 유사성」이라는 프레이저 기념 강연에서 언어적 해석을 바탕으로 신화는 인간이 수행한 행위일 뿐, 신의 행적이 아니라고 주장하였다. 나아가 그는 신화를 인간이 서열을 만들기 위해 일으킨 전투로 풀이하면서 종교를 결부시켰다.

최초의 권력투쟁의 예는 친부 살해에서 살필 수 있다. 프로이트는 한 무리의 형제들이 친부를 살해한 뒤 그의 육신을 먹고 아버지의 여인들을 차지했다는 신화를 다음과 같이 풀이한다. 아버지의 육신을 먹음으로써 권력을 빼앗은 행동을 합리화하였다. 부왕살해라는 토템신화가 권력투쟁의 신화로 구현된 것이다. "인류 최초의 축제였을지도 모르는 토템 향연은 결국 친부살해와 권력투쟁의 반복이자 기념제다." (프로이트, 『토템과 터부』)는 원형을 바탕으로 사회 조직이 생기고 도덕적 구속력이 이루어지며 수많은 제도들이 마련되었다. 카롤 구스타프 융도 신화를 집단무의식에 연관시켜 문학 구조가 끊임없이 반복된다고 보았다. 융이 『신화학 입문』에서

"신화를 경험한다."고 하였을 때 표현은 다르지만 신화는 모든 문학의 원형이라고 주장한 것이다.

수필이 무엇이며 무엇을 말하여야 하는가. 수필가들이 수필을 쓸 때 시인과 소설가와 다른 심적 동기에 빠져든다는 점은 사실이다. 그것은 지금까지 억제되고 표현되지 않았던 체험을 적는다는 일종의 상상이다. 상상은 외부자극에 무너진 심적 평형상태를 복원하고 싶은 욕망에서 비롯한다. 수필가는 심리적 성취감 외에 카타르시스를 체험한다. 카타르시스는 융이 말한 집단무의식을 따르는 경험상태로서 수필창작에 전이되어진다.

4. 수필의 신화성

신화와 수필의 상관성을 구체적으로 이해하려면 신화와 종교의 문제를 살펴보면 된다. 신화는 예전부터 종교사학자들에게 중요한 논의의 대상이 되었다. 종교적 입장에서 "신화는 아직도 살아 있는 문화"로서 문학의 토대로 여겨진다. 원시 종교는 그 점에서 신화와 매우 흡사하다.

신화는 어떤 형태로든 "창조"를 다룬다. 창조는 공동체에서 발생한 초기의 사건들을 의미한다. 유년기의 첫 경험을 기억하는 수필가들이 성년기의 경험을 서술할 때 유년기의 첫 경험에서 동기를 찾아내는 것과 같다. 창조의 행위자가 보여주는 행위는 신성한 것으로 풀이된다. 신성한 행위는 절대적으로 진실하고 완전하므로 당연히 초자연적 담론으로 표현된다.

창세 신화가 종교적 이데올로기를 갖게 된 이유도 사물의 기원을 이해할 수 있기 때문이다. 이야기를 만드는 사람은 초자연적 권능을 갖는다. 그리고 그들은 신화를 종교적 담론으로 "살려낸다." 일례로 오스트레일리아의 신화는 토템 동물에 관한 이야기로 구성되어 있다. 초자연적 존재가 어떻게 지상에 나타났고, 여기저기 머무르면서 지형을 바꾸고 특정한 동식물이 창조되었는가를 설명하였다. 마지막으로 어떻게 지상에서 사라졌는지도 빠뜨리지 않았다. 이런 신화들은 아들이 성년식을 치를 때 직접 들려주거나 학습을 통해 부족과 가문에서 이어진다. 비밀스런 지식이 된 신화가 종교가 된 경우는 이렇게 설명된다.

완벽한 수필이 존재한다면 어떤 성격을 가질 것인가. 수필의 완결성을 이야기할 때 형식이나 언어의 완성도는 이차적 기준이 된다. 형식보다는 어떤 내용을 담고 있는가. 무슨 목적으로 기록되고 전수되는가. 수필이 지니는 공적 가치는 무엇인가. 시간적 영속성이 있긴 있는가라는 철학적이며 종교적인 가치가 제시된다. 수필은 일차적으로 문화를 전수하는 역할을 담당하며 두 번째는 삶과 자연이 지닌 신비성을 풀어주며 마지막으로 인간의 유한성을 극복하는 해결점을 제시한다.

수필의 신성함은 세 가지로 요약된다. 첫째는 문학의 역할이며, 두 번째는 신화의 역할이며 세 번째는 종교의 역할이다. 일례로 티모르지방에서는 벼가 자라기 시작하면 쌀의 전설을 아는 사람이 들에 나가 움막을 치고 그곳에서 밤을 보내면서 전설을 암송한다. 벼가 인간의 손에 어떻게 들어오게 되었는가라는 연유를 노래하면 벼가 튼실하게 성장한다고 믿고 있다. 여기에서 벼농사라는 수필적 체험과 풍년을 비는 주술적 신화와 벼의 탄생이라는 종교관이 만들어진다. 벼의 탄생과 수확과 농부의 소망으로 이루어진 구성은 과거 현재 미래라는 시간을 묶어준다. 조상, 농부, 후손이라는 인물이 등장하고 말하기와 주술사와 청자라는 문학의 3요소가 어울린 서사적 구도가 이루어진다. 사람들은 신화 속의 사람이 되며, 신화도 성스러운 시간으로 들어간다. 이야기를 듣는 청자는 신성하고 신령스러운 분위기에 빠져들면서 종교적 암송이 신화의 시대를 부활시키는 것이다. 개인의 삶을 엮은 수필도 신화적 기원과 종교적 소망을 지닌다는 점에서 동일하다. 문학적 공간과 신화적 공간이 신성함을 공유한다는 신화의식으로 쓴 수필이 미학적 영역에 들어간다는 점은 반론의 여지가 없다.

신화가 살아있는 사회에서는 신화와 동화를 구분한다. 신화는 "진짜" 이야기이고 동화와 전설은 "가짜" 이야기에 해당한다. 신화에는 경험의 진정성이 깔려지고 인간이 공유할 수 있는 교훈이 들어가지만 동화는 우화적인 형식 때문에 인간의 삶 자체를 다루기가 힘들다. 북미 인디언들은 천지창조, 별의 탄생, 죽음의 기원, 영웅의 위업과 같은 성스러운 신화를 코요테라는 전설적인 괴물이나 동물의 특성을 전하는 세속적인 동요와 구분한다. 이런 구분은 이야기가 인간의 삶과 직결되는가, 아니면 흥미를 더 중시하는가에 의하여 좌우된다.

인간의 탄생은 수필과 신화와 종교가 지닌 공통점을 가장 잘 보여준다. 인간은 언젠가는 죽을 수밖에 없다. 종족을 불문하고 남성과 여성은 공동체를 조직하고 일을 분담하며 살아간다. 살고 일하기 위해 법을 만든다. 만일 농사에 대하여 이야기한다면 신화와 종교는 남자가 어떻게 행동하고 왜 농사일을 하는지 설명해 준다. 여자들이 왜 남자에게 복종하여야 하는지도 가르친다. 이 모든 구분은 태초에 무엇인가 일어났기 때문이다. 어떤 사건의 결과이기도 하다. 인간이 벌 받고 죽는 것도 신화시대에 무엇인가 일어났기 때문이며 그렇지 않았다면 인간은 신처럼 영원히 살 것이다. 그 죽음의 기원과 인간 능력의 한계를 종교가 진단해 준다.

수필도 인간의 생사와 남녀의 구분을 설명해 주는 역할을 담당한다. 태고의 인간에게 신화가 더없이 중요하고 중세인에게 종교가 더없이 위엄을 가졌던 것처럼 현대인들은 삶을 이해하고 헤쳐 나가기 위해 문학으로서 수필을 필요로 한다. 오늘의 수필가들은 사이버 공간에 생존하면서도 인간들이 왜 지금도 노마드로서 살아야하는가를 존재론적 입장에서 간파하지 못하고 있을 따름이다. 그 점에서 사이버리즘 시대의 신화와 수필은 더욱 주목을 끄는 것이다.

5. 신화 창조자로서 수필가

이야기 자체로서 신화와 문학은 인간의 상상력을 공유해 오고 있다. 신화(Myths)의 그리스어 어원이 미토스(Mythos)이듯이 신화라는 이야기는 우화에 가깝다. 실제 플롯이나 줄거리를 의미하는 미토스는 비극과 희극뿐만 아니라 우화의 주제를 뜻하기도 한다. 이야기라는 의미의 미토스는 로고스(Logos)와 대립되는데 로고스는 인간의 이야기라기보다는 신의 이성을 지적하는 말이라고 볼 수 있다. 로고스가 이성적 판단과 설득을 나타내고 미토스는 이야기 자

체라는 점에서 보면 미토스와 로고스는 인간 정신의 양면성을 나타
낸다. 그러므로 미토스가 제시하는 문학과 시는 자연스럽게 신화의
일부분을 형성한다.

오늘날의 작가는 사물에 이름을 붙이고 의미를 해석하는 은유적
능력을 지닌 사람들이다. 작가의 능력을 음유시인에 비교한 토마스
러브 피코크(Thomas L. Peacock)는 『시의 네 시대』(Four Ages of
Poetry)에서 "오늘날의 시인은 문명사회에 살고 있는 반야만인"이라
고 불렀던 뜻도 상상력이라는 조건을 빼버린다면 글을 쓸 수 없고
인간은 결코 신화를 소유할 수 없음을 지적한 것이다. 신화와 문학
과 삶 간의 상호 관계를 상상력으로 해석함으로써 인류 문화는 진
보하고 발전하게 된다. 그것만큼 문학과 신화는 은유의 쌍둥이라는
점을 입증하는 설명이 없다.

상징과 은유를 구현한다는 점에서 수필가는 신화를 복제하는 인
문예술가이다. 나아가 인간의 실존을 입증해야하는 인문 철학자이
다. 그 첫 주자는 신화적 수필문학으로 이끌어온 호머라고 말할 수
있다. 호머가 사용한 줄거리는 탐색신화로서 그의 영웅은 신비스러
운 출생, 고난과 시련, 죽음과 부활이라는 과정을 거친다. 탐색의
줄거리는 인간의 삶과 꿈과 정체성을 표현하는 수필에서도 나타난
다. 신화가와 신화학자는 진실만 말하는 고대의 해신 프로메테우스
처럼 땅을 기는 생물과 물속 생물과 불꽃에게도 말을 시킬 수 있다.
은유야말로 모든 대상을 문학에서 부활시킬 수 있는 촉매로서 그
진술 방식은 오늘날에도 유효하고 또 존재하고 있다. 호주 원주민
인 아보리지언의 나링거를 통하여 수필가가 지녀야 할 신화성을 살
펴보기로 한다.

나링거는 아보리지언의 말로 영혼의 창조주라는 뜻입니다. 그는 우룰루 바위산에 태어나 호주대륙의 구석구석을 다니며 눈으로 보는 것마다 이름을 붙이고 이야기를 만들었습니다. 형태뿐인 강, 산, 계곡, 절벽, 평원, 사막 그리고 새, 짐승, 풀, 나무, 심지어 땅에 기는 곤충까지 이름을 붙이느라 아침부터 저녁까지, 사계를 가리지 않고 바빴습니다. 그 덕분에 삼라만상이 제 이름으로 불리면서 의미를 가지기 시작했습니다. 모든 게 이름이 없었으니까요.

그에게는 두 아내가 동행을 했습니다. 그들은 자매였습니다. 참으로 먼 길을, 오랜 세월에 걸쳐 땅 끝인 캥거루 지역에 다다를 동안 나링거는 이름 짓는 일에 바빴기 때문에 두 아내는 외로움을 견디지 못했습니다. 두 자매는 고향 마을로 돌아가기를 원했지만 나링거는 허락하지 않았습니다. 마침내 두 자매이자 아내는 남편에게서 도망을 쳤습니다. 화가 난 나링거는 그들이 달아나지 못하도록 바다를 치솟게 하여 캥거루 지역을 섬으로 만들어 버렸습니다. 두 자매는 갑자기 생긴 바다에 빠져 헤어나지 못하고 죽어버렸습니다.

홀로 된 나링거는 슬픔을 가누지 못해 쇼유크나무 아래 멈췄지만 나무는 태풍과 해풍과 황야의 바람에 가지를 흔들며 소리를 냈습니다. 그 소리는 죽은 아내들의 비명과 절규와 신음으로 들렸습니다. 귀를 막을수록 살려 달라 호소하고, 버려짐을 원망하고 서글픈 운명을 토로하는 듯 들렸습니다. 필사적으로 도망치던 그들의 절규는 나링거의 심장을 파고들며 그를 괴롭혔습니다. 고통을 견디지 못한 그는 바다에서 전해지는 소리를 피하여 서쪽으로 계속 도망을 쳤습니다만 소용이 없었습니다. 바람소리에서 거친 파도에 휩쓸리며 살려달라는 외마디를 들을 때마다 가슴이 찢어졌습니다. 쇼유크나무에 지친 육신을 기대어도 들려오는 소리는 저승에서 그를 부르는 두 아내의 목소리뿐이었습니다. 섬의 끝에 다다라 더 이상 달아날 수 없음을 알았던 그는 그 자리에서 죽음을 맞이하기로 했습니다. 그것만이 그들의 절규에서 피할 수 있는 유일한 길이었으니까요. 나링거는 스스로 목숨을 끊었습니다. 그리고 저승으로 가서 별이 되었습니다.

아보리지언들은 나링거 별이 그들의 영혼을 지켜준다고 생각합니다. 매일 어두운 밤마다 하늘에 나타나, 모든 별들이 사라진 후에도 함께 여행하면서 아직도 가야 할 먼 길을 알려주고 연약한 영혼을 지켜준다고 믿습니다. 죽으면 그들의 영혼도 나링거가 지나간 길을 좇아 대지를 횡단하여 저승으로 간 다음 하늘로 올라가서 다른 별이 된다고 말합니다. 백인들과, 그들을 모방하려는 유색인종이 문명의 독과를 따먹으려고 발버둥칠 동안 그들은 수천 년 전부터 지금까지 하늘의 별이 되려는 꿈을 먹으며 지금도 걷습니다.

에필로그

신화 같은 문학은 현대작가와 독자들이 꿈꾸는 유일한 창작 무대라고 말할 수 있다. 미국의 신화학자 조셉 캠벨(Joseph John Campbell)이 『신화의 힘』에서 "신은 인간의 삶과 우주에 동기를 부여하는 가치 체계"라고 정의하였듯이 신화에는 문학이 본받아야 할 초자연적 영감이 존재한다. 니체가 "신은 죽었다."라고 선언하였고 오늘날 올림포스의 신을 믿는 사람은 거의 없을지라도 신화 속의 신들은 아직 죽지 않았다. 그리고 앞으로도 죽지 않을 것이다. 신은 고전신화가 아니라 로맨스, 판타지, 시극, 영화, 드라마, TV연속극, 수필, 인터넷 영상, 심지어 디자인과 대중음악으로 변형되어 계속 존재해 온다. 마찬가지로 신의 이미지와 신탁을 전해주는 작가도 거듭 태어나기 마련이다.

신화는 대략 다음과 같이 분류된다. 첫 번째는 무(無)에서 시작한 창세기 신화이다. 하늘과 땅이 나누어졌다거나 신의 생각과 말을 통해서 세상이 만들어졌다는 내용이다. 두 번째는 잠수 모티프로서 신이 짐승을 바다에 보냈다든지 바다 속에서 한 줌의 흙을 가져와 이상향이나 낙원을 만들었다는 줄거리다. 세 번째는 인간을 흙으로 만들거나 나무나 꽃으로 만들었다는 탄생이 주류를 차지한다. 신화의 기술방식은 이처럼 민족이 가지고 있는 사고와 감정에 따라 달라진다. 종교도 신의 존재와 절대권능, 인간의 생사, 문명의 종말이라는 주제에서는 같으나 의식과 교리는 종교마다 다르다. 수천 년이 흘러도 신화가 신비성을 유지하고 사이버리즘 시대에조차 영웅담, 이국적인 여행기, 우주탐험기가 위력을 발휘하는 이유도 신화성 때문이라고 말할 수 있다.

신화는 스스로 이야기를 풀어내도록 우리의 기억에 묻힌 소재와 모티프를 불러낸다. 이를 통하여 지금까지 발견되지 않은 상상의 유사점이 계속 발견되어진다. 비둘기와 뻐꾸기에서 죽은 가족을 떠올리고 은가락지에서 잊은 조상을 찾아내며 묵은 호미 자루나 깨진 막사발에서 잃어버린 시간을 찾기도 한다. 그것이 신화이며 구전문학이자 필사문학이다. 나아가 오늘날의 수필이기도 하다.

앞서 살폈듯이 신화는 주술적이기 때문에 자가 치료적 효과를 지닌다. 신화가 치료의식과 연관된 사례는 샤머니즘이나 일부 종교의 밀교의식에서 불 수 있다. 주술사와 사제가 창세신화를 엄숙히 낭송할 때 창조신화는 가장 모범적인 부활이므로 그것을 낭송하면 병자는 완쾌된다고 믿는다. 의식을 주관하는 사제는 태초의 신화 속의 신처럼 말을 한다. 키호 신은 이렇게 말했다고 한다. "물이 갈라져 하늘과 땅이 생기라!" 신화를 현실로 만드는 말은 신력(神力)으로 가득한 신탁이다. 인간도 무엇인가를 만들어야 할 때면 영성에서 우러난 말을 한다. 작가도 신적 영성을 기대하고 좋은 영감을 전수받기를 원한다.

신화는 결국 신들의 역사가 아니라 인간이 영위하는 삶의 기록서이다. 역사보다 더 많은 진실과 꿈을 담아내기도 한다는 점에서 신화와 수필은 지구가 멸망하는 그날까지 살아남을 것이며 쌍둥이로서 함께 할 것이다. 판타지와 IT산업이 상호 교직되는 사이버리즘 시대에서 수필이 언어학, 고전학, 민속학, 과학, 신화 등과 교감이 필요하다는 것은 물어볼 필요가 없다.

제12장

수필의 동양미학과 맥혈기(脈穴氣)

서양에서 에세이라 부르고 동양에서 수필이라고 말하는 산문은 형식, 주제, 독자에 따라 여러 하부장르로 나뉜다. 수필의 원적은 몽테뉴와 베이컨에서 유래한다. 수필을 두 종류로 구분하면 비격식적 에세이(informal essay)와 격식적 에세이(formal essay)가 있으며 주창자의 이름을 빌리면 전자는 몽테뉴식 수필이고 후자는 베이컨식 수필에 해당한다. 격식성과 비격식성은 양식의 차이라기보다는 소재와 주제의 차이로 구분한다. 비격식적 에세이를 개인적 에세이, 사적 에세이라 부르고 격식적 에세이를 사회적 에세이와 공적 에세이로 부르기도 한다. 학자에 따라 주정적(主情的) 에세이와 주지적(主知的) 에세이로 나누기도 한다. 경수필과 중수필, 가벼운 수필과 무거운 수필로 이름 붙이기도 한다. 비격식적 에세이는 주정적, 주관적, 개인적이며 인상적이고 감성적인 소재에 치중한다. 반면 사회문제, 국가의 정책, 개인의 행동, 추상적인 문제, 자연의 관조, 우정, 결혼, 금전, 시간 등의 문제를 논리적이고 객관적인 자세에서 쓴 수필은 격식적 에세이라고 하겠다.

서구 에세이의 분류가 주제가 지니는 질량적 차이에서 비롯한다면 동양의 경우는 문장과 내용이 상호 얼마나 조화를 이루는가에 달려있다. 동양적 담론에서 수필은 독자적인 장르로 정착되기 전에는 "기행"(紀行), "감상"(感想), "상화"(想華), "수상"(隨想), "단상"(斷想), "만필"(漫筆) 등으로 불려 왔다. 가벼운 수필과 무거운 수필, 산 수필과 죽은 수필, 열린 수필과 닫힌 수필로 구분하기도 한다. 그렇다면 수필의 본성을 제대로 이해하기 위해서는 서구 에세이의 개념이 아니라 동양적 사관과 동양미학으로 수필을 이해하는 것이 더 바람직하다. 왜냐하면 동양수필의 배경이 동양 문화라면 동양 철학과 미학을 통해 수필을 이해하는 것이 한국수필을 제대로 파악하는 방법이기 때문이다.

1. 동양미학과 수필론

서양에세이가 전달을 위주로 한다면 동양수필의 본성은 작가와 독자와 대상 간의 열린 소통이라고 하겠다. 동양철학의 관점에서 본 독자와의 소통은 무애(無碍)사상을 바탕으로 한다. 무애란 막히거나 거침이 없다는 뜻으로 형식과 소재와 주제에서 제약이 없다는 의미이다. 열린 수필이 바깥세상을 이야기한다면 닫힌 수필은 안쪽 세상만을 이야기한다. 그렇다면 바깥세상과 안쪽세상은 어떤 차이가 있으며 수필에서 안팎의 개념은 어떻게 설정되어야 하는가.

　수필은 감성과 지혜를 교환하는 장터라고 말할 수 있다. 만일 수필이 장마당이라면 소수의 부호들만이 들락거리는 명품매장이 아니라 쌈짓돈으로 누구나 원하는 물건을 살 수 있는 재래시장과 같다. 재래시장은 대량소비사회가 발달한 오늘에 이르기까지 명맥을 이어오는 도시의 허파이고 심장에 해당한다. 코즈모폴리턴의 대도시인 런던이나 워싱턴 DC에도 반짝시장, 벼룩시장, 무빙세일, 게라지 마켓이 있어 주민들은 손때 묻은 중고품을 사고팔면서 인정을 나눈다. 물질적 교환이 아니라 정서적 교감을 중시한다는 뜻이다. 사람에게는 물건을 흥정하는 외에도 인정을 나누려는 기대가 있으므로 열린 시장은 현대에도 존재하기 마련이다.

　삶에 진지한 사람이라면 누구나 수필을 쓰고 읽을 수 있다는 사실에 행복을 느낀다. 근래 영국수필보다 미국수필이 발전하고 있는 이유도 지배자의 언술이 아니라 다수의 시민독자를 대상으로 하는 담론이자 열린 언술이기 때문이다. 안쪽 세상은 이기적이고 폐쇄적이며 능률과 생산을 주목적으로 하는 목적지향성의 공간이다. 이것을 모르는 현대인들은 자신이 바깥세상에 살고 있다고 여기지만 사실은 안쪽 세상에 갇혀 있다.

　행동에 골몰하는 인간은 생각할 여유를 갖지 못한다. 저마다 이익에 눈이 먼 사람들이 모인 집단에서는 개인의 이익이 더 중요시된다. 근대국가의 이념에 일치하는 개체주의는 구성원이 자신의 이익을 위해서 열심히 노력하는 것이 공동의 선이 된다는 주장을 근거로 삼고 있다. 공동의 선을 이루기 위해서는 미래를 볼 수 있는 능력과 옳고 그른 것을 판별할 줄 아는 자질을 갖추어야 하지만 대부분의 경우 그런 조건이 충족되기는 거의 불가능하다.

　바깥 문화와 단절하는 데서 느끼는 소외감과 정신적 고통은 폐쇄 증후군에 비유된다. 한옥에서 살면 대청마루에 앉아 처마 끝에서 낙하하는 빗방울을 들을 수 있으나 아파트에서는 발코니에 쳐둔 새시 때문에 비의 운치를 느끼기 힘들다.

　바깥세상으로 나가기 위해 환각제 사용, 여행 떠나기, 귀향 그리고 문학이라는 방식에 접근한다. 가장 말초적인 수단은 마약이다. 마약은 환각의 세계를 만들어낸다. 환각은 외부의 자극이 없는데도 어떤 자극이 있다고 느끼는 것이다. 아무도 없는데 어떤 소리가 들리면 환청이고 주위에 사람, 동물, 물건이 없는데도 눈에 보이는 것을 환시라 한다. 기분 나쁜 냄새를 맡거나 접촉이 가해지지 않은데도 무엇에 닿은 듯한 불쾌감을 느끼기도 한다. 약물의 힘을 빌린 환각, 환청, 환시, 환촉은 정상적인 자각이 아니며 약물에 노출될수록 환각에 대한 유혹은 증가한다. 문학의 판타지나 환상은 이런 반응이 아니라는 점에서 환각과 구별된다.

　다음으로 바깥 문물을 접하는 나들이가 있다. 예전에 농촌에 사는 어른들은 장날이 되면 논밭 일을 그만두고 읍내 장터로 나가 막걸리에 국밥을 먹으며 심신의 노곤함을 잊었다. 그곳에 가면 가장의 체신을 무시하고 또래의 친구들과 하루의 휴식을 가질 수 있었다. 아이들이 초등학교 수학여행을 가는 것도 마찬가지다. 장날과 여행은 갇혀진 세상에서 바깥으로 나아가는 유일한 통로이다. 햇살이 눈부신 노란 비닐에 싼 라면은 백 마디 천 마디 말보다 서울이라는 바깥세상을 생생하게 전해주고, 처음 타보는 에스컬레이터는 황홀한 통로 역할을 해준다. 지금도 피자 한 판, 위성안테나, MX

영화관은 시골 아이들에게는 자신이 사는 마을이 갇힌 세상이고 도시가 바깥세상이라고 믿게 한다. 하지만 서울과 부산과 대구는 진정한 의미의 크고 넓은 세상이 아니다. 도시는 돈이 없으면 아파도 병원에 갈 수 없고 차를 탈 수 없고 죽어도 빠져나올 수 없는 막힌 세상에 불과하다. 그래서 많은 사람들이 살아있음을 위한 탈출을 꿈꾼다. 문학의 통로는 이러한 출구를 제공한다.

현대인들에게 세 번째 바깥세상은 떠나온 고향이다. 뿌리가 없는 실향민이라는 말만큼 개인의 정체성을 위협하는 것은 없다. 명절이 오면 귀성인파가 고속도로를 오가고 안쪽 혈족과 바깥쪽 혈족이 오랜만에 만난다. 귀향하는 도시 사람들이 타임머신을 타고 과거로 돌아가면서 지금도 코스모스가 한들거리는지를 궁금하게 여기고 고향에 남아있을 회화나무를 보려는 희망으로 장시간의 이동을 견뎌낸다. 바깥세상으로서 고향은 살아가기 위해 무장했던 개체주의의 갑옷을 벗는 비무장지대이다. 그곳에 다다르면 수도와 전기가 변변찮은 시골집이 50평 아파트보다 넓고, 농기구가 놓인 헛간이 유리 거실보다 편안하고, 좁고 어두운 돌담 골목이 아파트 단지의 아스팔트길보다 넓어 보인다. 고향 선산과 집터가 잊을 수 없는 바깥세상이 되는 것이다. 놀랍게도 예전에는 구경을 하지 못한 서울 같은 대도시가 바깥세상이었지만 지금은 수몰된 고향과 변함없이 수수한 산천이 바깥세상과 열린 세상이 된다.

네 번째 출구로서 문학은 모두가 가질 수 있는 열린 고향을 만들어 낸다. 문학이라는 바깥세상이 존재한다는 사실은 정말 다행스럽다. 도시라는 동굴을 빠져나왔을 때 햇빛도 없고, 냄새도 없고, 푸른 것이 하나도 없다면 참으로 황당할 것이다. 만일 마약과 일시적인 나들이와 수몰된 고향 찾기에서도 실망한 사람들이 시공을 초월한 진정한 바깥세상을 찾을 수 없다면 얼마나 절망할 것인가.

그래서 개체주의라는 '동굴' 밖에 문학이라는 진정한 바깥세상을 만들어야 한다. 지금까지 사람들은 고독과 공포에 대한 두려움으로 동굴 밖으로 도망을 친 것이지, 어떤 다른 새로운 공간이 있다는 확신에서 밖으로 나왔다고 말할 수 없다. 누군가가 동굴 밖에 모닥불을 피워 빛이 있음을 알려주고 바깥 향기를 동굴 안으로 들여보내준다면 동굴 속의 사람들은 하나 둘 줄지어 나올 것이다. 바깥세상에서 삶의 모닥불을 피우는 사람들은 바깥세상을 찾지 못한 사람들을 위해 작가의식으로 싸워야 한다.

산길을 내려와 마을을 지나 더 낮은 곳으로 가야 바다를 만날 수가 있다. 바다는 이렇게 가장 낮은 곳에 자리한다. 그러고 보면 나는 날마다 세상의 가장 낮은 곳을 향해 걸어오는 셈이다. 바다는 스스로 가장 낮은 곳에 자리해 모든 것을 받아들인다. 그리고 스스로 깊어져 넘치지 않는다. 강이 제행(諸行)의 무상한 모습을 보이는 것이라면 바다는 열반적정(涅槃寂靜)의 모습을 내보인다. 바다에 서면 가슴이 트이는 시원함을 느끼는 것은 결코 우연이 아니다. 모든 물길이 이름을 버려 하나가 되는 곳에 더 이상 벽은 없기 때문이다. 삶이 괴롭고 답답한 것은 수많은 이름을 가진 서로 다른 내가 서로 부딪히기 때문 아닌가.

바다에 서면 나는 발원한다. "바다처럼 낮아져 모든 것을 섬기며 살겠습니다. 바다처럼 넓어져 모든 것을 이해하며 살겠습니다. 바다처럼 깊어져 모든 것을 사랑하며 살겠습니다." 스스로 발원을 배반하며 살아도 나는 바다에 서면 날마다 이렇게 발원을 한다. 그것은 바다가 내게 올바른 삶의 길을 가르쳐 주기 때문이다. 바다에 서는 순간마다 바다는 나의 부처가 되고 법당이 된다. 그 앞에서 어떻게 삶의 진리를 외면할 수 있으며 삶의 진실에 눈 감을 수 있겠는가.

어두운 밤바다에 별이 돋듯 나는 바다에서 진리와 진실을 향해 감았던 눈을 뜬다. 설혹 진리가 저 밤하늘의 별처럼 아득히 먼 것일지라도 그 별빛을 바라보기를 멈추어서는 안 된다. 설혹 진실이 저 바다 속처럼 깊어 이르기 불가능한 일일지라도 바다의 물결소리로 자신을 씻는 일을 중단해서는 안 된다. 삶은 그때에만 의미가 있는 것이기 때문이다.

바다를 뒤로하고 산사로 걸어서 돌아오는 길에 별빛이 손에 잡힐 듯 가깝게 빛난다.

– 성전 스님 「나는 걸어서 바다에 간다」 일부

작가는 매일 하루 세 번씩 바다로 걷는다. 걸음을 통하여 그는 "걷는다는 것은 다리로 하는 공간 이동을 뜻하는 것만은 아니라 닫힌 마음에서 열린 마음으로 나아가는 이동"을 인식한다. 바깥세상으로 나아가는 이동은 독자를 이끄는 보행이 된다. 낮고 열린 곳으로의 행보, 이것이 동양적 사유와 인식을 가진 수필이고 독자를 일깨우는 선지자의 발걸음에 해당한다. 더 이상 무슨 설명이 필요한가.

바깥세상으로서 수필 한 편은 사람이 사는 풍경으로 이루어진다. 수필은 개인의 희망뿐만 아니라 신화, 역사, 이념, 꿈을 그려낸다. 만일 타임캡슐 안에 시대정신(Zeitgeist)을 나타내는 징표를 넣어야 한다면 그것은 소설이라는 나팔이 아니고 수필이라는 깃발일 것이다. 수필이야말로 개체주의에서 벗어나 동일체를 표상해주는 언어망이다.

2. 수필의 맥혈기

수필담론은 인체와 불가분의 상관성을 이룬다. 수필의 정의를 인체에 비유하며 산 수필과 죽은 수필로 구분된다. 일찍이 뒤퐁이 "글은 사람이다."라고 한 의미는 글이 작가의 인격을 반영한다는 설명이지만 글은 인체구조라는 설명도 가능해진다. 사람이 숨을 쉬고 피가 통하고 뼈와 근육이 제대로 움직일 때 살아있다고 말하듯이 글도 단락과 단락의 연결이 순탄하고 독자를 감동시키는 기가 흐를 때 살아있게 된다. 산 글의 핵심을 이루는 요소는 맥(脈)과 혈(穴)과 기(氣)에 있다. '맥혈기'라는 의학용어를 빌려올 수 있는 근거는 수필은 체험의 상상화라는 기본적인 정의를 지키면서 서양의 문학이론에서 벗어난 동양적인 해석을 제시해주기 때문이다. 소위 동양수필미학으로서 "맥혈기"라고 하겠다.

동서양의 신화는 사람의 몸은 흙으로 만들어졌다고 설명한다. 창조론을 빌리지 않더라도 인체는 여러 요소로 이루어져 있다. 서양의학은 인체를 기능에 따라 구분한다면 동양의학은 상호반응의 상태를 보여주는 맥혈기를 중요시한다. 조물주가 흙으로 인간을 만들고 인간이 작품을 창작할 때, 땅과 사람과 글은 공통적으로 맥혈기를 지니게 된다. 인체의 맥이 머리부터 발끝까지 신체를 곧게 세우는 뼈대라면 혈은 신체의 원기가 상호 교차하는 지점이며 기는 몸에 흐르는 기운에 해당한다. 글의 경우도 동일하다. 문맥이 곧지 않으면 글의 흐름은 엉뚱하게 휘어지고 혈이 제 자리에 위치하지 않으면 감동과 인식과 충격을 줄 수 없으며 기가 흐르지 않은 수필은 미적 가치를 지니지 못한다. 손가락에 조그만 가시가 찔려도 온몸이 날카로운 고통과 아픔으로 반응하는 인체공학을 상상해 보라. 인체의 연결회로가 참으로 경이롭듯이 수필도 유기적인 구조로 이루어져 어느 한 부분이라도 불완전하면 유기체로서 완전성을 지니지 못한다.

수필을 대할 때 작가가 거쳐 온 삶을 상상하고 체험을 정제한 과정을 떠올리면 살아 있는 글, 내공이 충만한 글, 사람 냄새가 깔린 글맛을 느낄 수 있다. 창작 과정을 인체를 다듬는 것과 같다고 말하는 이유는 '글은 사람이다'라는 정의 때문만이 아니다. 사람은 글로써 충일하게 살 수 있고 충일한 삶은 자연스럽게 좋은 글을 잉태시켜낸다.

글을 배우기 전에는 글쓰기를 예사로 생각한다. 마음 내키게 쓰는 것을 술술 풀려나간다고 여긴다. 글줄에 막힘이 없고, 마음에서 찡한 감정이 피어올라 단숨에 몇 장이고 써내려간다. 적절한 언어와 치밀한 구조로 엮어야 한다는 기본원리를 따르기보다 감정이 흐르는 대로 쓰는 것이 진솔한 기법이라고 믿는다. 이런 생각은 몸을 함부로 쓰면서 제 몸이 건강하다고 믿는 호기와 다를 바 없다.

그래서 본격적으로 글을 배우겠다는 작심을 갖지만 며칠이 지나면서 초심이 흔들리고 잘못되었다는 불안감에 빠져든다. 배울수록 쉬워야 하는 글쓰기가 어려워진다는 불안감이다. 시간이 지날수록 힘이 빠지면서 하류로 미끄러지는 기분이 든다. 덩달아 설익게 익힌 작법에서 벗어나지도 못한 터에 글의 몸통은 더욱 굳어간다. 무엇이든 제대로 배우려면 알아두어야 할 요건이 있다. 수필의 본질과 작법에 대한 해석은 논자에 따라 다르므로 모든 것을 숙지할 필요는 없지만 수필이 무엇과 같은가를 한 번쯤 생각하면 뜻밖의 출구를 찾을 수 있다.

수필의 몸은 사람의 몸과 같다. 사람의 몸은 땅과 같다. 땅과 사람과 글은 공통적으로 맥과 혈과 기로서 움직인다. 산의 형세는 산줄기가 흐르는 모양으로 살필 수 있다. 지리학에서 산맥으로 부르는 우리나라의 백두대간을 살펴보면 태백산이나 소백산과 같은 산봉우리가 연결되면서 우람한 산맥이 만들어진다. 혈은 땅의 정기가 모인 자리를 칭하는 말로서 경혈이라고도 부르며 맥과 혈이 모여 산의 기운을 이루어낸다. 사람의 신체도 흙으로 만든 만큼 맥과 혈과 기가 몸 안에 존재한다. 지세를 인간 생활에 응용하여 살피는 학문을 "인간과 자연이 조화를 이루는 인식 체계"로서 풍수학이라고 부른다. 서양의학에서는 인간의 신체기능을 설명할 때 기능에 따라 신경계, 호흡계, 심혈관계, 비뇨기계, 골·근육계, 그리고 피부계로 구분하지만 동의학에서는 신체의 개별적인 기능보다는 상호 반응을 보여주는 맥과 혈과 기를 중요시한다.

맥은 머리부터 발끝까지 신체를 곧게 세우는 축에 해당한다. 머리부터 발끝까지 척추가 곧아야 인체가 제대로 서고 장기가 모두 제자리에 놓인다. 인체의 혈은 신체의 기가 고인 부분으로 기혈이 신체를 통과하는데 침구와 안마와 지압은 반응의 원리를 이용하여 몸의 혈을 돋우는 의료술이다. 기는 몸의 기운으로 혈의 기능을 조정하여 신체의 생리가 원활하게 움직이도록 도와준다. 한의학은 신체 내부의 병리현상을 살펴 침이나 부황처럼 외부의 자극으로 몸 기운을 돋우려는 요법이라고 하겠다. 머리부터 발끝까지 신체를 세우는 골격이 온전하더라도 혈과 기가 제 구실을 못하면 직립 기계에 불과하거나 식물인간이 된다. 천 원짜리 침 하나가 사람을 살리기도 하고 죽이기도 한다는 이야기는 맥혈기의 중요성을 요약한 비유일 것이다.

인체가 지닌 맥혈기의 오묘한 조화를 생각할 때마다 수필에도 맥혈기가 있음을 수긍하게 된다. 맥혈기를 작품창작에 적용하여 동양학적으로 풀이하면 좋은 작품이 되려면 글이 살아야 한다는 뜻이다. 글은 움직이고 숨을 쉬는 유기체이므로 나름대로 작가의 기와 혈을 본받는다.

수필도 인체와 동일한 구조를 가지고 있음에 틀림이 없다. 글의 서두와 전개와 결미는 사람의 머리와 몸통과 다리에 해당한다. 서두는 주제를 암시하고 어떤 글을 펼칠 것인가를 알려주는 머리에 해당한다. 오장육부가 음식을 소화하고 숨을 내쉬고 배설하는 역할을 담당한다면 글의 전개부는 작가의 사상과 감정과 체험으로 내용을 만드는 부분에 해당한다. 결미는 글의 하체로서 다리가 꼿꼿하게 서야 몸이 제대로 받쳐지듯이 결미가 탄탄하여야 주제가 무리 없이 마무리 될 수 있다.

반듯한 글은 인체의 모습을 따른다. 글에 맥이 있어야 하고 감동과 인식을 일깨우는 혈이 적재적소에 자리하고 문학적 상상이 가능하려면 글의 기가 고르게 퍼져야 한다. 글의 맥을 바르게 다루어야 난삽하지 않고 탄탄한 구성력을 갖는다. 멋스럽게 읽혀지지만 공감이 없으면 맥이 끊어진 글이다. 다작을 하지만 눈에 뜨이는 발전이 없다면 맥을 유의하지 않기 때문이고 유식하게 열거하지만 산만하기 느껴지는 경우도 맥이 없기 때문이다. 반면에 글을 부지런히 쓰는데도 한 편의 좋은 글도 건지지 못한다면 혈을 의식하지 않는 부주의 탓이다. 글을 읽다가 순간적으로 호흡이 막히거나 반대로 답답하던 마음이 시원해지는 느낌은 혈이 있기 때문이다. 글을 읽을수록 빨려 들어가는 때는 글의 기에 빨려드는 순간으로 보면 된다. 기가 없는 글은 식물인간과 다를 바 없으며 시신을 화장(化粧)하듯이 각종 수사법으로 꾸미기에만 골몰한 부류에 속한다.

글은 살아야 한다. 수필문이 살아있다는 의미는 맥과 혈과 기가 활동한다는 뜻이다. 좋은 글은 문장이 아니라 내용을 생각하고, 전달보다는 공감을 생각하고 멋진 기교보다는 글에 향기를 담은 경우이다. 마찬가지로 수필의 문장을 해부할 때 기능적 구분보다는 문장 간의 유기적 흐름을 살피는 것이 바람직스럽다.

글을 쓰고 난 후에는 "사람이 글이다." 수필의 맥혈기(脈穴氣)야말로 감동의 진폭과 인식의 고저를 결정하는 요소이므로 머리 굴리기(brain-storming)에 못지않은 마음 굴리기(heart-storming)가 요구된다. 수필적 삶이라는 말이 있다. 시를 쓰는 사람은 시인답게 살고 소설을 쓰는 사람은 소설가같이 살며 수필가의 삶은 수필에 비치게 된다. 사람을 보면 그의 직업을 알 수 있듯이 작가의 행동을 지켜보면 시를 쓰는지 수필을 쓰는지 알 수 있다.

인간은 창조의 동물이다. 우리말 속담에 "우는 아이에게 젖 준다."는 말이 있다. 아기가 울고 웃는 동작은 주변 환경에 대한 반응이자 원시적 창작 행위에 속한다. 고대 원시인들이 동굴벽화를 그리고 바위에 상형문자를 새긴 것도 예술적 재능이 뛰어나서가 아니라 잠재적인 창작 욕구를 표현한 것에 불과하다. 천부적인 문사(文士)나 일류문인은 아닐지라도 누구에게나 창작 욕구와 잠재력이 부여되어 있다. 하지만 모두가 작가나 수필가가 되지 못한다. 수필적 삶을 살지 않기 때문이다.

3. 풍수와 토포필리아

인간의 운명을 결정하는 선천적인 요소로서 동양에서는 사주와 풍수(風水)를 손꼽는다. 풍수(風水)는 '바람'과 '물'이라는 뜻으로 땅과 공간을 해석하고 활용하는 것에 대한 동아시아의 고유 사상이다. 음양오행설을 바탕으로 형성된 자연관은 중국 전국 시대 말기 이전부터 시작되었고, 삼국 시대 이전에 한국으로 전래되었다고 여겨진다. 땅이 지닌 지세로서 풍은 사물을 약동시키고 수는 생명을 심는다고 믿는 풍수는 종교에 못지않게 삶의 지표로 여겨지기도 한다. 죽은 자의 음택과 산 자의 양택으로서 좋은 자리는 바람이 잘 들고 물이 흐르는 배산임수(背山臨水)가 여기에 해당한다. 어느 곳에 집을 짓고, 묘 자리를 잡느냐에 의해 자손의 길흉이 결정된다고 믿는 이들에게 땅의 지세는 매우 중요시된다. 운명의 결정인자로서 사주가 살아 있는 개인의 운명을 좌우한다면 풍수는 후손 대대로의 길흉화복을 정한다는 점에서 더욱 숙명적이다.

땅과 인간의 운명을 살피는 풍수학은 흙에 바람을 불어넣어 인간을 만들었다는 각 민족의 신화를 빌리지 않더라도 농경문화의 근본을 이루어왔다. 짐승도 특정 장소에 대하여 호불호를 보여주는데 사람과 장소와의 친근성은 수구초심(首丘初心)으로까지 표현되고 있다.

땅이라는 자연과 인간과의 정서를 규명하여 이론으로 체계화한 사람은 중국계 미국인으로 위스콘신 매디슨 대학에서 인문지리학 교수로 재직한 이 푸 투안(Yi Fu Tuan)이다. 그는 공간에 대하여 개개인이 지닌 자각을 토포필리아(Topophilia)라고 명명하였는데 영어로는 공간애(空間愛, sense of space)라 부른다. 토포(Topo)는 희랍어로 장소라는 뜻이며 필리아(Philia)는 사랑한다는 의미이다.

토포필리아는 동양의 풍수에 해당하는 서구의 인문학적 개념이다. 문화지리학자와 도시계획 수립자들은 특정 장소가 특정 사람들에게 특별한 의미를 갖는 이유를 연구한 결과 공간감각을 가진 특정 장소들이 있음을 밝혔다. 그런 감정들은 자연환경에서 비롯되기도 하지만 문화적인 유래와 혼합하여 나타난다. 공간애에는 시인, 소설가, 역사가들이 묘사한 장소가 많으며 음악, 미술, 문학을 통해 빈번하게 등장한다. 최근에는 문화적으로 가치 있는 장소로 보호되는데 출생지, 성장지, 교회, 첫 경험의 장소 등이 여기에 해당한다.

한국수필을 현대화하는데 기여한 윤재천 교수의 수필세계는 '구름카페'라는 공간애로 설명된다. 그는 수필에 헌신하게 된 계기를 14세의 어린 나이에 고향 과수원 같은 창조의 밭을 갖기를 원하였다는 고백에서 찾고 있다.

> 열네 살 소년의 꿈으로는 무모하지만, 최초로 품었던 꿈은 지금까지도 가슴 속 깊이 남아있다. 그 꿈은 실현될 수 없었지만 앞치마 두른 어머니가 뛰어나올 것 같은 정든 마을, 저녁 짓는 연기가 뒷산으로 퍼져나가는 고향에 과수원 하나 갖고 싶었던 그 마음은, 수필의 밭에 씨앗을 뿌리게 했다.
>
> — 윤재천 「열네 살 소년의 꿈」 일부

흥미롭게도 과수원을 원하던 소년의 꿈은 성년이 되어 '구름카페'로 완성된다. 구름카페는 운정 윤재천이 추구하는 수필철학을 구현하는 영토이자 이상향으로서 꽃, 넓은 창, 고갱 그림, 종소리, 차

향기, 책장, 예술과 문학이라는 요소로 이루어져 누구나 찾아오고
싶은 공간을 조성한다.

'구름카페'는 나의 생전에 존재할 수 없는 것이어도 괜찮다. 아니면
숱하게 피었다가 스러지는, 사랑하는 사람이 곁에 있다면 어디서나 만날
수 있고 느낄 수 있는 행복의 장소인지도 모른다. 구름이 작은 물방울의
결집체이듯, 현실에 존재하지 않기에 더 아득하고 아름다운지도 모른다.
그러나 나는 꿈으로 산다. 그리움으로 산다. 가능성으로 산다.
오늘도 나는 '구름카페'를 그리는 것 같은 미숙한 습성으로 문학의 길
을, 생활 속을 천천히 걸어가고 있다.

- 윤재천 「구름카페」 일부

공간애의 반대는 공간무감각(placelessness)으로 언급된다. 공간
적 의미를 갖지 못하는 장소는 사람과 특별한 연관성을 갖지 못하
므로 정서적 표현의 대상이 되기가 어렵다. 쇼핑몰, 주유소, 편의점,
패스트푸드 체인점, 백화점들은 장소로서의 친화성을 상실한 예에
속한다. 심지어 극도로 상업화된 유적지나 문화구역, 혹은 주택개
발지역도 공간 감각을 상실한 장소로 간주된다. 그런 무감각을 설
명한 고전적인 예로서 거트루드 스타인(Gertrude Stein)여사가 말한
"그곳에는 그곳이 없다."(There is no there there)라는 명언이 있다.

4. 수필의 맥

수필적 삶이 일상에서 전개되는 맥이라면 수필문의 맥은 서두와

전개와 결미로 연결된다. 수필의 맥을 인체에 적용하면 머리와 몸통과 하체를 잇는 척추에 해당한다. 서두는 배경 설정, 분위기 조성 및 주제를 암시한다는 점에서 사람의 두뇌에 해당한다. 몸통에 안치된 오장육부처럼 글의 전개부는 작가의 사상과 감정과 체험을 연출하는 공간에 해당한다. 결미는 주제를 마지막으로 재정리한다. 그런데 서두와 전개부와 결미 사이에는 보이지 않는 흐름이 있고 그것이 곧게 흐를 때 글의 맥이 흔들리지 않는다. 오장육부가 건강하면 몸이 건실하듯이 수필의 충실도는 전개부의 결속에 좌우된다.

수필의 전개부는 대체적으로 3개의 내용군으로 이루어지는데 각각의 내용군은 2~4개의 형식단락을 거느린다. 전개부를 구성하는 내용군의 단락들이 통일된 축을 지녀야 글맥이 제대로 서게 된다. 엉뚱한 길로 빠진 글은 맥이 끊어졌기 때문이며 내용이 많지만 산만하게 보이는 글도 맥을 제대로 잇지 못한 결과이다. 서두, 전개, 결미는 아리스토텔레스가 『시학』에서 말한 "시작과 중간과 끝"이라는 기본적인 구성에 일치한다.

1) 단락 간의 연결성

수필문의 기본 단위인 단락은 척추 마디에 해당한다. 수필의 단락은 내용을 전달하는 내용단락과 앞뒤 단락을 이어주는 연결단락으로 나누어진다. 단락은 독립된 내용을 지니며 핵심어를 중심으로 구성된다. 단락은 보통 3문장 이상으로 구성되지만 하나의 문장이 한 단락이 될 수도 있다. 이런 경우는 단락의 효과를 최대한 살리는 의미소와 화소가 들어가야 한다. 사람의 뼈와 뼈를 잇는 연골이 제 기능을 해야 몸이 유연해지는 것처럼 단락과 단락으로 내용이 이동할 때 무리가 없어야 한다. 특히 서두에서 본문으로 넘어갈 때와, 본문에서 결미로 넘어갈 때의 연결단락이 제 구실을 하여야 순탄한 문맥이 만들어진다. 이것을 단락 간의 연결성이라고 부른다.

2) 주제와 문맥의 관련성

글의 구조와 주제가 긴밀한 관계를 이루어야 한다. 서두에서 암시된 주제는 전개부에서 확장되고 마지막 단락에서 종합되고 결미에서 재강조 된다. 전개부는 여러 개의 소주제문으로 나누어지는데 소주제가 지나치게 많거나, 전개되는 내용이 주제와 어긋나면 산만해진다. 수필은 짧은 시간 안에 이해되어야 한다는 점에서 난해하거나 전문적인 지식이 지나치면 서술의 맥이 끊어진다. 페이지를 채워야 한다는 초조감으로 주제와 상관없는 에피소드나, 상식화된 정보, 백과사전에서 차용한 지식 등을 삽입하면 비만증에 걸린 몸처럼 글의 내용이 일그러진다. 나아가 뒷받침 문장이 주제와 맥이 통하는가를 살펴 지나치게 서술을 늘이는 욕심에서 벗어날 필요가 있다.

3) 제재와 문맥의 상관성

수필은 짧은 문학이 아니라 응축과 압축의 문학이다. 작가는 감당할 수 있는 정도의 어휘, 구문, 수사, 문장을 엮어 소재의 범위를 가능한 좁혀야 한다.

수필은 제재를 나열하는 산문이 아니다. 특정 소재를 선택하여 다층적, 다면적으로 분석하고 외적 특성, 내적 본질, 역사적 의의, 다른 사물과의 관계, 작가 자신의 체험을 문맥에 맞도록 제시한다.

수필의 소재는 수평적으로 펼쳐지고 수직적으로는 심화된다. 어느 사람의 전 생애를 시대적으로 열거한 경우는 비만형과 같고, 한 가지 제재만을 시시콜콜하게 다룬 글은 영양실조에 걸린 신체와 같다. 수필문의 맥은 소재의 의미화를 따르므로 중심 제재를 기준으로 동심원을 이룬 제재와 문맥이 가장 이상적이다.

4) 기법과 구조의 일치성

글의 전개부는 작가의 내공을 보여주는 무대이다. 주제를 구체화하는 전개부에서는 서술, 설명, 묘사, 예시, 사유, 논증, 분석, 질문, 비교 등의 다양한 기법이 동원된다. 내용에 맞게 문장구조를 짜려면 장단을 조절하고, 소통 효과를 높이려면 강건체, 우유체, 만연체 등을 다양하게 구사한다. 서정수필이라면 분위기 조성-일화-묘사-분위기 조성-일화-묘사가 반복되는 연쇄구조를 지니고, 설리수필이면 명제제시-예시-논증-요약이 논제마다 전개되며 서사수필이면 일화-설명-일화-설명-사유-주제 순으로 짜인다. 구조의 연속성은 하부장르에 따라 달라지지만 중심축에서 벗어나는 것은 바람직하지 못하다.

글을 쓰는 일은 조각처럼 철심을 박아 맥을 세운 후에 흙을 붙였다가 깎아내는 작업과 같다. 글을 쓰고 싶은 욕망이 좋은 글을 만드는 것이 아니라 틀과 형을 지켜내려는 의지가 유기적인 구조를 만든다. 수필의 맥을 세우는 기본적인 노력이 이루어지면 감동과 공감의 혈을 잡고 문학성을 제고하는 기를 세우는 순서로 나아간다. 맥을 세우면 적어도 일층 집을 지을 수 있는 자격을 가진 목수처럼 "수필가"라는 이름을 가질 수 있다.

5. 수필의 혈

혈(穴)은 풍수지리에서 용(龍)과 함께 가장 중요한 지리를 차지한
다. 양택은 주거 건물이 들어서는 곳이며 음택은 시신을 매장하는
장소로서 인체에 비유하면 사람의 경혈(經穴)에 해당한다. 장례를
치를 때 "장자승생기야"(葬者乘生氣也)라 하여 매장 터는 반드시 생
기 위에 자리하여야 하는데 생기가 모여 있는 곳이 혈이다.

우리 몸에는 숱한 혈이 곳곳에 자리하고 있다. 그 혈을 경혈이라
고 부르며 경락을 철도에 비유하면 혈은 중간 중간에 자리한 정거
장에 비유된다. 몸에 흐르는 기는 혈에 잠시 모였다가 다시 흐르고
경락이 막히면 기가 자유롭게 흐르지 못하므로 혈에 침을 놓아 막
힌 곳을 뚫는다. 혈은 사람의 몸이 제대로 움직이는가, 아닌가를
결정하는 부분으로서 혈이 제대로 작동하는가에 따라 사람이 죽거
나 살기도 한다.

혈 자리마다 어느 정도 깊이로 땅을 파라는 지침이 있다. 침을
시술할 때도 가장 알맞은 기준이 있다. 깊이는 어느 정도로 하며
각도는 얼마이며 침을 주는 시간을 얼마나 오래 할 것인지, 바로
침을 뺄 것인가, 돌릴 것인지. 들랑날랑해서 자극을 줄 것인가는
병의 증세에 따라 정해진다. 같은 증세라도 환자의 허약상태와 나
이 및 남녀에 따라 침의 굵기가 달라진다. 같은 환자라도 오늘 치료
한 혈과 1주일 후에 치료하는 혈 자리가 달라질 수 있다. 이처럼
경혈을 고치는 방법만 수만 종류가 있어 일정한 방식이 없다고도
할 수 있다.

혈의 비밀을 고스란히 수필문에 적용할 수 있다. 반듯한 글이 되

려면 글 맥이 필요하듯이 혈은 있어야 할 자리에 놓여야 한다. 인체의 혈이 뼈와 뼈, 근육과 근육, 뼈와 근육, 장기와 혈관, 혈관과 림프를 잇듯이 수필에도 작가의 체험과 사유, 인생관과 자연관, 시공의식, 독자의식과 작가의식이 만나는 접점이 필요하다. 혈이 있는가 없는가를 알려면 글을 읽다가 무릎을 탁 치게 되는 부분, 왠지 가슴이 두근거려지는 부분, 머리가 띵해지도록 충격을 받는 부분을 찾으면 된다. 독자에게 충격적인 인식, 갈등의 해소, 돌발적인 경이감을 느끼게 하는 부분을 설정하는 기법이 혈에 침을 놓는 것과 같다. 이런 위치와 장치는 수필에 극적 효과와 미적 경이감을 준다. 접점이 없는 글은 독자가 '손해 봤다.'는 죽은 글이 된다.

1) 인식의 혈

수필이 지켜야 할 산문정신은 인간의 결점을 들추어내는 것이 아니다. 상대를 비난하기 보다는 결점을 교정하여 사회를 개선시켜 나가는 것이 수필의 본분이다. 건망증의 경우라면 나보다 더 건망증이 심한 사람이 있겠지 하는 변명을 합리화하는 것이 아니라 건망증을 공유하여 인간애를 깨달아 가는 서술이 바람직하다. 차표한 장의 소재도 마찬가지다. 차표를 잃어버렸다는 경제적 손실을 논하는 설명보다 건망증이란 인간의 약점을 자각하는 충격적 인식이 산문의 혈에 해당한다. 계도문학으로서 수필이 지닌 효용은 자성의 교훈을 함께 나누는 것이다. 몸이 깨어나도록 혈에 침을 준다면 적소에 배치하는 충격적인 인식이 산 글을 만든다.

수필 문장이 아무리 완벽할지라도 작가와 독자가 함께 인식하는 인생관과 자연관과 사회관이 담겨 있지 않으면 수필로서의 효용은 사라진다. 좋은 수필에는 독자가 지금까지 깨닫지 못한 충격적인 인식이 적소에 배치되어 있다.

　　밥의 문화는 한 솥의 문화이다. 지붕 안에 고정되어 있고 정적이며 집을 떠나서는 살기 어려운 귀향자의 문화이다. 떠돌아다닐 수 없는 문화이다. 그것은 평화의 문화이다. 정말 인간은 빵만으로는 살아갈 수 없다. 하지만 한국인은 밥만으로도 살아갈 수 있는 것이다. 왜냐하면 밥에는 단순히 배만을 채우는 그 물질만이 아니라 그 김처럼 정이 서려 있고 사랑이 배어 있기 때문이다. 정신도 또한 깃들어 있다는 이야기이다. 과장이 아니다. <u>같은 밥이라도 계모가 퍼 준 밥과 친어머니가 퍼준 밥은 숟가락으로 떠보기만 해도 안다.</u> 빵에는 그런 융통성이 없다. 어디까지나 한 덩어리의 빵은 한 덩어리의 빵일 뿐이다. 그러나 밥 한 사발은 결코 같은 밥 한 사발이 아닌 것이다. 온기가 다르고 양이 다르고 퍼담은 솜씨가 다르다. 빵의 문화권과 밥의 문화권, 나는 배가 고파도 밥을 먹으며 살고 있다.

― 이어령 「빵과 밥」 일부

2) 갈등 해소의 혈

수필 구성에서 염두에 두어야 할 부분은 갈등을 어느 지점에서 화해로 나아가도록 하는가이다. 인물과 인물 사이, 개인의 신념과 신념, 개인과 자연이 대립되면 갈등은 고조된다. 조지 버나드 쇼우(George Bernard Shaw)가 "인간의 갈등 중에서 예술가적 남성과 모성애적 여성 간의 갈등만큼 미묘하고 무자비한 것은 없다."고 설파할 정도로 갈등은 인생과 수필에 생동감을 불어넣는다. 갈등에 처한 주인공은 딜레마에 빠져 더 이상 행동을 진행시키지 못하고 망설인다. 딜레마에는 비극적, 희극적 요소가 있으며 희극의 딜레

마는 전반부에, 비극의 딜레마는 대체로 후반부에서 해결의 극점에
다다른다. 서술자는 등장인물이 처한 딜레마를 극적으로 해결시켜
플롯의 진행을 가로막는 갈등을 해결할 필요성을 느끼게 된다. 독
자도 주인공이 처한 딜레마가 어디에서 어떤 식으로 해결되느냐에
관심을 가지면서 긴장한다. 이 부분을 인체에 비유하면 글의 기가
흐르지 못하고 막혀버린 형상이고 사건추이에서는 긴장이 최고조
에 다다른 순간이 된다. 여기에 갈등을 해소하는 침에 비유되는 해
결책이 필요하다.

당숙은 점심이 도착하기 전에 한 이랑이라도 더 써릴 요량으로 '이랴'
소리를 연방 하며 소를 몰아나갔다. 질부姪婦들의 모습이 가까워 오자
일을 멈추고 써레를 분리해 낸 다음 소를 정자나무 아래 매 쉬게 했다.
마치 마지막 피치를 올려 골인 지점에 들어온 달리기 선수와도 같이 소
는 가쁜 숨을 몰아쉬며 주저앉아 되새김질을 했다.
　<u>당숙은 수저를 들기 전에 소 앞에 놓인 여물 그릇을 내려다보고는 손
으로 휘휘 저어 내용물을 확인한 후, 점심 광주리를 들고는 소 곁으로
다가가 당신의 점심을 모두 여물그릇에 쏟아 부었다</u>. 아무래도 여물이
부실하다고 느꼈음이다. 질부들이 모두 놀랐지만 당숙은 아무 말씀도 하
지 않은 채 한쪽 그늘에 누워 태연히 낮잠을 청했다. 밥을 내온 질부들에
게는 놀랍고도 황당한 순간이었다. 질부들은 밥 광주리를 이고 부리나케
도망치듯 집으로 내달았다.
　언젠가 집안이 모여 옛날이야기를 하다가 나온 이야기다. 이 이야기는
나에게 큰 충격으로 다가왔다. 당시 밥을 이고 나갔던 형수들이 지금은
이승을 떴거나 할머니가 되었지만, 큰할아버지 댁 재종형수는 그 이후
당숙을 뵈면 부끄럽기도 하고 무섭기도 해 한동안 피해 다녔다고 한다.
나의 할아버지는 다섯 형제이시다. 아버지의 사촌 형제만 모두 아홉 분
이었다. 당숙은 다섯 아버님 댁의 일이 얼추 마무리되어야 당신네 일을

시작하셨다고 한다. <u>지차之次는 큰 집 머슴이라는 말이 문득 생각이 난</u>
<u>다. 철저한 희생정신으로 사신 분이었다.</u> 집안 최고의 효자였으며 휴머
니스트였다. 당숙은 채 환갑이 되기 전에 위암으로 돌아가셨다. 집안으
로서는 안타까운 일이었다.

- 최호택 「당숙과 소」 일부

3) 경이감의 혈

경이감(surprise)은 사건이 관객의 기대에 어긋난 돌발성과 비예
측성이 폭발하는 경우에 느끼는 감정이다. 경이감은 인과관계에 따
른 파국을 예측할 때, 해프닝이 예상되는 지점에서 반전이나 전복
을 펼쳐내는 기법을 말한다. 수필의 문장은 물 흐르듯이 자연스러
워야 하지만 현실적인 삶은 그렇지 못하다. 온라인과 오프라인에서
펼쳐지는 인간의 삶이 복잡해질수록 우연과 필연은 서로 충돌한다.
불확실성과 불확정성 속에서 긴장된 삶을 영위하는 현대독자는 수
필을 읽는 동안 경이로운 반전이 어디엔가 있을 것이라는 기대를
갖는다. 그것이 경이감이다. 경이감이라는 혈은 사건의 진행을 독
자가 예상하지 못한 방향으로 유도하여 단조로운 글 읽기에서 벗어
나도록 하는 기법을 말한다.

안방문을 열어보니 문갑 위에 놓인 듬직하게 생긴 남자의 흑백사진이
한눈에 들어온다.
"아하, 남편이구나!"
이건 또 뭔가. 그의 사진 앞에는 '출장 중'이라고 쓰인 종이로 접은
팻말이 있다. 의외였다. 웬만한 남자들 뺨치게 통이 크고 씩씩한 그녀가
사별한 남편 사진 앞에 '출장'을 달아놓다니….
하기야 그녀도 아주 여성스러울 때 없는 건 아니었다. 가끔씩 남편과

좋았던 시절을 이야기하고 그가 좋아하였다는 노래를 부를 적에는 눈물
이 그렁그렁 고이는 것을 나는 놓치지 않았다.

　출장이란 무엇인가, 말 그대로 잠시 자리를 비우는 일이다. <u>그런데 사
별한 남편 사진 앞에 '출장 중'이라니.</u> 이 세상에 달랑 혼자 남겨두고
다시 돌아 올 수 없는 머나먼 길. 자신의 허락도 없이 떠난, 용서할 수
없는 그의 긴 이별. 저세상으로 너는 갔지만 나는 보낸 게 아니라는 '오
기'에서 '출장'을 달아놓은 건 아닌지.

– 김지수 「남편은 출장 중」 일부

6. 수필의 기

　땅의 기운에 해당하는 것으로 사람에게도 기가 있다. 신체가 골
격과 오장육부를 갖추었더라도 기가 부족하거나 제대로 흐르지 못
하면 죽은 것과 다름이 없다. 소위 호흡이나 배설과 같은 기초적인
생리행위만 이어갈 뿐 사회생활을 영위하거나 감정적 이성적인 자
각을 하지 못하면 식물인간이 된다. 식물인간은 균형 잡힌 몸매와
강한 체력을 갖고 있을지라도 침대 신세를 면하기 어렵다.

　서양에서는 유머(humour)를 사람의 기질을 구분하는 용어로 사
용한다. 의학의 아버지라고 불리는 히포크라테스(Hippocrates)는
인간의 정신을 철학적으로 분석하여 4가지 체액으로 분류하고 있
다. 4체액(four humors)은 혈액(blood), 점액(phlegm), 황담즙
(yellow bile), 흑담즙(black bile)이다. 혈액은 따뜻하면서 습한 공기
를 나타내고 이것이 많으면 쾌활하고 낙천적인 성격을 지닌다. 점
액은 차고 습한 물로서 과다하면 무기력하다. 황담즙은 뜨겁고 건

조한 불로서 노하기 쉬운 성격의 원인이고 흑담즙은 차고 건조한 흙을 나타내며 우울한 성품을 이룬다고 하였다.

동양의학에서도 기의 순환이 순탄하여야 인체가 건강하다고 본다. 남방불교의 대표적 수행지침서인 『청정도론』(淸淨道論)은 열반의 경지에 이르는 방법을 제시하면서 마음에 생긴 바람(風界)이 행동을 일으킨다고 설명하고 몸을 지탱하고 움직이는 조건이 기라고 하였다. 몸을 움직이게 하는 바람은 움직임을 통하여 알려지므로 기는 보이지 않지만 볼 수 있다고 11～12세기경 아누룻다 승이 저술하고 각묵 스님이 번역한 『아비담마 길라잡이』(Abhidhamma)에서 전해지고 있다.

고대 사람들은 기가 우주를 구성하는 기본 물질이며, 모든 사물은 기의 변화에 의하여 생성된다고 믿었다. 인체의 생명도 기의 운동에 따라 유지된다고 하였고 잡념과 욕심도 기가 조절한다고 보았다. 청나라 유창은 『의문법률』(醫問法律)에서 기가 집합되어 신체를 만들고 기가 이산되면 신체는 망한다고 하였다. 기는 전신에 흘러서 이르지 않는 곳이 없으며 기의 체내 운동은 승강출입(乘降出入)의 네 가지로 표현된다. 인체의 기는 다종다양하게 분류되며 기를 양성하는 노력을 기공이라 부른다.

기에 대한 이치를 창작원리에 원용하면 인생의 표현양식인 수필에도 알게 모르게 작가의 기가 스며들어 있음이 밝혀진다. 시나 수필을 읽다 보면 알 수 없는 어떤 기운에 감싸이게 되는데 이것은 작가의 기운이 글 속에 배어있기 때문이다. 문체에서 담백한 기운을 느끼거나 황홀한 기분에 빠져드는데 알고 보면 작가가 그런 기질을 소유하고 있는 경우가 종종 발견된다. 산 수필이 미적 가치를 지니고 글이 살아있으려면 문장 전체에 작가의 기질이 균형 있게 스며들어야 한다. 몸을 기운이 자유로울 때 문장의 흐름도 일관되게 흐른다.

글의 기는 산 수필을 만드는 미학적 에너지로서 글에 기를 보낸다는 말은 감수성과 심미감을 유통시키는 것을 말한다. 몸처럼 글에도 따뜻한 기운과 차가운 기운이 있다. 전자는 감성의 기운이고 후자는 이성의 기운이다. 감성적 기운이 포용과 수용의 방향으로 움직인다면 차가운 이성은 사리분별력과 냉정한 판단력으로 이치를 따른다. 인체의 기를 청기(清氣)와 탁기(濁氣)로 나누기도 하는데 청기는 순수한 마음을 바탕으로 한 것이고 탁기는 울분이나 분노로 오염된 것이다. 수필미학에서 수필은 맑고 순수한 마음을 담아야 한다는 주문은 이러한 논리를 바탕으로 한다. 가장 이상적인 글은 히포크라테스가 말한 4체액과 같은 기운이 고르게 갖추어진 것이다.

이후에도 시선의 착각은 계속되었다. 어느 날 오후, 난 화분 속의 서석대를 보며 갑자기 쓸쓸해졌다. '난 아직 서석대를 오르지 못했어. 그런데 몸이 이래 가지고 더는 산을 탈 수 없을지도 몰라. 과연 살아서 오를 수나 있을까?' 그때 갑자기 서석대가 스톤헨지로 변하는 것이었다. 난 하짓날 스톤헨지를 찾은 수많은 관광객들 중의 한 명이 되어 우리네 탑돌이 하듯 스톤헨지를 돌고 돌았다. 그러다 문득 고개를 돌렸을 때, 발코니 방의 창가엔 어수선하게 널브러진 박스 위로 공룡 한 마리가 불쑥 내 시야에 뛰어 들어 왔다. 놈은 몸을 비틀면서 고독에 몸부림치듯, 혼란 중에 잃어버린 새끼를 찾듯, 분노와 애절함이 묻어나는 몸짓을 하고 있었다. 물론 난 놀라지 않았다. 그 공룡과 나의 거리란 너무나 멀었기 때문이다. 아니다. 나는 그 공간에 애당초 없었다. 영화관객이 화면 밖에서 화면을 보듯 나는 구경꾼에 불과했다. 다시 고개를 돌렸다. <u>놈은 언제 달려왔는지 바로 스톤헨지 앞의 넓고 넓은 잔디밭 위를 달리고 있었다. 나는 이 모든 것을 아득한 눈으로 쳐다보고 있었다. 그렇게 얼마나 지났을까. 나는 벌떡 일어나 창가로 걸어갔다. 궁금해서 더는 참을 수 없었던 것이다. 과연 저 공룡은 뭐란 말인가? 그것은 딸아이가 두고 간 헝겊필통이었다.</u> 왜 이리 쓸데기 없는 것들이 자꾸 보이는 거야? 아무도 답하지 않았다.

그러나 난 알고 있다. 이제 내가 마음의 화평을 얻었다는 것. 아이는 시골로 내려간 지 몇 주째고, 이제 아이가 보고 싶어졌다는 것이다.
　　　　　　　　　　　　　　－ 김종완 「좁은 공간에서 살아남기」 일부

김종완의 「좁은 공간에서 살아남기」는 심리적 기를 드러낸다. 성장한 딸과 작가는 오피스텔을 영역 싸움의 현장으로 삼으면서 갈등과 분열상을 보여준다. 일을 통해 자신의 존재성을 확인하려는 작가에게 자식과 함께 살아야 하는 것은 거추장스럽다. 서로의 영역을 지키려는 기 싸움은 자문자답의 문장형식을 통하여 독자에게 전달된다. 넓고 넓은 잔디밭 위를 달리던 공룡이 좁은 공간에서 살아남아야하는 현실은 동양의학의 관점에서 살펴보면 기가 막힌 상황이다. 부녀관계는 사이가 원만하다는 고정관념에 반발하는 기운이 나타난다. '뒤집혀진 삶'에서 벗어나려는 욕망은 독립공간을 바라는 차원을 넘어 문단지배층에 도전하는 기세로 나아간다. "스톤헨지 앞의 넓고 넓은 잔디밭 위"를 달리는 공룡은 심적 공간을 탈주하려는 작가의 기를 형상화하게 된다.

에필로그

하이데거가 문장은 "존재를 드러내는 집"이라고 하였다. 그의 견해는 수필은 대지와 인간의 몸처럼 맥혈기(脈穴氣)를 지니고 있다는 것을 뒷받침해주는 명언에 해당한다. 맥혈기는 수필이 표방하는 감동과 인식의 진폭을 결정하는 요소로서 이것을 배양하는 방법은 수필적 삶을 영위하는 것이다. 수필적 삶은 의식주를 초월한 심미적 진로를 따르는 것이다. 영국의 철학자인 베이컨은 역사는 기억을, 철학은 이성을, 문학은 상상(想像)을 바탕으로 한다고 하였듯이 수필은 인간성과 자연성과 우주성을 완성하려는 자세에 좌우된다.

수필이 기본적으로 갖추어야 할 요건은 맥혈기의 결속이라고 하겠다. 사실을 왜곡하거나 진실을 누락하면 글의 맥이 무너지면서 넋두리에 그쳐버린다. 수필을 인생학이라고 부르는 이유는 문장이나 지식의 전달에 앞서 글에 흐르는 기가 따뜻하고 감동을 주는 혈이 있어야 한다는 조건에 해당한다. 나아가 글이 되려면 무엇보다 요지가 분명하여야 한다. 묵은 지식을 모은 글은 헝클어진 지형처럼 뚜렷한 맥을 갖추지 못한다. 지적 낟가리라도 오래되면 진부한 글이 되어 인체처럼 혈맥을 찾을 수 없는 것이다.

무엇보다 수필은 맥혈기가 조화를 이루어야 한다. 글은 감수성과 분별력에 호소함으로써 사람과 사물이 지닌 맥혈기를 공유하려 한다. 유명세를 타고 싶거나 배금주의에 치우친 작가의 글에서는 혼탁한 기운이 발견된다. 반대로 대상을 경외심을 갖고 묘사하면 우주의 맑은 원기가 글 속에 담겨진다.

진정한 수필가는 맥혈기라는 문학적 에너지를 생산하고 비축하고 활활 태우는 장인(匠人)이라고 하겠다. 장인의 불에서 태어난 수필이 산 글이 된다. 수필가는 사색하는 "?"형에서 깨우침의 희열인 "!"로 나아가는 침술가라고 한다면 수필은 서 말의 한약재를 달여 만든 한 그릇의 탕약에 비유될 수 있을 것이다.

제13장

6상(六想)과 감수성의 미학

우리는 무엇으로 보는가. 사물을 본다면 진정 보는 것인가. 작가가 본다면 무엇을 독자에게 일러주는가. 이런 질문은 문학이 시작하는 출발점에 해당한다. 수필가는 작가가 되기 전에 사색가가 될 필요가 있다. 왜냐하면 수필가는 자신의 삶을 읊는 이야기꾼이며 타인의 삶을 옮겨 적는 필경사이며 사회의 삶을 전달하는 리포터이기 때문이다.

문학쓰기에서 대상은 어떻게 보고 해석하느냐에 따라 의미가 달라진다. 생태계를 유심히 관찰하면 살아남는 자는 강자가 아니라 적자(適者)로서 주어진 환경에서 생존에 알맞은 방안을 찾아낸다. 수필의 소재를 해석하는 과정에서도 마찬가지다. 문학이라는 생태계에서 살아남는 사람은 뛰어난 해석가이다. 사색의 질량에서 비교하면 시와 소설은 수필에 뒤진다. 그런데도 수필가는 문장 작법은 배우려고 하지만 생각하는 방법은 제대로 알려하지 않는다. 붓대로 쓴다는 선입감 때문이다. 수필을 쓰려는 사람이라면 펜으로 글을 쓰기 전에 망막(網膜)과 심벽(心壁)에 써야 할 내용이 이미 밑그림으로 그려져 있다는 사실을 인지하는 것이 중요하다. 필사하거나 컴퓨터 자판기를 두드리는 행위는 머리와 가슴에 각인된 내용을 되새김하는 행위에 불과하다는 뜻이다.

노드롭 프라이는 일찍이 『문학의 구조와 상상력』에서, "상상력이란 인간의 경험을 토대로 하여 있음직한 본보기(model)를 구성하는 힘"이라고 정의하였다. 베이컨은 "상상은 사실의 세계에 매이지 않고 사실들을 마음대로 변형시켜 사실보다 더 아름답게, 더 좋게, 더 다양하게 만들어 즐기는 것"이라고 하였으며, 영국의 수필가인 조셉 애디슨(Joseph Addison : 1672~1719)은 「상상의 즐거움」이라는 에세이에서 "상상은 감각의 대상이 없을 때에도 머릿속에서 심상을 만들어가며, 여러 심상들을 융합하여 전혀 새로운 심상을 형성할 수 있는 능력"이라고 풀이하였다. 제주대의 문학평론가 안성수 교수는 상상력이 '경험을 토대로' 한다는 말은 살고 있는 현실에 대한 인식과 비판을 의미하고, '있음직한 본보기를 구성하는 힘'은 '우리가 살고 싶은 이상 세계'의 제안을 뜻하며 "새로운 심상을 형성한다."라는 뜻은 '현실의 이상화'라고 재정리하였다. 상상에 대한 이러한 정의를 압축하면 헤겔이 말한 변증법적 재인식으로 요약된다.

1. 수필의 4가지 질문

수필 쓰기는 "새롭게 보기"에 해당한다. 작가는 체험 속에서 새로운 눈으로 새롭게 선택한 소재를 새롭게 형상화한다. "새롭게"라는 뜻은 작가가 대상을 남다르게 해석하고 풀이하여 문장으로 재창조하는 일이다. 고인이 된 수필가 김병규 씨는 "수필가가 일상생활 속에서 여태껏 발견되지 못한 것을 발견하여 썼을 때 그것은 하나의 창조에 해당한다."라고 말한 것처럼 상상은 미완의 무엇을 완전하게 꾸며가는 과정이라고 하겠다.

상상력은 신이 인간에게 내린 최고의 기능으로서 과학과 예술과 문학을 발전시키는 동력에 해당한다. 인간은 오감을 통해서 대상을 만나지만 우주에는 오감이 포착하기 힘든 미지의 세계가 존재하므로 그곳을 밝히기 위해서 과학자와 예술가들은 그들에게만 주어졌다고 믿는 상상력을 동원한다. 그들이 모색하는 대상은 주변에 무수하게 널려 있다. 가장 보편적인 것은 사물과 체험이다. 이것들은 상상을 거치면서 숨겼던 근원을 드러낸다. 우리의 오감이 다다르지 못하는 곳과 인류가 꿈꾸는 피안의 세계와 도저히 풀 수 없는 우주의 비밀이 상상의 대상이 되기도 한다. 사물과 체험과 피안의 세계는 보이지 않은 인과관계로 엮어져 있으므로 가식적인 대상을 통해 그곳으로 다다를 수 있다. 어쨌든 상상은 은닉되거나 매장된 것을 복원하고 재현하는 능력이다.

텍스트에 나타난 작가의 상상력은 근본적으로 애매모호한 정체에 대한 탐색이다. 조요한은 『예술철학』에서 작품은 작가의 상상력과 텍스트의 상상력과 독자의 상상력이 만나는 공간이라고 하였다.

그리고 제주대 안성수 교수는 상상력은 기본적으로 세 가지 근원적 질문과 관계있다고 『현대수필』에 게재된 「수필오디세이(3)」에서 상술하고 있다. 그는 질문의 방향이 대상, 우주전체, 인간세계로 향한다고 설명함으로서 상상의 삼각형 구도를 구체적으로 설명한 바가 있다.[9] 논자는 그의 견해를 따르면서 작가의 좌표라는 부분을 추가하여 4개의 근원적 질문을 설명하려한다. 4가지는 내향적, 외향적, 횡단적, 그리고 좌표적 질문으로 구성된다.

첫째는 대상이 지닌 근원에 대한 내향적 질문이다. 이를테면 "무엇?"이다. 오감이 포착할 수 없는 미지(未知) 그 자체로서 사랑의 근원, 미움의 근원, 존재의 근원, 아름다움의 근원, 갈등의 근원, 죽음의 근원이 여기에 해당한다. "새(鳥)는 무엇인가"라는 정체에 대한 질문을 하면 새의 존재가 어디에서 탄생하였으며 어떻게 비상하는가라는 연속적인 궁금증을 끌어낸다. 나무와 풀의 씨앗은 무엇인가. 그것은 어떻게 생성되고 왜 흙과 만나야 하며, 얼마나 물을 주어야 하는가를 질문할 수도 있다. 이로써 모든 생물이 생명의 근원인 알(卵)과 태(胎)에 어떻게 일치하는가라는 질문까지 이어지게 된다.

상상력을 이용하여 대상을 근원에 연결시켜 첫 번째 질문이 어떻게 이루어지는가를 살펴보기로 한다.

> 바싹 마른 옥수숫대 너덧 잎 남은 <u>이파리가 몸뚱이를 감싸 안고 바람 앞에 울고 있다(청각).</u> 한 잎은 꺾이어 아랫도리를 감았고, <u>또 한 잎은 위로 어깨를 감싸 안았다. (시각)</u> 누렇게 마른 이파리는 영락없는 삼베다. <u>꺼칠하면서도 풀 먹인 베처럼 온몸을 두르고 있다. (촉각)</u> 덩굴이 기어올

---

9) 안성수, 「수필오디세이(3)」, 『현대수필』, 2005년 봄호(53), pp.37〜57.

라 등허리를 감아버린 모습 같이 말라 있다. 그것도 제 몫이려니 참아낸 옥수숫대. <u>마른 잎 속에는 비바람과 폭염에 시달린 삶이 숨겨져 있다.</u>

– 강돈묵 「옥수숫대」 일부

겨울 옥수숫대의 모습에 대한 명상을 보여주는 이 글에서 작가가 도달하려는 근원은 죽음이다. 바싹 마른 옥수수에 대한 질문 속에는 죽음의 근원에 대한 구도자적 사색이 깔려있다. 시각이미지, 청각이미지, 촉각이미지가 결합하여 죽음이 무엇인가를 나지막하고 엄숙한 목소리로 들려줌으로써 대상에 대한 내적 인식이 얼마나 중요한가를 보여준다.

전반부의 줄거리는 바싹 마른 옥수숫대를 묘사한다. 겨울바람을 마주하는 옥수숫대는 물기도 색깔도 없지만 꼿꼿하게 서 있는 자세는 가족을 위해 모든 기력을 다 쏟아버린 늙은 가장을 떠올려준다. 질문을 확장해나가면 성자나 수행자가 연상되기도 한다.

옥수수의 변화를 인간의 삶으로 읽기 시작하면 충격적인 인식에 다다른다. 그것은 옥수수의 생사는 모든 존재에서도 되풀이된다는 사실이다. 강돈묵의 옥수수는 혼신의 힘을 다해 살다가 죽은 존재임으로 작가는 옥수수를 안테나로 삼아 생멸에 대한 답을 얻는다. 이것은 미세한 부분까지 관찰하려는 현미경의 시선이 있기에 가능해진다. 작가가 체험한 영성이 일반적으로 쉽지 않다는 점에서 경이적인 성찰이라고 하겠다.

두 번째 질문은 우주를 향하는 외향적 질문으로 제재가 우주와 맺고 있는 관계에 대한 질문이다. 특정 대상이 우주와 유기적인 망을 구성한다면 반대로 우주도 대상과 관련을 맺는다. 작가는 선택한 제재를 통해 그 상호관계를 파악해낸다. "왜 촛불의 빛은 사방으로 뻗는가?"라는 질문이 밝음과 어둠, 열과 촛농, 태양과 별빛 등 우주에 산재한 요소가 촛불과 연계되어지는 것도 마찬가지다.

상상력으로 우주에 연결하는 질문은 김용옥의 「수련」이 보여준다. 독자들은 수련에 부여된 상상력이 사방으로 뻗쳐 나감을 찾을 수 있다.

좁은 물둠벙을 메우다시피 한 수련잎 사이로 <u>눈이 부시게 하얀 꽃 한 송이가 떠 있다.(질문1)</u> 백옥같이 흰 꽃잎으로 울 두른 속을, 샛노란 꽃술들이 촘촘히 도열하여 또 하나의 작은 원을 그리고 있는 수련 한 송이. <u>꽃이라기보다는 사뿐히 물 위에 내려앉은 선녀의 모습이다.(답1-1)</u> 새하얀 색과 샛노란 색의 신비한 조화는 그 청순함이 극에 이르러 있다. 이럴 때의 <u>수련은 정녕 관음보살의 화신이 아닐 수 없다(답1-2)</u>는 생각에 조용히 두 손을 모은다.

맑은 물 속에는 다음으로 피어날 <u>봉오리가 말없이 기다리고 서 있다. (질문2)</u> 그것은 <u>두 손을 곱게 합장한 소녀의 손이다.(답2-1)</u> 그 봉오리에 시간이 여물어 꽃을 피울 양이면 우선 물 밖으로 고개를 내민다. 그러다가 아침 해돋이부터 모았던 봉오리를 조금씩 조금씩 펴기 시작한다. 이어 연못 가득 아침 햇살이 덮는 때를 기다려 수련은 순백의 속살을 살포시 펼친다. <u>일생일대의 찬연한 개화이다.(답2-2)</u>

– 김용옥 「수련」 일부

놀랍고 경탄스러운 자문자답이 이어진다. 어떻게 무심히 개화한 연꽃 하나에서 우주의 기운과 생태계의 생명을 감지할 수 있는가. 강돈묵의 옥수숫대가 안테나로서 우주와 교신한다면 김용옥의 연꽃은 형상에서는 소녀의 기도 모습을, 이미지에서는 관음보살의 화신을, 기능에서는 꽃의 가르침을 전하는 마이크로 바뀐다. 화자는 우주의 신비로운 변화를 외계에 전파하는 천체망원경의 구조를 연꽃에서 찾아낸다. 그래서 김춘수의 「꽃」이 낭만적이라면 김용옥의 꽃은 유불선을 결합하고 있다.

상상력을 지닌 작가는 과학자보다 먼저 우주를 비행하고, 철학자보다 앞서 우주의 의미를 찾아낸다. 망원경에 비유되는 상상력은 근원에 도달하려는 동력으로서 우주의 가르침을 포착해 내는 원력이라고 할 수 있다.

세 번째는 대상으로부터 인간계로 건너오는 횡단적 질문으로서 "그렇다면"에 해당한다. 횡단적 질문은 대상과 인간 세계를 연결시키려는 질문이다. 인간이 제재와 어떤 관계를 맺고 있는지를 묻다 보면, 작가는 어느새 대상과 우주와 인간이 거대한 패러다임 안에서 공존하고 있음을 발견한다. 예를 들면 "새의 울음은 내겐 뭔가, 촛불은 나의 무엇을 비추는가와 같은 질문을 던질수록 인간과 대상이 결합한다는 안목을 얻는다. 사물의 근원과 우주를 향한 내적ㆍ외적 투시가 가능하더라도 인간의 삶과 연결되는 길을 찾지 못한다면 상상은 수필에서 반쪽의 역할밖에 할 수 없다. 수필가에게 내재하는 상상력은 종국적으로 대상과 우주와 인간을 연결하는 교량의 역할을 가져야 하는 것이다.

한 발 두 발 숲길을 따라 걷는데 앞 산등성이에서 '솨아아' 소리를 내며 불어오는 바람소리(현상1)에 발을 멈추었다. 정수리부터 가슴까지 오장을 타고 흘러드는 시원한 소리는 심한 갈증을 풀어내 준 샘물 (투시1)같았다. 그 맑은 바람에 취해 정신을 잃고 있는데 또다시 조록색 잎새

<u>사이에서 마른 침엽수 잎이 우수수 (현상2)</u>떨어져 내렸다. 소나무는 이른 봄 내 <u>머리에다 풋 익었던 인생의 낙엽(투시2)</u>을 고스란히 떨구어 주었다. 그 밑 넓은 공간은 마른 갈비가 고르게 펼쳐져 있어 보료를 깔아놓은 듯했다. 두 사람은 달려가 그 자리에 벌떡 누웠다.

눈앞의 빽빽한 초록 숲 사이로 간간이 햇빛이 새어 들어왔다. 그 녹색의 파노라마 속에 휩쓸려 쾌적하고 상쾌한 솔바람 소리를 드는 행복감은 말하지 않아도 전류가 되었다. <u>사랑의 눈빛이 푸르름 안에 번졌다. (교감)</u>

— 박종숙 「소리1」 일부

화자는 숲길과 바람 소리와 침엽수를 자신이 어떤 삶의 계단에 다다랐는지를 묻는다. 바람과 나뭇잎을 촉감과 시각으로 느끼는 것이 아니라 "그러면 그들은 내게 무엇인가?"라고 내적 질문을 통해 근원적 해답을 찾고 있다. 횡단적 질문이 바람에 우수수 떨어지는 낙엽을 인생과 연결시킨다. 화자는 자연과 인간 사이에서 이루어지는 관계를 보은(報恩)이라고 상상하며 보은을 통하여 실존성을 회복한다. 작가는 '나는 바람으로 산다.'라는 명제를 거쳐 인간과 자연이 공존하는 생태주의에 다다랐다. 박종숙의 숲은 우주의 공간이면서 내면의식이다. "숲 속에 들어가면 서서 걷는 것이 아니라 마른 갈비 위에 눕는다."는 행위야말로 수필적 삶의 실천에 해당한다. 화자는 우주가 던지는 물음을 포착하여 "자연에 대한 경배"라는 철학을 찾아내었다.

네 번째 질문은 시공에 대한 좌표적 질문이다. 대상과 우주와 삶을 결속시킬 때 필요한 것은 작가가 처한 시간적 공간적 환경을 이해하는 것이다. 시공에 대한 이해는 사물을 정확하게 조명할 수 있는 조건에 해당한다. 나는 지금 어디에 있는가를 자각하느냐에 따라서 해석이 달라진다는 뜻이다. 자신이 처한 곳에 공간애라는 토포필리아(Topophilia)를 가지고 있는가, 공간 혐오감인 토포포비아(Topophobia)를 가지고 있는가, 아니면 공간무감각(placelessness)을 보여주는가에 좌우된다. 고향, 성장지, 강, 교회가 특별한 의미를 지니는가 하면 패스트푸드점, 백화점, 주유소 등은 별다른 대상이 되지 못한다. 달리 말하면 느티나무라도 고향 느티나무와 도시에 심겨진 느티나무에 대한 반응이 각기 다르다.

작가들은 대체로 대상이 자리한 공간에 관심을 보여주지만 작가가 처한 환경(milium)에는 유의하지 않는 경우가 많다. 여름철 분수도 앞에서 보는가, 뒤에서 보는가, 아니면 위에서 보는가에 따라 해석이 달라지며 작가가 목수인가, 정원사인가, 벌목공인가에 따라 나무에 대한 반응이 달라진다. 지방에 거주하는가, 서울에 거주하는가, 해외교포 수필가인가에 따라 한강에 대한 해석에서 차이를 드러낸다. 자신이 처한 공간과 좌표를 인식하면 소재에 대한 개성적 해석이 가능해진다. 이것이 문학이 가져야 하는 네 번째 안목, 즉 공간지각에 해당한다.

<u>나의 소년시절은 은빛 바다가 엿보이는 그 긴 언덕길을</u> 어머니의 상여와 함께 꼬부라져 돌아갔다.

내 첫사랑도 그 길 위에서 조약돌처럼 집었다가 조약돌처럼 잃어버렸다.

그래서 나는 푸른 하늘빛에 호져 때없이 그 길을 넘어 강가로 내려갔다가도 노을에 함북 자줏빛으로 젖어서 돌아오곤 했다.

<u>그 강가에는 봄이, 여름이, 가을이, 겨울이 나의 나이와 함께 여러 번 댕겨갔다.</u> 까마귀도 날아가고 두루미도 떠나간 다음에는 누런 모래둔과

그러고 어두운 내 마음이 남아서 몸서리쳤다. 그런 날은 항용 감기를 만나서 돌아와 앓았다.

할아버지도 언제 난지를 모른다는 동구 밖 그 늙은 버드나무 밑에서 나는 지금도 돌아오지 않는 어머니, 돌아오지 않는 계집애, 돌아오지 않는 이야기가 돌아올 것만 같아 멍하니 기다려 본다. 그러면 어느새 어둠이 기어와서 내 뺨의 얼룩을 씻어 준다.

– 김기림 「길」 전문

위 단수필은 김기림이 쓴 「길」의 전문으로서 길에는 장소애라는 토포필리아가 반영되어 있다. 작가가 태어난 고향의 언덕, 강, 바다, 버드나무는 상실과 그리움을 나타낸다. 언제 어디서 자랐는가라는 성장 환경이 감수성과 상상력의 질량을 결정한다는 본보기이다. 김기림은 어머니와 할아버지의 죽음뿐만 아니라 마을에서 만난 첫사랑의 대상마저 바닷길을 통해 상상한다. 이것은 신화구술사들이 어디에서 태어났는가에 따라 바다신, 호수신, 사막의 신을 창조하는 것과 비슷하다. 만일 작가가 바다가 보이지 않는 산촌에서 태어났다면 강에 대한 느낌은 물론 사랑과 사별에 대한 반응도 다르기 마련이다. 반응이 다르면 구사하는 언어가 달라지고 죽음과 슬픔에 대한 질문의 종류도 달라진다.

2. 상상의 4원소

문학 창작의 질적 수준은 상상력의 유무와 고저에 좌우된다. 문학 창작의 순서는 무엇인가. 우선 무엇을 쓸까 하는 주제가 선행되고 다음으로 그것에 부응하는 소재를 찾아 나서는 경우다. 아니면 소재에서 얻은 인상을 바탕으로 무엇을 쓸까 하는 순서도 가능하다. 그 어느 경우든 주제를 뽑아내고, 미적 구조를 이용해서 사물의 속성을 살펴 인간의 속성을 유추해내는 과정은 동일하다.

여기에 상상이 자연스럽게 끼어든다. 어떤 대상을 이미지화 한다든지, 새로운 주제를 의미화하려면 특별한 상상이 필요하다. 불완전한 사실을 완전하게 꾸며내는 일종의 능력으로 상상은 정서와 형식을 유기적으로 맺어주는 계단의 역할을 하게 된다.

바슐라르(Gaston Bachelard : 1884~1962)는 공간의 시학을 설명하면서 문학적 상상력의 위계를 물질적 상상력, 역동적 상상력, 원형적 상상력, 그리고 변증법적 상상의 순서로 매김하고 있다. 상상력에 대한 이러한 메커니즘은 글의 미학이 어떻게 달라지는가를 설명해주는 좋은 단서가 된다. 문학적 상상력의 양극단에는 물질적 상상력(현실세계)과 변증법적 상상력(예술세계)이 자리하고 있으며 그 사이에서 역동적 상상력(감성세계)과 원형적 상상력(이성세계)이 상호 작용하고 있다.

사람이 살아가는 공간이 동일하게 보이지만 사실은 인간이 살아가는 현실과 예술가가 창조하고자 하는 예술세계는 독립적으로 존재한다. 그런데 현실세계든 예술세계든 인간이 그것을 어떻게 수용하고 접촉하는가에 따라 감성에 의존하는 역동적 상상계와 이성적 논리로 이해하려는 원형적 상상계로 나뉘어 지면서 이것들이 상상의 4원소로서 상호작용하게 된다.

첫째 물질적 상상력은 희랍의 철인 엠페도클레스가 주창한 4원소론에 바탕을 둔다. 물, 불, 흙, 바람이라는 4원소는 만물이 지닌 형태와 질료와 용도를 파악하는 단위가 된다. 가령 잔칫집에 초대를 받아 상다리가 부러지도록 음식 대접을 받았고 '정선지방에서는 곤드레밥을, 전라도에서는 홍어를 차려야 손님대접을 했다.'고 믿는다면 물질적 상상이 나타나고, 사람 인(人)의 글자에서 자기의 소임을 다하는 울타리와 버팀목을 연상하거나 덩굴손에서 협동의 모습을 생각한다면 형태와 기능을 일치시키는 물질적 상상에 해당한다.

역동적 상상력은 진선미와 같은 가치를 감성적 분위기로 엮어 내거나 추론해내는 상상을 말한다. 역동적 상상은 사물을 의미화 하는 서술에 적합한 상상으로서 '한국을 동방예의지국이나 근화지향(槿花之香)이라고 부르거나 장유유서로서 우리나라의 예의를 밝히거나 손님에 대한 예절로서 예법정신을 나타내는 것이다. 정선아리랑을 아우라지에 비유하여 애환을 삭이는 것은 강 노래를 감성적으로 그려낸 역동적 상상의 예로 볼 수 있다.

원형적(原型的)상상력은 시공을 초월하여 반복적으로 나타나는 의미를 찾아내는 상상으로 어머니라면 모성애, 갈대라면 생각하는 사람, 바위를 초인에 일치시키는 상상이다. 원형적 상상력은 현실과 이상과의 상관관계에 깔린 기본적인 원형을 파악하는 힘이다. 가령 물줄기처럼 긴 여행을 외면하고 호수 지킴이로서 유혹에 휩쓸리지 않는다고 말하면 호수는 불변성, 항구성, 생명의 자궁이라는 의미로 환원된다. 음악과 미소만한 공통어가 없다든지 죽비가 안일한 삶을 일깨운다면 이것들은 육체적 정신적 건강에 보탬이 되는 이점을 제시하는 것으로 원형적 상상이 발휘된 것이라 할 수 있다.

변증법적 상상력은 역동적 상상력을 분출하는 단계로서 사물을 뒤집어보고 낯설게 보아 반전을 일으키는 상상의 단계에 해당한다.

예를 들면 모성이 남성의 용기를 추월하거나 목욕탕의 뜨거운 물을 시원하다고 표현하는 것이다. 아버지가 없으면 아들이 언행에서 그르칠 경우가 많다는 가설을 전제하고 아버지의 역할을 자식에게 보여주기 위해 최선을 다한다면 부성의 부재를 반전시키는 변증법적 해법에 해당하고 여인의 눈물은 슬픔의 눈물이 아니라 행복한 결혼에 대한 감격의 눈물이라면 눈물=슬픔을 전복시킨 변증법적 상상에 가깝다.

수필에 있어서의 성찰은 매우 중요하다. 자기 행동에 따른 성찰을 바탕으로 개성을 살려내려면 위에 예시한 4가지 상상이 모두 필요해진다. 이러한 점을 고려하여 문학적 상상력의 위계를 살피면, '물질적 상상력→ 역동적 상상력→ 원형적 상상력→ 변증법적 상상력'으로 진행되므로 유기적이고 역동적인 상상의 흐름을 수필의 은유에 응용할 수 있다. 그런 점에서 상상력은 현실세계의 모순을 해결하고 이상세계를 구현하는 기능을 수행한다.

3. 수필 빚기를 위한 5상

1) 수필과 관상

수필에서의 관상은 대상을 응시하고 풀이해낼 수 있는 관찰력을 말한다. 사람의 운명을 풀이하는 관상가는 상대의 얼굴을 보고 길흉화복을 맞힌다. 그는 사람의 눈, 코, 귀, 혹은 두상을 따로 보는 것이 아니라 얼굴의 일부로 살피며, 어떤 골상을 가지면 어떤 운명을 맞이하게 된다는 통계와 자료를 사전에 인지하고 있다. 그는 편견이나 고정관념이 아니라 축적된 경험을 바탕으로 얼굴 모습과 운명의 일치점을 찾아내려고 노력한다.

수필가도 대상을 관찰하려면 관상가의 통찰력이 필요하다. 꽃을 바라보거나 새를 구경할 때 자연과학에 대한 지식이 바탕이 되면 꽃과 새를 더 이해할 수 있다. 충분한 지식을 가질수록 지평은 넓어지고 판단은 정확해진다. 애기똥풀이나 소금쟁이와 장수풍뎅이를 모르고 그냥 풀이다, 새다, 벌레다 하면 아무것도 독자에게 전달하지 못한다. 수필은 겉모습을 그려내는 것이 아니라 새의 수면, 먹이, 생리와 심지어 운명까지 알아야 한다. 수필가는 모름지기 자신이 그려내려는 대상을 해부하는 혜안이 필요하다.

삶이란 무엇인가?
자전거를 타고 오르막길을 힘겹게 오를 때 저기 저 고갯마루까지만 오르면 내리막길도 있다고 생각하며, 조금만 더 가보자, 자기 자신을 달래면서 스스로를 때리며 페달을 밟는 발목에 한 번 더 힘을 주는 것, 읽어도 읽어도 읽어야 할 책이 쌓이는 것, 오래 전에 받은 편지의 답장은 쓰지 못하고 있으면서 또 편지가 오지 않았나 궁금해서 우편함을 열어 보는 것, 무심코 손에 들고 온 섬진강 작은 돌멩이 하나한테 용서를 빌며 원래 있던 그 자리에 살짝 가져다 놓는 것, 온몸이 꼬이고 꼬인 뒤에 제 집 처마에다 등꽃을 내다 거는 등나무를 보며, 그대와 나의 관계도 꼬이고 꼬인 뒤에라야 저렇듯 차랑차랑하게 꽃을 피울 수 있겠구나, 하고 깨닫게 되는 것.
— 안도현의 「삶의 비밀」 일부

안도현 시인은 삶을 단편적으로 보지 않고, 삶은 희망적이라고 단정하지도 않는다. 관상가가 사람의 얼굴을 요모조모 뜯어본 후에 다가올 운명을 이야기하듯이 인생이 지닌 음영과 흔적을 종합한 다음에 "저렇듯 차랑차랑하게 꽃을 피울 수 있겠구나." 하고 예언을 전해준다. 관상가는 아무리 사람의 운명이 비극적일지라도 희망을 찾아내어 살아가도록 용기를 준다. 그것이 관상가와 시인의 본분이라면 수필가도 판도라의 상자에 남아있는 희망을 찾아낼 의무를 지닌다.

2) 수필과 착상

착상은 "아! 그것 글감이 되겠네."라는 작가와 소재 간의 만남을 뜻한다. "아니 땐 굴뚝에 연기 나랴."는 속담처럼 글의 밑바닥에는 언제나 착상이라는 순간적인 번뜩임이 존재하며 잠복된 동기를 일깨우는 착상이 찰나적일수록 좋은 작품을 낳는다.

수필가는 새로운 안목으로 글감을 찾아나서는 사람이다. 참신한 글감이란 참신한 의미를 뜻한다. 컴퓨터 자판기를 부속품이 아니라 천자문으로 바라보고, 설원의 전봇대를 겨울 등대로 생각하고, 나무의 떨켜에서 컴퓨터 용어인 로그아웃(Log-out)을 생각하는 것은 사이버공간에서 얻을 수 있는 착상에 해당한다. 일반적으로 착상은 "나는 낯설게 본다, 고로 존재한다."라는 반응에 해당한다. 아래에 소개하는 글은 책을 "평소 작은 것의 숨결에서 감명"을 받는 작가의 착상에서 발현된 글이다.

연어였다. 금방이라도 펄떡 살아 움직일 것만 같은데, 내 종아리보다도 길고 튼실해 보이는 몸을 다 펴지도 못하고 작은 아이스박스 속에 J자로 누워 있다. 항복의 몸짓으로 은색의 배를 내보이고 있지만, 투지로 퍼렇게 굳은 등허리에선 언제라도 구부려진 꼬리로 바닥을 탁~ 치고 튀어오를 것 같은 저항이 느껴졌다.

평소 난 아주 작은 것들의 숨결에서 종종 감명을 받곤 했다. 산 속을 거닐다 풀숲의 작은 꽃을 보거나, 포르릉 날아가는 작은 새의 날갯짓 등을 보면, 보일 듯 말 듯한 생명들로 이 세상이 경이로움에 가득 찬 것처럼 느껴졌었다. 그런데 큰 숨결로 살아가는 것들이 주는 생명의 기운은 작은 숨결에서 받는 경이로움과는 다르게 나를 압도한다.

- 문혜영 「연어」 일부

3) 수필과 발상

발상은 대상이 지닌 낯익은 영상(These)을 버리고 낯선 상(Antithese)과 새로운 기호(signal)를 만들어내는 작업이다. 형식적 파괴를 지향하는 문학 소통에는 하드코드(hard code)와 소프트코드(soft code)가 있는데 전자는 형식의 변이에, 후자는 내용의 진화에 적용된다. 근래 퓨전수필이 유행하는 이유도 IT시대의 감성적인 발상에 기인한다. 예를 들면 대사를 펼치는 극적 수필, 그림과 글이 만나는 수화(隨畵)수필, 칼럼과 에세이가 합치는 저널리즘 산문, 동물을 화자로 삼는 의인화수필, 죽은 자를 등장시키는 영성수필은 어쨌든 남다르게 쓰겠다는 발상의 결과라고 하겠다.

권현옥의 「시트콤 아파트」는 수십 층의 아파트에서 살아가는 현대인의 생활상을 층별로 그려낸 시트콤수필로서 개체화된 존재의 단절감을 나타내고 있다. 아파트에 사는 작가의 직접체험이라는 테제가 아니라 그것을 전복시키는 관음증과 엿보기라는 발상법으로 거주풍속을 풍자한다는 점에서 현대성이 깔려있는 실험수필이라고 하겠다.

나는 관음증 환자는 아니지만 관음증 증세는 있다.

들여다보이는 것을 들여다보지 않는 것은 바보짓이다. 죄책감이 없는 것은 아니지만 재미있다. 인생은 하나님도 즐기시는 시트콤(situation comedy)이 아닌가. 그만그만한 일상도 웃고자하는 방청객이 있어서 코미디가 된다. 나도 가끔은 웃음효과를 내는 방청객이 되고 싶다.

1층

가장 궁금한 집이다. 처음에 대한 관용적(慣用的)인 정서이며 눈높이에 있어서다. 불행하게도, 버티컬은 밤낮으로 완벽한 경호를 한다. 막이 오르기 전 무대의 거만함처럼. 우리는 1층에 대해 아무것도 모른다.

약 오를 건 없다. 그들 역시 밖의 아무 것도 보지 못한다.

2층

남자가 골프 퍼팅연습을 한다. 여자가 걸레로 바닥을 닦는다.

어느 여기자가 그랬다. "여자들이여, 제발 신문이나 텔레비전 보는 남자 밑을 기어 다니면서 걸레질하지 말라."

아는 여자가 그랬다. "아무도 없을 때 부지런히 일하지 말라."

식구가 보는 앞에서 일하라. 가정일이 저절로 되는 건 줄 알더라.

(……)

13층

비디오로 영화를 보는지 조명이 근사하다.

여자가 재미있으면 남자가 흥미없어하고, 남자가 흥미 있어 하면 여자가 시큰둥하고, 아이들이 재미있어 하면 어른들은 시시해서 돌아눕고, 어른들이 잘 된 영화라 하면 아이들이 그 의미를 모른다. 한 가족이란 이런 상태가 정상적인가보다.

(……)

– 권현옥 「시트콤 아파트」 일부

4) 수필과 연상

연상은 사물이 지닌 의미를 확장하여 해석하는 정신작용에 해당한다. 연상은 일반화에 의한 연상, 추상화에 의한 연상, 유사성에 의한 연상, 인접성에 의한 연상으로 구분되는데 일반화는 단풍으로 가을을 떠올리는 것이며, 추상화는 다이아몬드 모양에서 야구장을 떠올리는 것이며, 유사는 운전대를 통해 달을 생각하는 것이며, 인접은 고향을 생각하면 어머니가 그리워지는 것이다. 꽃에 검은 리본을 달면 장례식이 생각나고 백 송이 장미꽃을 바치면 프러포즈를 떠올리듯이 연상은 두 사물 간의 상호관계를 인식하는 정신작용이다.

연상의 예로서 허세욱의 「닭 다섯 마리」를 표본으로 삼을 만하다. 이 작품에는 두 개의 연상이 나타난다. 하나는 일반화에 의한 연상으로서 중국 수필가 주자청이 지은 「배영」(背影)에 나타난 자식애와 허세욱의 아버지가 자식에게 보여주는 애정 간의 연상이다. 다른 하나는 시골 아버지가 교수댁에 가져다주라는 생닭과 제자가 허세욱에게 선물한 자개닭이 유사에 의한 연상을 일으키고 있다. 닭은 스승에게 드리는 존경의 표상이고 작가와 박 군은 부모의 말에 고스란히 복종함으로써 군사부일체의 유교정신을 실천하는 주제적 연상을 발휘하고 있다.

내일이 스승의 날인지라 대강 짐작이 갔지만, 엄청 숫기가 없어 보이기에 내가 먼저 웃으면서 "그게 무어니?" 말을 걸었다. 박 군은 과연 힘을 얻은 듯 "아버님께서 선생님께 갖다드리라 해서요." 수줍어하긴 마찬가지였다. "무엇인데?" 이번엔 내가 다그쳤다.

그는 무언지 중얼거리며 액자의 포장을 풀었다. 웬걸! 영롱한 자개로 정교하게 장식한 그림, 벼슬을 꼿꼿하게 세운 장닭이 거드름을 피우며

섰고, 그 뒤로 장닭에 기대어 다소곳이 암탉, 그리고 그 옆으로 옹기종기
놀고 있는 병아리 세 마리, 이래서 닭 다섯 마리를 자개로 양각한 액자.
그 하얗게 얼룩진 조개껍질은 까만 바탕 위에서 빤질빤질 광채를 내고
있었다.
　　나는 "야! 절품이다!" 아낌없는 찬사로 고맙다는 인사를 대신했다. 그
러나 박 군의 아버님이 왜 느닷없이 선물을 보내 왔고, 하필이면 닭 다섯
마리를 양각한 공예를 골랐을까? 의문은 풀리지 않았다.
- 허세욱 「닭 다섯 마리」 일부

　　작가는 독서와 경험에서 일어난 사건을 별개로 기억하고 있었지
만 스승의 날에 박 군이 전달한 자개닭을 통해 주자청의 수필에
나타난 일화와 작가의 학창 시절의 일화를 아우르고 있다.

5) 수필과 환상

　　환상은 로맨스가 갖는 팽창과 과장의 미학을 지향한다. 수필이
체험을 바탕으로 하더라도 환상적인 꿈은 수필의 본질이다. 환상은
신비적이며 탐미적인 분위기를 조성하는 효과를 갖는데 수필적 환
상을 보여주는 예시로서 구활의 「강가에 핀 백만 송이 장미」를 들
수 있다. 강변에 사랑하는 애인의 이름을 돌조각으로 널려놓은 것
을 나나무리스꼬의 노래가사에 나오는 백만송이 장미로 그려내어
환상적인 사랑과 열정을 타내는 것은, 동서양의 사랑의 차이를 욕
망과 애정으로 조명한 환상의 효과를 보여준다.
　　한의원 침구실에서 여승과 나란히 침을 맞은 때를 그려낸 안병태
의 「여승」 속의 수필화자는 성애적 환상에 빠져들면서 인간의 원초
적 본능인 성(性)과 피안의 세계인 성(聖)을 동시에 느낀다. "빨쪽하

게 열린 커튼 사이로 드러난 뽀얀 맨발"을 바라보는 화자는 "발가락
에다 불현듯 주홍빛 꽃물을 들여 주고 싶은" 누이를 떠올린다. 여승
의 "뽀얀 작은 맨발"은 종교적 나르시시즘과 세속적 에로티시즘과
유년기의 노스탤지어라는 세 가지 코드를 결합시킨다. 수필의 환상
이 소설의 허구와 남다른 이유가 여기에 있다.

> 침구실에 같이 불려 들어갔다. 빨쪽하게 열린 커튼 사이로 뽀얀 맨발
> 이 보인다. 초등학생 계집애마냥 발도 작다. 고슴도치가 된 스님과 내가
> 의원의 명령에 따라 같은 침대에 나란히 누워있다. 커튼을 넘어 쌔근쌔
> 근 숨소리가 들린다. 커튼 밑으로 법당 향내가 솔솔 넘어오는 것 같다.
> 통증을 참는 심호흡인가? 아파도 혼자, 서글퍼도 혼자일 수밖에 없는 절
> 대 고독, 거기에 아직 길들여지지 않은 자기연민인가? 이따금씩 호요 —
> 한숨짓는 소리가 들린다. 무소뿔처럼 홀로 가야 할 구도의 길, 평생 잿빛
> 버선 속에 감추고 살아가야 할 저 발가락에다 불현듯 주홍빛 꽃물을 들
> 여 주고 싶다. 문득 남산 오막살이 토담 아래 지천으로 피어있던 봉숭아
> 꽃이 떠오른다.
> 비구니와 속물, 신분이 다르고 남녀가 유별하나 지금 이 순간 이 방안
> 엔 스님과 나, 둘 뿐이다. 얇은 천을 벽 삼아 눈만 가렸을 뿐 속옷 바람으
> 로 아무 거리낌 없이 오붓하게 누워있다. 이 기막힌 동침을 위해 우리는
> 전생에 어떤 인연을 만들었던가. 두루미와 우렁이(?), 다람쥐와 소나무
> (?) 어쩌면 후생에 연꽃과 바람쯤으로 다시 만나려고 이런 씨앗을 뿌리
> 고 있는지도 모르겠다. 속세의 악취가 커튼 너머로 살금살금 기어 넘어
> 가지 않기만 바랄 뿐, 여기에 더 무얼 바라리.
>
> — 안병태 「여승」 일부

「여승」은 침구실 장면을 환상적으로 묘사해낸다. 주홍빛 봉숭아
꽃과 뽀얀 맨발은 "스님과 내가 의원의 명령에 따라 같은 침대"에

누운 인연을 성애화한다. 침구실이 밀실로 변형되고, 침 맞는 신음은 성적 탄성으로 변한다. 통증을 참는 소리가 절대고독의 아픔으로 승화되면서 여승에 대한 자세는 경애감으로 승화된다. 작가는 여승을 통해 헬레니즘과 헤브라이즘, 에로티시즘과 도학이라는 이질적 코드를 결합하면서 침구실에 환상의 아이콘을 부여한다.

4. 대상읽기로서 감수성

어느 풀인지
낫이 스칠 때마다
진한 내음이 난다
죽어서 향기로운
풀아

- 「풀 내음」 / 익명의 봉쇄수도원 수도자

위 시를 곰곰이 음미하면 시인은 식물학에 대한 과학적 시각이 아니라 심미적인 마음으로 풀을 해석하였음을 알게 된다. 식물학은 풀을 종류별로 분류하고 잎의 세포 구조와 조직을 해부한다. 과학은 숫자와 도량으로 사물을 측정하지만 시는 감수성으로 빚어낸 언어로서 우주에서 차지하는 풀의 좌표와 풀과 사람 간의 관계를 설명해낸다. 풀이 죽는 순간에 뿜어내는 향기는 수도사의 희생을 나타낸다. 어떻게 잡풀 하나가 더없이 무거운 순교의 정신을 전달하는가. 그 비결은 감수성에 있다. 감수성은 육안과 과학이 규명할 수 없는 자연의 비밀을 들추어낸다.

문학철학을 지향하는 수필가들은 감동적인 글을 쓰기 위해서는 사물을 물질화, 과학화하지 말고, 있는 그대로 말하려는 순수성이 필요하다. 감수성(sensibility)은 "오관을 통한 감각적 체험의 능력으로서 사물을 생생하게 체험하는 능력"으로 설명되듯이 외부의 대상을 직관적으로 받아들이는 능력이다. 감수성은 이성과 감성, 지성과 감각이 어울린 능력으로서 대상을 포착하는 시력에 비유된다.

프랑스 문학비평가이며 철학자인 가스통 바슐라르는 사물마다 의미를 내재하고 있다고 말한다. 곶감, 홍시, 땡감, 단감이 모두 감에 속하지만 서로 다른 이미지가 떠오르는 것은 개체마다 다른 감수성이 깃들어 있기 때문이다. 에머슨이 땅벌을 두고 "인간보다 지혜로운 노란 바지의 철학자"로 예찬하고 미국의 19세기 여류시인인 에밀리 디킨슨(Emily Dickinson)이 돌의 색깔을 "지나가는 우주가 입혀 준 자연의 갈색 옷"이라고 이미지화하는 것도 남다른 영적 교감을 발휘하기 때문이다.

감수성은 명상과 글쓰기 과정을 통하여 수련할 수 있다. 만일 소재에서 주제를 찾지 못하거나 주제에 알맞은 소재를 찾지 못하거나, 주제와 소재를 조화시키는 형식을 찾지 못한다면 소재가 숨기고 있는 이미지를 발견하지 못했을 뿐이다. 마땅한 글감이 없어 글을 쓰지 못한다면 글감을 찾지 못했다고 말하기보다 글감을 보는 감수성이 부족하다고 인정하는 편이 더 정직하다.

소재와 교감하는 감수성을 가꾸려면 인식의 전환이 요청된다. 구체적인 방법은 우주를 무수한 이미지가 소장된 도서관으로 간주하는 것이다. 도서관에는 수많은 장서가 비치되어 있듯이 우주에는 들풀의 책, 산의 책, 곤충의 책, 바위의 책, 강의 책, 새의 책 등이 비치되어 있다. 자연물마다 인간이 알아야 할 진리와 지혜가 숨어 있다. 작은 이끼에도 우리가 알아야 할 진리와 지혜가 있으며 풀잎도 우주의 비밀을 지닌 성스러운 텍스트다. 우주에서 가장 많은 지식을 담고 있는 곳이 지구이므로 풀잎이나 들풀을 제대로 이해한다면 여타 자연물을 이해하게 된다.

인류는 우주라는 도서관이 지닌 진리를 찾기 위해 노력해 왔으며 시지프스 같은 글쓰기를 통하여 우주의 비밀을 탐구해왔다. 감수성은 만물과 나누는 영적 대화인 만큼 문학철학자로서 수필가는 우주라는 도서관에 소장된 소재를 탐색할 것이다. 그때 필요한 감수성은 후천적 재능이므로 훈련으로 함양시킬 수 있다.

첫째는, 쌍방향적 수용능력을 키운다. 시를 통해 비유와 상징의 원리를 체득하고 수필을 읽어 표현 원리를 일깨우면 감수성 훈련에 도움이 된다. 시를 읽을 때 시어를 습득하는 것이 아니라 시인의 눈과 귀를 빌리라는 충고가 여기에 해당한다. 수필과 시를 번갈아 읽는 독서를 하면 시에서 얻은 이미지가 수필을 통해 의미화 되고 소재와 체험 간에 유기성을 이루는 산문정신을 키울 수 있다.

두 번째는 낯선 관찰법을 도입하는 것이다. 다의적인 해석력을 얻기 위해서는 동일한 대상을 낯설게 보기, 삐딱하게 보기, 엎어보기, 누워보기, 뒤집어 보기를 하는 것이다. 관점의 전복은 타성적인 습관에서 벗어나는 것으로 수필읽기와 쓰기에 적용하면 심층적 의미가 나타난다. 산, 나무, 강의 경우 산은 야망, 나무는 인내, 강은 여성의 세월인 것이다. 전자에 필요한 것이 감수성이고 후자에 필요한 것이 해석력으로서 낯선 시선은 감수성과 해석력을 연결하는 고리가 된다.

셋째로, 소재를 다원적인 시각으로 응시한다. 앞서 제시하였듯이 현미경, 망원경, 프리즘, 쌍안경, 잠망경과 같은 눈이 심안과 어울리면 소재에 입체적으로 접근할 수 있을 뿐만 아니라 이러한 다원적 안목은 훈련을 통하여 키워 나갈 수 있다. 즉 상상과 마찬가지로 냉득적이기도 해야 감수성도 작가이 노력에 의하여 발전한다는 뜻이다. 적어도 하루에 한 번씩 자연을 지켜보면 "영감이 우러나는 문"(靈文)이 가꾸어 진다.

심미감은 소재와의 대화술이라고 말할 수 있다. 형이상학적이든 형이하학적이든 모든 존재는 철학적 사유의 대상이므로 대화술은 사물의 존재에 관심을 기울이는 철학적 사유를 바탕으로 한다. 대상과 우주와 수필화자 자신에 대한 질문이 공간감각성과 어울리려면 감수성이 무엇보다 요구된다.

에필로그

"잘못된 길이 지도를 만든다."라는 격언이 있다. 미지의 공간에서 새로운 길이 만들어지듯 창의력은 독창적이고 새로운 것을 만들어 낸다. "만듦"은 새롭게 배열하고 조직하고 통합하는 것일 뿐만 아니라 낯설고 유용한 해석방법을 찾아주기도 한다. 우주의 원소로서 소재와 만나는 부분은 육신이 아니라 영혼이다. 우리는 눈을 감음으로써 심안을 열고 감수성의 영역을 넓혀나간다. 마음의 귀를 열어 영적 울림을 듣고 자연의 소리를 듣는 것이 감수성이다. 감수성은 우주에서 흘러나오는 에너지를 흡수하는 가저로서 문학세계를 탐구할 수 있는 자양분을 품고 있다.

관상, 연상, 환상, 착상, 발상, 상상은 작가정신을 살아있게 하는 기(氣)로서 작품의 미적 용량을 확대할 뿐만 아니라 작품의 깊이와 넓이와 높이와 두께까지 결정한다. 글을 쓴다는 것은 결국 작가의 기를 문장으로 옮겨본다는 뜻이다.

제14장

다문화사회와 재미수필

최근 인문학에서 전성기를 누리는 이론은 공간담론이다. 공간담론은 공간이 문화의식에 미치는 지정학적(地政學的) 기반으로서 이주문학을 거론할 때 많이 사용된다. 이민자로서 재미한인들은 다문화국가인 미국에 대한 자부심과 모국인 한국에 대하여 토포필리아(Topophilia)라는 공간애를 지니고 있다. 특정 공간에 대하여 애착을 보여주는 정서와 반응을 설명하는 토포필리아는 재미한인작가들의 수필을 논하기 위해서는 정체성과 더불어 불가피한 요소라고 하겠다.

정체성(identity)은 "나는 누구인가"라는 질문으로서 자기다움을 확인하려는 노력이라고 하겠다. 미국의 정신분석학자 에릭슨(Erik H. Erikson(1902〜1994)은 정체성을 "자아가 외부의 변화에 직면하여 이루는 적응(adaptation) 기제"로 정의하듯 정체성 모색은 자신

제
14
장

의 존재 의의를 확인하는 질문과 답변으로 이루어진다. 사람은 개별화된 존재가 아니라 공동체라는 심리적 장소에서 살아가는 구성원이기 때문에 집단의 규범과 문화의식의 영향을 받는다. 이민자들의 경우 새로 이주한 공간에서 받는 사회적 문화적 영향은 적응과 부적응의 반응으로 나타난다. 한국에서 이주한 재미교포들은 미국적 가치에 삶의 초점을 맞추려고 노력한다. 미국적 생존공간과 문화공간으로 이동하는 것이 재미한인들이 보여주는 디아스포라의 정체인 셈이다.

재미한국문학은 재미한인문학과 재미교포문학으로 나누어진다. 전자가 도착지점을 중시한다면 후자는 출발점을 기준으로 삼는다. 미국에서 한국어로 글을 쓰는 것과 영어로 쓰는 것의 차이를 고려하면 한국계 미국문학은 아시아계에 속하는 미국문학으로서 한국계 미국작가(Korean American writer)는 한인 혈통을 이어받고 미국에 살면서 영어로 작품을 써서 현지에서 출간하는 작가라고 부를 수 있다. 반면에 미국에 살면서 한국말로 창작하는 작가는 "재미한국작가"(Korean writers in America)로 불러도 된다. 엄격하게 말하면 재미한인작가도 작품을 영어로 써야 하지만 소재와 언어에 제한을 두지 않는 이유는 디아스포라의 생활방식을 기준으로 하기 때문에 재미한국교포수필가를 줄여 재미수필가로 부를 수 있다.

재미수필의 창작현황을 분석하기 위하여 『재미수필』 제9집과 10집과 11집을 텍스트로 삼았고 기타 개인수필집을 참조하였다. 9집(2007년)에는 41명의 80편이 실려 있으며 10집(2008년)에는 35명의 88편이 실려 있고, 11집(2009년)에는 38명의 87편이 게재되어 있으며 회원 수는 58명(2009년 호 참조)이다. 세 권을 텍스트로 선택한 이유는 다수의 교포작가들이 주로 CA에, 그중에서 LA에 거주한다는 사실을 고려하고 재미수필문학가협회가 주관하는 근작 작품집이라는 점에서 재미수필의 문학성을 살펴볼 수 있기 때문이다. 물론 모든 재미수필가의 작품이 수록되지 못한 한계성이 있음을 아울러 밝혀둔다.

1. 이민문학의 본질과 특성

『재미수필』을 분석하려면 이민문학에 대한 정의가 먼저 이루어져야한다. 이민문학의 중심담론은 디아스포라이다. 디아스포라는 헬라어에서 유래하는 말로 "분산"(分散), "흩어짐", "흩어진 유대인", 혹은 "흩어진 땅"을 의미하면서 팔레스타인 밖에 살면서 유대 관습을 유지하는 유대인들을 가리킨다. 하지만 오늘날 "디아스포라"는 타국에 정착한 이민(移民)을 포괄적으로 지칭하기 때문에 이민문학은 디아스포라적 글쓰기에 해당한다. 이민문학이 미국에서 주로 거론되는 이유는 다인종, 다문화사회의 대표적 공간으로서 미국은 앵글로색슨계를 비롯하여 유태계, 아시아계, 흑인계 민족들이 이루어 살면서 다문화와 다문학의 중심지역이기 때문이다.

이민문학이 지닌 보편적 가치는 개인의 성공신화다. 재미작가들은 아메리칸 드림을 실현하기 위해 이주해 온 한국계 이민자들의 시련과 성공을 직간접적으로 표현한다. 한국독자가 재미수필에서 기대하는 주제도 이민자의 직접체험이며 이러한 개인사가 재미한국문학을 이루고 나아가 미국문학의 일부를 형성해 나간다. 따라서 표현 언어가 한국어인가, 영어인가가 중요한 것이 아니라 재미한인의 정서와 삶을 얼마나 문학적으로 엮어내고 있는가를 살피는 것이 재미동포문학에 대한 이해와 접근법이라고 하겠다.

재미수필가들의 평균 연령은 30대부터 70대에 걸쳐 있다. 폭넓은 연령층은 그들의 이민 체험이 각기 다르다는 것을 시사해준다. 미국으로 건너온 한국계 이민은 3단계로 진행된다. 제1단계는 1903년 101명의 한국인들이 하와이에 사탕수수 노동자로 진출한 이후의 시기이며, 제2단계는 한국의 정치·경제·안보가 불안해진 가운데 1965년 미국 이민법이 개정된 후 한국의 대학생, 간호사와 의사 및 기타 전문직 사람들이 미국 영주권을 취득한 때에 해당한다. 제3단계는 1970년대 중반 이후로서 중산층과 근로자 계층이 정착하기 시작한 무렵으로 이후 재미문단사회는 다양한 인적 구성을 보여주게 된다. 이민사회의 질적 양적 증가는 문화예술에 대한 욕망을 증폭시켰다. 1980대부터 각종 문학단체가 설립되고 한국어 잡지와 신문이 본격적으로 간행되면서 문학적 재능을 한글로 표현하는 작가군이 다수 등장하였다. 1980년대는 1960년대에 건너온 이민세대가 경제적 기반을 확립하고 예술과 문학에 대한 관심을 보여줌으로써 독자층이 두터워지게 되었다. 그중의 하나가 1999년에 〈재미수필문학가협회〉에서 발간한 『재미수필』이다.

수필은 작가의 체험과 사유를 기록하는 자전적 문학에 속한다. 그렇다면 이민수필은 이민자의 체험과 개인적 정서를 표현한다. 재미수필가도 당연히 고향에 대한 애정과 미국에서 겪는 이민생활과 삶을 전기적이고 서사적인 구조로 말한다. 그들의 글에는 자연스럽게 노스탤지어와 디아스포라와 토포필리아라는 담론이 깔려진다.

달리 말하면 재미수필가는 탈주의식과 귀소본능과 공간애를 함께 보여준다.

이민수필의 배경은 정착지 사회가 될 수밖에 없다. 미국의 낯선 지리적·문화적·도덕적·사회적 환경에 적응하는 동안 각자가 겪는 실패와 성공은 미국으로 입문하기 위한 불가피한 성장통에 해당한다. 그들의 삶은 언어 장벽, 인종차별, 계급적 편견, 도전과 투쟁, 고통과 트라우마, 좌절과 재기라는 각양각색의 모티프와 어울리면서 세 가지 갈등을 겪게 된다. 첫째는 해외에 귀화하여 정착하는 과정에서 겪는 갈등이며, 둘째는 미국시민권자나 영주권자이지만 아직도 한국인이라고 생각하는 정체성에 관한 갈등이며, 세 번째는 이민 가정에서 나타나는 세대적 갈등이다. 이러한 갈등이 재미수필가들의 작가의식을 형성하는 셈이다.

이민수필의 작중인물이 누구인가로 구분하면 전기성과 자전성으로 나눠진다. 전기수필이 조상이나 선대 이민자를 회상하는 이야기라면 자전수필은 작가 자신의 체험을 그린 서술이라고 하겠다. 자전수필은 작가와 '나'를 동일체로 설정하므로 미국이라는 시공과 한국인이라는 성격이 상호 어울린다. 줄거리는 미국의 장단점과 과거 한국에 대한 이미지가 겹쳐진다. 따라서 서사수필이 다수를 차지하게 된다. 그 외에 미국이라는 공간성을 떠나 인생을 성찰하는 문예수필도 찾을 수 있다. 문예수필은 한국의 서정수필과 마찬가지로 체험보다는 감수성, 인생보다는 자연, 서사보다는 문장을 중시한다.

수필작가는 국내에서든 국외에서든 지적 정의적 가치를 소중히 여긴다. 재미수필이 고유의 정체성을 보여주려면 한국수필과 다른 경향을 지녀야 한다. 미국에서 바라본 한국인과 재미한국인의 차이, 한국어와 이중어(bi-lingual)로서 문학어의 차이, 이민자로서 미국에 대한 태도의 차이, 무엇보다 디아스포라란 담론에 부응하는 보편성과 특수성이 나타나게 된다.

2. 재미수필의 유형과 분석

재미수필 작품을 다섯 유형으로 분류할 수 있다. 첫째는 디아스포라로서 미국사회에 정착하는 가운데 체험한 이민의 애환, 정착자로서 성공과 실패, 자녀교육과 취업, 이웃과의 언어 소통의 부재 등을 다룬다. 이런 일화가 다수 소개되는 이유는 수필의 제재는 작가의 현실생활에서 선택되기 때문이다. 두 번째는 모국인 한국의 자연, 부모, 남겨진 가족, 풍습을 그리워하는 향수가 반영된 글이다. 셋째는 수필은 내적 성찰이라는 관점에서 이민자로서의 자아 정체성 탐색으로 나타난다. 넷째는 인생론과 문장력이 어울린 본격수필이고, 다섯 번째는 특정 주제를 다루는 테마에세이라고 하겠다. 이처럼 다양한 수필쓰기가 가능한 이유는 수필은 자신이 가장 잘 아는 것을 쓴다는 사실, 수필은 일종의 자기임상 치료서라는 점, 그리고 이민정보를 교환하는 교술의 효용이 재미수필에서 어울린 결과이다.

1) 디아스포라의 뿌리 내리기

재미수필에 나타난 중심어는 이민과 관련되어 있다. 이민을 풀어내는 키워드로서 뿌리, 정착, 이주, 이동성을 제시할 수 있다. 서술방식에서는 한 편의 작품에서 작가의 모든 이민과정을 설명하거나 특정 경험을 상세하게 묘사하는 두 가지 패턴이 나타난다. 정착과정은 정원 가꾸기, 뿌리 내리기, 나무의 이식 등으로 은유화되어 엮어진다. 특정 체험으로는 영주권을 얻은 환희나 미국 시민권 시험에서 낙방한 실화가 유머러스하게 그려지고 있다. 노상강도를 당한 체험이나 법정에서 보석금을 내게 된 경험을 소개하여 미국실증법을 배워야하는 이민자의 애환을 대변하기도 한다. 강신용의 「봄날의 기쁨」, 조만연의 「웰빙인생」은 이민생활 초기의 긴장과 정착 후의 안정이 교차하는 내용으로 구성되어 있다. 개인적 체험에서 차이가 있다할지라도 재미수필가의 작품을 합치면 한국인의 정착 모습을 조망할 수 있다는 점에서 한인이민사의 오감도로서 손색이 없다.

이민수필에서 주목할 점은 기독교 신앙심이 탄탄하게 깔려있다는 사실이다. 선교활동과 선교봉사라는 주제를 택하지 않더라도 다수의 수필이 예배와 선교와 봉사에 상당한 부분을 할애하는 경향은 이민에 따른 불안감과 신에 대한 믿음, 그리고 이민사회의 상부상조를 보여주면서 기독교 문화가 이민정착에 미치고 있는 심적 영향을 보여준다고 하겠다. 그러나 단순히 예배를 하였다거나 찬송가를 듣고 안정감을 찾는 예로서는 신앙수필로서의 깊이가 부족하다.

이민의 삶에서 성공, 실패, 고난, 아픔이 지나치게 노출되기도 한다. 개인적인 감정일수록 차분하게 묘사되어야 객관성과 감동성을 지닌다. 한 편의 수필에 이민과정을 모두 소개하거나 자화자찬인 자전적 이야기는 거부감을 주므로 솔직한 실패담을 소개하는 내용도 권장할 만 하다.

2) 다문화로의 동화(同化)수필

다문화에 대한 동화수필은 타인종과의 마찰과 화해와 교민사회 내에서의 갈등을 다룬다. 정착 과정을 시간대에 맞추어 기술한 이민수필과 달리 미국 문화에 대한 적응에 초점을 맞추므로 상대적으로 문학성이 높아진다. 디아스포라의 정착은 단순히 경제기반을 확보하는 것만이 아니라 다문화 공간으로 입문하고 한인사회의 집단의식에 융화된다는 점에서 동화수필로 분류하는 것이 타당하다. 재미수필은 그 점에서 재일교포나 조선족 작가들이 보여주는 정착산문과 성격이 다르다.

미국 사회와 한국 사회의 문화적 차이라면 먼저 남녀평등을 꼽을 수 있다. 한국 이민자들은 남성중심사회의 풍습에 익숙해 있다가 남녀평등사회에 입문하면서 남녀 간의 역할 구분에서 혼란을 맞이하기도 한다. 이민 1세대와 달리 이민 2,3세대는 미국사회와 한국 가정에서 생활하기 때문에 남녀의 역할구분에 혼란을 갖고 자녀의 결혼과 교육에서 세대 간의 문화적 차이를 지니므로 그것이 초래하는 문화충돌은 흥미 있는 수필소재가 된다. 예를 들면 박영보의 「雪女」처럼 남편과 아내의 역할 반전을 풍자하거나 한국어에 미숙한 외국인 며느리가 저지르는 에피소드가 소개되기도 한다. 김복희의 「다른 정서 다른 문화」와 성민희의 「코코가 다녀간 거리」는 개에 대한 미국사회의 풍습과 인간 소외의 현장을 제시하는가 하면 이민사회에 대한 불확실성, 밤낮이 바뀌는 시차를 통하여 문화적 우열을 지적하는 작품도 발견된다. 미국 이민자들에게 시차 문제는 공간적 차이에 못지않게 한국과 미국 간의 세대적 단절감을 의미한다. 미국의 개방된 성풍속이 이민사회에 미치는 문제와 한인 이민사회 내에서 빚어지는 부정적인 현실에 경종을 울리기도 한다. 이런 작품들은 다문화사회에서 빚어지는 한국인과 외국인, 그리고 한인들 간의 마찰을 솔직하게 다룬다는 점에서 주목을 끈다.

동화수필은 한국인과 백인이 아닌 여타 소수민족 간의 동질의식을 이끌어내기도 한다. 소재는 한국의 전통음식으로서 이인숙의 「즐거운 비빔밥」은 한국과 일본과 미국 간의 문화적 차이를 소개하며 한정자의 「절망 속에 피어난 사랑의 맛」은 어머니의 칼국수를 회상하면서 멕시코 계와의 평화로운 공존을 그려낸다. 이화선의 「사랑의 릴레이」는 다민족 사회에서도 모정은 보편적이라는 내용으로 인종 간의 갈등과 화해를 따뜻한 화법으로 투영시켰다.

미국에 건너온 한국이민들의 가장 큰 관심은 자녀교육이다. 1세대, 혹은 1.5세대의 이민자에게 자녀교육은 최대의 가치이자 삶의 목표로 간주된다. 자녀교육에 있어서 부모의 성공사례는 한국수필에 나타나는 교육열과 일치한다. 그러면서 교육관에서 부모와 자식 간의 의견의 차이가 노출되는데 조만연의 「고물차가 가다」에서는 미국식 자녀교육에 대한 객관적인 의견이 소개된다. 박유니스의 「내 어깨에 앉았던 작은 새」는 자녀 교육 때문에 딸과 헤어지는 안타까움을 고백하여 한국인이 지닌 교육열이 미국에서도 변함없다는 사실을 보여준다.

청교도의 윤리인 정직성에 대한 존중도 나타난다. 소수이민자인 아시아계, 중동계, 흑인계, 혼혈계에 대한 동정심과 미국사회의 중요한 가치인 봉사체험을 다루고 있다는 점에서 한인사회의 적응력을 살필 수 있다. 이런 도덕적 성숙을 다루는 주제의식은 한국수필이 갖지 못한 재미수필의 특징이라고 평가할 만하다.

3) 노스탤지어의 이중주

수필은 고국에 대한 향수를 표현하기에 더 없이 적절한 문학양식이다. 향수는 전통적인 한국인의 정서로서 부모, 고향산천, 전통음식, 미풍양속, 공예품에 대한 애정을 표현한다. 작품에서는 부모에게는 애정과 죄의식을, 떠나온 산천과 친구에 대해서는 아쉬움을, 한국사회에 대해서는 비판적 관심을 보여준다. 가족에 대한 애정은 한국에서 보낸 특산품과 전통음식으로 형상화된다. 이것은 다문화사회의 음식을 비교하려는 의도라고 해석할 수 있다. 신체의 동질성으로 부모를 추억하기도 하는데 하정아의 「큰 손」은 아버지의 큰 손과 자신의 큰 손을 일치시켜 그리움을 그려내면서 손 큰 여성이 지닌 생활력을 동시에 표현하였다. 백인호의 「막내 이야기」는 부모자식이 흩어져 살아야하는 실정을 통해 디아스포라가 이민가정 내에서도 일어난다는 점을 포착하였다.

조국의 정치적 사회적 문제점에 대한 관심을 표명한 작품도 적지 않다. 1960~70년대에 이주한 재미작가는 6·25의 동족상잔을 체험한 결과 정치적으로는 우익성향을 보여주며 촛불시위 등 무질서한 데모에 대하여서는 비판적이다. 전체적으로 한국에 대하여 변호심리를 보여주지만 기대와 실망이 균형을 이루고 있다. 이런 복합심리는 현실적으로는 미국적 합리성과 객관주의가 몸에 밴 결과이므로 음식, 기호품, 옷, 가구 등을 묘사할 때 문화 비평을 도입하면 더욱 공감을 얻을 것이다. 재미작가의 이러한 객관성은 한국수필가들에게 사회성 에세이를 쓸 때의 기준을 제시해준다.

4) 문예수필의 현황

수필 본연의 문예성에 충실하려는 노력도 적지 않다. 수필은 자연성을 제재로 삼는다는 점에서 재미수필도 예외가 아니다. 미국의 대자연은 한국에서 체험하기 어려운 공간애(토포필리아)와 생태주의를 깨닫게 해주며 이러한 녹색정신은 합리주의와 어울려 문예수필과 중수필의 바탕을 이룬다.

문예수필에서는 삶을 자연화 하는 감수성이 두드러진다. 한국수필에서 서정적 안목이 자연을 주 대상으로 삼는다면 재미수필은 가족의 죽음과 같은 현실을 절제된 감정으로 자연에 대비시킨다. 김화진의 「먼 길」은 남편과 사별한 아픔을 "한 걸음씩 하늘나라를 향해 또박또박 옮겨가는 여행길"로 해석하여 홀로서려는 자아를 당당하게 보여준다. 조옥동의 「가을에서 겨울까지」는 경이로운 자연의 법칙을 허수아비에 투사하여 희비의 감정이 만물에 깃들어있다고 일깨워주고 있다. 안주옥의 「아버지의 빈자리」는 부모의 사랑을 보름달에 비유하고 황명숙의 「낙엽의 기원」은 노년에 맞이하고 싶은 여유로운 삶을 그려낸다. 김문희의 서간체수필 「별처럼 떠나간 동생 복희에게」는 여동생을 추모하는 수필로서 이민자가 미국에서 참아내야 하는 별리의 아픔을 솔직하게 표현하고 있다.

중수필은 동양의 해학과 서구의 위트를 조화시키고 있다. 김영애의 「살의 예찬」이 육신이 지닌 원초적 생명력을 갈파한다면 박유니스의 「할머니의 첫사랑」은 애완견의 재롱을 남성이 구애하는 모습에 비유하는 재미있는 해석력을 보여준다. 하정아의 「낭비된 사랑」

은 탄탄한 문체로 사랑을 이지적으로 분석하며, 이정아의 「Love me, love my dog」은 개에 정신이 빠진 노총각 아들을 해학으로 풍자한다. 전체적으로 중수필은 자연과 인간의 조화를 강조하면서 속도와 경쟁을 중시하는 미국사회의 문제점을 제시한다.

5) 테마수필의 발전

재미수필의 다섯 번째 유형은 테마수필의 등장이다. 안정된 이민 시기에 접어들면 한국수필가들과 달리 고급문화와 순수예술을 접할 수 있는 기회가 늘게 된다. 은퇴 후의 안정된 경제력 덕분에 음악, 미술, 연극에 관심을 기울이면서 자기발전을 도모할 수 있다. 그 결과 이민 초기의 이민수필에서 벗어나 웰빙수필과 테마수필로 변한다는 점에서 한국수필가들에게 시사한 바가 적지 않다. 재미수필가의 문화수필은 예술 활동에 참여하고 문화를 평가한다는 점에서 여기로 즐기는 취미를 다룬 취미수필과 다르다. 미술과 음악에 대한 조예를 다룬 유숙자의 「무언가」는 수준 높은 음악지식을 통해 독자적인 수필세계를 구축하고 있으며 화가이자 수필가인 홍알리샤의 「세월의 색」은 미술과 인생을 결합한 미학적 철학이 돋보이고 김산의 「단 한 사람의 관객만이라도 있다면」은 공연기획자의 열정을 다룬 직업에세이의 면모도 지니고 있다. 재미교포 의사와 간호사가 많다는 점에서 이현숙의 「커튼 안에서」처럼 미국 의료인의 체험과 생명존중 사상을 소개한다는 점도 주목할 만하다.

2009년 『재미수필』 공동제 〈나는 낯선 곳이 그립다〉에 게재된 기행수필은 한국수필과 다른 경향을 보여준다. 여행지는 중남미와 아프리카와 중동 등 각 대륙에 걸쳐있고, 방법은 크루즈, 캠핑, 야영, 자동차 여행이며 목적에서는 문화기행, 봉사기행, 선교기행, 모국방문으로 구분된다. 자동차가 중요 교통수단이므로 하이웨이와 프리웨이에 대한 묘사가 빈번하다. 그중에서 여준영의 「자린고비 여름여행」(1)(2)은 최소경비로 미국을 캠핑 여행하는 과정을 실감나는 문체로 펼쳐 현장감과 흥미를 자아낸다. 다만 기행수필에서 일반적으로 발견되는 문제라면 모든 일정과 방문 관광지를 빠짐없이 소개하는 구성과 비교적 긴 분량이라고 하겠다.

테마수필의 특징으로서 수리 개념을 들 수 있다. 한국수필이 형용사와 부사 등의 표현을 좋아한다면 미국수필은 명쾌한 숫자와 논리적 판단을 중시하는 미국문화를 반영하고 있다. 오정자의 「1파운드 금화 한 닢의 교훈」, 이정아의 「투 페니의 재정학」, 하정아의 「20퍼센트의 희망」「1천 달러로 살 수 있는 것」 등은 미국사회에서 받은 실증주의의 영향을 보여준다고 하겠다.

6) 에세이와 개인 수필집

『재미수필』에서는 서정수필보다 에세이와 칼럼형 수필이 더 많이 창작된다. 이런 성향은 미국의 논리적 사고가 생활에 젖은 결과라고 하겠다. 미국으로 이민 온 고학력 이민 수필가들은 직업에서 얻은 상식을 간결한 문장으로 발표하고 있는 점이 두드러진다. 그들의 에세이는 사물을 이지적으로 해석하고 위트가 가미된 문체를 구사하며 자연보다 인간의 행동이나 사회 현상에 관심을 돌린다. 미국수필가는 한국적 정서를 바탕으로 동서양 산문을 결합한 산문을 발표하는 점에서 고유한 영역을 확보하고 있다고 하겠다.

이런 경향은 개인 수필집에 반영된다. 조만연·조옥동의 『부부』

는 미국문화에 대한 지적인 분석과 감수성이 충만한 산문으로 이루어진 부부 수필집이며 이정아의『선물』은 다문화 소재를 바탕으로 막힘없는 문체와 위트로 직조한 에세이집이다. 유숙자의『백조의 노래』는 음악에 대한 전문지식과 생의 희로애락을 역동적인 문장으로 묶어내어 파토스와 감동을 준다. 하정아의『물빛, 사랑이 좋다』는 간호사의 시선으로 지켜본 병원 풍경을 엮어내며 최미자의『샌디에고 암탉』은 이민사회에서 체득한 경험을 한국적 아우라로 엮어냈고, 박영보의『촌닭 같은 당신을 사랑하는 이유』는 고국생활에 대한 추억과 미국에서의 생활을 노스탤지어와 유머로 재현하고 있다.

재미수필가가 발간하는 수필집은 제목이 무엇이든 다문화 의식, 직장생활, 봉사와 신앙을 소재로 하여 간결한 문장과 위트와 풍자를 구사한다는 점에서 재미수필의 문학적 주체성을 확보하고 있다고 여겨진다.

3.『재미수필』을 위한 제안

『재미수필』과 개인의 수필집을 분석·종합하면 다음과 같은 특징을 찾아볼 수 있다.

1. 주제는 이민 정착과정이라는 서사이다. 흐름은 불안―노력―실패―재도전―성공이라는 줄거리가 대부분이며 생활안정과 성공이라는 해피엔딩으로 마무리된다. 아메리칸 드림의 구체적인 내용은 한인 커뮤니티의 인정, 존경받는 직책, 자녀의 성공, 정착 후의

사회활동 등으로 나타난다. 아쉽다면 이민·계급·인종 문제에 대한 성공담은 많으나 실패담을 찾기 어렵다는 사실이다. 실패와 좌절, 험난한 삶과 가족 이산, 자녀와의 갈등, 소수민족의 불평등, 한인사회내의 갈등과 미국사회의 모순을 솔직하게 그려내는 기법이 더욱 필요하다고 여겨진다.

2. 소재면에서 미국수필은 다문화에 적응해가는 추이를 보여준다. 이민생활의 환희와 향수가 상호 교차하고 정체성에 따른 혼돈이 나타나기도 한다. 세대 간의 문화 차이, 타민족과의 문제 등은 한국수필에서 찾기 힘든 것이므로 국제적 소재를 확대해나갈 나갈 필요가 있다. 한국에서도 다문화가정이 증가하는 추세이므로 재미수필가의 이민수필은 선구적인 모델을 제시하고 한국수필평론계에 새로운 과제를 제시할 것이다.

3. 문체에서 사물을 섬세하게 묘사하지 못하는 점은 불가피하다. 이중어를 사용하는 언어 공간, 미국사회의 논리적인 언술, 그리고 한국문학에 대한 학습 부족을 고려하면 이해가 된다. 문장은 정확성이 중요한 만큼 형용사의 구사나 묘사력의 부족에 대한 우려는 지나치지 않는 것이 좋다. 그렇더라도 인터넷을 통한 국어학습이 가능하므로 국어 문법에 관한 관심을 가지도록 한다.

4. 형식 측면에서 기법의 현대성과 실험성이 요청된다. 재미수필인의 평균연령이 높고 활동 계층이 좁아 새로운 창작기법을 도입하는 시점이 늦지만, 재미수필은 다문화 환경이라는 강점을 지니고

있다. 그런 만큼 단수필, 테마수필, 퓨전수필, 수화수필 등의 시도는
가능하므로 이것에 대한 연구가 필요하다.

5. 구문에서 살펴보면 우선 문장의 호흡 정리가 필요하다. 서두,
전개, 결미를 구분하고 단락의 완성도를 높이도록 한다. 대화문은
적소에 두며 세련된 제목 선정이 필요하다. 긴 제목이나 서술형 제
목보다는 내용을 응축한 제목이 깊은 인상을 준다. 일화를 제시할
때는 설명과 느낌, 서술과 표현이 짝을 이루도록 한다.

6. 모티프에서는 이민자의 정체성에 대한 글이 많지만 감상적인
경향이 다소 나타난다. 재미 이민자의 의식 추이를 표기하면 DNA
라는 아이콘을 설정할 수 있다. 그것은 D(Denial)−N(Neutral)−
A(Acceptance)로서 이민 초기에는 자신을 피억압자와 추방자로 간
주하여 한국문제를 부정적으로 바라보고 정착 시기에는 한국 실정
에 무관심하려고 애쓰며 안정단계에서는 양국의 장단점을 긍정적
으로 바라본다. 그런 변화는 재미교포들의 보편적인 반응에 해당한
다고 여겨진다.

7. 문장에서는 한글과 영어가 혼용되고 있다. 미국에서 한글을
사용하는 문인은 세 부류로 나누어진다. 1세대는 영어 사용을 회화
에만 한정하고 수필에 영어를 응용하지 않는 경우다. 제2세대는 영
어 독해에 무리가 없지만 주요 일상어만 수필문에 끼워 넣는다. 제3
세대는 영어와 한국어를 자유롭게 구사한다. 작품에 사용하는 영어
빈도가 높고 영문수필 발표도 꺼리지 않는다. 재미수필가들은 한국

어 수필로 등단한 작가이므로 한국어의 정확한 활용이 요구된다. 작품 내용은 우수하지만 한국어 구사력이 미흡하여 내용이 제대로 전달하지 않은 아쉬움이 더러 발견된다.

8. 본격수필의 경우 감수성이 넘치는 묘사, 흡입력 있는 문장, 참신한 시각이 발견된다. 본격수필작가는 문학과 관련된 성장배경을 갖고 있으며 다른 예술 활동을 겸하는 경우가 많다. 참신한 소재, 감수성이 깔린 문장, 개성적인 해석이 요구되므로 독서로서 감수성을 높이는 것이 바람직스럽다.

9. 중수필과 설득형 에세이가 두드러진다. 미국과 한국사회에 대한 비판, 이민체험의 인식, 다문화 의식은 재미수필가의 문학적 자산이므로 사적 체험을 다루는 몽테뉴 수필과 사회적 주제를 풀어가는 베이컨 수필 간의 균형이 필요하다. 미국문화의 특성에서 보면 여성주의, 생태주의, 비교문화 부문의 개척이 바람직하다.

10. 개인수필집은 아메리칸드림과 다문화 의식을 공통적으로 지니지만 작가가 경험한 직업이나 활동에 따라 의미화가 달라진다. 한국의 개인수필집과 비교하면 신변성이 적고 문장이 간결하고 안목의 폭이 넓다는 장점을 보여준다.

11. 재미수필가가 한국문학에 끼치는 잠재적 기여도는 매우 크다. 현재 한국에 거주하는 다문화 가정이 12만 가구 이상이 되면서 한국에서 다문화사회가 중요한 이슈로 등장하고 있다. 이 점을 고

려할 때 『재미수필』은 한국의 다문화수필의 텍스트로 활용된 것이다. 이민자의 교육 자료로 사용하고 영어로 번역하면 한국의 체험적 영어교육과 이민희망자 학습에 도움이 될 것이다. 해외 문학으로서 독자성을 확보하고 변방성에서 벗어나는 계기가 될 것이므로 재미수필선작 발간, 영어수필집의 발간 등 구체적인 사업계획이 실현되기를 기대한다.

에필로그

『재미수필』의 분석은 다문화사회에서 재미수필가가 겪는 현실적, 심리적, 문학적 생활을 성찰하는 효과를 가져다준다. 한국 신문학 100주년, 한국현대수필 60년, 그리고 10호 발간을 넘기면서 『재미수필』을 분석한 것은 재미수필문단을 재점검하는 기회가 될 것이다. 나아가 작품의 LA지역 수필이 질적으로 향상하는 기회가 되리라 여겨진다.

재미수필 작품은 미국사회의 편견을 극복한 한인이민사이고 이민가족의 가문사이면서 디아스포라로서 자화상으로 인정받는다. 나아가 재미교포의 문화 풍속도라는 문화적 가치도 지니고 있다.

재미수필작가의 위상은 갈수록 향상될 것이다. 노스텔지어라는 신변성을 미학적으로 승화하고, 디아스포라의 삶을 반영하며, 에세이적 안목에서 재미교포의 서사문학을 발전시켜온 점을 높게 평가하면서 재미수필가의 문학적 역량이 발전하기를 기대한다.

참고문헌

간복균, 『수필문학의 이론과 실제』, 서울, 한글, 1995.

강석호, 『새로운 수필문학 창작기법』, 서울, 교음사, 2000.

강석호, 『한국 수필문학의 새로운 방향』, 서울, 교음사, 1999.

권영민, 『우리 문장 강의』, 서울, 신구문화사, 1997.

김종완, 『수필 들여다보기』, 전주, 수필과비평사, 2001.

김태길, 『수필문학의 이론』, 서울, 춘추사, 1991.

도창회, 『수필 문학론』, 서울, 한누리, 1994.

박양근 『좋은수필창작론』, 전주, 수필과비평사, 2005.

박장원, 『현대한국수필론』, 서울, 북나비, 2007.

배정인, 『참수필 짓는 이야기』, 서울, 선우미디어, 2007.

손광성, 『손광성의 수필쓰기』, 서울, 을유문화사, 2008.

신재기, 『수필과 시의 언어』, 서울, 도서출판 박이정, 2009.

신재기, 『수필과 사이버리즘』, 서울, 도서출판 박이정, 2008.

송명희, 『디지털시대의 수필쓰기와 읽기』, 푸른사상, 2006.

신상철, 『수필문학의 이론』, 서울, 삼영사, 1992.

오창익, 『수필문학의 이론과 실제』, 서울, 나라, 1996.

유한근, 『글의 힘』, 서울, 모방과 모반, 1994.

윤모촌, 『수필 어떻게 쓸 것인가』, 서울, 을유문화사, 1996.

윤오영, 『수필 문학 입문』, 서울, 관동출판사, 1975.

윤재천, 『윤재천수필문학전집』, 서울, 문학관, 2008.

윤재천, 『수필 문학론』, 서울, 세손, 1996.

윤재천, 『현대 수필 작가론』, 서울, 세손출판사, 1999.

이대규, 『수필의 해석』, 서울, 신구문화사, 1997.

이동민,『수필쓰기 방법론 넷』, 서울, 수필과비평사, 2010.

이유식,『새시대수필이론 다섯마당』, 서울, 교음사, 2009.

이유식,『반세기 한국 문학의 조망』, 서울, 푸른 사상사, 2003.

이철호,『낭송(낭독)문학을 위한 길잡이』, 서울, 정은문화사, 2004.

장백일,『현대 수필 문학론』, 서울, 집문당, 1994.

정목일,『한국 현대 수필의 탐색』, 전주, 신아출판사, 2003.

정주환,『수필문학과의 대화』, 전주, 신아출판사, 1998.

정주환,『한국 수필 문학사』, 서울, 신아출판사, 1997.

정진권,『한국수필문학사』, 서울, 학연사, 2010.

정진권,『수필쓰기의 이론』, 서울, 학지사, 2000.

최시한,『수필로 배우는 글읽기』, 서울, 고려원미디어, 1994.

하길남,『좋은 글 쓰는 법』, 서울, 세손, 2005.

한상렬,『수필문학의 미로찾기와 허물벗기』, 인천, 도서출판서해, 2008.

한상렬,『디지털 시대 수필문학의 패러다임』, 전주, 신아출판사, 2003.

황송문,『글쓰기의 이론과 실제』, 서울, 국학자료원, 2002.

황필호,『한국 철학수필 평론』, 전주, 신아출판사, 2003.

참고논문

안성수,「수필오디세이(3)」,『현대수필』, 2005년 봄호(53), P.37〜57.